हिन्दी नवजागरण और स्त्री-साहित्य-माला

# उमा नेहरू की कुछ गद्य-रचनाएँ



भूमिका और सम्पादन

**रमण सिन्हा**

अनन्य प्रकाशन

प्रकाशक : **अनन्य प्रकाशन**
ई-17, पंचशील गार्डन, नवीन शाहदरा
दिल्ली-110032
फोन नं. 011-22825606, 22824606
E-mail : prakashanananya@gmail.com



प्रथम संस्करण : 2023

ISBN : 978-81-962022-6-2

मूल्य : ₹ 250/-

शब्द-संयोजन : कम्प्यूटेक सिस्टम, दिल्ली-110032

मुद्रक : लकी प्रिंटर्स, दिल्ली-110032

---

UMA NEHARU KI KUCHH GADYA-RACHNAYEN

*Edited by* Raman Sinha

# अनुक्रम

# भूमिका

भारतीय नवजागरण में समाज सुधार और राष्ट्रवाद की दो धाराएं दृष्टिगोचर होती हैं। समाज सुधार की परियोजनाओं में स्त्री से जुड़े मुद्दे—चाहे वह स्त्री-शिक्षा का प्रश्न हो या सती का, विधवा-विवाह का सवाल हो या अनमेल विवाह, बहुविवाह के मसले, अत्यंत प्रमुखता से शामिल किए गए थे। स्त्री को केंद्र में रखकर ही, उस दौर में, परम्परा पर बहस और उसका पुनरान्वेषन किया गया था।[1] सामाजिक लोकवृत्त में स्त्री प्रश्न की इस केंद्रीयता को देखकर अगर उन्नीसवीं शताब्दी को 'स्त्री की शताब्दी' मानने की बात की गयी तो यह अनुचित नहीं है।[2] ऐसा माना जाता है कि हिन्दी नवजागरण में राष्ट्रवाद की धारा तो प्रबल रही लेकिन समाज सुधार की प्रवृत्ति बंगाल, महाराष्ट्र या दक्षिण की तुलना में काफी कमजोर रही है।[3] आश्चर्य नहीं कि हिन्दी नवजागरण की अवधारणा, सामंतवाद, साम्राज्यवाद व औपनिवेशिकता विरोध जैसे महाख्यान को केंद्र में रखकर गढ़ा गया।[4] यह

---

1. देखें, "Tradition was thus not the ground on which the status of women was being contested. Rather the reverse was true : woman in fact became the site on which tradition was debated and reformulated." Lata Mani, *Contentious Tradition* in *Recasting Women,* Kumkum Sangari, Suresh Vaid, (eds.) Kali for Women, New Delhi, Reprinted 1993, p.118
2. "The nineteenth century well be called an age of women, for all over world their rights and wrongs, their 'nature', capacities and potential were the subjects of heated discussion." Radha Kumar, The History of Doing, Zubaan: Kali for Women, Delhi, Eigth Impression 2003, p.7
3. देखें Vishalakshi Menon, Indian Women and Nationalism, The UP Story, Shakti Books, New Delhi, 2003, p. 14
4. उदाहरण के लिए हिन्दी नवजागरण की अवधारणा प्रस्तुत करने वाले डॉ. रामविलास शर्मा का यह उद्धरण देखें : "भारत के राष्ट्रीय नवजागरण का सम्बन्ध सामान्यतः राजा राममोहन

सच है कि समाज सुधार और राजनैतिक स्वतंत्रता के बीच प्राथमिकता तय करने के सवाल पर हर जगह मतभेद थे लेकिन हिन्दी क्षेत्र, नेहरू के शब्दों में कहें तो 'राष्ट्रवाद की व्याधि'[5] से कुछ ज्यादा ही पीड़ित था।

राजनैतिक प्रश्नों के समानांतर सामाजिक मामलों को भी पर्याप्त ध्यानाकर्षण मिल सके, इस मंशा से 1887 ई. में महादेव गोबिन्द रानाडे (1842-1901) और रघुनाथ राव (1831-1912) ने भारतीय राष्ट्रीय कांग्रेस से अलग राष्ट्रीय सामाजिक सम्मेलन की स्थापना की। राष्ट्रीय सामाजिक सम्मेलन की वार्षिक रपटों को पढ़ने पर यह स्पष्ट हो जाता है कि उन दिनों समाज-सुधार के केंद्र में मुख्यतः स्त्री से जुड़े मुद्दे और प्रश्न थे। राष्ट्रीय सामाजिक सम्मेलन के छठे अधिवेशन में श्रीमती हरदेवी (1863-1926) ने सम्मेलन को कांग्रेस से अधिक महत्वपूर्ण संगठन ठहराते हुए कहा, "कांग्रेस के द्वारा लोग सरकार से न्याय पाने की आशा करते थे, सम्मेलन के द्वारा उनकी सामाजिक स्थिति में वास्तविक सुधार हुआ है। ब्रिटिश सरकार के हाथों से जिस न्याय की अपेक्षा लोगों को थी, उसकी उपेक्षा करके ही उनके साथ न्याय किया जा सकता है, जिनके साथ खुशी और गम, दुःख और सुख जुड़े हुए हैं क्योंकि, "स्त्रियों के पक्ष पुरुषों के हैं/उड़ते हैं वे साथ-साथ, साथ-साथ डूबते हैं,/ बौना या ईश्वर बनकर, चाहे बंधनयुक्त हों या हों उन्मुक्त।"[6] टेनीसन की इस कविता के माध्यम से स्त्री प्रश्न के मर्म को उद्‌घाटित करने वाली हरदेवी

---

राय से जोड़ा जाता है। हो सकता है, बंगाल के लिए यह सही हो। आवश्यक नहीं कि हर प्रदेश में वैसी ही प्रक्रिया घटित हुई हो। द्विवेदी जी अंगरेजी को शिक्षा का माध्यम बनाने के प्रबल विरोधी थे। वह बुद्धिवाद और वैज्ञानिक विचार पद्धति के समर्थक थे और रहस्यवाद के विरोधी थे। वह भारत के उद्योगीकरण के पक्षपाती थी। चरखे-करघे के आधार पर भारतीय अर्थतंत्र पुराने ढंग से गठित हो, इसके वह कायल न थे। उनके लेखन के अध्ययन से विदित होता है कि हिन्दी नवजागरण की अपनी विशेषताएं हैं; वह बंगाल या गुजरात के नवजागरण से भिन्न है। ये विशेषताएं भारतेंदु-युग में भी मिलती हैं।" ...इस तरह जो नवजागरण 1857 के स्वाधीनता संग्राम से आरम्भ हुआ, वह भारतेंदु-युग में और भी व्यापक बना, उसकी साम्राज्य-विरोधी, सामंत-विरोधी प्रवृत्तियां द्विवेदी युग में और पुष्ट हुईं।" (महावीर प्रसाद द्विवेदी और हिन्दी नवजागरण, राजकमल प्रकाशन, दिल्ली, प्रथम संस्करण, 1977, पृष्ठ 18-19)

5. "We suffer from the disease of nationalism, and that absorbs our attention and it will continue to do so till we get political freedom," Jawaharlal Nehru, An Autobiography, Oxford University Press, New Delhi, Fifth Impression, 1987, p.383
6. Quoted in Sita Ram Singh, Nationalism and Social Reform in India, Ranjit Printers and Publishers, Delhi, 1968, p.93

उत्तर भारत के पुरुष प्रधान समाज में उन चंद स्त्री बुद्धिजीवियों में थीं जिन्होंने उन्नीसवीं शताब्दी के आखिर और बीसवीं शताब्दी के आरंभिक दशकों में समाज-सुधार और स्त्री-शिक्षा के मामलों को जोर-शोर से उठाया लेकिन जिसका ब्यौरा बंगाल-नवजागरण केन्द्रित आधुनिक भारत के इतिहास लेखन में आप कहीं नहीं पायेंगे। 'लन्दन यात्रा' (1888) और 'लन्दन जुबली' (1889) जैसे यात्रा-संस्मरण, 'हुक्मदेवी' (1892) जैसे उपन्यास और कुछ कविताओं और स्त्रियों पर सामाजिक अन्याय (1892) जैसे लेखों तथा स्त्री-विलाप (1881) और सीमंतनी उपदेश[7] (1882) जैसी रचनाओं की तेजस्वी लेखिका ने 'भारत भगिनी' (1889-1906) जैसी पत्रिका के सहारे समाज में जागरूकता फैलाने का जैसा काम किया, वह हिन्दी क्षेत्र के लिए दुर्लभ ही कहा जाएगा। यही नहीं बल्कि 1885 ई. में हेमंतकुमारी देवी के साथ मिलकर लाहौर में 'वनिता बुद्धि-विकासिनी सभा' का भी गठन किया। उन्नीसवीं शताब्दी के भारत में स्त्रियों द्वारा गठित इस प्रकार की सभा या समिति के उदाहरण गिने चुने ही हैं, जैसे पंडिता रमाबाई (1858-1922) द्वारा पुणे में स्थापित आर्य महिला समाज (1882) या कलकत्ता में स्वर्ण कुमारी देवी (1855-1932) की सखी समिति (1886)।

उन्नीसवीं शताब्दी के उत्तरार्ध में हिन्दी की पहली स्त्री पत्रकार के रूप में चर्चित हेमंतकुमारी देवी (1838-1953) ने स्त्री मुद्दों को उठाने और स्त्री-शिक्षा के लिए अनवरत काम किया। वे विख्यात शिक्षाशास्त्री, हिन्दी-प्रेमी और ब्रह्म समाज के नेता बाबू नवीन चन्द्र राय (1837-1890) की पुत्री थी। हेमंतकुमारी देवी के जीवन का अधिकांश समय लाहौर, आगरा, रतलाम, शिलांग, सिलहट, पटियाला और देहरादून में रहते हुए, स्त्री उत्थान का काम करते हुए गुजरा। उन्होंने स्त्री शिक्षा के लिए कुछ पुस्तिकाएं भी लिखीं, जैसे 'माता और कन्या', 'नारी पुष्पावली', 'नवीन शिल्प-माला', 'हिन्दी-बंगला प्रथम शिक्षा' आदि। उन्होंने 'आदर्श माता' (1912) नामक उपन्यास भी लिखा। 1888 ई. में रतलाम से उन्होंने हिन्दी में 'सुगृहणी' नामक पत्रिका का प्रकाशन आरम्भ किया। पत्रिका के प्रवेशांक में परिचय और उद्देश्य कुछ नाटकीय अन्दाज में यूं बताया गया है : *"हे प्यारी बहिनों! द्वार खोल देखो, तुम्हारे यहाँ कौन आई। तुम लोग क्या इसे पहचानती हो? यह भी तुम्हारी एक भगिनी है। इसका नाम 'सुगृहिणी' है। तुम्हारे दुःखों को देखकर, तुम्हें अज्ञानता और पराधीनता में बद्ध देखकर तुम्हारी यह बहिन तुम्हारे द्वार पर आई है।"* आगे एक श्लोक उद्धृत किया गया है : "विद्या साध्वियता नारी

---

7. वही, पृष्ठ 78-79 पर उद्धृत।

भूषयाऽलंक्रिता यदो,/तद् विभूषितां मन्ये नतु हेमेन भूषिताम्।" अर्थात् विद्या और साध्विता के भूषण से जब नारी अलंकृता होती है, तब मैं उसे 'अलंकृता' समझता हूँ। सोने से भूषिता होने से वह 'अलंकृता' नहीं होती।"[8] लेकिन पत्र-पत्रिकाएं तो वहीं सफल हो सकती हैं जहां साक्षरता का एक स्तर कायम हो चुका हो जबकि हिन्दी क्षेत्र तो शिक्षा के मामले में काफी पिछड़ा हुआ था, विशेषकर स्त्री शिक्षा के मामले में और यह बात हेमंतकुमारी देवी को बहुत कचोटती थी, लिखती हैं, "बंगाल और मद्रास की लड़कियां तो उच्च शिक्षा प्राप्त कर रही हैं, परन्तु आज तक किसी हिन्दू हिन्दुस्तानी स्त्री ने यूनिवर्सिटी की परीक्षा नहीं दी। कलकत्ता, बंबई–प्रभृति देश की स्त्रियों ने यूनिवर्सिटी की उच्च परीक्षाओं को पास करके पुरुषों के समान उपाधि ग्रहण की हैं। इसका भी एक प्रधान कारण यह है कि उक्त देशों की यूनिवर्सिटी में वहां की बंगाली, मरहट्टी समादृत है। यदि इलाहाबाद यूनिवर्सिटी में हिन्दी रहे तो स्त्रियों के लिए भी एंट्रेंस की परीक्षा पास करने के निमित्त अनुराग और प्रयत्न होगा।"[9] हिन्दी क्षेत्र में (संयुक्त प्रांत) बीसवीं शताब्दी के पहले दशक तक स्कूल जाने की उम्र वाली लड़कियों के 1.3 प्रतिशत को ही किसी प्रकार की शिक्षा नसीब हो रही थी–यह स्थिति, भारत के ही अन्य प्रान्तों की तुलना में भी काफी दयनीय थी[10] और उस पर नए-नए स्कूल खुलने के बजाय बंद हो रहे थे। पश्चिमोत्तर प्रांत में लड़कियों के दो सौ स्कूल बंद कर दिए जाने पर भारतेंदु हरिश्चंद्र (1850-1885) हंटर शिक्षा आयोग के सामने स्त्री शिक्षा के प्रति लोगों की उदासीनता दूर करने के लिए सरकार को उसके कर्तव्य की याद दिलाते हैं।[11] अगर उन्नीसवीं शताब्दी के उत्तरार्द्ध के हिन्दी साहित्य पर

---

8. वंगला अनुजा, पत्रकारिता के युग निर्माता हेमंतकुमारी देवी चौधरी, प्रभात प्रकाशन, दिल्ली, प्रथम संस्करण 2010, पृ. 81 पर उद्धृत।
9. Bombay; 7.2, Madras; 6.8, Bengal : 4.3, Punjab : 3.1% of girls of school age are receiving education' Minna G. Cowan, The Education of the Women of India, Fleming H. Revell Company, New York Chicago Toronto, 1912, p.252
10. "It is true the natives of this country do not wish to educate their females at public schools, but it is the duty of our government to remove the ignorance from their mind." Report by the Provincial Committee representing the North Western Provinces & Oudh in the Education Commission, Government Printing Calcutta, 1884, p.208
11. नीता कुमार का यह मानना सही नहीं है कि 1920 के पहले युक्त प्रांत के सुधारवादी-राष्ट्रवादी विमर्श में स्त्री-प्रश्न को शामिल ही नहीं किया गया था। देखें, Widows, Education and Social Change in Twentieth Century Banaras, Economic and Political Weekly, April, 27, 1991

निगाह डालें तो तत्कालीन स्त्री लेखन के उदय को भी इसी सन्दर्भ में देखा जाना चाहिए—उपन्यास, कहानी और कविता के माध्यम से स्त्री रचनाकारों ने जो संवेदना का वितान रचा, वह स्त्री से जुड़े तत्कालीन मुद्दों से ही सम्बद्ध दिखाई देते हैं। चाहे मल्लिका देवी की 'कुमुदिनी' (1878-82) हो या 'चन्द्र प्रभा और पूर्ण प्रकाश' (1888) या श्रीमती हरदेवी की 'हुक्मदेवी' (1892) या राजरानी देवी (1869-1928) की कविताएं, सभी में स्त्री से जुड़े प्रश्न (बेमेल विवाह, बहुविवाह, विधवा विवाह, स्त्री शिक्षा) मुखर हुए हैं। कहने का तात्पर्य यह है कि उन्नीसवीं शताब्दी के उत्तरार्द्ध में भी स्त्री से जुड़े मुद्दे हिन्दी क्षेत्र में ज्वलंत बने हुए थे।[12]

इतिहासकार पार्थ चटर्जी ने बंगाल के सन्दर्भ में दिखलाया है कि राष्ट्रवाद के विकास के साथ-साथ स्त्री से जुड़े मुद्दे धीरे-धीरे धूमिल पड़ने लगे थे, क्योंकि राष्ट्रवाद स्त्री-प्रश्न को हिन्दू समाज की आंतरिक समस्या मानते हुए उन्हें सुलझाने के पक्ष में था, मानो यह घर की समस्या थी, जिसे घर में घर के ही लोगों के द्वारा सुलझाया जाना था, चुनांचे अब बाहर (औपनिवेशिक विधि-व्यवस्था) के किसी हस्तक्षेप की कोई जरूरत ही नहीं रह गयी थी। औपनिवेशिक पश्चिम को भौतिक रूप से श्रेष्ठ मानने के बाद स्वयं को आध्यात्मिक रूप से प्रभुतासंपन्न और अपरतंत्र ठहराना भारतीय राष्ट्रवाद की ऐसी रणनीति थी जिसमें अध्यात्म का केंद्र घर और घर का केंद्र स्त्री को स्वायत्त ही मानकर चला जा सकता था। यही कारण है कि उन्नीसवीं शताब्दी के उत्तरार्द्ध में स्त्री मुक्ति का प्रश्न राष्ट्रवादी आन्दोलन के पब्लिक एजेंडे से गायब हो गया मालूम पड़ता है।[13] पता नहीं यह बंगाल के लिए कितना उपयुक्त था लेकिन निश्चय ही यह हिन्दी क्षेत्र के लिए सच नहीं

---

12. Partha Chatterjee, *The Nationalist Resolution of the Women's Question,* in *Empire & Nation,* Permanent Black, Ranikhet, First Paperback Printing 2012, pp. 120-126
13. "This needs reiteration, for the widespread circulation of Partha Chatterjee's nationalist resolution of the women's question in global academa appears to have truly wiped out the story of political action and resistance of Indian woman (Chatterjee, 1990). This is perhaps a good instance of the limits of textual analysis, where the lure of the conceptual binary of the 'Inner' and 'outer', the 'spiritual' and 'material', clearly took precedence over the actual struggles of feminist movements." Maitrayee Choudhuri, *Feminism in India : The Tales and its Telling,* Revue Tiers Monde, No. 209 REMINISMES DECOLONIAUX, GENRE ETDEVELOPPEMENT (janvier-mars 2012, Publication de la Sorbonee, p. 27 Stable URL://www.jstor.org.stable/ 23593740,Accessed: 23-08-2018 08:38 UTC

था। इस सन्दर्भ में समाजशास्त्री मैत्रेयी चौधरी का यह कथन भी गौरतलब है, जब वे कहती हैं कि, ''पार्थ चटर्जी की उपर्युक्त विश्व-प्रचारित धारणा ने भारतीय स्त्रियों की राजनैतिक कार्यवाहियों और उनकी प्रतिरोध की कहानियों को पूरी तरह से मिटा डालने का काम किया है। यह पाठवादी विश्लेषण की सीमाओं को दर्शाने वाला संभवतः एक बढ़िया दृष्टांत है, जहां स्त्रीवादी आन्दोलनों के वास्तविक संघर्ष को देखने के बजाय 'आंतरिक' और 'बाह्य', 'आध्यात्मिक' और 'भौतिक' के अवधारणात्मक युग्म को ज्यादा तरजीह दी गयी है।''[14] इसमें कोई शक नहीं कि उन्नीसवीं शताब्दी एक ऐसा काल था जब स्त्रियों से जुड़े मसले सर्वाधिक महत्त्व के मुद्दे बन गए थे और राधा कुमार का यह कहना सही है कि अगर भारतीय स्त्रियों की स्थिति में सुधार लाने के आरंभिक प्रयत्न पुरुषों के द्वारा किए गए थे तो उन्नीसवीं के उत्तरार्ध से उनकी पत्नियों, बहनों, बेटियों, रक्षिताओं ने स्वयं ही स्त्री शिक्षा के आन्दोलन का मोर्चा संभाल लिया था। बीसवीं शताब्दी के आरम्भ से स्त्रियों के स्वायत्त संगठन भी स्थापित होने आरम्भ हो गए और तीसरे-चौथे दशक तक आते-आते स्त्री गतिविधियों का एक मुकम्मल आन्दोलन ही खड़ा हो गया।[15]

---

14. "*The nineteenth century was a period in which the rights and wrongs of women became major issues. If early attempts at reforming the condition under which Indian Women lived were largely conducted by men, by the late nineteenth century their wives, sisters, daughters, proteges and others affected by campaigns, such as that for women's education had themselves joined in movements. By the early twenteeth century women's own autononous organixations began to he formed and within a couple of decades by the thirties and forties, a special category of 'women's activism' was constructed.*" Radha Kumar, The History of Doing, Kali for Women, First Published 1993, p. 1

15. यह दुर्भाग्यपर्ण है कि नेहरू परिवार की सभी स्त्रियों के कृतित्व का उस प्रकार दस्तावेजीकरण नहीं किया गया, जिस प्रकार ठाकुर परिवार की स्त्रियों का किया गया है, उदाहरण के लिए देखें चित्रा देव, वुमन आफ टैगोर हाउसहोल्ड, पेंगुइन इंडिया, फर्स्ट पब्लिश्ड, 2010, नेहरू स्मृति संग्रहालय पुस्तकालय में रामेश्वरी नेहरू, विजय लक्ष्मी पंडित, इंदिरा गांध की सामग्री तो है लेकिन उमा नेहरू, लाडो रानी नेहरू, रूपकुमारी नेहरू की कुछ भी सामग्री मौजूद नहीं है। एलेना बोर्गी की मानें तो यह 'चयनात्मक स्मृति' महज संयोग नहीं हो सकता, देखें, Elena Borghi, 'Forgotten Feminisms: Gender and the Nehru Houshold in Early-Twentieth-Century India', Gender & History, Vol.29, No. 2 August 2017, pp. 255

हिन्दी क्षेत्र में श्रीमती हरदेवी और हेमंत कुमारी देवी के काम को बीसवीं शताब्दी के आरंभिक कुछ दशकों में नेहरू परिवार की स्त्रियों—विशेषकर इन्द्राणी (नन्द रानी) नेहरू (1851-1890), कमला दार नेहरू (1882-19...) लाडो रानी नेहरू (1882-1968) उमा हुक्कू नेहरू (1884-1963), रामेश्वरी रैना नेहरू (1886-1966) रूपकुमारी नेहरू (1901-190...) जैसे लोगों ने आगे बढ़ाया। इस सन्दर्भ में नेहरू परिवार की स्त्रियों की भूमिका, एक हद तक, बंगाल के ठाकुर परिवार की स्त्रियों[16]—विशेषकर ज्ञानदानन्दिनी देवी (1850-1941), स्वर्ण कुमारी देवी (1855-1932), सरला देवी (1872-1945), सुषमासुन्दरी से तुलनीय है। रामेश्वरी नेहरू द्वारा 'स्त्री दर्पण' का प्रकाशन और 'प्रयाग महिला समिति' का 1901 में गठन हिन्दी क्षेत्र के लिए एक उल्लेखनीय घटना थी। स्त्री प्रश्न से जुड़े मुद्दों को उठाने के लिए स्त्री दर्पण को हिन्दी में निकालने का निर्णय निस्संदेह एक अग्रगामी कदम था। स्त्री दर्पण के सम्पादन का काम रामेश्वरी नेहरू करती थी और इसके प्रबंधन का जिम्मा कमला दार देहरू का था।[17] संपादिका रामेश्वरी नेहरू के सामने पत्रिका का लक्ष्य और उसका संधान बिलकुल स्पष्ट था, लिखती हैं, ''भारतीय स्त्री को मनुष्योचित पद दिलाना ही शुरू दिन से इस पत्रिका का लक्ष्य रहा है।...इस लक्ष्य की प्राप्ति दो प्रकार से हो सकती है। एक तो स्त्रियों के प्रति पुरुषों के विचारों के परिवर्तित होने से दूसरे स्वयं स्त्री जाति की जागृति से। दर्पण अपनी लघु चेष्टाओं द्वारा बराबर इन दोनों बातों का प्रयत्न कर रहा है। इस पत्र में जहां स्त्रियों के प्रति पुरुषों के कर्तव्य दिखाए जाते हैं वहां स्त्रियों का ध्यान उनके असीम उत्तरदायित्व पर भी दिलाया जाता है।''[18] यह सच है कि स्त्री दर्पण के साथ ही साथ कई और स्त्री-केन्द्रित, स्त्री-संपादित पत्रिकाएं जैसे गोपाल देवी सम्पादित 'गृहलक्ष्मी' (1910), यशोदा देवी सम्पादित 'स्त्री-धर्म-शिक्षक' (1909) सुरथ कुमारी देवी सम्पादित 'आर्य महिला' (1918) प्रकाशित हुईं, लेकिन जिस प्रतिबद्धता और निष्ठा के साथ स्त्री प्रश्न को यह पत्रिका उठाती रही, विशेषकर रामेश्वरी नेहरू के सम्पादन-काल में, वह प्रेरणास्पद है।

स्त्री मुद्दों को जोर-शोर से उठाने के लिए पत्र-पत्रिकाओं के अलावा सभा समितियों का गठन तो उन्नीसवीं शताब्दी में ही आरम्भ हो गया था, जैसे पंडिता

---

16. 1916 से इसकी एक पूरक पत्रिका 'कुमारी दर्पण' भी निकलनी शुरू हुई जिसके सम्पादन का दायित्व रामेश्वरी नेहरू और रूपकुमारी नेहरू ने उठाया।
17. स्त्री दर्पण, जुलाई 1915, पृष्ठ 1-2
18. स्त्री दर्पण, फरवरी 1910

रमा बाई द्वारा पुणे में स्थापित आर्य महिला समाज (1882) और बंगाल में स्वर्ण कुमारी देवी की सखी समिति (1896) लेकिन हिन्दी क्षेत्र में लाहौर की वनिता वृद्धि-विकासिनी सभा (1885) के अतिरिक्त प्रायः इससे अछूता ही बना रहा। इस दृष्टि से प्रयाग महिला समिति का गठन वर्षों से प्रतीक्षित और अपेक्षित घटना थी। 'स्त्री दर्पण' के 1910 फरवरी अंक में सूचना दी गयी है : ''हम यह समाचार अत्यंत हर्ष से लिखती हैं कि जिस सभा के बनाने का विचार हम प्रयाग की स्त्रियां बहुत दिनों से कर रही थीं, वह सभा कुछ बहिनों ने मिलकर गत मास की 22 तारीख को 'प्रयाग महिला समिति' के नाम से स्थापित की। श्रीमती धनराज रानी सपरू के निमंत्रण पत्र पर लगभग 50 स्त्रियों के उनके स्थान पर आईं। श्रीमती कैलासरानी वातल के निवेदन करने व सब बहिनों को यही सम्मति होने पर श्रीमती नन्दरानी नेहरू सभापति बनाई गईं। इन्होंने सब स्त्रियों को बताया कि श्रीमती धनराजरानी का अभिप्राय सब स्त्रियों को बुलाने का यह था कि हम सब मिलकर एक ऐसी सभा बनाएं कि जिसमें अक्सर एक दूसरे से मिलने का अवसर मिले। तदनंतर संपादिका स्त्रीदर्पण ने बताया कि इस सभा के बनाने की क्या आवश्यकता है और कहा कि स्त्रियों की सभाएं हर बड़े-बड़े शहरों में बन गयी हैं। लाहौर, देहली, बंबई, पूना, कलकत्ता हर स्थान पर स्त्रियों ने मिलकर सभाएं लगा रखी हैं। परन्तु प्रयाग में अभी तक ऐसी सभा नहीं बनी, इससे दिखाई पड़ता है कि हम प्रयाग की स्त्रियाँ सबसे पीछे रही जाती हैं। ऐसी सभा की आवश्यकता प्रयाग में बहुत दिन से थी, आज बड़े सौभाग्य का दिन है कि इस त्रुटि को पूरा करने को हम सब एकत्र हुई हैं।

''इस समिति का अधिवेशन हर अंग्रेजी मास की पहली तारीख को सभासदों में से एक के घर पर हुआ करेगा। जिस में कोई एक स्त्री किसी विषय पर व्याख्यान पढ़ेंगी, और शेष सब रमणियाँ उसी विषय पर अपनी सम्मति प्रकट करेंगी। इसका पहला अधिवेशन श्रीयुत प्रयागदास की स्त्री के स्थान शान्ति आश्रम में होगा और श्रीमती कैलासरानी वातल 'मातृभाषा' पर व्याख्यान देंगी। हमारा विचार है कि इस सभा से स्त्री समाज को बहुत लाभ होगा और घर के धन्धों के सिवाय और बातों पर सोचने व उनके भले-बुरे विचार करने की बाण पड़ेगी। आशा है कि बहनें इस सभा के सफल होने का यत्न करेंगी और इसके सभासदों की संख्या प्रतिदिन बढ़ेगी।''[19] बीसवीं शताब्दी के आरंभिक दशकों में राष्ट्रवाद के विकास के साथ-साथ अखिल भारतीय स्तर पर स्त्री चेतना का भी विकास दिखाई देता

19. Radha Kumar, ibid, p.54

है। राष्ट्रीय सामाजिक सम्मेलन के पुरुष नेतृत्व से विक्षुब्ध होकर सरला देवी ने 1910 में लाहौर में *भारत स्त्री महामंडल* की स्थापना की, जिसकी शाखाएं इलाहाबाद और कलकत्ता में भी थीं। 1917 में एनी बीसेंट, मार्गरेट कूजिंस और डोरोथी जिनराजदास, मालती पटवर्धन, अम्मू स्वामीनाथन, श्रीमती दादाभाई एवं श्रीमती अम्बुजम्मल ने मिलकर मद्रास में वीमेंस इन्डियन एसोसिएशन की स्थापना की। राधा कुमार ने सही नोट किया है कि, "सन 1910-1920 का दशक ऐसा दशक था जिसमें स्त्रियों के अखिल भारतीय संगठन बनाने की पहले पहल कोशिश की गयी। आरंभिक स्त्री संगठन, जैसा कि हमलोगों ने देखा आर्य-समाज या ब्रह्म समाज जैसे शहरी और सम्प्रदाय विशेष से जुड़े हुए थे। उन्नीसवीं शताब्दी के उत्तरार्द्ध और बीसवीं शताब्दी के आरम्भ से स्त्रियों के स्थानीय व क्षेत्रीय संगठन बनने शुरू हुए जैसे बंगाल में बंग महिला समाज और अघोरकामिनी नारी समिति, महाराष्ट्र की सतारा अबलोन्नति सभा, बंगलोर की महिला सेवा समाज, बनारस की भारत महिला परिषद् और इलाहाबाद की प्रयाग महिला समिति।"[20] अखिल भारतीय स्तर पर भारतीय स्त्रियों का राष्ट्रीय परिषद् (एन.सी.डब्ल्यू.आई.) 1925 में और अखिल भारतीय स्त्री सम्मेलन (ए.आई.डब्ल्यू.सी.) का गठन 1927 में हुआ—यह समय राजनीति में गांधीवादी रचनात्मक प्रयोगों का था और सरला देवी चौधरानी (1872-1946), सरोजिनी नायडू (1979-1949), कमला देवी चट्टोपाध्याय (1903-1990), अरूणा आसफ अली (1909-1996) जैसे व्यक्तित्व ने राष्ट्रवाद और स्त्रीवाद के जटिल समीकरण और उसके अंतर्विरोध को अखिल भारतीय स्तर पर अपने अपने ढंग से सुलझाने की कोशिश कर रहे थे। भारत में स्त्रियाँ पहली बार बड़ी संख्या में सार्वजनिक जीवन में सक्रिय होते दिखाई दे रही थीं। स्वदेशी आन्दोलन (1905-1911) के बाद असहयोग आन्दोलन (1918-1920), सविनय अवज्ञा (1930-1934) और भारत छोड़ो आन्दोलन (1942) के दौरान सार्वजनिक जीवन में स्त्रियों की उपस्थिति, हिन्दी क्षेत्र में भी कम उल्लेखनीय नहीं थी। सुधा चौहान अपनी माँ सुभद्राकुमारी चौहान (1904-1948) की जीवनी में इस बात को रेखांकित करती हैं, "माँ ने स्त्रियों के बीच जो काम किया था, उसी के चलते जबलपुर में कांग्रेस की सभाओं में स्त्रियों की संख्या लगभग 25 प्रतिशत रहती थी। आज भी बहुत बड़े नेताओं की गिनी चुनी सभाओं को छोड़कर शेष आम सभाओं में इनी-गिनी स्त्रियाँ ही आती हैं, जिनमें से अधिकांश मंच

20. सुधा चौहान, मिला तेज से तेज, हंस प्रकाशन, इलाहाबाद, प्रथम संस्करण 1975, पृष्ठ 167-168

पर शोभायमान रहती हैं। 30-32 या 41-42 में होने वाली जबलपुर की आम सभाएं इसका अपवाद थीं; उनमें स्त्रियाँ बहुत बड़ी संख्या में जमा होती थीं, जो हिन्दी भाषी क्षेत्रों के लिए एक नया ही अनुभव था।...स्त्रियों की इस जागृति के पीछे निश्चय ही कुछ न कुछ हाथ माँ और उनकी तैयार की हुई टोली के अनवरत उद्योग का था। सन् 1920 से ही वे स्त्रियों की सभाओं में पर्दे के विरोध में, अंधी रूढ़ियों के विरोध में, छुआछूत हटाने के पक्ष में और स्त्री-शिक्षा के प्रचार के लिए बराबर बोलती आ रही थीं।[21]

सामान्यतः ऐसा माना जाता है कि तीसरी दुनिया में स्त्रीवादी आन्दोलन प्रायः हमेशा ही उसी ऐतिहासिक जमीन और ऐतिहासिक पल से उत्पन्न होता है जिस से राष्ट्रवाद।[22] लेकिन शायद यह भी सच है कि कुछ दूर तक साथ चलने के बाद दोनों के रास्ते कुछ अलग होने को बाध्य हो जाते हैं। ब्रिटिश साम्राज्यवाद और भारतीय राष्ट्रवाद के बीच स्त्री प्रश्न को लेकर एक विचारधारात्मक संघर्ष वर्षों से जारी था जिसमें राष्ट्रवाद और स्त्रीवाद के अंतर्विरोधों को प्रायः यह कहकर अनदेखी की जाती थी कि, "भारत तब तक स्वतंत्र नहीं हो सकता जब तक इसकी स्त्रियाँ स्वतन्त्र न हो जाएं और स्त्रियाँ तब तक स्वतन्त्र नहीं हो सकतीं जब तक भारत स्वतन्त्र न हो जाए।"[23] ऐसे में कैथरीन मेयो (1867-1940) की पुस्तक *मदर इंडिया* (1927) का प्रकाशन हुआ जिसने न सिर्फ उग्र राष्ट्रवादी प्रतिक्रिया को जन्म दिया बल्कि राष्ट्रवाद के समक्ष स्त्रीवाद को अपनी इयत्ता पहचानने, स्वयं को पारिभाषित करने का एक अवसर भी प्रदान किया। *मदर इंडिया* में भारत की दुर्दशा का मुख्य कारण बहुसंख्यक स्त्रियों की दुर्दशा को माना गया है और जिसके लिए हिन्दू सभ्यता की आंतरिक संरचना, विशेषकर हिन्दू समाज के काम-प्रधान संगठन को जिम्मेदार ठहराया गया था। जैसा कि मनोरंजन झा के अध्ययन से स्पष्ट है, अमेरिकी पत्रकार कैथरीन मेयो ने ब्रिटिश साम्राज्यवादी हितों को ध्यान में रखकर निश्चय ही प्रोपेगेंडा की नियत से मदर इंडिया को

---

21. Geraldine Here, A Great Way to fly : Nationalism, the State and the verieties of Third World Feminism in M. Jacqual Alexander and Chandra Talpade Mohanty, (eds.) Feminist Genealogies, Colonial Legacies, Democratic Futures, Foutledge, London & New York, 1997, p.31
22. Mrinalini Sinha (ed.) Selection from Mother India, Kali for Woman Press, New Delhi, 1998, p.1
23. Manorajnaj Jha, Katherine Mayo and India, People's Publishing House, New Delhi, 1971

लिखा था।[24] लेकिन स्त्रीवाद के सामने इस रचना ने अजब दुविधापूर्ण स्थिति उत्पन्न कर दी थी, जहां एक ओर इस रचना की आलोचना उसे राष्ट्रवादियों के पल्ले में जाकर स्त्री की वास्तविक स्थिति को भूलकर तथाकथित गौरवपूर्ण भारतीय स्त्री का महिमामंडन करवा सकती थी, वहीं स्त्रियों की चित्रित कारुणिक दशा से सहानुभूति व्यक्त करने का अर्थ होता—अंततः ब्रिटिश साम्राज्यवादियों के पक्ष को मजबूत करना। अगर उस दौर की प्रतिक्रियाओं को देखें तो कार्नेलिया सोराबजी (1866-1954) जैसे एक-आध अपवादों को छोड़कर अधिकांश स्त्रीवाद के समर्थकों ने विरल परिपक्वता का परिचय देते हुए मदर इंडिया की तीखी आलोचना प्रस्तुत की लेकिन साथ ही साथ भारतीय स्त्रियों की सोचनीय स्थिति में सुधार की आवश्यकताओं पर भी अत्यधिक बल दिया। मदर इंडिया की प्रतिक्रिया स्वरूप पचास से अधिक पुस्तक और पुस्तिकाएं प्रकाशित हुई थीं—हिन्दी, उर्दू, मराठी, बंगला, तमिल, तेलगु जैसी भारतीय भाषाओं के अलावा यूरोपीय भाषाओं में भी।[25] लेकिन स्वयं स्त्रियों के द्वारा कुछ ही रचनाएं लिखी गयी थीं और वह भी भारतीय भाषाओं में संभवतः सिर्फ हिन्दी में लिखी गईं और वह भी दो-दो एक साथ—चन्द्रावती लखनपाल (1904-1969)[26] ने मदर इंडिया के प्रकाशन होते ही उसी साल 1927 के दिसंबर में *मदर इंडिया का जवाब* लिखा और अगले साल 1928 में उमा नेहरू (1874-1963) की पुस्तक *मदर इंडिया का सचित्र हिन्दी अनुवाद* भी प्रकाशित हुई, जिसमें ''उमा नेहरू लिखित भूमिका तथा पश्चिमीय साम्राज्यवाद और भारत के विषय में मिस मेयो से दो दो बातें'' शामिल थीं। हिन्दी क्षेत्र में स्त्री-चेतना के विस्तार का यह प्रमाण तो था ही, साथ ही साथ

---

24. Mrinalini Sinha, ibid, p.2
25. चन्द्ररावती लखनपाल का जन्म बिजनौर में 1904 को हुआ। पिता का नाम पंडित जयनारायण शुक्ल था। शिक्षा, एम.ए. बी.टी गुरुकुल कांगड़ी विश्वविद्यालय, देहरादून से। 1926 में वैदिक साहित्य के अध्येयता सत्यव्रत सिद्धान्तालंकार (1898-1992) से विवाह। सविनय अवज्ञा आन्दोलन में सक्रिय भागीदारी। एक साल की जेल। देश के आजाद होने पर राज्य सभा में उत्तर प्रदेश कांग्रेस पार्टी की तरफ से लगभग दस वर्षों तक (3.4.1952 से 2.4.1956 तक तथा 3.4.1956 से 2.4.1962 तक) सांसद रहीं। 31 मार्च को मृत्यु। इनकी चार किताबें प्रसिद्ध हैं : 'मदर इंडिया का जवाब' (1927), स्त्रियों की स्थिति (1934), शिक्षा मनोविज्ञान (1934) तथा सत्यव्रत सिद्धान्तालंकार के साथ मिलकर लिखी हुई 'शिक्षा शास्त्र'।
26. उमा नेहरू, मिस मेयो की मदर इंडिया (सचित्र हिन्दी अनुवाद), हिन्दुस्तान प्रेस, इलाहाबाद, प्रथम संस्करण, 1928, पृ. 8-9

राष्ट्रवाद और साम्राज्यवाद के तर्क से ऊपर उठकर स्त्रीवाद किस प्रकार आत्मालोचन के लिए प्रस्तुत हो सकती है, इसका भी एक सुन्दर दृष्टान्त है। उमा नेहरू ने *मदर इंडिया का सचित्र हिन्दी अनुवाद की* प्रस्तावना में लिखा है : "जो चित्र हमारे देश का संसार के सामने रखा गया है उसे देखकर पश्चिमीय जातियां तो क्या स्वयं हमारे ही रोमांच खड़े हो जाते हैं। जिस प्रकार एक गिद्ध आकाश से नीचे की ओर देखता है परन्तु पृथ्वी पर फैले हुए सहस्रों विशाल वृक्ष, लाखों सुगंधमय अलौकिक रंगों में रंगे हुए फूल और अनेकानेक रोचक, स्वादिष्ट तथा स्वास्थ्यमय मेवे और फल, कोई भी इसे अपनी ओर आकर्षित नहीं कर पाते–किन्तु इसकी नजर जहां किसी मुर्दा जानवर या इंसान की लाश पर पड़ी, तुरंत अपने परों को समेट गिरते हुए लोहे के गोले के समान धरती की ओर टूट पड़ता है और अपनी मनोकामना पाकर जिस रस, जिस स्वाद, जिस रोचकता के साथ उसके दुर्गन्धपूर्ण गोश्त और सड़े हुए रग पुट्ठों को नोच नोच कर खाता है, इसी प्रकार मदर इंडिया की जननी ने अपनी बिरादरी वालों से प्रोत्साहन लेकर भारत की कल्पित तथा वास्तविक घृणामय समस्याओं को ढूंढ ढूंढ कर भयानक और विचित्र रसिकता के साथ वर्णित किया है।"[27] लेकिन लेखिका ने आगे आत्मालोचना का विरल उदाहरण प्रस्तुत करते हुए यह भी लिखा कि "यदि इसमें हमारी वास्तविक दशा चित्रित है तो उसे पढ़ना और दूसरों से पढ़वाना हमारा धार्मिक कर्तव्य होना चाहिए। यदि इस पुस्तक में अत्युक्तियाँ और झूठ हैं तो उससे पश्चिमीय संसार धोखा भले ही खाय, परन्तु हम स्वयं उससे धोखा नहीं खा सकते। अपने दोषों से घृणा करना उन्हें दूर कर देने की पहली सीढ़ी है। और जो लोग अपने दोष देखने से घबराता है वह दवा न खाने वाले बीमार के समान अपने रक्त से स्वयं अपने रोग का पालन करते हैं।"[28] इसे कहते हैं समालोचना में आत्मालोचन का विवेक और शब्द में कर्म की पहचान! यह बात तब और स्पष्ट हो कर उभरती है जब हम मदर इंडिया पर लिखी गयी अन्य तत्कालीन रचनाओं के समक्ष इन्हें रखकर देखते हैं। सी.एस. रंगा अय्यर की 'फादर इंडिया'[29], के. नटराजन की 'रिज्वायंडर'[30], लाला लाजपत राय की 'अनहैप्पी इंडिया'[31] या धन गोपाल मुखर्जी की 'अ सन

27. वही, पृ. 10-11
28. C.S. Ranga Iyer, Father India, Selvny & Blount Ltd, London, 1927
29. K. Natrajan, Miss Mayo's Mother India: A Rejoinder, G.A. Natesan & Co. Madras, 1927
30. Lala Lajpat Rai, Unhappy India, Banna Publishi Co., Calcutta, 1928
31. D.G. Mukherji, A Son of Mother India Answers, E.P. Dutton & Company, New York, U.S.A. 1928

ऑफ मदर इंडिया आनशर्स'[32] या शांताराम गणपतराव वार्ती की 'सिस्टर इंडिया'[33], चारुलता देवी की 'द फेयर सेक्स आफ इंडिया : अ रिप्लाय टू मदर इंडिया[34], जैसी अंगरेजी में लिखी रचनाएं जहां इंग्लैंड और अमेरिका के पाठकों को ध्यान में रखकर भारत के छवि-निर्माण पर अत्यधिक बल देती हैं वहीं उमा नेहरू अपने हिन्दी पाठकों के समक्ष समाज की बुराइयों को स्वीकार कर इसे हटाने की मांग करती दिखाई देती हैं। 'संग्रह त्याग न बिनु पहिचाने' का यह विवेक इनकी सब कृतियों में दिखाई देता है।

*पश्चिमीय साम्राज्यवाद और भारत के विषय में मिस मेयो से दो दो बातें* शीर्षक के अंतर्गत उन्होंने जिस रोचक काल्पनिक प्रश्नोत्तर शैली में मिस मेयो से बहस की है, वह पोलिमिक्स की उत्तेजना के साथ-साथ समालोचना का एक श्रेष्ठ उदाहरण प्रस्तुत करता है। बहस की शुरुआत यूं होती है : "मिस मेयो, मैंने सुना है कि भारतवर्ष एक समय संसार के सभ्य देशों में गिना जाता था। कला कौशल तथा औद्योगिक उन्नति में अन्य देश उसका मुकाबिला नहीं कर सकते थे। अपने जीवन को सुखमय बनाने के लिए जिन जिन वस्तुओं की इसे आवश्यकता थी उन्हें स्वयं बना लेता था। अन्य अन्य देशों के व्यापारी यहाँ के बने हुए पदार्थ इसी देश के बने हुए जहाज़ों में संसार के दूर से दूर देशों में ले जाते थे। एक विशाल नदी के अनंत प्रवाह के रूप में अन्य देश का सोना चांदी ढुल ढुल कर इस देश में आता रहता था। मिस मेयो आज यह संसार का विख्यात व्यापारी तुम्हारी चित्रित अछूत तथा वीभत्स दाई के समान भिखारी क्यों हो गया? इसका समस्त धन संपत्ति, इसकी कला कौशल इसका वैभव, इसका आत्म सम्मान क्या हुआ? प्रतिदिन यहाँ अकाल क्यों रहता है? इस देश के अभागे बच्चे, ऐसे दुर्बल ऐसे रोगग्रस्त क्यों हैं? और क्यों अन्य देशों को छोड़कर संसार की समस्त

---

32. Shantaram Ganpatrau Warty, Sister India, Sister India Office, Bombay, 1928
33. Chaurlata Devi, The Fair Sex of India: A Reply to "Mother India", Ramakrishna Cottage, Calcutta, 1929
34. डेविड ह्युम (1711-1776), विलियम राबर्टसन (1721-93), एडम स्मिथ (1723-1790), एडमंड वर्क (1729-1797), सर थामस मुनरो(1761-1827), एम.एस. एलिफिन्सटन (1779-1859), विलियम हैरिसन मोरलैंड (1868-1938), चार्ल्स एडवर्ड ट्रेविलियन (1807-1886), केर हार्डी (1856-1915), लारेन्ज वोंस्टेन (1815-1890), डब्ल्यू. एम. टारेंस (1813-1894), हर्बर्ट स्पेंसर (1820-1903), विलियम हिग्बी (1849-1904), चार्ल्स एडवर्ड रसेल (1860-1941), विलियम एडवार्ड हार्टपोल लेकी (1838-1903), पाल एस. रेन्स (1869-1923), रेवरेंड जे. टी. सुन्डरलैंड (1842-1936) जैसे पश्चिमी विद्वानों के अतिरिक्त सुन्दरलाल (1886-1981) तथा मेजर बामन दास बासु (1867-1930) के मतों को उद्धृत किया गया है।

विकराल महामारियों ने इसी देश को अपना घर बना लिया है। मिस मेयो, संभव है कि यह ठीक न हो परन्तु हमारी धार्मिक पुस्तकों में देशों की इस तरह की दुर्दशा का केवल एक ही कारण बताया है। वह यह है :

*"जिस समय कोई राजा राज्य व्यवस्था का तिरस्कार करके अपनी प्रजा पर अत्याचार करने लगता है उस समय जो युग प्रारम्भ होता है उसी का नाम कलियुग है। उस समय अनेक महामारियां फैलने लगती हैं, लोगों की अकाल मृत्यु होने लगती है, स्त्रियाँ वैधव्य को प्राप्त होती हैं, वर्षा समय से नहीं होती, और अन्न की उपज कम हो जाती है?"* महाभारत, शान्ति पर्व, अध्याय 69, श्लोक 91-95।

"क्यों मिस मेयो, क्या कहती हो? क्या यह वाक्य असत्य है? यदि यह असत्य है तो तुम्हीं हमारे देश के पतन का वास्तविक कारण बता दो?

आगे उन्होंने भारत की दुर्दशा का—उसके शैक्षिक, आर्थिक, औद्योगिक पतन का क्रमवार तीक्ष्ण विश्लेषण करते हुए यह पाया कि इसका श्रेय औपनिवेशिक शासन व्यवस्था को जाता है। अपने तर्क को पुष्ट करने के लिए राजनीति, इतिहास, समाज-विज्ञान, पत्रकारिता के क्षेत्र में सक्रिय जिन आधिकारिक विद्वानों—जिसकी सूची बहुत लम्बी है[35] के नवीनतम मतों को, यथासमय जिस प्रकार उद्धृत किया है, वह सिर्फ उनके बहुपठित होने का ही साक्ष्य नहीं देता बल्कि यह भी प्रमाणित करता है कि लेखिका ने अपने अनुभव और चिंतन के ताप से गलाकर ही सैद्धांतिक मतों, प्रपत्तियों, तथ्यों आदि को स्वीकार किया है। यहाँ जिस प्रकार की तैयारी और बौद्धिक परिश्रम दिखाई पड़ता है, हिन्दी में तत्कालीन चिंतन की अवस्था को देखते हुए दुर्लभ ही कहा जाएगा।

उमा नेहरू के जीवन काल में छिटपुट लेखों के अलावा उनकी दो पुस्तकें भी प्रकाशित हुईं—*मदर इंडिया का सचित्र हिन्दी अनुवाद (1928)* और *बिपता (1929)* दोनों हिन्दुस्तान प्रेस, इलाहाबाद से। उनके कुछ लेखों का संकलन किया जा चुका है[36] लेकिन दोनों पुस्तकें वर्षों से अप्रकाशित हैं। मुझे भी जो *मदर इंडिया का सचित्र हिन्दी अनुवाद* की प्रति मिली, वह खंडित अवस्था में ही मिली लेकिन

---

35. देखें, प्रज्ञा पाठक (सम्पादक), उमा नेहरू और स्त्रियों के अधिकार, राजकमल प्रकाशन, दिल्ली, प्रथम संस्करण, जनवरी, 2020

36. ऐसे नाटकों का उद्देश्य रामचंद्र शुक्ल के शब्दों में, "समाज अधिकतर जैसा है वैसा ही सामने रखना, उसके भीतर की नाना विषमताओं से उत्पन्न प्रश्नों का जीता जागता रूप खड़ा करना तथा यदि संभव हो तो समाधान के स्वरूप का भी आभास देना।" हिन्दी साहित्य का इतिहास, नागरी प्रचारिणी सभा, काशी, बीसवां पुनर्मुद्रण, संवत 2040, पृष्ठ 377

सौभाग्य से उसमें प्रस्तुत दोनों लेख एक आध पंक्तियों को छोड़कर मुकम्मल थे। यहाँ इन दोनों लेखों के अलावे बिपता को भी संकलित किया जा रहा है।

बिपता जान इडवार्ड मेजफिल्ड (1878-1967) के ट्रेजिडी आफ नैन (1908) का हिन्दी अनुवाद है जिसकी भूमिका में उमा नेहरू लिखती हैं : *"इस पुस्तक को पढ़कर हम हैरान रह जाते हैं कि इंगलिस्तान के मशहूर कवि शेक्सपियर के जमाने से लेकर मेजफिल्ड के समय तक अंग्रेजी जबान और विचार कहाँ जा पहुंचे। शेक्सपियर की शायरी की बहारें, ऊँचे ख्यालों के जमघट आकाश पर बहती हुई गंगा के समान हैं। मेजफिल्ड ने देहाती टूटी-फूटी जुबान में, अधकच्चे ख्यालों में और गरीब किसानों के रोजमर्रा की बातों में इसी आकाशगंगा को जमीन पर बहाकर दिखा दिया है।"* अगर तत्कालीन हिन्दी नाटकों की स्थिति देखें तो एक ओर जयशंकर 'प्रसाद' (1889-1937) के अजातशत्रु (1922), स्कंदगुप्त (1928) जैसे ऐतिहासिक नाटक दिखाई पड़ते हैं तो दूसरी तरफ पाण्डेय बेचन शर्मा उग्र (1900-1967) के उजबक (1926) और चार बेचारे (1927) जैसी यथार्थवादी नाट्य-कृतियाँ। बिपता भी ऐसा ही यथार्थवादी नाटक है[37] जिस परम्परा में आगे चलकर लक्ष्मीनारायण मिश्र (1903-1987), उदयशंकर भट्ट (1897-1969) के कतिपय नाटक और 1932-33 में प्रेमचंद ने जो गोल्स्वर्दी के नाटकों–*चांदी की डिबिया, न्याय, हड़ताल* का अनुवाद किया, उसे भी रखा जाना चाहिए। बिपता की भूमिका में उमा नेहरू ने सही कहा है कि, *"आज से कुछ ही समय पहले तक हमारी नजरें ऊपर ही को उठी रहती थीं। राजाओं रानियों, रईसों, और अमीरों की मुसीबतों में ही हमें इंसान के जीवन की असली ट्रेजडी दिखा दिया करती थी। और छोटे बड़े सब इन्हीं के दुखों और सुखों के राग अलापा करते थे। पर अब वह पुराने सब्ज बाग़ मुरझा गए और मुरझा रहे हैं। आसमान की तरफ से अब हमारी निगाहें कुछ जमीन की तरफ को गिर रही हैं। और यह दिखलाई देना शुरू हो गया है कि दुनिया की सबसे बड़ी बिपता गरीबों का जीवन है। और उन्हीं के सुख दुःख की ओर ध्यान देना उनकी* तस्वीरें दिखा कर स्त्रोतों को जगाना शायरी और साहित्य की असली और पवित्र कर्तव्य है।" हिन्दी साहित्य के अध्येता को यह उद्धरण जाना पहचाना और अति परिचित लग सकता है क्योंकि उनकी स्मृति में प्रगतिशील लेखक संघ के पहले अधिवेशन का वह प्रसिद्ध भाषण गूँज रहा होगा– *"हमें सुन्दरता की कसौटी बदलनी होगी। अभी तक यह कसौटी*

---

37. प्रेमचंद, साहित्य का उद्देश्य, हंस प्रकाशन, प्रथम संस्करण, 1954, पृ.13

*अमीरी और विलासिता के ढंग की थी। हमारा कलाकार अमीरों का पल्ला पकड़े रहना चाहता था, उन्हीं की कद्रदानी पर उसका अस्तित्व अवलंबित था और उन्हीं के सुख दुःख, आशा निराशा, प्रतियोगिता और प्रतिद्वंद्विता की व्याख्या कला का उद्देश्य था। उसकी निगाह अन्तःपुर और बंगलों की ओर उठती थी। झोपड़े और खँडहर उसके ध्यान के अधिकारी न थे। उन्हें वह मनुष्यता की परिधि के बाहर समझता था। कभी इनकी चर्चा करता भी था, तो इनका मजाक उड़ाने के लिए, ग्रामवासी की देहाती वेशभूषा और तौर तरीके पर हँसने के लिए। उसका शीन काफ दुरुस्त न होना या मुहाविरों का गलत उपयोग उसके व्यंग्य विद्रूप की स्थायी सामग्री थी। वह भी मनुष्य है, उसके भी हृदय है, और उसमें भी आकांक्षाएं हैं—यह कला की कल्पना के बाहर की बात थी।''*[38]

इन कृतियों का मूल्य सिर्फ सामाजिक यथार्थ को समझने की दृष्टि से ही नहीं है बल्कि एक और दृष्टि से भी है—वह है गद्य के विकास की दृष्टि से। गद्य के विकसित होने का एक प्रमाण उसकी अनेकरूपता भी है—उस दौर में अगर एक ओर प्रसाद के संस्कृतनिष्ठ बिम्बधर्मी गद्य के दर्शन होने शुरू हो गए थे तो दूसरी ओर सामान्य बोलचाल की रवानगी लिए मुहावरेदार गद्य भी हमें प्रेमचंद के यहाँ दिखाई देने लगा था। बिपता की भूमिका में उमा नेहरू लिखती हैं, *''मैंने सोच लिया था कि किताब भर में एक भी लफ्ज ऐसा न आने पाए जो अनपढ़ मुसलमान या हिन्दू औरत या मर्द न समझ सकें। यह बात कहाँ तक मैं निबाह सकी यह पढ़ने वाले खुद ही देख सकेंगे।...जबान ऐसी रखी गयी है कि जो मामूली ईसाई घरों में बोली जाती है। मुहावरे मिले जुले इस्तेमाल किए गए हैं जो मैंने खुद हिन्दू और मुसलमान घरानों में बोले जाते सुने हैं।''* आज इन कृतियों की सहज प्रवाहमय भाषा को देखने पर इस ओर ध्यान आकर्षित हुए बिना नहीं रहता कि हिन्दी गद्य के स्वाभाविक विकास को हिन्दी-उर्दू के विवाद ने कितना क्षतिग्रस्त किया था!

भारत में स्त्रीवादी आन्दोलन के इतिहास को जानने के लिए ही नहीं बल्कि हिन्दी क्षेत्र के सांस्कृतिक इतिहास से परिचय प्राप्त करने के लिए भी उमा नेहरू और उनके लेखन और समय को जानना जरूरी है। अब जबकि उमा नेहरू की बेटी श्याम कुमार खान (1904-80) की मृत्यु के बाद उनके सभी दस्तावेज, किताबें

---

38. उमा नेहरू की प्रपौत्री श्रीमती राधा खान ने एक साक्षात्कार में बोर्गी को बताया था कि श्याम कुमारी की मृत्यु के बाद उनकी माता उमा नेहरू के सारे दस्तावेज, किताबें और चिट्ठियां कबाड़ी के भाव बेच दी गईं। देखें, एलेना बोर्गी, वही, पृ. 269, नोट्स 5

और चिट्ठियाँ, कबाड़ी के भाव बेच दिए जाने की बात सुनने में आ रही है[39], इस संग्रह को प्रकाशित करना और भी जरूरी हो गया है। सुधी-जन इसकी उपयोगिता समझेंगे और हिन्दी नवजागरण तथा स्त्री-लेखन पर एक नई दृष्टि से सोचने-समझने का सिलसिला शुरू होगा, ऐसा विश्वास है।

**–रमण सिन्हा**
भारतीय भाषा केंद्र
जवाहरलाल नेहरू विश्वविद्यालय, नयी दिल्ली

# मदर इण्डिया

# ‘मदर इंडिया’ की प्रस्तावना (1928)

## मिस मेयो की मदर इण्डिया

मिस मेयो की ‘मदर इण्डिया’ जिसकी मैं प्रस्तावना लिख रही हूँ कोई साधारण पुस्तक नहीं है। यह हमारे राजनैतिक जीवन की एक महत्वपूर्ण घटना है। इस पुस्तक में हमारे धुरन्धर अँग्रेज राजनीतिज्ञों ने मिस मेयो जैसी निपुण चित्रकार से हमारा चित्र उतरवा कर संसार के सामने पेश किया है, ताकि लोग हमारी घृणित अवस्था को देखें और अपने उन देश बन्धुओं को लज्जित करें, और नीचा दिखावें जो साम्यवाद के फैलने और श्रमजीवी आन्दोलन के जोर पकड़ने के समय से भारत में विशेष दिलचस्पी लेने लगे हैं; और जो समय-समय पर प्रेममय शब्दों द्वारा भारत के साथ सहानुभूति प्रगट किया करते हैं। मिस मेयो का खींचा हुआ चित्र यथार्थ है या नहीं, भारत की अवस्था वास्तव में इतनी हीन है या नहीं, यह ऐसे प्रश्न हैं जिन पर बहस हो सकती है। किन्तु इसमें कोई सन्देह नहीं हो सकता कि मिस मेयो की नज़रों में तथा उन अँग्रेजों की नजरों में जिनकी मिस मेयो मुखपात्र है, भारत वास्तव में ऐसा ही दिखायी पड़ता है जैसा ‘मदर इण्डिया’ में चित्रित किया गया है। या कम-से-कम ये लोग यह चाहते हैं कि संसार भारत को इन्हीं रंगों में रँगा हुआ देखें। हमारे लिये ये दोनों बात एकसी हैं। इन दोनों बातों को सामने रख कर जब मैं सोचती हूँ कि हिन्दुस्तानियों और अँग्रेजों के दो सौ वर्ष के पारस्परिक संसर्ग और परिणय का परिणाम यह भयंकर घृणा है जो ‘मदर इण्डिया’ के एक-एक शब्द से टपकती है तो मेरा दिल काँप उठता है। मुझे साफ दिखायी पड़ता है कि जब दो ऐसी जातियों के विचार और भाव जिनमें राजा-प्रजा का सम्बन्ध हो एक-दूसरे की ओर से इस प्रकार के हों, तो ये जातियाँ बिना एक दूसरे का विनाश किये नहीं रह सकतीं। ‘रुडयार्ड किप्लिंग’ के घमण्ड भरे शब्द मेरे कानों में गूँज जाते हैं—

*'East is East, and West is West,*
*And never the twain shall meet'*

अर्थात्—पूरब पूरब है, और पश्चिम पश्चिम है, और ये दोनों आपस में कदापि नहीं मिल सकते।

और मैं यह सोचने लगती हूँ कि जब पूरब और पश्चिम मिल नहीं सकते, साथ नहीं रह सकते, तो इन दोनों में से एक मिटना लाजमी है। इन दोनों में से कौन मिटेगा यह हमें और भविष्य को निश्चय करना है।

इतिहास के पृष्ठ-पृष्ठ पर हमें पूर्वीय सभ्यता और पश्चिमीय सभ्यता का भेद अंकित दिखायी पड़ता है। पूर्वीय जातियाँ धार्मिक प्रपंचों और भेदभाव में फँसे होते हुए भी अन्य जातियों के लोगों के साथ संसर्ग पड़ जाने पर पारस्परिक प्रेम और सहानुभूति के जाल में फँस जाती हैं। यह स्वाभाविक भी है। भिन्न-भिन्न स्वभाव और श्रेणी के जानवरों को भी यदि एक स्थान पर कुछ समय तक रखा जाता है तो उनमें भी एक प्रकार का प्रेम और सहानुभूति उत्पन्न हो जाती है। परन्तु पश्चिमीय जातियों की दृष्टि में पूर्वीय लोग पशुओं से भी पतित हैं। वे बिच्छू, सर्प, चीते या भालू के समान हैं, जिन्हें घायल करना, कुचल डालना, निर्मूल कर देना ही, इनकी सम्मति में, मानव जाति की सबसे बड़ी सेवा करना है।

आज तक हमारे अँग्रेज राजनीतिज्ञों ने इस क्रूर भाव, इस भीषण राजनीति को, ऐसे स्पष्ट, ऐसे भयंकर रूप में भारत के प्रति प्रगट नहीं किया था जैसा इस 'मदर इण्डिया' की रचना और प्रकाशन द्वारा किया गया है। इस पुस्तक को अपना मुख पात्र बनाकर अँग्रेज राजनीतिज्ञ उसके द्वारा संसार को स्पष्ट शब्दों में बतलाते हैं :—

"भारत एक असभ्य, अशिक्षित, गन्दा और अत्यन्त हीन देश है। हमने दो सौ वर्ष तक निःस्वार्थ और अचूक परिश्रम के साथ इसकी सेवा की। इसे सभ्य बनाने का प्रयत्न किया। परन्तु सब व्यर्थ हुआ। अब हम अपनी भूल को स्वीकार करते हैं। निस्सन्देह भारत जैसे पतित देश को विनाश से बचा कर हमने उसे संसार के लिए एक भीषण खतरे (World menace) का रूप दे दिया है। परन्तु अब हम अपनी भूल का प्रायश्चित करने को तैयार हैं। आप भयभीत न हों। लीग ऑफ नेशंस को हस्तक्षेप की कोई आवश्यकता नहीं पड़ेगी। हम स्वयं अपनी नीति उसी प्रकार बदल देने को तैयार हैं जैसे अमरीका ने फिलीपाइन्स में बदल दी है। जिस प्रकार अमरीका ने फिलीपाइन्स निवासियों को एक बार शासन के कुछ अधिकार देकर उन्हें फिर वापस ले लिया उसी प्रकार भारत में

भी किया जा सकता है।

"इतना ही नहीं, वरन् हमें अब यह अनुभव हो रहा है कि भारत की दरिद्र, दुर्गन्धमय और कीटाणुपूर्ण सभ्यता से संसार को सुरक्षित रखने के लिए हमें अब स्पष्ट रूप में वही नीति इख़्तियार करनी पड़ेगी जो अमरीका ने अपने आदि निवासी रेड इण्डियन्स के साथ की थी। या जो स्वयं हमने आस्ट्रेलिया के और दक्षिण अफ्रीका के पुराने वाशिन्दों के साथ बरती है। इसमें सन्देह नहीं कि इस नीति का नतीजा यह हुआ कि उनमें से अधिकतर जातियाँ संसार से मिट चुकीं, किन्तु संसार की रक्षा तथा उन्नति के लिए यदि कुछ जातियों को मिट जाना पड़े, तो इसमें कोई विशेष चिन्ता की बात नहीं।

"परन्तु सुन लो! इस कार्य में हमें तुम्हारी सहानुभूति की जरूरत होगी। ऐसा न हो कि जब हम इस कठिन कार्य में लगें तो तुम हमारे बीच में आ जाओ। जो कुछ रिफार्म विफार्म हमने दिये हैं इन्हें और भी परिमित करना पड़ेगा। यही नहीं। रिफ़ार्म हासिल करने की आकांक्षा और उत्तेजना को भी, जो हमारी ही भूलों द्वारा उत्पन्न हो गयी हैं, कुचलना पड़ेगा। सम्भव है कि इस कोशिश में ये हिन्दोस्तानी कुछ ज्यादा सरकशी करें तो इन्हें दो-चार पंजाब जैसे और सबक देने पड़ें। फिर यह न हो कि ऐसे संकटपूर्ण अवसरों पर तुम भी हमारे पीछे पड़ जाओ और इस गन्दी, दुर्बल, हीन और रोगी जाति की सहानुभूति का राग अलाप कर हमारी कठिनाइयों को और भी बढ़ा दो। याद रहे कि यदि तुमने ऐसा किया तो तुम स्वयं अपने पाँव से कुल्हाड़ी मार लोगे। क्योंकि यदि भारत को ज्यादा अधिकार मिल गये तो तुम भी भारतीयों से अपने आपको रक्षित न रख सकोगे। यदि तलवार, तोप और एरोप्लेन से नहीं तो हैजे, प्लेग और अन्य गन्दी बीमारियों के कीड़ों द्वारा भारतवासी अवश्य तुम्हारा नाश कर देंगे।"

## मदर इण्डिया का वास्तविक उद्देश्य

मदर इण्डिया का वास्तविक भाव तथा वास्तविक लक्ष्य यही है। भारत से समस्त पश्चिमीय संसार की सहानुभूति को अलग कर देने का यह पुस्तक एक प्रबल साधन है। यह पुस्तक आने वाले अँग्रेजी चुनाव में लेवर पार्टी के प्रभाव के मिटाने की एक जबर्दस्त चाल है, जो पार्टी, कम-से-कम वक्त में, भारत को और हक देने की कभी-कभी चर्चा किया करती है। यह पुस्तक उस पार्लिमेन्टरी कमीशन की एक प्रज्वलित प्रस्तावना है जो कमीशन स्वयं भारत के लिए एक घोर अपमान है और जिसमें से हिन्दोस्तानियों को अलग रख कर उस आगामी नीति की बुनियादें डाली

गयी हैं जिसके श्रीगणेश की सूचना 'मदर इण्डिया' द्वारा संसार को दी जा रही है।

इस पुस्तक को मिस मेया को कर्तृत्व समझना, उसके व्यंग्यों और कटाक्षों से रुष्ट होकर पश्चमीय समाज को बुरा-भला कहने लगना, मीटिंगें करके मिस मेयो को गालियाँ देना यह सब इस पुस्तक के महत्व और वास्तविक उद्देश्य से अपने को अपरिचित सिद्ध करना है। जिस स्त्री ने 'दी आइस ऑफ फीयर' नामक पुस्तक फिलीपाइन्स द्वीप की स्वतन्त्रता अपहरण के लक्ष्य से, उन सुप्रसिद्ध सर लायोनेल कटिंस की प्रस्तावना सहित प्रकाशित की हो, जो महापुरुष भारत की दो मुँही शासन प्रणाली के अन्नदाता हैं—जिस स्त्री ने फिलीपाइन्स को संसार के उपहास और घृणा का पात्र बना चुकने के बाद सीधे इण्डिया ऑफिस की राह ली हो जो स्वयं भारत की राजधानी में लार्ड रीडिंग और लेडी रीडिंग और सूबों में प्रान्तीय गवर्नरों और ऊँचे सरकारी अफसरों की मेहमान रही हो—जो सी-आई-डी के अफसरों द्वारा हिन्दोस्तानी ख़ास ख़ास लोगों से मिलती फिरी हो—ऐसी स्त्री को इस पुस्तक का वास्तविक जन्मदाता समझना गलती है। अँग्रेजी राजनीतिज्ञों ने जानबूझ कर इस अभागी स्त्री को अपनी ओट बनाया है और निशाने लगाने के लिए हमारे सामने कर दिया है। जितने तीर हम इस निशाने पर लगायेंगे, जितनी शक्ति, समय और धन इन तीरों को मारने में ख़र्च करेंगे उतना ही हमारे वास्तविक, चालाक शत्रुओं को लाभ पहुँचेगा।

इससे भी बड़ी गलती यह होगी कि हम इस पुस्तक का सम्पूर्ण रीति से प्रचार न करें। यदि इसमें हमारी वास्तविक दशा चित्रित है तो इसे पढ़ना और दूसरों से पढ़वाना हमारा धार्मिक कर्तव्य होना चाहिए। यदि इस पुस्तक में अत्युक्तियाँ और झूठ हैं तो उससे पश्चिमीय संसार धोखा भले ही खाये, परन्तु हम स्वयं उससे धोखा नहीं खा सकते। अपने दोषों से घृणा करना इन्हें दूर कर देने की पहली सीढ़ी है।

और जो लोग अपने दोष देखने से घबराते हैं यह दवा न खाने वाले बीमार के समान अपने रक्त से स्वयं अपने रोग का पालन करते हैं।

## हमारा उत्तर

मदर इण्डिया को पढ़ते समय हमें यह स्मरण रखना चाहिए कि मिस मेयो ने एक सहृदय समाज सुधारक का स्वरूप केवल 'अपनी राजनैतिक उद्देश्यों की पूर्ति के लिए धारण किया है। परन्तु हमारे जातीय जीवन के इस बीभत्स चित्र के प्रकाशन का वास्तविक उद्देश्य जैसा मैं अभी कह चुकी हूँ संसार की सभ्य जातियाँ

में हमें घृणित बनाना है। 'मदर इण्डिया' का प्रचार न करना या उसे न पढ़ना और इस प्रकार इस चित्र पर अपने देश में परदा डाल लेने से हमें कोई लाभ नहीं पहुँच सकता। यह चित्र लाखों रुपये के खर्च से संसार के सामने रखा जा चुका है। जो नतीजा उसे पैदा करना या कर चुका और कर रहा है। इस चित्र का उत्तर हम केवल एक ही प्रकार दे सकते हैं कि हम इसे अपने एक-एक देशवासी को दिखाकर उसके हृदय पर इस चित्र के वास्तविक उद्देश्य को अंकित कर दे। हम भारतवासियों को प्रत्यक्ष रूप से दिखायी दे कि अँग्रेजी राजनीतिज्ञ जिनके हाथ में इस समय ब्रिटिश साम्राज्य की बागडोर है हमें किस दृष्टि से देखते हैं। ये राजनीतिज्ञ संसार के समाने हमें अपमानित करने के लिए किस-किस प्रकार के भीषण प्रबन्ध करते हैं। हम इसी चित्र को जो हमें अपमानित करने के लिए खींचा गया है इस देश में स्वाभिमान उत्पन्न करने का साधन बनायें। और उस साम्राज्यवाद को जिसकी बुनियादों को पुष्ट करने के लिए ऐसी निर्लज्ज बातों के गढ़ने को आवश्यकता होती है, उसकी निर्लज्जता को, उसकी क्रूरता और घमण्ड को, जो 'मदर इण्डिया' की कल्पना तथा रचना दोनों से टपकता है, लोगों को इसी चित्र में दर्शाकर, उस साम्राज्यवाद को जो हमारी दृष्टि से 'संसार का वास्तविक भय' (World menace) है, कम-से-कम भारत से निर्मूल कर देने के लिए उन्मुख बना दें।

## मदर इण्डिया की शैली

जो चित्र हमारे देश का संसार के सामने रखा गया है उसे देख कर पश्चिमीय जातियाँ तो क्या स्वयं हमारे ही रोमांच खड़े हो जाते हैं। जिस प्रकार एक गिद्ध आकाश से नीचे की और देखता है परन्तु पृथ्वी पर फैले हुए सहस्रों विशाल वृक्ष, लाखों सुगन्धमय अलौकिक रंगों में रँगे हुए फूल और अनेकानेक रोचक, स्वादिष्ट तथा स्वास्थ्यमय मेवे और फल, कोई भी इसे अपनी ओर आकर्षित नहीं कर पाते—किन्तु इसकी नजर जहाँ किसी मुर्दा जानवर या इंसान की लाश पर पड़ी, तुरन्त अपने परों को समेट गिरते हुए लोहे के गोले के समान धरती की ओर टूट पड़ता है और अपनी मनोकामना पाकर जिस रस, जिस स्वाद, जिस रोचकता के साथ उसके दुर्गन्धपूर्ण गोश्त और सड़े हुए रग पुट्ठों को नोंच-नोंच के खाता है, इसी प्रकार 'मदर इण्डिया' की जननी से अपनी बिरादरी वालों से प्रोत्साहन लेकर भारत की कल्पित तथा वास्तविक घृणामय समस्याओं को ढूँढ़-ढूँढ़कर भयानक और विचित्र रसिकता के साथ वर्णित किया है।

यह सेलानी कुमारी अमेरिकी से उड़कर इंग्लैण्ड होती हुई भारतीय आकाश में आ मँलडाई। गोकि इस प्राचीन देश में पाँच लाख मसजिद और मन्दिरों से कम न होंगे, परन्तु कलकत्ते के गवर्मेन्ट होस की छत और दीवारों को पार करती हुई सीधी/कालीघाट में काली माई के 'मन्दिर' पर जा टूटी। भारत के पाँच लाख मन्दिर मसजिद में शायद यही मन्दिरा ऐसा है जहाँ प्रतिदिन जीवित पशुओं की भेंट चढ़ाई जाती है। इधर-उधर देखती हुई मिस मेयो बेदी के पास पहुँच गयी और वे उसका वर्णन इस प्रकार देती हैं–

''एकाएक हवा को चीरती हुई एक तेज वेदनापूर्ण आवाज बकरी के मिमियाने की सुनाई दी। हम मन्दिर के कोने से घूमकर दूसरी ओर एक खूले सहन में पहुँचे। यहाँ पर दो पुरोहित खड़े हुए थे। एक के हाथ में एक मुड़ी हुई खड्ग थी। दूसरा एक बकरी के बच्चे को पकड़े हुए था। बकरी का बच्चा चिल्लाया क्योंकि वहाँ की हवा में वह विचित्र दुर्गन्ध भरी हुई थी, जिसे सूँघकर सब पशु डर जाते हैं। काली के सामने नगाड़े बजने लगे। इनका जोर का शब्द हुआ। जो पुरोहित बकरे को पकड़े हुए था उसने उसकी टाँगे पकड़ कर जोर से हवा में घूमा कर, जमीन पर पटक दिया। बकरा चीखे जा रहा था। उसकी गर्दन एक फटे हुए खूँटे के अन्दर जोर से फँसी हुई थी। दूसरे पुरोहित ने एक झटके के साथ अपनी खड्ग से बकरे का सिर अलग कर दिया। खून का फुव्वारा फर्श पर छूटने लगा। काली के सामने नगाड़े और घंटे खूब प्रचंडता से बजने लगे। तमाम पुरोहित और भक्त मिल कर एक साथ 'काली!' काली!' चिल्लाने लगे। कुछ लोग मन्दिर के फर्श के ऊपर पट पड़ गये।

इतने में फौरन ही एक स्त्री जो उस बकरे के बधिकों के पीछे खड़ी हुई थी तेज़ी से आगे बढ़कर नीचे लेट गयी और अपनी जीभ से ख़ून चाटने लगी–'इस आशा से कि इससे उसके पुत्र होगा।' इसके बाद एक दूसरी स्त्री झुक कर उस ख़ून में एक कपड़ा भिगोने लगी और उस कपड़े को उसने अपनी बगल में रख लिया। इस पर आधी दर्जन बीमार, जख्मी कुत्ते जिनकी शक्लें अकथनीय रोगों के कारण भयंकर हो गयी थीं उस लहू के बढ़ते हुए तालाब में आकर अपनी भूख बुझाने लगे।

हालदार ने कुछ अभिमान के साथ मुझसे कहा, 'इस प्रकार हम लोग प्रतिदिन यहाँ पर डेढ़ सौ से लेकर दो सौ तक बकरी के बच्चों का वध करते हैं। यह बकरे भक्त लोग लाकर चढ़ाते हैं।'

पशुओं का वध देखने के बाद मिस मेयो एक मृत्यु स्त्री के शव पर पहुँच गयी। इसका वर्णन सुनिये–

इसके बाद हम मन्दिर की श्मशान भूमि में गये। वहाँ एक चिता तैयार थी। पर खुले सहन के अन्दर एक चौपटा गड्ढा खुदा हुआ था। इस गड्ढे को आधा लकड़ियों से भर दिया गया। पास जमीन पर एक सुन्दर, नौजवान, हिन्दोस्तानी स्त्री पड़ी हुई थी। मालूम होता था कि वह बेहोश है। उसके लम्बे, काले बाल चारों तरफ बिखरे हुए थे। उसमें कुछ फूल लगे हुए थे। उसके माथे पर, उसके हाथों पर और उसके मांग पर लाल रंग लगा हुआ था जिससे मालूम होता था कि यह सौभाग्यवती है, अर्थात् वह वैधव्य से बच गयी—अपने पति के जाते ही मर गयी। दो-तीन रिश्तेदार और एक दस साल का लड़का पास खड़े हुए थे। मालूम होता था कि इन लोगों का मुर्दा से कोई सम्बन्ध नहीं। कुछ दूरी पर एक बुढ़िया जमीन पर बैठी हुई थी। पीछे-पीछे घोड़े की मक्खियों की तरह पाँच-छः फकीर इधर-उधर फिर रहे थे।

लोगों ने लाश को उठाकर उस गड्डे के अन्दर लकड़ियों पर रख दिया। उस औरत का सिर एक तरह झुक गया और एक हाथ लटक गया, माना उसने नींद में करवट ली। उसे मरे हुए चन्द घंटे हुए थे। लोगों ने उनके ऊपर लकड़ियाँ चुन दीं और उसके ऊपर धूप डाल दिया। इसके बाद उस छोटे से लड़के ने जो उसका बेटा था, चिता की लकड़ी हाथ में लेकर सात बार परिक्रमा की। उसके बाद वह आग में लकड़ियों को फेंक दिया। आग उठने लगा धुंआ उठने लगा। अन्त्येष्टि संस्कार समाप्त हो गया। मि. हालदार ने मुझे समझाया कि अगर आग अच्छी तरह जलेगा तो सिवाय नाभि के और सब बदन जल जाता है। मन्दिर के लोग राख में से नाभि को निकाल लेते हैं और मरने वाले के घर के लोगों से एक सोने की मोहर लेकर उस मोहर समेत नाभि को मिट्टी के गोले में लपेटकर गंगा में फेंक देते हैं। आइये अब आपको गंगा स्नान का दृश्य दिखाऊँ।'

## स्नान का दृश्य देखिये

फिर वह में भीड़ में से निकाल कर मन्दिर के नीचे एक जगह ले गये जहाँ पर एक, गंदला, छिछला नाला वह रहा था, जिसमें नहाने, वालों की भीड़ थी। मि. हालदार ने कहा कि, 'यह गंगा की सबसे पुरानी धारा है, इसलिए इसका महत्व बहुत अधिक समझा जाता है। लाखों बीमार प्रति वर्ष यहाँ पर नहाने और तन्दुरुस्त होने के लिए आते हैं जैसा कि कुछ आपके सामने नहा रहे हैं। जो लोग और मन्नतें माँगने के लिए काली की पूजा करने आते हैं वे पूजा करने से पहले अपने पाप धोने के लिए यहाँ स्नान करते हैं।

स्नान करने के बाद उन लोगों ने वहीं से थोड़ा-थोड़ा पानी पिया जो मुश्किल से उनके घुटनों तक पहुँच रहा था। फिर उसमें से बहुत से अपने हाथों से कुछ मिनट तक नीचे की मिट्टी को टटोलते रहे और मुट्ठियों से कीचड़ बाहर निकाल कर उसे अपने हाथों में लेकर गौर से देखते रहे। मि. हालदार ने कहा, 'यह लोग उन सोने की मुहरों की ढूँढ रहे हैं जो श्मशान भूमि से गंगा में फेंकी गयी हैं। उन्हें प्राप्ति की आशा है।'

इस बीच में नदी की पैड़ियों के ऊपर-नीचे पुरोहित लोग आ-जा रहे थे। हर एक के साथ तीन-तीन चार-चार बकरी के बच्चे होते थे। इन बच्चों को भी यहीं पर नहलाते थे। जहाँ पर मनुष्य नहा रहे थे, फिर उन्हें खींच कर मन्दिर के आँगन में ले जाते थे। बच्चे चीखते थे और जोर लगाते थे। बहुत से स्त्री-पुरुष पानी के घड़े लिये चढ़-उतर रहे थे। ये लोग उसी नाले से अपने घड़ों को भर कर लौट जाते थे।

मि. हालदार ने कहा, 'प्रत्येक बकरी के बच्चे को वध करने से पूर्व गंगा में नहला कर पवित्र कर देना आवश्यक है। जो लोग पानी ले जा रहे हैं ये देवी पर चढ़ाने के लिए ले जा रहे है। यह पानी काली के पैरों पर और काली के सामने जो पुरोहित खड़े रहते हैं उनके पैरों पर डाला जाता है।'

## मन्दिर की नाली को देखिये

मन्दिर के बाहर की दीवार के पीछे जब मि. हालदार हमसे विदा हुए। मैंने देखा कि जमीन से लगभग हाथ भर की ऊँचाई पर दीवाल में एक नाली का मुँह था। इस सूराख में एक छोटे से पत्थर के ऊपर कुछ गेंदे के फूल, कुछ गुलाब की पंखुड़ियाँ और कुछ पैसे पड़े हुए थे। मेरे देखते-देखते एकाएक उस नाली में से कुछ गँदरा पानी जोर से बाहर की बहा। एक स्त्री ने लपक कर उसके नीचे एक कटोरा लगा दिया और उसे भरकर पी गयी।

'यह हमारा पवित्र गंगाजल था, जो कि काली और उसके पुरोहितों के पैरों पर से बहकर और भी अधिक पवित्र हो गया था। इस पुरानी नाली द्वारा यह पवित्र जल मन्दिर के फर्श से बाहर आ रहा है। पेचिश और पारी के बुखार की यह बहुत अच्छी औषधि पाई गयी है। जिन रोगियों में चलने की ताक़त है वे पहले गंगा में जाकर स्नान करते हैं। फिर यहाँ आकर इस जल को पीते हैं। जो इतने बीमार है कि यहाँ नहीं आ सकते उनके लिए उनके मित्र यहाँ से जल ले जाते हैं।

अपने पाठकों को यह सारे अपूर्व दृश्य दिखलाने के बाद मिस मेयो अपनी पुस्तक का आरम्भ करती हैं। ये दृश्य मानों उनकी पुस्तक के श्रीगणेश हैं।

## मदर इण्डिया का नामकरण

धार्मिक क्षेत्र से निकल कर सामाजिक विषयों जैसे वैधव्य, बाल-विवाह, सतीत्व इत्यादि के सम्बन्ध में 'मदर इन्डिया' में जो-जो चित्रकारियाँ की गयी हैं उन्हें स्वयं पाठक देखेंगे। किन्तु भारत की ओर इस पुस्तक की असीम घृणा और अविश्वसनीय हेय की अन्तिम सीमा दिखलाने के लिए मैं इनका ध्यान केवल उस चित्र की ओर आकर्षित करना चाहती हूँ जिसकी बिना पर इस पुस्तक का नाम 'मदर इण्डिया' रखा गया है। वैधव्य की असहनीय आपत्तियाँ, भारतीय स्त्रियों की चरित्रहीनता और दासत्व, बाल-विवाह के विनाशक परिणाम अकथनीय रूप में दर्शा चुकने के बाद मिस मेयो हमारे प्रसूत गृह में प्रवेश करती हैं। वहाँ उन्होंने जो कुछ देखा वह स्वयं उन्हीं के शब्दों में सुनने योग्य है।

## प्रसूता का हाल सुनिये–

यह स्त्री जिसके बच्चा होने वाला है, अपने होने वाले बच्चे के लिए छोटे-छोटे कपड़े बनवा रखना या इस प्रकार की कोई अन्य तैयारी नहीं करती। समझा जाता है कि ऐसा करना मानो यह समझ लेना है कि देवता अपनी कृपादृष्टि उस पर अवश्य डालेंगे। और यह अनुचित है। किन्तु वह एक काम कर सकती है और करती भी है। वह यह कि साल भर तक जिसने गन्दे से गन्दे चीथड़े, निकम्मे, कपड़े घरवालों के हाथ से फिंकते रहते हैं उन्हें वह एक दालान में या किसी छोटे से अँधेरे कमरे के एक कोने में जमा करती रहती है।

जब बच्चा पैदा होने का समय आता है तो वह युवा पत्नी इसी बदबूदार कचरा घर में घुस जाती है। वह 'अपवित्र' समझी जाती है, और उस वेदना के समय जो कुछ वह छूती है वह भी अपवित्र हो जाता है, और इस कार्य के बाद नष्ट कर दिया जाता है। इसलिए किफायत के नाम पर उसके आस-पास केवल वह चीजें दी जाती हैं, या उसी तरह के आदमी भेजे जाते हैं जो अपवित्र और निकम्मे हों। यदि कोई पुरानी चारपाई हो जिसके पाये टूटे हुए हों तो वह उसे लेटने के लिए दी जाती है। यह चारपाई इस तरह के अगले अवसर के लिए उस अँधेरे कोने में पड़ी रहती है। अथवा उसके लिए गोबर के उपलों या पत्थरों से जमीन के ऊपर सहारा बना दिया जाता है। और कोई मुनष्य उस जगह को

झाड़ने, साफ करने या धोने में समय नष्ट नहीं करता जब तक कि सब कार्य समाप्त न हो जाये।

## दाई का वर्णन सुनिये

जब दर्द शुरू होता है तो दाई बुलाई जाती है। यदि अकस्मात् जिस समय दाई के पास बुलावा पहुँचा उस समय वह साफ कपड़े पहने हुए है तो चाहे कितनी भी जल्दी क्यों न हो, वह पहले अपने कपड़े उतार कर दूसरे गन्दे कपड़े पहन लेती है। यह गन्दे कपड़े इसी काम के लिए रखे रहते हैं, और अनेक रोगी जच्चाओं से सम्पर्क में आने के कारण रोगों के कीटाणुओं से भरे रहते हैं। इस प्रकार गन्दे से गन्दे कपड़े पहन कर अनेक रोग साथ लेकर, वह दाई अपने अभागे बलि के साथ उस गन्दे कमरे में बन्द हो जाती है।

यदि उस कमरे में कोई रोशनदान हो तो दाई उसे कचरे या घास-फूस से बन्द करा देती है। कहा जाता है कि बच्चा पैदा होने के समय ताजी हवा नुकसान करती है—उससे ज्वर हो जाता है। यदि परदे बनाने के लिए काफी चीथड़े हों तो दाई उन्हें गाँठ कर उनके परदे बना कर दरवाज़ों में लटका देती है और उसी कोने में परदों के अन्दर दीवाल के सहारे जच्चा को लिटा देती है ताकि उसे बिल्कुल हवा न लगने पाये। इसके बाद और अधिक अँधेरा बनाने के लिए वह एक छोटी-सी बत्ती तेल में भिगोकर जला लेती है अथवा बिना चिमनी की मट्टी के तेल की ढिवरी जलाती है जिनमें से बुरी तरह धुआँ निकलता रहता है। इसके बाद किसी बर्तन में वह थोड़े से कोयले जलाती है। उसे चारपाई के नीचे अथवा ज़च्चा के पास रख देती है। इस आग का विषैला धुआँ भीतर की बदबू को और भी बढ़ा देता है।

## दाई की शक्ल देखिये–

मैंने जो पहली दाई काम करते हुए देखी उसने ज्योंही मैं कमरे में घुसी तुरन्त कुछ विशेष बदबूदार मसाला मुट्ठी भर कर उस आग के ऊपर डाल दिया। इसका उद्देश्य यह था कि बच्चे वा उसकी माँ को मेरी नजर न लग जाये। मसाला डालते ही उससे गहरा धुआँ निकला और लपट भी उठी। उस लपट की रोशनी में मैंने उसका चुडैल सा मुँह और जुएँ भरे हुए बाल, उसके लटकते हुए चीथड़े और गन्दे पंजे देखे और उसने भी कीचड़ भरे और लगभग दृष्टि शून्य नेत्रों से उस बदबूदार धुएँ में मेरी तरफ देखा। किन्तु जब उसकी लपट से बिस्तरे में आग

लग गयी और उसके बेहोश मरीज के शरीर की ओर बढ़ चली तो उस आग को बुझाने के लिए वह दाई नहीं दौड़ी। यह देख ही न सकती थी और न उसे इतना होश था कि समझ सकती।

## दाई की क्रियायें देखिये

यदि बच्चा पैदा होने में देर हो जाये तो यह आशा की जाती है कि दाई इसका वास्तविक कारण बता सकेगी। वह अपना लम्बा, गन्दा हाथ जिसमें गन्दे छल्ले और कड़े पहने होती है और जिस पर अकथनीय रोगों के कीटाणु जमा होते हैं, जच्चा के पेट के अन्दर घुसेढ़ देती है, जो कुछ उसे वहाँ मिलता है उसे खेंचती -मरोड़ती है। यदि बच्चा पैदा होने में अधिक देर और कठिनाई हो जाये और जच्चा का पति खर्च मंजूर करे तो एक दूसरी दाई बुलाई जाती है और फिर एक तीसरी दाई बुलाई जा सकती है और बच्चे को अलग-अलग टुकड़े में बाहर निकाला जाता है, कभी एक टाँग और कभी एक हाथ।

इस तरह की प्रसव वेदना तीन दिन, चार दिन, पाँच अथवा कभी कभी छः दिन तक जारी रहती है। इस तमाम समय में बच्चा को कुछ भी आहार नहीं दिया जाता—यही प्राचीन प्रथा है—और दाई अपनी सब पुरानी तरकीबें करती हैं। जच्चा को अपनी मुट्ठियों से दबाती है; उसे दीवाल के सहारे खड़ा कर देती है और अपने सर से उसके पेट में टक्करें मारती है। नंगी ज़मीन पर उसे सीधा लिटाती है, उसके हाथ पकड़ कर अपने गन्दे नंगे पैरों से उसकी जाँघों को कुचलती है; यहाँ तक कि डॉक्टर लोग कहते हैं कि प्रायः दाई के लम्बे पैरों के नाखूनों से ज़च्चा का गोश्त चीथड़े हो जाता है अथवा वह ज़च्चा को लिटा कर उसके बदन ऊपर नीचे चलती है जिस तरह कोई कपड़ों को रौंदता है। इसके अतिरिक्त वह अजीब चीज़ों की पोटलियाँ बनाती है, जड़ी-बूटियों की, गन्दे बाँध की, शरीफ़े के बीजों की या मिट्टी की या मिट्टी में लौंग, घी और गेंदे के फूल मिला कर, या छिलके और मसाले—गरज़े के कोई भी चरपरी चीज़ हो—और इन गोलियों को स्त्री की योनि में ठूँस देती है ताकि बच्चा जल्दी पैदा हो। देश के बाज हिस्सों में, बकरी के बाल, बिच्छू के डंक, बन्दर की खोपड़ियाँ और साँप की केचुल ऐसे अवसर पर उपयोग करने के लिए बड़ी अच्छी चीज़ें समझी जाती हैं।

## दाई की असिस्टेन्ट का हाल सुनिये :–

तीर्थ-स्थान बनारस में जो कि सनातन धर्म का गढ़ है, सात तरह के मेहतर होते

हैं। वे सब अछूत गिने जाते हैं। पहिली श्रेणी के मेहतरों में से दाइयें होती हैं; सबसे अन्तिम और सबसे निम्न श्रेणी के मेहतरों में से आवलनाल काटने वाली होती हैं। आवलनाल काटना इतना निकृष्ट कर्म समझा जाता है कि काशी में मेहतरानी भी सिवाय उन मेहतरानियों के जो सबसे निम्न श्रेणी में हैं इस काम को करना गवारा नहीं करतीं।

इसलिए दरिद्र अस्पर्शीय दाई अपने साथ एक अपने से भी बत्तर दाई लाती है जो कि माँ और नवजात बालक दोनों पर अपना हुनर आजमाती है।

नाल काटने के लिए कभी एक घास की खपच्ची का उपयोग किया जाता है, कभी एक पुराने टीन के टुकड़े का, कभी एक जंग लगी हुई कील का, कभी एक ठीकरे या टूटे हुए शीशे का, कभी-कभी जब आवलनाल काटने वाली के पास कोई औजार नहीं होता अथवा उसे आस-पास कोई तेज धार की चीज दिखायी नहीं देती तो यह पड़ोसियों से कोई चीज माँग लाने के लिए निकलती हैं। एक बार मैंने यह शब्द सुने जिन्हें मैं जल्दी नहीं भूल सकती—'हे, हे सुनती हो?' मेरा चाकू बाहर दे दो। मुझे अमी तरकारी काटना बाकी है।

आवलनाल का बाहरी सिरा बिना मरहम-पट्टी के इसी प्रकार छोड़ दिया जाता है। जहाँ ज्यादा एहतियात की जाती है वहाँ उस सिरे पर थोड़ी सी मट्टी या कोयला या गोबर और कई चीजें लगा दी जाती है। इन चीजों का असर अधिक बुरा होता है। यह कहने की आवश्यकता नहीं है कि जो बच्चे अपने जन्म के समय की मुसीबत से बच जाते हैं उनमें से एक बहुत बड़ी संख्या जबड़े बंद होने या बदन सूजने से मर जाते हैं।

## प्रसूता की मृत्यु के समय दाई क्या करती है

देवताओं के अतिरिक्त चुड़ैल भूत भी इससे अधिक हैं जितने कि समुद्र के किनारे बालू के कण। इनमें अधिक वृद्धि करना उचित नहीं।

सबसे बुरे भूतों में उन मरी हुई स्त्रियों की आत्माएँ गिनी जाती हैं जो कि प्रसव के समय बच्चा पैदा होने से पहले मर जाती हैं। यह भुतनियाँ निर्जन रास्तों और घरों में घूमती रहती हैं। उनमें डाह बहुत अधिक होती है। उनके पैर पीछे को मुड़े होते हैं।

इसलिए जब कभी कोई ज़च्चा जिसके अभी कोई बच्चा पैदा नहीं हुआ है, मरती हुई दिखायी देती है, तो दाई अपना यह कर्तव्य समझती है कि घर वालों की रक्षा के लिए उसी समय से उपाय करने लगे—यद्यपि सम्भव है कि

वह ज़च्चा कई दिन से दर्द में पड़ी हो और उसकी सूखी हड्डियाँ बच्चे को बाहर निकलने न देती हों।

दाई ऐसे अवसर पर सबके पहले मिरचे लेकर मरती हुई जच्चा की आँखों में रगड़ देती है, इसलिए ताकि उसकी प्रेतात्मा अन्धी हो जावे और बाहर न निकल सके। इसके बाद दाई दो लम्बी लोहे की कीलें लेती है और असहाय जच्चा के दोनों हाथ फैला कर हर एक हथेली को फर्श पर एक कील से कस कर गाड़ देती है—असहाय ज़च्चा इस व्यवहार को सब समझती है, और अपने भाग्य के सामने सर झुका देती है। इस कील गाड़ने का उद्देश्य यह होता है कि प्रेतात्मा ज़मीन में गड़ी रहे और निकल कर इधर-उधर घूम कर जीवित लोगों को दिक़ न करे। इस प्रकार वह स्त्री मर जाती है और मरते दम तक करुणा के साथ देवताओं से अपने पूर्व जनम के उन भयंकर पापों के लिए क्षमा याचना करती रहती है जिनका उसे यह फल मिल रहा है।

ऊपर का बयान यद्यपि भयंकर मालूम होता है तथापि इसके सबूत में बहुत से और विश्वसनीय डॉक्टरों की गवाही पेश की जा सकती है जो कि भारत के दूर-दूर के भागों में रह चुके थे। इस अध्याय की सब मुख्य-मुख्य बातें इसी तरह की गवाही के आधार पर और स्वयं मेरे व्यक्तिगत तजुरबे के आधार पर दी गयी हैं।

## दाई की उजरत

दाई के कामों में यह भी शामिल है कि बच्चा पैदा होने के समय और उसके लगभग दस दिन बाद तक जच्चा के पास मौजूद रहे। इन लगभग दस दिनों के अन्दर घर का कोई दूसरा आदमी जच्चा के पास नहीं जाता, क्योंकि इतने दिनों तक जच्चा अपवित्र रहती है। इस समय के अन्दर रोगी जच्चा और उसके नवजात बालक का सारा काम दाई ही करती है। दस दिन के अन्त में दाई से यह भी आशा की जाती है कि वह उसी अपवित्र कमरे को साफ कर और फर्श और दीवारों को गाय के गोबर से लीप दें।

दाई को मजदूरी लड़का हो तो अधिक मिलती है और लड़की हो तो कम। यह मजदूरी कहीं ज्यादा होता है और कहीं कम। धनाढ्य लोग इस समस्त सेवा के लिए अधिक-से-अधिक 10 रुपए तक दे देते हैं, बशर्ते कि लड़का पैदा हुआ हो। किन्तु आम तौर पर खुशहाल लोग पुत्री जन्म के लिए आठ आने देते हैं। गरीब लोग लगभग 10 दिन की सेवा के बदले में दाई को बेटे के होने में दो या तीन आने और लड़की के होने में एक या डेढ़ आना देते हैं। दाई स्वयं दरिद्र

में दरिद्र घर की होती है, इसलिए उसकी इतनी हैसियत नहीं होती कि साबुन की एक टिकिया, या थोड़ी सी साफ रूई खरीद सके। दाई को वह चीज़ें भारत में कहीं-नहीं दी जाती हैं और इस प्रकार यह समस्त हत्या जारी रहती है।

प्रसूत गृह और दाई के चित्र को मैंने सम्पूर्ण रूप में उपस्थित किया है। मैं इसके कल्पित अथवा वास्तविक होने पर बहस करना नहीं चाहती। यह तो पाठक स्वयं ही देख लेंगे। इस चित्र के सम्पूर्ण रूप में उद्धृत करने में मेरा वास्तविक उद्देश्य यह दिखाना है कि इस पुस्तक में जन्मदाताओं को इस भयंकर चित्र ने ही इसका भारतमाता नामकरण करने के लिए प्रोत्साहित किया है। उन्हें इस चित्र में भारतमाता का सम्पूर्ण स्वरूप दिखायी देता है। उन्होंने इस चित्र को संसार के और हमारे सम्मुख उपस्थित करके भारत की वर्तमान स्थिति की वास्तविकता दर्शाने का प्रयत्न किया है। इसमें सन्देह नहीं कि यदि भारत माता का यह वास्तविक चित्र है तो गन्दगी, दुर्बलता, अज्ञान, अन्धविश्वास और दरिद्रता की संसार में इस प्रकार की कोई अन्य उपमा मिलना असम्भव है। जिस देश का शरीर गन्दे, दुर्गन्धमय अनेकानेक रोगों के कीड़ों से भरे हुए चिथड़ों में पोषित होता है, जिसके बालों में जुएँ हैं, जिसके हाथ-पांव के नाखून इतने बढ़े हुए हैं कि शिकारी पशु के समान वह मनुष्य के शरीर के चिथड़े उड़ा सकता है, जिसकी असीम अज्ञानता और अन्धविश्वास अकथनीय है और जिसकी दरिद्रता का यह हाल है कि अपने और अपने कुटुम्ब के पालन-पोषण के लिए उसे पन्द्रह-पन्द्रह दिन की सेवा और परिश्रम की एवज में अधिकतर चार आने और आठ आने पर ही संतोष करना पड़ता है—ऐसे अभागे देश के दुखों का क्या अनुमान हो सकता है। यदि इस चित्र को देख कर हम व्याकुल हो उठें और पीड़ित हृदय, अश्रुपूर्ण नेत्र, और दबी जवान से अपने इन चित्रकारों की मुख्य पात्र मिस मेयो से पूछें कि—

'क्या मिस मेयो अन्तिम दो सौ वर्ष से तुम्हारे ही सजातीय जिनकी तुम मुख पात्र हो हमारे राजा है, रक्षक हैं, और अभिभावक हैं। इन दो सौ वर्ष के पहले भारतवर्ष की सभ्यता और सम्पन्नता की समस्त संसार में घूम थी। आज यह देश इस अछूत अभागिनी दाई के समान क्यों हो गया? और इसकी यह दुर्दशा किसने बना दी?''

भारत की समस्त शिक्षित श्रेणी यही प्रश्न कभी क्रोध, कभी घृणा और कभी पीड़ा के साथ अपने शासकों से पूछती रहती है। संसार के अन्य-अन्य देशों की प्रबल और प्रभावशाली साम्यवादी और श्रमजीवी समितियों के सदस्य भी अक्सर यही पूछते रहते हैं और समय-समय पर पश्चिम और अमरीका के धुरन्दर राजनीतिक

इग्लिस्नान को किसी विषय में दबाने के लिए इसी प्रश्न को उठा बैठते हैं। इसलिए हमारे राजनीतिक इस प्रश्न से अपरिचित नहीं और 'मदर इण्डिया' के पृष्ठ-पृष्ठ पर इसी प्रश्न का उत्तर है। वास्तव में इसी प्रश्न के व्यंग को मिटाने और भारतमाता की वर्तमान भयंकर स्थिति का उत्तरदायित्व अपने सर से हटाने के लिए ही 'मदर इण्डिया' की कल्पना और रचना की गयी है।

मैं समझती हूँ कि इस विशाल प्रबन्ध और इस आश्चर्यजनक योग्यता के साथ ब्रिटिश साम्राज्यवादियों ने कभी पहले इस प्रश्न का उत्तर संसार के सन्मुख उपस्थित नहीं किया। कहने को यह पुस्तक एक पश्चमीय कुमारी को कच्चे अनुभवों और उत्तरदायित्वहीन सम्मतियों का ज़ख़ीरा है। किन्तु वास्तव में यह इससे बहुत गम्भीर है। यह एक अनभिज्ञ कुमारी के अनुभव नहीं बल्कि इतिहास के आरम्भ से आज तक जो कुछ भारत के विरुद्ध कहा गया है या कहा जा सकता है उस सब की एक अपूर्व प्रदर्शनी है। इस सुयोग्य पुस्तक में अँग्रेजी राज के भारत में कायम रहने की जितनी दलीलें इंसानी मस्तक में आ सकती हैं सब मौजूद हैं। साथ ही साथ भारतवासियों की दृष्टि को राजनैतिक बातों से हटा कर अन्य-अन्य क्षेत्रों की ओर मोड़ देने के लिए जो कुछ भी अधिक-से-अधिक योग्यता के साथ कहा जा सकता है, कहा गया है। और अन्त में मिस मेयो की फलवती कल्पना और 'फुदकती और चहचहाती हुई' जबान ने इन गम्भीर पहलुओं को ऐसे सरल आकर्षित और, रोचक ढंग से पेश किया है कि एक साधरण से साधारण मनुष्य उसे पढ़ और समझ सकें।

'मदर इण्डिया' में हमारे ऊपर दिये हुए मौलिक प्रश्न के जो उत्तर दिये गये हैं, इन उत्तरों से हमारा संतुष्ट न होना स्वाभाविक है। किन्तु इसलिए कि 'मदर- इण्डिया' के इस अनुवाद के पाठक भी इस महत्वपूर्ण प्रश्न के दोनों पक्षों को पूर्ण रीति से जाँच सके, मैं दोनों पक्षों को एक कल्पित वाद-विवाद के रूप में उपस्थित करती हूँ। इस पुस्तक के परिशिष्ट भाग में उन्हें 'मदर इण्डिया' के उन सार निर्लज्ज आक्षेपों के सम्पूर्ण प्रतिउत्तर मिलेंगे जो मिस मेयो ने हमारी समाज पर किये हैं। मैं इस स्थान पर मिस मेयो से केवल उनके राजनीतिक आक्षेपों के सम्बन्ध में दो दो बातें करूँगी।

# पश्चिमी साम्राज्यवाद और भारत के विषय में मिस मेयो से दो दो बातें (1928)

(वाद-विवाद)

## मौलिक प्रश्न

मिस मेयो, मैंने सुना है कि भारतवर्ष एक समय संसार के सभ्य देश में गिना जाता था। कला कौशल तथा औद्योगिक उन्नति में अन्य देश इसका मुकाबला नहीं कर सकते थे। अपने जीवन को सुखमय बनाने के लिए जिन-जिन वस्तुओं की इसे आवश्यकता थी उन्हें स्वयं बना लेता था। अन्य-अन्य देशों के व्यापारी यहाँ के बने हुए पदार्थ इसी देश के बने हुए जहाजों में संसार के दूर-से-दूर प्रदेश में ले जाते थे। एक विशाल नदी के अनन्त प्रवाह के रूप में अन्य देशों का सोना-चाँदी ढुल-ढुल कर इस देश में आता रहता था। मिस मेयो आज यह संसार का विख्यात व्यापारी तुम्हारी चित्रित अछूत तथा बीभत्स दाई के समान भिखारी क्यों हो गया? इसका समस्त धन, सम्पत्ति, इसकी कला कौशल, इसका वैभव, इसका आत्म-सम्मान सब क्या हुआ? प्रतिदिन यहाँ अकाल क्यों रहता है? इस देश के अभागे बच्चे ऐसे दुर्बल, ऐसे रोगग्रस्त क्यों हैं? और क्यों अन्य देशों को छोड़कर संसार की समस्त विकराल सहामारियों ने इसी देश को अपना घर बना लिया है। मिस मेयो, सम्भव है कि यह ठीक न हो परन्तु हमारी धार्मिक पुस्तकों में तो देशों की इस प्रकार दुर्दशा का केवल एक ही कारण बताया है। वह यह है:

"जिस समय कोई राजा राज्यव्यवस्था का सर्वथा तिरस्कार करके अपनी प्रजा पर अत्याचार करने लगता है उस समय जो युग प्रारम्भ होता है उसीका नाम कलियुग है। उस समय अनेक महामरियाँ फैलने लगती हैं, लोगों की अकाल मृत्यु होने लगती है, स्त्रियाँ वैधव्य को प्राप्त होती हैं, वर्षा समय से नहीं होती, और अन्न की उपज कम हो जाती है?"

—महाभारत, शान्ति पर्व, अध्याय 69 श्लोक 91-95

क्यों मिस मेयो, क्या कहतो हो? क्यो यह वाक्य असत्य है? यदि यह असत्य है तो तुम्हीं हमारे देश के पतन का वास्तविक कारण बता दो?

## मिस मेयो का उत्तर

"हे बुद्धिहीन महिला! इन जरा जीर्ण पुस्तकों को पढ़ने से ही तुम लोगों की मति भ्रष्ट हो जाती है। इन्हीं का प्रताप है कि आज इस देश में चारों ओर अन्धकार ही अन्धकार दिखायी देता है। तुम लोगों को पश्चिमीय शिक्षा भी अधकच्ची मिलती है इसी से इस प्रकार की बहकी-बहकी बात कहती हो। सुनो! एक तुम्हीं नहीं बल्कि संसार की सभी जातियाँ अपने प्राचीनतम युगों के स्वर्णमय होने का स्वप्न देखा करती हैं। परन्तु इन स्वप्नों में कोई सार नहीं होता।

लेकिन अगर मान भी लिया जाये कि रामायण तथा महाभारत के युग में यह देश सभ्य और सम्पन्न था तो उस स्वर्गीय युग के आज स्वप्न देखने में क्या लाभ है। सच तो यह है कि मैं तुम्हारा प्राचीन कालिक वैभव का रोना सुनते-सुनते थक गयी। यदि मान भी लिया जाये कि चन्द्रगुप्त चक्रवर्ती सम्राट था—अशोक उससे भी अधिक पराक्रमी और शक्तिशाली था, परन्तु सोचो तो कि यह सब नरेश किन युगो के हैं? और इस प्रकार के भारतीय इतिहास में कितने नाम हैं? इन इने-गिने नामों की पुष्टि पर भारत असीम उन्नति और विकास का दीप्यमान चित्र बनाना, फिर उस चित्र के लोप हो जाने पर बिलख-बिलख कर विलाप करना यह तुम लोगों का ही काम है।

सुनो! प्राचीन काल के उत्तरदायित्वहीन राजा आकाश के तारों के समान हैं। वे स्वयं कितने ही आलौकिक तथा प्रकाशपूर्ण क्यों न हो, परन्तु इनके चारों ओर अन्धकार ही अन्धकार रहता है। इसके अतिरिक्त भारत में तो मध्य एशिया की आक्रमणकारी जातियाँ सदा उत्तर की ओर से आती रहती थीं। आज सिथियन्स आये, कल तुर्क, परसों मुगल, दो दिन बाद पठान—सदा यही ताँता बँधा रहता था। जो आया उसने लूटा और बरबाद किया। ऐसी अवसथा में यह अभागा देश कैसे पनप सकता था।

मुगलों के समय में अवश्य लगभग दो सौ वर्ष के लिए कुछ दम लेने का अवसर इस देश को मिल गया था। सो इन मुसलमानों ने जो कुछ किया वह तो आज सब ही जानते हैं। ऐसी अवस्था में जो कुछ थोड़ा बहुत सुख-चैन इस देश में दिखायी देता है वह मेरे ही सजातियों की स्वार्थरहित और शक्तिशाली

शासन तथा देश-रक्षण का प्रभाव है। वरना तुम्हारा वही हाल आज भी होता जो सदा से था।

## पूर्वीय विजेता और पश्चिमीय साम्राज्यवाद

प्रति उत्तर—मिस मेयो, मध्य एशिया की विजेता कौमें प्राचीन काल में अर्वाचीन युग तक भारत में ही नहीं बल्कि समस्त संसार में फैलती रही हैं। किन्तु वे जहाँ गयीं, उसी देश को उन्होंने अपनी मातृभूमि बनाकर सदा के लिए अपना लिया। वे मध्य एशिया को लौट कर न जाती थीं, न एक बार उसे तज देने के बाद, फिर उनका उस देश से कोई विशेष सम्बन्ध रह जाता था।

इसलिए जिस देश में ये कौमें जाती थीं वहाँ की सभ्यता तथा सम्पन्नता को इनके आगमन से प्रायः एक क्षणिक हानि ही पहुँच कर रह जाती थी। वहाँ की सभ्यता के किसी भी आधारिक स्तम्भ, अर्थात् कृषि, वाणिज्य, दस्तकारी और कला कौशल आदि को कोई विशेष हानि नहीं पहुँचती थी। क्योंकि इन समस्त चीजों को कायम रखना तथा उन्नति देना, एक तो इनके राजधर्म का अंश होता था, दूसरे इनके स्वार्थ उपार्जन का भी मुख्य साधन बन जाता था। इसीलिए इस देश में भिन्न-भिन्न कौमों का आवागमन रहते हुए भी भारत सदा उन्नति करता रहा।

किन्तु मिस मेयो, अँग्रेजों के यहाँ आने के समय से यह सब हालत बदल गयी। अँग्रेज विजेताओं ने भारत को अपनी मातृभूमि नहीं बनाया। यह भूमि केवल उनकी प्राप्त भूमि ही बनी रही। इस देश में न रहने के कारण ये लोग जो कुछ धन सम्पत्ति यहाँ से उचित-अनुचित उपायों से एकत्रित करते थे, उस पृथक् विजेताओं के समान सहृदयता के साथ यहीं खर्च कर देने के बजाय, देश से बाहर ढो ले जाते थे। यह केवल मेरी ही सम्मति नहीं, देखो तुम्हारे अर्थ-शास्त्र के जन्मदाता, ऐडम स्मिथ, ईस्ट इण्डिया कम्पनी की हुकूमत के सम्बन्ध में क्या लिखते हैं—

''यह भी एक विचित्र शासन पद्धति है जिसमें शासक मण्डल का प्रत्येक सदस्य अपना शासन कार्य छोड़ कर प्रतिक्षण देश से चल देने की धुन में लगा रहता है। और जहाँ एक बार अपनी जमा की हुई सारी पूँजी लेकर यहाँ से चल देने का मौक़ा उसे मिला फिर उसकी ओर से यह देश जहन्नुम में भी जाये तो उसे कोई परवाह नहीं।''

—एडम स्मिथ, 'वेल्थ आफ़ नेशन्स,' चैप्टर 7, पार्ट 3,

इसी शासक मण्डल के सदस्यों को एडमंड बर्क ने उन 'शिकारी परिन्दों'

के समान बताया है जो आये शिकार किया और उड़ गये—न किसी से नाता, न रिश्ता, न आने की ख़ुशी, न जाने का ग़म।

इस प्रकार की शासन प्रणाली किसी भी देश के लिए आपत्तिपूर्ण हुए बिना नहीं रह सकती। इस आपत्ति के आते ही सबसे पहले कला-कौशल, उद्योग धन्धों और विज्ञान का नाश हो जाता है। क्योंकि किसी भी देश में इन कोमल पौधों को हरा भरा रखने के लिए देश के राजा तथा श्रीमन्तों को इन्हें सदा प्रेम से सींचते रहना आवश्यक है। प्रत्येक देश की कला-कौशल और उद्योग धन्धों में एक-दूसरे से महान अन्तर होता है। पूर्वीय विजेता इसी देश में बस जाने के कारण शीघ्र ही यहाँ के इन पुष्पों के सौन्दर्य और सुगन्ध से मोहित हो जाते थे और उनकी रक्षा तथा उन्नति में अपना गौरव समझने लगते थे। अँग्रेज विजेताओं को इस देश में रहना नहीं था इसलिए यहाँ की कला-कौशल के प्रोत्साहन की न उन्हें आकांक्षा ही होती थी, न अवसर मिलता था। इस सब का नतीजा यह हुआ कि हमारी समस्त कला-कौशल, विज्ञान और सूक्ष्म उद्योग मुरझा कर रह गये। दूसरी आपत्ति यह हुई कि सरकारी कर्मचारियों और प्रजा में कोई विशेष सहानुभूति उत्पन्न न हो सकी। पूर्वीय विजेता देश में रहने के कारण कुछ ही समय के अन्दर देश निवासियों में घुल-मिल जाते थे। किन्तु अँग्रेजी शासक देशवासियों से सदा विलग रहे। यही कारण है कि अंग्रेजी राज इस देश में केवल एक निर्जीव, हृदयशून्य काल-चक्र रूपी मशीन बनकर रह गया।

तीसरी इससे भी अधिक भयंकर आपत्ति एक और थी। पूर्वीय विजेता अधिकतर राजकीय और उच्च वंश के होते थे। परन्तु अँग्रेज विजेता मामूली सौदागर थे जिनका इस देश को पराजित करने का वास्तविक उद्देश्य केवल धन कमाना था।

देखिये इस सम्बन्ध में भी आपके सुविख्यात एडम स्मिथ क्या कहते हैं—

''देश के शासकों की हैसियत से ईस्ट इण्डिया कम्पनी का वास्तविक लाभ इसमें है कि जो माल यूरोप से इनके भारतीय राज में लाया जावे वह यहाँ सस्ते से सस्ता बिक सके। और जो माल भारत से यूरोप खरीद कर ले जाया जाये उसकी यहाँ अधिक से अधिक कीमत वसूल हो अर्थात वह यूरोप वालों के हाथ महँगे से महँगे दामों पर बेचा जाए। किन्तु कम्पनी का व्यापारिक हित या स्वार्थ इसके सर्वथा विपरीत है। शासकों की हैसियत से उसके और देश के हितों में किसी प्रकार का कोई भेद या अन्तर नहीं हो सकता। किन्तु सौदागरों की हैसियत से, उनके हित से देश का अहित और देश के दिल में उनका अहित होना स्वाभाविक है।...

''कम्पनी के नौकरों के हाथों में समस्त व्यापार के देने का फल यह है

कि जिस चीज का भी वे लोग व्यापार रखना चाहें उसकी पैदावार घटने लगती है, चाहे वह बाहर भेजने के लिए हो, और चाहे देश में खपाने के लिए। इसका परिणाम यह होता है कि सारे देश की उपज गिरने लगती है, और मनुष्य संख्या घटने लगती है। इससे हर किस्म की पैदावार, यहाँ तक कि वे चीज़ें भी जो मनुष्य जीवन के लिए आवश्यक हैं, कम होने लगती है। कम्पनी के नौकर जिस चीज़ का व्यापार करना चाहते हैं। वे जितना माल खरीद सकते हैं, और मनमाने फायदे से बेच सकते हैं; उतना ही माल देश में फिर पैदा होने लगता है।

''फलतः इस प्रकार की कम्पनी का शासन सर्वथा हानिकारक है। इससे जिस देश की वह कम्पनी होती है उसे भी थोड़ी असुविधा अवश्य होती है, परन्तु जो क़ौम दुर्भाग्यवश उस कम्पनी के शासन में आ जाती है वह तो सर्वथा नष्ट ही हो जाती है।''

—एडम स्मिथ, 'वेल्थ आफ़ नेशन्स, 'चेप्टर 7, पार्ट 3

मिस मेयो, किसी देश की तिजारत के मिट जाने के बाद प्रजा के उस भाग की जीविका का भार भी जो पहले तिजारत पर निर्भर था, कृषि पर आ पड़ता है और फिर कृषि भी अकेली समस्त प्रजा के भार को न उठा सकने के कारण उस भार के नीचे कुचल कर रह जाती है। जनता भोजन और वस्त्र तक के लिए तरसने लगती है। स्वास्थ्य गिरने लगता है। कष्टों और रोगों का मुकाबला करने की शक्ति, बिल्कुल नष्ट हो जाती है। देश में एक के बाद एक अकाल पड़ता है। और इन अकालों के पीछे-पीछे तथा इन्हीं के फल रूप, हैजा, ताऊन, इनफ्लूएन्जा जैसी भयंकर महामारियों के प्रेत समस्त देश में भ्रमण करने लगते हैं और जनता चारों और इस प्रकार मरती-मिटती दिखाई देती है जिस प्रकार तेज आँधी में विशाल वृक्षों की पत्तियाँ झड़ती हों। यही हाल आज भारत का है। जो शासन प्रणाली अँग्रेज विजेताओं ने इस देश में स्थापित की उसमें देश का अपनी वर्तमान दुर्दशा को पहुँच जाना अनिवार्य था।

## पश्चिमी साम्राज्यवाद के अन्य विनाशक पहलू

मिय मेयो—हे विचारशून्य महिला! यह तुम क्या कह रही हो। निस्सन्देह यह भी अँग्रेजी छत्रछाया और पश्चिमी शिक्षा का प्रताप है जो तुम्हें इस प्रकार के विचार प्रगट करने का साहस हुआ। तुम प्राचीन विजेताओं को पश्चिमी विजेताओं से अच्छा बताती हो। तुम उन स्वेच्छचारी भोग विलास में डूबे हुए पूर्वीय विजेताओं के दुर्बल शासनों की तुलना उन पश्चिमी शासनों से करती हो जिनकी क्षमता

और न्यायपरता, जिनके व्यापारिक सुप्रबन्ध और जिनकी सैनिक शक्ति इस समय समस्त संसार को चकाचौंध कर रही है। जो लाभ अन्तर्राष्ट्रीय व्यापार द्वारा एक मुल्क से दूसरे मुल्क को पहुँचता है उसकी तुलना तुम पुराने विजेताओं की लूट मार और अकथनीय अत्याचारों से कर रही हो, जो वे अपनी अधम कामनाओं की तृप्ति के लिए किया करते थे। क्या तुम यह भूल गयी कि पूर्वीय विजेता धन की लूट के साथ-साथ जनता के धर्म और मान-मर्यादा को भी लूट लिया करते थे? सैकड़ों गिरे हुए मन्दिर, सैकड़ों टूटी हुई मूर्तियाँ अपनी मौन ज़बानों से अपनी दुःख गाथा संसार को सुना रही हैं। परन्तु तुम्हारे कान बन्द हैं। पश्चिमी साम्राजयवाद से तुम्हें इतना द्वेष है कि तुम महमूद ग़ज़नबी, तैमूरलंग, नादिरशाह इत्यादि को पश्चिमीय विजेताओं से अच्छा बताती मालूम होती हो। अँग्रेजी राज्य ने यदि और कुछ न भी किया तो कम-से-कम ऐसे पिशाचों का इस देश में आना तो सदा के लिए बन्द कर दिया। इसका तुम्हें और तुम्हारे देशवासियों को दिल से कृतज्ञ होना चाहिए।

**प्रत्युत्तर** :–मिस मेयो, आप खफ़ा न हों। मैं उन पुराने विजेताओं का ज़िक्र कर रही हूँ। जिन्होंने इस देश में साम्राज्य स्थापित किये। महमूद ग़ज़नबी, तैमूरलंग नादिरशाह इत्यादि विजेता न थे वे केवल आक्रामक थे। उनके आक्रमण देश को हानि अवश्य पहुँचाते थे, किन्तु, केवल एक क्षण के लिए, जिससे देश के वास्तविक जीवन, अर्थात् कृषि, व्यापार, कला-कौशल, इत्यादि को कोई स्थायी हानि नहीं पहुँचती थी। इनकी लूट को देश की लूट नहीं कह सकते। यह केवल एक सामयिक, स्थानीय और परिमित लूट होती थी। विजयी राजा और उसके सिपाही पराजित राजा उसके सिपाहियों को और प्रजा को जो कुछ माल हाथ लगा, लूट ले जाते थे। परन्तु देश में कोई स्थायी कपट प्रबन्ध इस प्रकार का नहीं कर जाते थे जिससे देश की समस्त आय उनके आधीन हो जावे, देश के समस्त सिविल और फौजी ओहदे उनके हाथ में रहें, और देश का व्यापारिक प्रबन्ध भी वे ही किया करें। मिस मेयो! उन पूर्वीय आक्रामकों में जिसका आपने नाम लिया और पश्चिमी साम्राज्यवादियों में यही महान अन्तर है। देश की धन-सम्पत्ति दोनों सूरतों में देश के बाहर चली जाती है। परन्तु पूर्वीय आक्रमण द्वारा एक क्षणिक और परिमत रूप में, और पश्चिमी साम्राज्यवाद द्वारा एक व्यापक चिरस्थायी रूप में। इसलिए पश्चिमी साम्राज्यवाद का प्रभुत्व मानों महमूद गजनबी के एक विशाल, व्यापक और अनन्त फालिक हमले के समान है।

मिस मेयो! आप चकित क्यों होती हैं? मैं अपना मतलब और अधिक साफ

कर देने का प्रयत्न करती हूँ। सुनिये, मैं आपको इतिहास की एक गुप्त घटना सुनाती हूँ। यह घटना पुस्तकों से नहीं मिलती, परन्तु सम्भव है कि आप इसकी सच्चाई पर विश्वास कर लें। सुनिये–

प्राचीन काल में दक्षिण एशिया में भारत नाम का एक बड़ा समृद्धिशाली देश आबाद था। इसकी राजधानी इन्द्रप्रस्थ थी और वहाँ का राजा बहादुरशाह था, जो पूर्वीय विजेताओं के एक प्रसिद्ध वंश की सन्तान था। इस देश के तीन सौ वर्ष के लगातार शासनकाल में इस देश ने सभ्यता, व्यापार, कला-कौशल, कृषि तथा जातीय जीवन के प्रत्येक क्षेत्र में अपूर्व और अद्भुत उन्नति की थी। और अपने समकालीन अन्य देशों में धन वैभव और समृद्धि के लिए सर्वोच्च ख्याति प्राप्त की थी।

मध्य एशिया के एक पराक्रमी बादशाह महमूद ग़ज़नवी ने इसकी कीर्ति सुनी। इस बादशाह का अपना देश बड़ा दरिद्र और तमावृत था। जिसने सृष्टि के आदि से उस समय तक सभ्यता के किसी क्षेत्र में किसी तरह की कोई उन्नति न की थी। धन की लालसा में एक छोटी-सी सेना लेकर वह भारत में घुस आया, और व्यापारियों के रूप में यहाँ क़दम जमा कर धीरे-धीरे समस्त भारत पर अधिकार जमा लिया। आरम्भ में कुछ समय तक तो इसके साथियों ने अटूट लूट मचाई और ग़ज़नी ही के अनेक विद्वानों के हिसाब से लगभग 19,00,00,00,000 उन्नीस अरब रुपये ग़ज़नी को ढोकर ले गये। परन्तु कुछ समय के बाद उसने देश के शासन का स्थायी प्रबन्ध इस रूप में किया–

1. जितना रुपया इसका और इसके देश निवासियों का भारत को आधीन बनाने में खर्च हुआ था, एक-एक पाई जोड़ कर उसे इसने भारत के 'कौमी कर्जे' कीमत में ढाल लिया, और यह निश्चित कर लिया कि देश की सालाना आमदनी में से दस करोड़ रुपये सालना इस कर्ज के सूद के नाम से प्रति वर्ष गजनी जाया करें।
2. देश को 'कौमी' आमदनी को बढ़ाने के नाम पर उसने हजारों माफिया और बसीके इत्यादि जो देश के कला-कौशल, शिक्षा, दीक्षा और धर्मार्थ कार्य के लिए बहादुरशाह के पूर्वजों के समय से और उनके भी पहले से चले आते थे, अधिककतर जप्त कर लिये और इस प्रकार 'कौमी' आमदनी को पहले से बहुत अधिक कर लिया।
3. इस 'कौमी' आमदनी के वसूल करने, उसका हिसाब रखने और भारत वासियों के आपस के झगड़े, मुकदमें में तय करने के लिए और देश

की रक्षा के लिए जो प्रयत्न बहादुरशाह और उसके पूर्वजों के समय से कायम थे उन्हें उसने उलट-पुलट कर किया। और नये प्रबन्धों का संचालन बहादुरशाह और देशी श्रीमन्तों, नरेशों और देशी कर्मचारियों से 'कौमी लाभ' के नाम पर यह कह कर ले लिया कि वे लोग भोग-विलास में लीन रहते हैं।

4. इन सबको निकाल कर 'सुशासन' और दृढ़-प्रबन्ध के नाम पर महमूद ग़ज़नी ने यह हुकुम दे दिया कि जितने फौज़ी और गैर-फ़ौजी ओहदे हैं, उन सब पर केवल ग़ज़नी निवासी ही नियत किये जावें, कोई भारत निवासी इन ओहदों पर नियुक्त न किया जावे। इन विदेशी कर्मचारियों के बड़े-से-बड़े वेतन नियत करके जो संसार में अन्य किसी जाति के सरकारी कर्मचारियों को नहीं दिये जाते, 'कौमी' आमदनी में से साठ करोड़ फ़ौजी और चालीस करोड़ ग़ैर-फ़ौजी मदों के लिए नियत कर दिये।

5. फिर ग़ज़नी में एक दफ़्तर भारत शासन की देखभाल और नियन्त्रण के लिए खोला। भारत के विदेशी सरकारी कर्मचारियों और उनकी बेवाओं आदि की पेन्शनें मुक़र्रर की गयीं। और इसी प्रकार के अन्य-अन्य ख़र्चों के लिए हुकुम दे दिया गया कि 'क़ौमी' आमदनी में से तीस करोड़ रुपये प्रति वर्ष ग़ज़नी को भेज दिये जाया करे।

6. इस राजनैतिक प्रबन्ध के साथ-साथ उसने भारत के व्यापार कृषि इत्यादि में भी इसी तरह के गम्भीर परिवर्तन कर डाले। 'क़ोमी' आमदनी और बढ़ाने के नाम पर मालगुज़ारी के पुराने स्थायी प्रबन्ध को मिटा दिया और आइन्दा के लिए यह आज्ञा दे दी कि देश भर में हर दस या बीस वर्ष के बाद नये सिरे से जाँच की जाये और खेतों की माल गुज़ारी बढ़ा दी जाया करे।

7. व्यापार में यह प्रबन्ध कर दिया कि समस्त सरकारी माल गजनी से खरीदी जाये और भारत के कपड़ों इत्यादि के तमाम कारखाने जो केवल भारत ही की समस्त आवश्यकता को पूरा नहीं करते थे बल्कि संसार के अन्य अनेक देश को भी अपना माल पहुँचाया करते थे, उचित-अनुचित उपायोग से बंद करवा दिये और स्वयं भारत के लिए कपड़ा बनाने का प्रबन्ध गजनी में करवा कर करीब साठ करोड़ रुपये सालाना के जो भारत के कारीगरों को मिलता था, गजनी के नये कारीगरों को मिलने का प्रबन्ध कर लिया।

8. इन सब 'कौमी' प्रबन्धों को दृढ़ और स्थिर रखने के लिए इस आशंका से कि कहीं देश निवासी इस उलट-पुलट कर अपने जातीय जीवन को हानि न पहुँचा लें, देश निवासियों से हथियार छीन लिये, और यह हुकुम दे दिया कि कोई भारतीय शस्त्र न साधे और अस्त्र चलाना न सीखने पाये।

यह सब अपूर्व प्रबन्ध करके यह महमूद गजनबी गजनी में जा बैठा। इसके समय में और इसकी मृत्यु के बाद भी दो सौ वर्ष तक बराबर यह प्रबन्ध कायम रहा, और प्रतिवर्ष भारत से गजनी को इस 'कौमी खर्च' के लिए अगम्य धन पहुँचता रहा। इन दो सौ वर्ष में इस लूट के कारण भारत की स्थिति उस दाई के समान हो गया जिसका विकराल चित्र आपने अपनी पुस्तक में खींच कर उसका नाम 'मदर इंडिया' रखा है।

मिस मेयो, पूर्वीय आक्रामकों और पश्चिमी साम्राज्यवाद में यही अन्तर है। अब आप स्वयं बताइये कि इन दोनों में कौन अच्छा है, और किससे देश को अधिक हानि पहुँचती है। इसी भीषण दृश्य पर परदा डालने के लिए आप और आपके सजातीय हमें महमूद ग़ज़नी की याद दिलाते हैं और हमारे साम्प्रदायिक अन्ध विश्वासों और अन्धे जोश से फ़ायदा उठाने के लिए हमारा चित्र सदा ढ़हे हुए मन्दिरों, कटी शिखाओं और टूटे जनेउओं की ओर ले जाते हैं। अभी हमारे बुरे दिन गये नहीं। हम आपकी बातों में फँस जाते हैं। किन्तु यदि हमें संसार में जीवित रहना है तो वह दिन दूर नहीं कि अपनी नींद से उठ कर हम आपके इस भ्रमजाल को तोड़ डालेंगे।

सुनिये, आप हमें यह याद दिलाती हैं कि आपके सजातियों ने हमारे देश को महमूद ग़ज़नवी जैसों के हमले से सुरक्षित कर रखा है। परन्तु आप यह भूल गयीं कि जब ग़ज़नवी जैसों का ज़माना था तो वे लोग केवल भारत ही की ओर नहीं पश्चिम की ओर भी गये थे। बनारस की पवित्र पुरी को ही नहीं वरन विजेण्टाइन की पवित्र राजधानी कुस्तुनतुनियाँ को भी इन्होंने अपने आधीन कर लिया था और आज तक भी वह उन्हीं के कब्जे में है। जब आप स्वयं अपनी रक्षा न कर सके तो दूसरे को क्या बचाते।

और सुनिये, जिस समय भारत आपके सजाातियों के कब्जे में आया उससे कुछ ही पहले दो सौ वर्ष तक काबुल भारत का केवल एक प्रान्त रह चुका था। आज आप काबुल का नाम ले-लेकर हमें हव्वे की तरह डराती हैं। आपने काबुल का वर्षावर्ष पर्यन्त चौबीस लाख रुपया सालाना रिश्वत देकर समस्त भारत को

अपमानित किया। फिर भी आप उसे अपने साथ न रख सकीं। जितना रुपया इस देश का काबुल से भारत की रक्षा करने के नाम पर आपने खर्च किया है उतना रुपया महमूद गजनवी सात जन्म लेकर भी इस देश से न ले जा सकता था। मिस मेयो, फिर भी आप यह चाहती हैं कि हम आपकी इस अपूर्व सेवा के सदा कृतज्ञ रहें।

## इंगलिस्तान की सभ्यता

**मिस मेयो**–चुप रहो! चुप रहो। यह क्या कहती हो। पश्चिमी और पूर्वीय शासनों की तुलना करने का तुम्हारा ढंग गलत और भ्रान्त है। सुनो, यह तो तुम्हें मानना पड़ेगा कि पश्चिमीय सभ्यता में अनेक ऐसे अंश मौजूद हैं जिनका पूर्वीय सभ्यता में पता नहीं। और यह भी तुम्हें मानना पड़ेगा कि भारत के प्राचीन वैभव के स्वप्न सुन्दर तथा आनन्दमय अवश्य हैं। किन्तु सच्चे नहीं। यदि सच्चे भी हों तो इन मधुर लोरियों को गा-गाकर अपनी घातक निद्रा को और भी गम्भीर बना लेने में कोई लाभ नहीं। यह खूब याद रखो कि अपने पतन का दूसरों को ज़िम्मेदार ठहराना देश की वास्तविक कठिनाइयों को सरल नहीं कर सकता।

**प्रत्युत्तर** :—मिस मेयो, मैं अपने पतन को ज़िम्मेदारी किसी दूसरे पर नहीं डालती। किन्तु जब तक हम इस पतन के वास्तविक कारणों को सम्पूर्ण रीति से समझ न लेंगे तब तक हम इनके दूर करने में सफल नहीं हो सकते। जब तक हम प्राचीन महमूद ग़ज़नवियों के पीछे दौड़ते रहेंगे, तब तक हमारे लिये अपनी वर्तमान शासन पद्धति के वास्तविक रूप को समझ सकना असम्भव होगा। इसलिए जिस प्रकार आपने एक अभागी, अशिक्षित, नयनविहीन, दुर्गन्धमय अछूत दाई के रूप में भारत को संसार के सम्मुख उपस्थित किया है, मैं भी उस शासन पद्धति का वास्तविक चित्र आपके सम्मुख उपस्थित करती हूँ जिसके अपनी पुस्तक में आपने अनन्त गुण गाये हैं। मेरा यह अटल विश्वास है कि जब तक वर्तमान शासन पद्दति में मौलिक परिवर्तन करके इसके समस्त अंगों को राष्ट्रीय बुनियादों पर क़ायम न कर दिया जाएगा तब तक हम अपने देश में कोई वास्तविक उन्नति नहीं कर सकते। इसलिए, मिस मेयो, मैं उन लोगों को जो आपकी तरह हमारी दृष्टि अपने जातीय जीवन की इस प्रधान आवश्यकता से हटा कर, अन्य-अन्य बातों की ओर ले जाते हैं, देश के सच्चे पथ प्रदर्शक नहीं समझती। सुनिये, आपने जो पूर्वीय और पश्चिमी सभ्यताओं का जिक्र किया, सो मुझमें भिन्न-भिन्न सभ्यताओं के एक-एक अंश का अलग-अलग करके देखने की सामर्थ्य नहीं। परन्तु

मैं इतना अवश्य कहती हूँ कि सोलहवीं शताब्दी से ले कर अठारहवीं शताब्दी तक यदि इंगलिस्तान को पश्चिमी सभ्यता का नमूता मान कर वहाँ के जातीय जीवन के किसी भी पहलू को देखा जायेगा वहाँ की सभ्यता में हमें कोई अपूर्व विशेषताएँ नजर नहीं आतीं। आप स्वयं देख आप ही के देश निवासी ड्रेपर साहब अपनी गम्भीर, विचारपूर्ण और सुविख्यात पुस्तक 'इन्टेलेक्चुअल डेवलपमेंट ऑफ यूरोप' में क्या कहते हैं। सोलहवीं शताब्दी के आरम्भ में इंगलिस्तान की सामाजिक अवस्था को देखिये–

## सामाजिक अवस्था

सोलहवीं शताब्दी के प्रारम्भ में इंगलिस्तान के लोग मानसिक और राजनैतिक दृष्टि से इतने पिछड़े हुए थे कि जिसका इस समय आमतौर पर हम लोग अनुमान नहीं कर सकते। इंगलिस्तान की जनसंख्या उस सयम 60 लाख से कम थी। और आगे बढ़ना बंद हो गयी थी। इस आबादी के न बढ़ने का मुख्य कारण यह न था कि लोग देशी और विदेशी लड़ाइयों में मारे जाते थे, बल्कि मुख्य कारण यह था कि देश की साधारण आर्थिक स्थिति अत्यन्त गिरी हुई थी। उन दिनों अधिक बच्चे पैदा करने का कोई कारण ही न था। इंगलिस्तान के राजनीतिज्ञों की होशियारी इसी बात में समझी जाती थी कि आबादी को बढ़ने न दें। इस विषय में जो समस्त राज्य की नीति थी वही एक-एक नगर की थी, इंगलिस्तान की उस समय की अवस्था इतनी उन्नत भी न थी जितनी कि उस समय के दक्षिण अमरीका के पीरू नामक देश की थी।

## वे अन्य स्थान पर कहते हैं:–

''बड़े-बड़े जिलों की जगह जंगल खड़े हुए थे। चालीस-चालीस और पचास-पचास मील लम्बी दलदलें थीं, जिनमें ज्वर तथा अन्य अनेक रोग बढ़ते रहते थे। दूसरी ओर धार्मिक मठों की दीवारों के चारों ओर सुन्दर बागीचे, घास के हरे मैदान, सायेदार रास्ते और बहुत से कल-कल नाद करने वाले चश्मे बह रहे थे। पथ शून्य जंगलों में जहाँ पर मनुष्यों की आबादी होनी चाहिए थी, वहाँ हिरनों के झुंड के झुंड फिरते रहते थे। रेतीली पहाड़ियों पर खरगोश दौड़ते थे। ढालू मैदानों में पक्षी उड़ते रहते थे। किसानों की झोंपड़ियाँ नर्कुलों वा वृक्षों की टहनियों की बनी होती थीं जिनके ऊपर गारा फेर दिया जाता था। किसान के चूल्हे के ऊपर धुआँ निकलने के लिए किसी तरह की चिमनी न होती थी। किसान का भोजन

प्रायः सूखी हुई घास को जलाकर उस पर तैयार किया जाता था। जिस तरह और जिस उद्देश्य से उस समय के इंगलिस्तान के किसान जीवन व्यतीत करते थे उससे मालूम होता था कि उनका जीवन उन मेहनती पशुओं से किसी भांति उच्चतर न था, जो पास की नदियों में खोह बना कर रहते थे। सड़को पर डाकू भरे हुए थे, नदियों पर समुद्री लुटेरे और लोगों के कपड़ों और बिछौनों में धूल भरी रहती थी। लोगों का आहार, आम तौर पर मटर, उर्द, मोठ इत्यादि और वनस्पतियों की जड़ें और दरख्तों की छाल होती थी। देश में कोई व्यापार न था जिससे दुष्काल को टाला जा सके। मनुष्य का जीना केवल ठीक समय पर वर्षा होने या न होने पर निर्भर था। आबादी पहले ही कम थी किन्तु महामारियाँ और दुर्भिक्ष उसे प्रतिदिन और कम करते रहते थे। यह भी नहीं कि शहर के लोगों की हालत गाँव के लोगों से अच्छी रही हो। शहर के लोग भुस के थैले का बिस्तरा बना कर उस पर सोते थे। और कोई गोल सी सख्त लकड़ी बतौर तकिये के सिरहाने रखते थे। यदि कोई शहर वाला खुशहाल होता था तो चमड़े के कपड़े पहनता था, यदि गरीब होता था तो सर्दी से बचने के लिए अपने हाथ-पैरों पर भुस बाँध लेता था। जिस समाज के अन्दर एक ओर दलदलों में नकुलो की बनी हुई गाँव वालों की निकृष्ट झोपड़ियाँ थीं, दूसरी ओर रईसों के महलों और पादरियों के मठों की ऊँची-ऊँची दीवारें, उस समाज की अवस्था शोकजनक अवश्य ही होगी। इन महलों और झोपड़ियों के बीच में कोई और चीज न थी। जो लोग उस जमाने में रहते थे वे सचमुच ज्वर पीड़ित किसानों की अवस्था को देखकर अत्यन्त दुखी होते थे और बड़े क्रोध के साथ उन तीर्थ-यात्रियों, साधुओं, पापमोचकों तथा छोटे-बड़े तरह-तरह के हज़ारों ईसाई पादरियों का ज़िक्र करते थे जो कि गिरजों के चारों और भरे रहते थे। इसी तरह जिन महलों के चारों और खाड़ियाँ होती थीं, क़िलेबन्दी होती थी और पहरा रहता था, उनके अन्दर रात-रात भर शराब-क़बाब और ऐयाशी के दौर चलते रहते थे, जब कि बाहर लाखों किसानों की बुरी हालत थी। इन महलों में रक्त रंजित हाथों वाले वे लार्ड लोग रहते थे जिन्हें सिवाय रक्तपान और अत्याचार के और कुछ न सूझता था। और या वे पादरी रहते थे जो हद दरजे की ऐयाशी में डूबे रहते थे, शानदार कपड़े पहनते थे, सुन्दर घोड़े रखते थे, बाज़ पालते थे और शिकारी कुत्ते पालते थे। इन लार्डों और इन पादरियों के चारों और सारा समाज घूमता था। रोमन सम्राट सीज़र के समय से लेकर उस समय तक गाँव वालों के जीवन में किसी प्रकार की भी उन्नति न हुई थी। गाँवों की ऊपरी अवस्था अत्यन्त हीन थी। कारीगरों का तो ऐसे ग्राम

में कोई काम ही नहीं रह जाता था, जहाँ पर कि शीशे की अथवा तैल पत्र तक की कोई खिड़की देखने तक को न मिलती थी कोई ऐसा कारखाना न था जिसमें अंगीठी जलती हो। गरीबों के लिए कोई वैद्य न था। मरते हुए लोगों के पास केवल पादरी अपनी सलीब लेकर पहुँच जाता था। पादरी का उद्देश्य रोगी की इस लोक के लिए बचाना न होता था। जो काम सफ़ाई से लिया जाता है वह ईसा मसीह और कुमारी मेरी से प्रार्थनाएँ करके सिद्ध किया जाता था। शहरों में महामारियाँ वे रोक-टोक फिरती थीं और इन महामारियों के शिकारों की संख्या का पता था, तो गलियों के अन्दर चिल्ला-चिल्ला कर मृत्यु की घोषणा करने वाले की आवाजों से लग सकता था, और या मरने वाले के लिए गिरजाघरों में जो घंटे बजाये जाते थे उसकी टनटन का आवाज से लगाया जा सकता था।

ऐसे काहिल पादरियों की विषैली मिसाल को देख-देख कर साधारण जनता में भी सुस्ती और अकर्मण्यता इस सीमा तक पहुँच गयी थी कि समाज सुधार के मार्ग में वह एक भयंकर कठिनाई आ गयी थी। इस तरह के काहिल लोग ''वेल्यिन्ट बेगर्स'' अर्थात् साहसी भिखमंगे कहलाते थे, और हर गाँवों में उन्हें दंड देने के लिए लकड़ी के शिकंजे रखे रहते थे जिसमें उसकी टाँगें कस दी जाती थीं। सन् 1494 ईसवी में यह कानून पास हुआ जिसके अनुसार उन आवारागर्दों को जो 'शरीर से हष्ट-पुष्ट' हों यदि वे पहली मर्तबा भीख माँगते हुए पकड़े जावें तो ठेले के पीछे बाँध कर कोड़े लगाये जाते थे। यदि ये दूसरी बार भीख माँगते हुए पकड़े जाते तो वे उनके कान चीर दिये जाते थे। सन् 1532 में एक कानून पास हुआ कि यदि इस तरह के लोग तीसरी बार भीख माँगते हुए पकड़े जायें तो उन्हें मार डाला जाये। चारों ओर यह बड़े नगर उजड़ते जा रहे थे। इसका कारण आम तौर पर यह समझा जाता था कि निम्न श्रेणी के लोग दिन-प्रतिदिन सुस्त होते जा रहे थे, किन्तु इसका वास्तविक कारण और ही कुछ था... अँग्रेज क़ौम इतनी अशिक्षित थी कि पार्लियामेंट के अन्दर बहुत से लार्ड ऐसे थे जो न पढ़ सकते थे न लिख सकते थे। इस तरह की क़ौम के लिए अपनी मुसीबतों ठीक-ठीक कारणों की ठीक-ठीक समझ सकना असम्भव था।

## धार्मिक परिस्थिति

इंगलिस्तान पादरी मठों को तोड़ने के लिए तैयार था। इन मठों को लोग अपनी सारी बुराइयों की जड़ या केन्द्र समझने लग गये थे। लोभवश किये हुए पादरियों के बेहूदा व्यापारों और दुराचारों से लोग ऊब उठे थे और वे दुराचार भी ऐसे

अश्लील तथा गन्दे कि आजकल कोई भी भला मानस उनकी जबान पर लाने में संकोच करेगा। उनके आचार में ढोंग अधिक था, लोगों से बड़ी-बड़ी रक़में ज़बरदस्ती वसूल करने के लिए वे कुछ भी कर बैठते थे और अपने कर्तव्य पालन का उन्हें जरा भी ध्यान न था। उनके नैतिक पतन का लोगों को इस कदर विश्वास हो गया था कि लोग खुल्लम-खुल्ला यह कहने लग गये थे, कि इंगलिस्तान में आज दिन एक लाख महिलाएँ हैं, जिनका सतीत्व इन पादरियों की वजह से सर्वथा नष्ट हो चुका है और उन्हें वैश्या बन कर चकलों की शरण लेनी पड़ी है। लन्दन के चकले इन पादरियों ही की तृप्ति के लिए चल रहे थे।

यह बात ज़ोर देकर कही जाती थी कि 'पाप स्वीकार' (कन्फेशन) नामक ईसाई प्रथा का ये पादरी लज्जाजनक दुरुपयोग करने लगे हैं और अकाल में पाप स्वीकार करने के लिए जो महिलाएँ आती थीं—उन पर—बलात्कार तक किया जाता था। पादरियों के घोरतम पाप भी पैसे लेकर दबा दिया जाता था और कर्ता को क्षमा मिल जाता था और यदि कोई पादरी हत्या अथवा भ्रूण हत्या का भी अपराधी होता था, तो उससे केवल 6 शिलिंग 8 पेंस जुमाना लेकर उसे छोड़ दिया जाता था।

इन आम शिकायतों के सिवाय, और भी कई बातें ऐसी थीं जिनकी लोगों को शिकायत थी ये यद्यपि छोटी बातें थीं, किन्तु लोगों को इनसे भी कम नफरत न थी। मसलन, जब कोई साधारण पुरुष व स्त्री दफन किए जाने के लिए लायी जाती थी, तो ये पादरी उस पोशाक को माँगते जो यह व्यक्ति मृत्यु से पहले पहने रहता था अथवा उसके बदले में एक बहुत अधिक और बेजा रकम माँग बैठते थे।

## नैतिक स्थिति

अमरिका महाद्वीप का पता लगने के साथ-ही-साथ पूरे यूरोप में एक नयी बीमारी के फूट पड़ने से लोगों का ध्यान अचानक उस बीमारी की ओर खिंच गया। सन् 1425 ई. में नेफिल्स पर आठवें चार्ल्य की जो फ्रांसीसी सेना घेरा डाले हुए थी पहले पहल उसी में इस बीमारी ने विशेष जोर पकड़ा और महामारी की तरह उग्र रूप धारण किया। उस बीमारी का नाम सिफलिस था। यद्यपि कई डाक्टर ऐसे भी हो गये है जिनकी यह धारणा रही कि इस बीमारी का पता लोगों को बहुत प्राचीन काल से था और उसी ने इस समय ज़ोर पकड़ लिया था, तथापि इस सम्बन्ध में खोज द्वारा इतनी प्रामाणिक बातें एकत्रित हो गयी हैं कि उक्त

राय को महत्व नहीं दिया जा सकता। यह यूरोप में एक नयी बीमारी थी। इस बात का पता भी लगता है कि प्रायः सभी यूरोपीय राष्ट्र एक-दूसरे पर यह इल्ज़ाम लगाने लगे थे कि यह बीमारी हमारे नहीं वरन तुम्हारे यहाँ से शुरू हुई। किन्तु बहुत जल्द बात खुल गयी कि कोलम्बस के साथी नाविकों द्वारा अमरीका से यह बीमारी यूरोप में आयी इसका ठीक रूप और उसके फैलने का तरीक़ा पर्नकनामी व्यक्ति ने खोज निकाला।

प्रत्येक इस बात को मान लेने पर भी कि महामारी का प्रथम आक्रमण बड़ा भयंकर होता है, सिफलिस को कभी भी कोई आदमी संक्रामक बीमारी नहीं क़रार दे सकता। यह बीमारी तो एक व्यक्ति का दूसरे व्यक्ति के साथ संसर्ग द्वारा ही होती है।

सिफ़लिस की बीमारी किस प्रकार के ख़ास संसर्ग से होती है, इस बात का ध्यान रखकर जब हम उस तेज़ी का विचार करते हैं जिससे कि बीमारी यह बिजली की तरह उस समय यूरोप में फैल रही थी, तो तात्कालिक दुराचार का सजीव भयंकर चित्र हमारे समाने आ खड़ा होता है। यदि उस समय के लेखों पर विश्वास किया जा सके, तो उस समय ऐसा एक भी विवाहित या अविवाहित व्यक्ति, किसी भी श्रेणी का, पादरी या गैर पादरी न था जिसे यह बीमारी न हुई हो। सभी सिफलिस के शिकार हो रहे थे। जगतगुरु दसवें पोप से लेकर एक साधारण फकीर तक कोई इस बीमारी से खाली न था। जैसा कि हैजे इत्यादि के समय तो ऐसा भी होता है, कि कुछ स्थानों में तो बीमारी जोरों पर रहती है और कुछ स्थान बीच-बीच में सुरक्षित भी रह जाते हैं, इधर-उधर के बड़े-बड़े नगरों में बीमारी फैलती जाती है, लेकिन कुछ नगर बीच-बीच में बच जाते है। किन्तु इस सिफलिस की बीमारी का प्रसार ऐसा था कि बीच का एक भी स्थान न बच पाया। अपने मार्ग के समस्त स्थान को समेटता और आक्रमण करता हुआ यह रोग आगे बढ़ता गया। यूरोप में शुरू होकर और वहाँ पूरी तौर से पैर जमा कर यह रोग दृढ़ता और शीघ्रता से आगे बढ़ा और बहुत कम समय में ही सारे महाद्वीप में फैल गया। तात्कालिक समाज के पश्चिम मनोभावों और गुप्त दुराचार का यह अकाट्य प्रमाण और कसौटी थी।

मिस मेयो, मैंने अंदरूनी सभ्यता का यह चित्र आपकी नगर अस्पतालों, प्रसव गृहों और सफाई के जमादारों की रिपोर्टों पर नहीं—मठों, शाही खानदानों अमीरों के आन्तरिक जीवन की वीभत्स अवस्था पर भी नहीं बल्कि केवल उस देश की साधारण सामाजिक स्थिति के आधार पर सोचा है। शब्द भी मेरे नहीं,

आपके ही एक विद्वान देश निवासी के हैं, जिसकी योग्यता निष्पक्षता और विद्वता को पश्चिमी शिक्षित संसार मानता है। यदि मैंने उन अकथनीय और अविश्वसनीय आन्तरिक घटनाओं पर से परदा उठा दिया होता, जो इस चित्र के पीछे छिपी हैं तो आपकी 'मदर इण्डिया' का सारा चित्र अपने समस्त झूठों और अत्युक्तियों सहित श्रीहीन ही नहीं बल्कि इंग्लिस्तान के चित्र की तुलना में सुसभ्य दिखायी देने लगता।

मुझे क्षमा कीजिये, सम्भव है कि मैं देख नहीं सकती, मगर मुझे तो इस सभ्यता के चित्र में कोई भी ऐसा अपूर्व सौन्दर्य वा चमत्कार नज़र नहीं आाता जिसे देखकर मैं विस्मित रह जाऊँ, और यह मान लूँ कि इस सभ्यता या इस जातीय चरित्र में कोई भी अंश पूर्वीय सभ्यता से बढ़ कर थे।

मिस मेयो का उत्तर—ये महिला, तुम यह भूल गयीं कि जो चित्र भारत का मैंने अपनी पुस्तक में खींचा है वह, सोलहवीं शताब्दी का नहीं बीसवीं सदी का है। पश्चिमीय सभ्यता का वास्तविक उद्भव सोलहवीं शताब्दी के बाद ही हुआ है इसकी विशेषता धार्मिक अन्धविश्वासों से स्वतन्त्र होना, साम्प्रदयिक प्राचीन बन्धनों से मुक्त होना है। इसकी विशेषता वह वैज्ञानिक उन्नति है जो संसार ने आज तक नहीं देखी।

इसने तुम्हें रेलें दीं, हवा के समान तेज चलने वाले जहाज दिये, हवा में उड़ने वाले विमान के स्वप्न जो तुम्हारी जराजीर्ण पुस्तकों में दफन थे उन्हें पुनःजीवित करके प्रत्यक्ष रूप दे दिया। हवा और बिजली को तुम्हारा दूत बनाकर तार और टेलीफोन द्वारा संसार के भिन्न-भिन्न दूर दराज देशों को एक विशाल नगर के मोहल्लों के समान बना दिया। प्रकृति के विकराल गुप्त रहस्य उससे छीन कर उसकी बेताल रूपी शक्तियों को अपने अधीन बनाया। ये बेताल आज अधम चाकर के समान तुम्हारे जहाजों, तुम्हारी रेलों, तुम्हारे कारखानों, नहीं बल्कि तुम्हारे घरों के एक-एक कोने में तुम्हारी चाकरी कर रहे हैं। इस पर भी तुम पश्चिमी सभ्यता से रुष्ट हो। इसके जवाब में मैं केवल यही कह सकती हूँ कि यदि कोई नेत्रविहीन सूर्य के प्रकाश को न देख सके तो इसमें सूर्य का कोई दोष नहीं।

## यूरोप की वैज्ञानिक उन्नति

**प्रत्युत्तर**—मिस मेयो, मैं वैज्ञानिक उन्नति को बुरा नहीं कहती। मेरी सम्मति में प्रत्येक सभ्यता का वैज्ञानिक उन्नति से वही सम्बन्ध होता है जो आत्मा का शरीर से है। परन्तु मैं यह कहती हूँ कि वैज्ञानिक उन्नति का ठेका पश्चिमी सभ्यता

ही ने नहीं ले रखा है। इस तरह की उन्नति पश्चिम का अनन्य अधिकार नहीं है। भाँति-भाँति की ईजादें और आविष्कार, भोग-विलास की सामग्रियों और साधनों की बहुतायत और नगरों की विशालता और सौन्दर्य मुझे चकाचौंध नहीं कर सकते। यह सब चीज़ें तो प्राचीन काल से लेकर आज तक प्रत्येक जाति की सम्पन्नता के स्वाभाविक फल-फूल रही हैं। सभ्यताओं के पतन के समय यह पुष्प अवश्य कुम्हला जाते हैं, सम्भव है कि इनमें से कुछ पुष्पों के वृक्ष सूख भी जाते हों। परन्तु अधिकतर इनके बीज नष्ट न होकर उस समय की अन्य उभरती हुई जातियों के काम में आ जाते हैं। इस प्रकार संसार की प्रत्येक सभ्यता प्राचीनतम काल से लेकर आज तक दूसरी सभ्यताओं को अपना विज्ञान, अपना कला-कौशल अपने व्यापारिक रहस्य अपनी ईजादें प्रदान करती रही हैं। और नवीन सभ्यताएँ सदा अपने से पहले की सभ्यताओं की डाली हुई बुनियादों पर ही अपने प्रासाद ऊँचे करती रही हैं इसलिए पश्चिमीय सभ्यता का वर्तमान चमत्कार कोई असाधारण घटना नहीं है। इसके आगमन से पहले ही संसार का ज्ञान उन शिखरों पर पहुँच चुका था, जहाँ से वर्तमान आविष्कारों और ईजादों की झलकें धुँधली-धुँधली नजर आने लगी थीं। इस कथन के सबूत में, मैं ड्रे पर साहब की पुस्तक से एक और दृष्टान्त सुनाती हूँ। अरबों के उन्नत काल में सपेन की इस्लामी हुकूमत ने जो असाधारण उन्नति की थी, और उस उन्नति से यूरोप ने जो लाभ उठाया है, उसका वर्णन करते हुए वे कहते हैं–

यूरोप के साहित्य ने सदा इस बात को हमारी आँखों से छिपाकर रखने का प्रयत्न किया है कि हम विज्ञान के क्षेत्र में मुसलमानो के कितने ऋणी हैं। मैं इस बात के ऊपर शोक प्रगट किये बिना नहीं रह सकता। निस्सन्देह यह सचाई बहुत दिनों तक छिपी नहीं रह सकती, मुसलमानों के साथ यह हमारा घोर अन्याय है। किन्तु जिस अन्याय की जद धार्मिक द्वेष और राष्ट्रीय घमंड में है वह अन्याय हमेशा कायम नहीं रह सकता। आजकल के यूरोपीय ज्योतिषज्ञ क्या कहेंगे जब उन्हें यह बताया जाये कि उस समय जब कि यूरोप बिलकुल जंगली अवस्था में था, ज्योतिषज्ञ अरब अतुल हसन उस टयूब्स (Tubes) का जिक्र करता है जिनके द्वारा तारों को देखने और उनकी दूरी नापने के लिए तरह-तरह के यंत्र लगे हुए थे। शायद उनमें इसी तरह के शीशे लगे हुए थे जिस तरह के 'मिराधा' में काम आते थे। वह क्या कहेगा जब उसे यह पता लगे कि अब्दुर् रहमान सूफी सितारा के फोटो लेने की कला को उन्नति देने के प्रयत्नों में लगा हुआ था। क्या इब्ने यूनिस (सन् 1008 ई.) के ज्योतिष विद्या सम्बन्धी अंक पत्र जिन्हें 'हेकेमाइड टेबिल्स'

कहते हैं, अथवा नसीर उद्दीन तूमी के 'उल्कानिक टेविल्स' जो कि सन् 1209 ई. टारिस के निकल मिराधा की ज्योतष सम्बन्धी महान यंत्रशाला में बनाये गये थे, अथवा लटकन (Pendulum) की हरकतों से समय का मापना और विधिवत निरीक्षण करके ज्योतिष सम्बन्धी अंकों का ठीक करना—क्या ये सब इस प्रकार की चीजें हैं जिनसे उस समय के अरब निवासियों की असाधारण मानसिक उन्नति का पता नहीं चलता? ईसाई यूरोप निवासियों को शीघ्र ही यह स्वीकार करना पड़ेगा कि अरब निवासी अर्वाचीन यूरोप के ऊपर अपनी मानसिक छाप छोड़ गये हैं। किसी भी मनुष्य को, जो आजकल के एक साधारण भूगोल में सितारों के नाम पढ़ कर देखे, मालूम हो जाएगा कि अरब निवासियों ने अपने नाम आकाश के अन्दर इस तरह की लेखिनी से लिखे हैं कि उन्हें कोई नहीं मिटा सकता।

उच्च विज्ञान में हमने जितना स्पेन के मुसलमानों से सीखा है उससे कहीं अधिक हमने उनसे जीवन के साधारण उद्योग धन्धों में शिक्षा ग्रहण की है। शायद इसका एकमात्र कारण यह है कि उस समय हमारे पूर्वज दैनिक रहनसहन में जितना कुछ सीख सकते थे उतना विज्ञान में सीखने के वे योग्य न थे। मुसलमानों ने हमारे यहाँ विधिवत कृषि विद्या की बुनियाद कायम की। इस कृषि के लिए उनके यहाँ बाज़ाब्ता क़ायदे बने हुए थे। उन्होंने पौधों की कृषि की और ध्यान दिया। अनेकानेक नये पौंधे इस महाद्वीप में जारी किये। पशुओं की उन्नति और वृद्धि विशेषकर भेड़ और घोड़ों की वृद्धि की और विशेष ध्यान दिया। अनेक बड़े-बड़े पदार्थ जैसे कि चावल, चीनी, कपास और बाग़-बग़ीचों के लगभग समस्त सुन्दर फल और अनेक कम महत्व के पौंधे जैसे स्पेनिस और ज़ाफ़रान (केसर) हमारे इस महाद्वीप में मुसलमानों ही ने लाकर प्रचलित किये। स्पेन में रेशम का उगाना मुसलमानों ही से प्रारम्भ हुआ। ज़ेरीज और मलागा की प्रसिद्ध शराबों का प्रारम्भ मुसलमानों के ही समय से हुआ। आबपाशी के लिए सिन्ध देश की यह पद्धति जिसमें बड़े-बड़े फाटकों, पहियों और पम्पों का उपयोग किया जाता है मुसलमानों ही ने आकर यूरोप में प्रचलित की। उन्होंने और भी अनेक महत्वपूर्ण उद्योग धन्धों को उन्नति दी। उन्होंने ही कपड़ा बुनने के धन्धे, मिट्टी के बर्तनों का बनाना, लोहे और फौलाद का बनाना हमारे यहाँ प्रचलित किया। उनके समय की तलवारों की धार और धाय की सब जगह प्रशंसा की जाती थी।

जिस समय अरब लोग स्पेन से निकाले गये उस समय ये अपने साथ-साथ एक खास किस्म के चमड़े का धन्धा मोरक्को ले गये। इस चमड़े के तैयार करने में अरब लोग विशेष सिद्ध होते थे और आज सब यह चमड़ा मोरक्को के नाम

से प्रसिद्ध है। उन्होंने कुछ अधिक अशुभ आदि भी बाहर से लाकर हमारे महाद्वीप में प्रचलित कीं—जैसे बारूद और तोपखाना। जो तोपें ये लोग काम में लाते थे वे पतले लोहे को पीटकर उससे बनायी जाती थीं। किन्तु शायद जबकि एक ओर उन्होंने अशुभ इजादें कीं, उन्होंने मनुष्य जाति के सच्चे उपकार के लिए जहाजी कम्पास का इस महाद्वीप में लाकर प्रचार किया और उसके द्वारा मानव जाति का असीम उपकार किया। जहाजी कम्पास का जिक्र करते ही हमें यह ध्यान आ जाता है कि स्पेन के अरब व्यापार में भी बहुत दिलचस्पी रखते थे। यह बात बिल्कुल ठीक है। कुछ अरब खलीफाओं की मालगुज़ारी की ओर ध्यान देने से हमें इस बात का और भी विश्वास हो जाता है खलीफ़ा अब्दुर रहमान तीसरे की मालगुजारी पचपन लाख पौंड सालाना थी—यदि यह ध्यान रखा जावे कि उस समय के पौंड और आजकल के एक पौंड के मूल्य में कितना बड़ा अन्तर है तो यह मालगजारी बहुत ही ज़बरदस्त मालूम होने लगती है। केवल भूमि की पैदावार से इतनी ज़बरदस्त मालगुजारी वसूल नहीं की जा सकती थी। सम्भवतः उस समय के समस्त ईसाई देशों के समस्त बादशाहों की कुल आमदनी मिला कर भी इसके बराबर न थी। बारसेलोना और अन्य बन्दरगाहों से भूमध्य सागर के पूर्वीय प्रदेशों के साथ बहुत ज़बरदस्त तिजारत होती थी। यह तिजारत अधिकतर यहूदियों के हाथों में थी, उस शुरू जमाने से जबकि मूसा ने स्पेन पर पहली बार हमला किया यहूदी लोग अरब निवासियों के सदा पक्के मित्र रहे और उनके साथ मिलकर कार्य करते रहे। उन दोनों कौमों ने मिलकर आक्रमण की आपत्तियों को सहन किया, मिलकर उस आक्रमण की अनन्त सफलता का यश प्राप्त किया, मिल कर उन जंगली लोगों की ओर, अनादर, मज़ाक और कभी-कभी घृणा तक प्रगट की जो पिरेनीज़ पहाड़ियों के पार रहते थे। और जिन्हें वे हँस कर स्त्रियों के उपासक और अनेक देवी-देवताओं के उपासक जंगली लोग कहा करते थे। इन्हीं जंगली लोगों का प्रतिकार बहुत दिनों की प्रतीक्षा के बाद अन्त में उन्हें सहन करना पड़ा। यहूदी और अरब दोनों साथ-साथ ही यूरोप से निकाल दिये गये। जो यहूदी पीछे बाकी रह गये उन्हें इनक्विजीशन (Inquisition) की धार्मिक ईसाई कचहरियों द्वारा भयंकर यातनाएँ पहुँचाई गयीं। किन्तु जिस जमाने में ये यहूदी खुशहाल थे उस जमाने में एक हजार जहाजों से ऊपर इनके व्यापार में लगे रहते थे। टूनिस के ऊपर उनकी कोठियाँ और उनके गुमाश्तों के रहने के स्थान बने हुए थे। अकेले कुस्तुन्तुनिया के साथ उनकी बहुत बड़ी तिजारत थी। यह तिजारत ब्लैक सी और भूमध्य सागर के पूर्वीय तट के लेकर मध्य एशिया

तक फैली हुई थी। हिन्दुस्तान और चीन के बन्दरगाहों तक ये लोग आते-जाते थे और अफ्रीका के किनारे के बराबर-बराबर मेडेगेस्कर में टापू तक फैले हुए थे। इस व्यापार में भी यहूदियों और अररब निवासियों का अद्भुत मस्तिष्क साफ चमकता हुआ नजर आता था। हजरत ईसा की दसवीं शताब्दी में जब कि यूरोप की लगभग वही असभ्य अवस्था थी जो इस समय के फ्रेरिया की है, उस समय अबुल कासिम जैसे अरब के विद्वान व्यापार और वाणिज्य के सिद्धान्तों पर ग्रन्थ लिख रहे थे। जिस तरह की और सब क्षेत्रों में उसी तरह इस क्षेत्र में भी उनके पदचिह्न अभी तक मौजूद हैं। व्यापार में जिस छोटे-से-छोटे बाट का वे उपयोग करते थे वह जब का दाना था, चार दानों को मिलाकर एक मीठी मटर होती थी जिसे अरबी में फेरेट कहते थे। आज दिन तक हम लोग ग्रेन (दाना) के हिसाब से चीजों का वजन करते हैं और जब सोने शुद्ध को बयान करते हैं तो कहते हैं कि इसमें इतने कैरट शुद्ध सोना है।

—ड्रे पर इन्टेलेक्चुअल डेवलपमेंट ऑफ यूरोप, वॉल्यूम दो, पृष्ठ 42-44

मिस मेयो, यह तुमने देखा। इसके बाद इसी लेखक ने विज्ञान के भिन्न-भिन्न क्षेत्रों में दिखाया है कि लगभग वह समस्त मौलिक युक्तियों तथा सिद्धान्त जिन पर वर्तमान वैज्ञानिक उन्नति आधारित है उस समय एक न एक रूप में सामने आ रहे थे। इस प्रकार की अनन्त मिसालें और दी जा सकती हैं। इसलिए, मिस मेयो, संसार में वैज्ञानिक उन्नति तो सदा होती रही है और पश्चिमी सभ्यता के मिट जाने के बाद भी होती रहेगी। परन्तु अन्तर इतना है कि पूर्वीय सभ्यता में वैज्ञानिक उन्नति के साथ-साथ नैतिक विकाश भी होता जाता था। इसलिए उस समय वैज्ञानिक उन्नति से मानव जाति को हानि पहुँचने की कम सम्भावना रहती थी।

मिस मेयो, आप पश्चिमी हैं, आप यह नहीं जानतीं कि वैज्ञानिक उन्नति के साथ-साथ यदि नैतिक विकास न होता जावे तो वैज्ञानिक उन्नति मानव जाति के लिए एक भयंकर आपत्ति बन जाती है। पूरब में प्रायः शक्ति संचार की पहली सीढ़ी आत्मसंयम मानी जाती थी। प्रकृति के रहस्यों को जान कर उसकी शक्तियों का उचित उसी समय उपयोग होता है जब आप उन शक्तियों का उचित उपयोग करने के समर्थ हो। पश्चिम इस समय अनेक अन्धविश्वासों में फँसा हुआ है। इसलिए इसके हाथों में प्रकृति के बैतालों का आ जाना मानव जाति के विध्वंस का विकराल साधन बन गया है। मिस मेयो, ये रेलें, ये जहाज, ये विमान, यदि इनका दुरुपयोग न करें तो मानव-समाज के सुख-चैन को बढ़ा सकते हैं। किन्तु

पश्चिम अपने ग़लत सामाजिक तथा व्यापारिक आदर्शों में फँसे होने के कारण इन सब का घोर दुरुपयोग कर रहा है। इसके इसी दुरुपयोग को देखकर यह सिद्ध होता है कि यदि ये वैज्ञानिक इजादें अभी न हुई होती तो अच्छा था। उनका संसार में आना तो अनिवार्य था। फिर यदि ये उस समय आतीं कि जब मानव-जाति इनसे वास्तविक लाभ उठा सकने के योग्य बन गई होती तो इससे संसार को कोई हानि न थी। वैज्ञानिक उन्नति जब किसी सभ्यता की विशेषता नहीं, और जब इसका मानव-जाति के लिए, उपयोग या अनुपयोगी होना, हमारे सामाजिक आदर्शों पर निर्भर है तो ऐसी अवस्था में दो सभ्यताओं की तुलना उनके आदर्शों के आधार पर ही की जा सकती है।

## पश्चिम के अन्धविश्वास

मिस मेयो, जब मैं इस दृष्टि से पश्चिम का राजनैतिक, व्यापारिक तथा अन्य सामाजिक आदर्शों पर नजर डालती हूँ तो मुझे एक विचित्र दृश्य नजर आता है।

पश्चिम के राजनैतिक क्षेत्र को देखिए तो इसमें उन अन्ध विश्वासों का प्रभुत्व दिखाई देता है जो पूरब में धार्मिक भेद-भाव, छुआछूत, जाति-पाति आदि के रूप में उपस्थित हो गए थे। अन्तर केवल इतना है कि पूर्वीय सभ्यता के भेद भाव केवल आचार-व्यवहार अर्थात् खाना-पीना, शादी-विवाह तक ही परिमित रह गये थे। परन्तु पश्चिम में इसी भेदभाव पर राजनीति की बुनियादें क़ायम की गयी हैं। पश्चिमी हुकूमतें 'राष्ट्रीयता' और 'आत्मरक्षा' के नाम पर अपने देशों में पूर्वीय और अन्य जातियों का बसना, व्यापार करना तथा आना-जाना तक परिमित और बन्द कर रही हैं। मानव जाति के ऐतिहासिक युग के आरम्भ होने से पहले किसी प्राचीनतम काल में ब्राह्मणों ने अपने धार्मिक अन्ध-विश्वासों द्वारा, अपनी समाज के एक अंग को अछूत बना दिया था। आज इस आधुनिक युग का, नवीन ब्राह्मण यूरोप, अपने अतिरिक्त समस्त संसार को अछूत बना रहा है। प्राचीन पूर्वीय ब्राह्मण ने अपनी समाज के तीन विभागों पर दया का व्यवहार किया था। परन्तु हमारा आधुनिक कुलीन किसी पर भी कृपादृष्टि करने को तैयार नहीं।

इसके अतिरिक्त पूरब ने तो ब्राह्मणों के प्रभुत्व की बुनियाद असीम विद्वता, विरक्तता, आत्मसंयम तथा सदाचार पर रखी थी; परन्तु वर्तमान श्वेतांग जातियों के पुरोहित, योरप ने इन जातियों के प्रभुत्व की बुनियादें विलासप्रियता के उच्च आदर्श पर रखी हैं। इस वैज्ञानिक शास्त्री ने यह व्यवस्था दे दी है कि विलासप्रियता मानव उन्नति का एकमात्र साधन है। स्पष्ट—तीव्र—विकराल स्वरों में पश्चिमी

सभ्यता का यह निर्लज्ज आदेश, संसार भर में गूँज रहा है—"उठो! अपनी सांसारिक लालसाओं को असीम बनाकर इनकी तृप्ति के लिए असीम प्रयत्न करो! इसी से तुम्हारा वास्तविक कल्याण है।"

पूर्वीय जातियाँ इस विचित्र आदेश की प्रतिध्वनि सुन-सुन कर व्याकुल—विस्मित तथा आकर्षित हो रही हैं। और यदि यह पैशाचिक शंख-नाद शीघ्र ही बन्द न कर दिया गया तो यह अभागी जातियाँ भी इसी नाश की वैताली नृत्य में शामिल हो जाएँगी।

मिस मेयो, निस्सन्देह विलास प्रियता पूर्वीय सभ्यता का भी एक मुख्य अंग था किन्तु उस सभ्यता ने इस मानव उन्नति का साधन नियत नहीं किया था। प्राचीनतम काल से अनन्त अनुभव कर-कर के पूरब ने यह देख लिया था कि सांसारिक सुख-भोग की अभिलाषा मानव स्वभाव की प्रबल तथा असाध्य मनोवृत्ति है। पूरब ने यह भी अनुभव कर लिया था कि जब तक मनुष्य समाज की यह मनोवृत्ति अनियंत्रित रहेगी तब तक समाज की विविध श्रेणियों पर उन पवित्र आदर्शों का प्रभाव जम सकना असम्भव है जो आदर्श कि वास्तव में मनुष्य जाति के लिए कल्याण कर दें। इसलिए पूरब ने इस मनोवृत्ति को उत्तेजना देने के स्थान पर उसे अपनी शक्तिभर नैतिक तथा धार्मिक शृंखलाओं में जकड़ देने का प्रयत्न किया, और इस प्रकार इस मनोवृत्ति का भरसक प्रतिरोध किया। तिस पर भी पूरब विलास-प्रियता के कुप्रभावों से अपने समाज को सर्वथा सुरक्षित न रख सका।

किन्तु आज यह कल का वैज्ञानिक यूरोप इन प्राचीनतम अनुभवों का जी भर कर तिरस्कार कर रहा है। इसने विलासप्रियता को वास्तविक उन्नति का साधन मानकर अपनी समाज में वैयक्तिक स्वतंत्रता का एक नया युग आरम्भ कर दिया है। पुत्री का माता से, पुत्र को पिता से, स्त्री को पुरुष से, पुरुष को स्त्री से, चाकर को स्वामी से, स्वामी को चाकर से अर्थात् समाज के भिन्न-भिन्न अंगों को और प्रत्येक व्यक्ति को एक दूसरे से सर्वथा स्वतंत्र करके यूरोप ने उन्हें उदारता के साथ समान अधिकार प्रदान कर दिये हैं। साथ ही कर्तव्य भी सब का एक ही है, अर्थात् "अपनी सांसारिक सुख-भोग की अभिलाषा को असीम बनाना और उसकी तृप्ति के लिए असीम प्रयत्न करना।" मिस मेयो, यह सब देख कर हमें यही कहना पड़ता है कि ईश्वर आप पर और आप के सजातियों पर दया करे और पूर्व इससे कि आपके करतूत आपका विध्वंस कर डाले, आपकी आँख खुल जावे। परन्तु हाँ, मैं भूल गयी। आपने ईश्वर को भी तो पराश्त करके एक बड़े मूजी को मारा है। इससे सन्देह नहीं कि काली के ऐसे मन्दिर, जिन पर जीवित

पशुओं की भेंट चढ़े आपने समसत यूरोप में निर्मूल कर दिये। और इन सब को निर्मूल करके आपने अपने देश को अपना ईश्वर बनाया है। इसी अपने इष्ट देव की अनन्त उपासना करना आपका मुख्य धर्म है। परन्तु मिस मेयो, मैं यह पूछती हूँ कि आपने अपने देश पूजन के मुख्य साधनों पर भी कभी विशेष ध्यान दिया है। यदि दिया होता तो आप देख लेतीं कि साम्राज्यवाद तथा अन्ध व्यापारिक संघर्ष ही आपके इस इष्टदेव की पूजा के मुख्य साधन हैं और इन साधनों में जीवित पशुओं की नहीं बल्कि जीवित जातियों तथा देशों के बलिदान की आवश्यकता पड़ती है। ये बलिदान चारों और विकराल रूप में हो रहे हैं। परन्तु आपको और आपके सजातियों को ये दिखायी नहीं पड़ते। और यदि दिखायी भी पड़ते हैं तो इन्हें देख कर उन्हें रोमांच नहीं होता। इतना ही नहीं, मिस मेयो, स्वयं आपने इन्हीं बलिदानों के कीर्ति मान को, इनके चिरस्थायी बनाने के प्रयत्न को, अपनी जीविका का साधन बना लिया है। इन्हीं की कीर्ति गा-गाकर आप धन बटोरती हैं। फिलीपाइन्स जाने में, भारत आने में, और अब कोरिया जाने की तैयारी में आपका यही एकमात्र उद्देश्य है। फिर मिस मेयो, आप ही बताइये कि किसका विश्वास अधिक हीन, अधिक भयंकर और अधिक वीभत्स है? आपका अथवा उस अज्ञानी, विचारशून्य स्त्री का, जिसने काली के मन्दिर के अन्दर रुधिर में अपना वस्त्र भिगो लिया था?

मिस मेयो, पूर्वी अन्धविश्वासों को ढूँढ-ढूँढ कर निकालना उनसे घृणा करना, आपके लिए कैसा सरल और स्वाभाविक है। परन्तु पश्चिमी समाज के भयंकर विनाशकारी अन्धविश्वास आपको दिखायी भी नहीं देते। आप समझती हैं कि आपने प्रकृति के बैतालों को अपने आधीन बना लिया है। परन्तु यह आप नहीं देखतीं कि ये बैताल आपसे क्या भेंट ले रहे हैं। मिस मेयो, आपके विशाल कारखाने, जिनका आपको इतना घमंड है स्वयं आपके तथा अन्य देशों के असंख्य दस्तकारों के मुँह से अन्न छीन कर उनके मृत्यु शरीरों का क़ायम हैं। इन विशाल कारखानों में जिन मुट्ठी भर व्यक्तियों का पेट भर सकता है, वे अपना स्वास्थ्य, गृहस्थ जीवन तथा वह सदाचार जो गृहस्थ जीवन का स्वाभाविक अंश है—सभी को खोकर, अपनी रोटी प्राप्त कर पाते हैं। इस दुर्घटना का रोना स्वयं आपके विचारशील विद्वान बड़े करुण स्वरों में रो रहे हैं। इन कारखानों में विषमय जीवन तथा उस समस्त वायु-मण्डल ने, जो इन कारखानों का वास्तविक जन्मदाता है—मानव समाज के स्त्री-पुरुष सम्बन्धी विषयों में विकराल परिवर्तन कर दिया है। यह परिवर्तन

मानव उन्नति ही का नहीं बल्कि मानव समाज के स्थायित्व को ही खतरे में डाल रहा है।

इसके अतिरिक्त इन प्राकृतिक बनालों की वे मशीन रूपी भयंकर मूर्तियाँ जो इन कारखानों में स्थापित हैं अपने उपासकों का ही रक्त नहीं चूसतीं बल्कि इनकी तृप्ति के लिए अन्य-अन्य देशों तथा नयी मंडियों में जनता का शिकार झेलना पड़ता है। इसी का धन धान्य अथवा मास खिला-ख़िला कर आप इन्हें सन्तुष्ट कर पाते हैं। इनके मुँह से बचे हुए टुकड़े आपका भोजन हैं। इन टुकड़ा को खा-खाकर, प्राचीन पुजारियों के समान, इन्हीं मूर्तियों के चारों ओर, विलासप्रियता में चूर हो, आप अनन्त अशान्ति—अनन्त अन्ध व्यापारिक संघर्ष—तथा असीम नैतिक पतन का बेताली नृत्य नाच रहे हैं। मिस मेयो, मानव समाज ने नैतिक विकास द्वारा प्रकृति को अपने अधीन बना कर, पाशिवक जीवन से उच्चतर, मावन जीवन का प्रासाद उठाया था। इस प्रासाद की बुनियाद आत्मसंयम—परोपकार—सन्तोष-कर्तव्य पालन—तथा आदर्शप्रियता पर रखी थीं। परन्तु आज आप पाश्चिम मनोवृत्तियों से मदान्ध होकर इन सब बातों को धार्मिक अन्धविश्वास बताते हैं। फिर भला आप यह कैसे देख सकेंगे कि प्रकृति के बेतालों को अपने अधीन बनाने के स्थान पर आप उनके अधीन बन रहे हैं। व्यापार मानव समाज के सुख तथा समृद्धि का मुख्य साधन था। आपने मानव समाज को व्यापार की सम्पन्नता तथा समृद्धि का साधन बना दिया है।

मिस मेयो, हमारे अन्ध विश्वास जरा जीर्ण हो चुके हैं और स्वयं हम उनके निर्मूल करने के लिए व्यग्र हैं। दूसरे, हमारे अन्धविश्वास केवल आचार-विचार सम्बन्धी थे। इसलिए उनका क्षेत्र अत्यन्त परिमित था। किन्तु पश्चिम के अन्धविश्वासों के कुप्रभावों का क्षेत्र केवल आचार-विचार तक ही परिमित नहीं है। इन अन्धविश्वासों के राजनैतिक तथा व्यापारिक होने के कारण इनका प्रभाव क्षेत्र अधिक विशाल है। इसके अतिरिक्त पूर्वीय अन्धविश्वासों के समाज पश्चिमी अन्ध विश्वास दिन-प्रतिदिन फीके तथा शक्तिहीन नहीं हो रहे हैं। पश्चिमी अन्ध विश्वासों में अभी नवीनता की उमंगें तथा चमत्कार मौजूद है। इस चमत्कार को वर्तमान पश्चिम की ऊपरी प्रकाश ने और भी स्वर्णमय बना दिया है। इसलिए पश्चिमी अन्ध विश्वास एक घोर तूफ़ान के समान चारों और फैल रहे हैं। यदि मानव जगत शीघ्र ही इनका सम्पूर्ण प्रतिरोध न कर सका तो वह समस्त उन्नति जो मानव स्वभाव तथा मानव चरित्र में सहस्रों वर्षों के अन्दर हो पायी थी, सर्वथा नष्ट भ्रष्ट हो जायेंगी।

मिस मेयो, मुझे क्षमा कीजिये। जिसे आप मेरी घृणा और क्रोध समझेंगी वह केवल दुःख की वाणी है। अन्य देशों के साथ-साथ आपके साम्रज्यवाद की बेदी पर इस समय मेरा देश भी बलि चढ़ाया जा रहा है। फिर यदि मैं व्याकुल हूँ, यदि मेरे शब्द वेदनापूर्ण हैं, तो इसमें कोई आश्चर्य नहीं। साथ-ही-साथ मैं यह भी देख रही हूँ कि पश्चिमी वैज्ञानिक उन्नति के अनमोल रत्न आपकी रेलें, आपके जहाज, आपके विमान सब इसी भयंकर यज्ञ में सहायता दे रहे हैं। इन सब का एकमात्र पैशाचिक उपयोग इस बलि को सफल बनाना है। मुझे क्षमा कीजिये। जो वैज्ञानिक उन्नति असहाय देशों तथा निरपराध जातियों के विनाश का साधन बन रही हैं, जो स्वयं पश्चिमी देशों में विलासप्रियता तथा अन्धव्यापारिक संघर्ष के विषैले पोधों के सींचने में निमग्न हैं, उसे मैं संसार के लिए हितकर नहीं समझ सकती।

मिस मेयो—हे महिला, हम लोगों में एक कहावत है कि अज्ञान से अधिक आनन्दमय वस्तु संसार में और कोई नहीं होती। मैं इस कहावत को सुनती थी परन्तु इसके सत्य होने का निश्चय आज ही हुआ।

यूरोप के अन्धविश्वासों का दुखड़ा तो मैंने खूब सुना। अब मैं तुमसे इस 'बलिदान' का वास्तविक अर्थ समझना चाहती हूँ। तुम कहती हो कि ये जहाज, ये रेलें, ये हवाई जहाज तुम्हारे शत्रु हैं। जरूर होंगे। शायद इन जहाजों के गोलों की आवाज और मार के भय ने ही तुम्हारे समस्त देश को अशिक्षित तथा निरक्षर बना दिया है। सम्भव है कि ये रेलें ही तुम्हारे समस्त कला-कौशल, उद्योग, व्यापार आदि को लाद-लाद कर समुद्र में डुबा आयीं और वे हवाई जहाज तुम्हारी समझ विज्ञान, विद्वत्ता की सारी पूँजी अन्य अन्य देशों को उड़ा ले गये। इसी से तुम आज निरक्षर, दरिद्र और बुद्धिहीन हो। बुरा न मानो, परन्तु मैं तुम्हारे इन समस्त विचारों को, इन भावों को मूर्खता तथा कृतघ्नता की अन्तिम सीमा समझती हूँ।

सुनो, मैं बेकार वाद-विवाद करना नहीं चहाती। मुझे तुम यह बताओ कि तुम साम्राज्यवाद को अपने देश के लिए बुरा क्यों कहती हो? इसने तुम्हें क्या हानि पहुँचाई? साम्राज्यवाद को केवल गालियाँ देने से कोई लाभ नहीं। मैं केवल तीन-चार मौलिक प्रश्न चुने लेती हूँ जिन पर प्रत्येक देश की सांसारिक उन्नति निर्भर होती है। पिछले युगों की आध्यात्मिक तथा नैतिक उन्नति की न मुझे कुछ ख़बर है न उसके सम्बन्ध में मैं जानना चाहती हूँ। इसलिए नैतिक, आत्मिक तथा आध्यात्मिक आदर्शों इत्यादि का दुखड़ा फिर न ले बैठना। सुनो, वे प्रश्न ये हैं, एक—साम्राज्यवाद ने तुम्हारे देश को शिक्षित बनाने का प्रयत्न किया या नहीं और

आज भी कर रहा है या नहीं? दूसरा—साम्राज्यवाद ने तुम्हारे उद्योग धन्धों और व्यापार को लाभ पहुँचाया या नहीं और आज भी पहुँचा रहा है या नहीं? तीसरा—साम्राज्यवाद ने तुम्हारे असहाय देश की बाहरी शत्रुओं से रक्षा की या नहीं और आज भी कर रहा है या नहीं?

यही तीन मुख्य बातें हैं जिनसे किसी शासन पद्धति की उपयोगिता अथवा अनुपयोगिता की परीक्षा की जा सकती है। परन्तु इन बातों में रामायण तथा महाभारत की कहानियाँ सुनना नहीं चाहती। मैं यह चाहती हूँ कि तुम अपने उत्तर को केवल साम्राज्यवाद के देश में आने के समय तक ही परिमित रखो, और अपनी बातों की पुष्टि में ऐसे हवाले दो जिन्हें समझ और मान सकूँ। मुझे तो यह देख कर अत्यन्त आश्चर्य और दुःख होता है कि तुम उसी शक्ति का, उस शक्ति के उन साधनों को जिन्होंने तुम्हारी दो सौ वर्ष तक रक्षा की है, तुम्हें उन आस-पास की जातियों से बचाया है, जो इस रक्षा बिना उन्हें नोच-नोच कर खा गयी होतीं। इन्हीं सब को तुम अपना वास्तविक शत्रु समझती हो। सच है परमात्मा को जिसका विनाश करना होता है उसकी बुद्धि वह पहले ही हर लेता है।

## साम्राज्यवाद और शिक्षा

प्रति उत्तर—मिस मेयो, मैं आपसे बिल्कुल सहमत हूँ। आप ने जो तीन प्रश्न चुने हैं मैं भी उन्हें मौलिक समझती हूँ। आपकी आज्ञानुसार मैं अपने उत्तर में केवल इन्हीं प्रश्नों पर प्रकाश डालने का प्रयत्न करूँगी। पहले शिक्षा को ही ले लीजिये।

सुनिये मिस मेयो, साम्राज्यवाद ने सदा श्वेतांग जातियों के प्रभुत्व को क़ायम करने तथा उसे स्थायी बनाने के लिए अपनी पराजित जातियों को अशिक्षित तथा निरक्षर बनाने का प्रयत्न किया है। अफ्रीका में, आस्ट्रेलिया में, स्वयं आपके देश अमरीका में सदा उनकी यह नीति रही है। अमरीका के आदि निवासियों को तो जाने दीजिये क्या आप भूल गयीं कि कैसे आपके देशबन्धु, निरपराधी हब्शियों को उनके देश से धोखा दे-देकर चुरा लाते थे? क्या आप वे सब कानून भी भूल गयीं जो इन्हें निरक्षर रखने के लिए आपके देश में रचे गये थे? मैं उन्हें आपको याद दिलाती हूँ। सुनिये, इनके सम्बन्ध में हैमबर्थ साहब अपनी 'हिस्ट्री ऑफ़ दी वर्ल्ड' में क्या कहते हैं*—

"इसके विपरीत हब्शियों की शिक्षा का स्पष्ट निषेध कर दिया गया। मिसाल के तौर पर सन् 1842 में वर्जीनिया में एक कानून पास हुआ था जिसके कुछ

* जिल्द चार पृष्ठ 2814

वाक्य ये थे—'यदि पढ़ना या लिखना-सीखने के उद्देश्य से हब्शी लोग कहीं पर भी जमा होंगे तो उनका जमाव न्याय विरुद्ध समझा जायेगा। कोई भी न्यायाधीश, किसी भी अफसर या दूसरे मनुष्य के सुपुर्द, इस बात का वारण्ट कट सकता है, कि वह अफसर या मनुष्य किसी भी जगह में घूमकर, इस तरह के जमीन में शामिल होने वाले हब्शियों को गिरफ्तार कर ले। और वही न्यायाधीश, अथवा कोई भी, इस तरह के हब्शियों को कोड़ों की सजा की आज्ञा दे सकता है। यदि कोई गोरा मनुष्य लिखना-पढ़ना सिखाने के लिए हब्शियों को जमा करे तो उसे छः महीने तक की कैद की और सौ डालर तक जुर्माने की सजा दी जायेगी।

"सन् 1834 में एक कानून दक्षिण केरोलिना में हुआ था जिसकी एक धारा इस प्रकार थी—'यदि इसके बाद कोई मनुष्य किसी गुलाम को पढ़ना या लिखना सिखायेगा या किसी गुलाम को पढ़ने-लिखने में सहायता देगा या किसी गुलाम के पढ़ाने-लिखाने का प्रयत्न करे या करायेगा तो इस तरह के मनुष्य को अपराध साबित हो जाने पर यदि वह गोरे रंग का स्वतन्त्र मनुष्य है तो हर इस तरह के अपराध के लिए सौ डालर तक जुर्माने और छः महीने तक कैद की सजा दी जायेगी, यदि वह काले रंग का है तो उसे पचास तक कोड़े और पचास डालर तक जुर्माने की सजा दी जाएगा। यदि अपराधी स्वयं गुलाम वर्ग का होगा तो पचास कोड़ों तक की सजा दी जायेगी। इसी तरह के कानून अमरीका की ज्योलिया और ऐले बामा रियासतों में भी पास किये गये।'—मेजर वामनदास वसु की पुस्तक "एजूकेशन इन इण्डिया अण्डर ईस्ट इण्डिया कम्पनी' से उद्धृत।

मिस मेयो, साम्राज्यवाद जिस-जिस देश में पहुँचा वहाँ उसका अपनी पराजित जाति के साथ यही बर्ताव रहा है। यदि वह साम्राज्यवाद कहीं पर शिक्षा सम्पूर्ण रीति से बंद न कर पाता था, तो उसे परिमित और दूषित बना देता था। अमेरिका का हाल आप सुन चुकीं, अब भारत का हाल सुनिये। देखिये कि मिस्टर सी. जे. मार्शमेन ने 15 जून सन् 1853 को हाउस ऑफ लार्ड्स के सामने गवाही देते समय क्या कहा था—

"हिन्दोस्तान में ब्रटिश गवरमेण्ट के स्थापन होने के बहुत दिनों बाद तक भारतवासियों के लिए किसी तरह की भी शिक्षा प्रणाली का ज़बरदस्त विरोध किया जाता था। इस विषय में इंगलिस्तान के शासकों के भावों का पता सबसे पहले सन् 1792 में लगा, जब कि मिस्टर विलबरफ़ोर्स ने उस वर्ष के चारटर ऐक्ट में दो वाक्य जोड़ने की तजबीज़ की जिनका उद्देश्य यह था कि भारतवर्ष को इंगलिस्तान से शिक्षक भेजे जावें, कोर्ट ऑफ डाइरेक्टर्स ने इसका सबसे अधिक

विरोध किया और विलवरफोर्स को अपनी तजबीज़ वापस ले लेनी पड़ी। इस तज्बीज़ के ऊपर जो बहस हुई वह अत्यन्त स्मरणीय है। हमारे भारत पर क़ब्ज़ा करने के समय से उस बहस में पहली बार यह मालूम हुआ कि शिक्षा के विषय में कोर्ट ऑफ़ डाइरेक्टर्स का मत क्या था। उस अवसर पर एक डाइरेक्टर ने कहा कि हम अमरीका अपनी इसी मूर्खता के कारण खो बैठे, क्योंकि हमने वहाँ पर स्कूल और कॉलेज कायम होने दिये, अब हमारे यही मूर्खता भारत के विषय में भी करने से काम नहीं चलेगा, और यदि भारतवासियों को किसी तरह की शिक्षा की आवश्यकता है तो वे उसके लिए इंग्लिशतान आ सकते हैं। इसके बीस वर्ष बाद तक अर्थात् सन् 1813 तक इंगलिश्तान के शासकों के भाव इसी तरह भारत वासियों को शिक्षा देने के विरुद्ध रहे।''

हमारा शिक्षण प्रबन्ध, —आज से सौ वर्ष पूर्व

मिस मेयो, यदि इतना ही होता, कि हमारी शिक्षा का कोई विशेष प्रबन्ध न किया जाता तो केवल यही कहा जा सकता था कि राजा ने अपना धर्म पालन नहीं किया है। किन्तु हमारे देश ने जो कुछ शिक्षा का प्रबन्ध पहले से था उसे भी साम्राज्यवाद ने आकर मिटा दिया। सुनिये मैं आपको ईस्ट इण्डिया कम्पनी के कोर्ट आफ डाइरेक्टर्स के एक सरकारी पत्र से थोड़ा सा भाग सुनाती हूं। यह पत्र 1813 ईसवी में लिखा गया था, जिस समय अंग्रेजी राज इस देश में कायम हुए लगभग पचास वर्ष हो चुके थे। इस पत्र से आपको मालूम होगा कि इस देश में पहले जनता की प्रारम्भिक शिक्षा का क्या प्रबन्ध था। ''इस अवसर पर हम विशेष सन्तोष के साथ उस प्रशंसनीय आन्तरिक व्यवस्था का जिक्र करते हैं जो भारत के कुछ हिस्सों में प्रचलित है। इस व्यवस्था के अनुसार भूमि की पैदावार का एक निश्चित भाग जनता की शिक्षा पर खर्च किया जाता है, ग्राम पाठशालाओं के अध्यापकों के लिए और भी स्थाई जायदाद आदिक का प्रबन्ध कर दिया जाता है, इस प्रकार उन अध्यापकों को समाज के सेवक बना दिया जाता है।

''इन अध्यापकों के आधीन जिस तरह की शिक्षा अत्यन्त प्राचीन काल से भारत में दी जाती रही है, उसकी सब से जबरदस्त कद्र यह है कि इंग्लिस्तान में भी इसकी नकल की गई है। रेवरेण्ट डाक्टर बेल जो पहले मद्रास में पादरी थे इसकी देख रेख करते है। हमारी राष्ट्रीय संस्थाओं से अब इसी प्रणाली के अनुसार शिक्षा दी जाती है, क्योंकि हम लोगों को विश्वास हो गया है कि यह प्रणाली इतनी सरल है कि इससे बच्चों को भाषा बड़ी ही आसानी से आ जाती है।

"कहा जाता है कि हिन्दुओं की यह अत्यन्त प्राचीन और परोपकारी संस्था राज क्रान्तियों के धक्कों से भी नहीं टूटी, और इसी के कारण भारतवासी आमतौर पर मुन्शीगिरी और हिसाब रखने में इतने कुशाग्रधी है।"

मिस मेयो, जिस "अत्यन्त प्राचीन और परोपकारी" संस्था को बड़े से बड़े धार्मिक तथा राजनैतिक परिवर्तन भी हानि न पहुँचा सके उसे पश्चिमी साम्राज्यवाद ने कुछ ही समय के अन्दर नष्ट-भ्रष्ट कर डाला। पूर्वीय विजेता चाहे वे हिन्दू हों या मुसलमान अपनी प्रजा की प्राचीन संस्थाओं को सुरक्षित रखना अपने राज धर्म का मुख्य अंग समझते थे। इन विजेताओं की लड़ाई राजा-राजा की लड़ाई होती थी। जो राजा विजय प्राप्त करता था वह चूँकि इसी देश में रहता सहता था, इस कारण उसका वास्तविक लाभ, उसका वास्तविक वैभव, अपने से पहले के राजा के समान देश की उन्नतिशील संस्थाओं की रक्षा तथा उनकी समृद्धि करने में ही होता था। यदि कोई राजा अपनी विलासप्रियता के कारण अपनी प्रजा से जबर्दस्ती करके कुछ अधिक धन भी वसूल कर लेता था तो भी वह समस्त धन शीघ्र ही किसी-न-किसी रूप में प्रजा के पास फिर पहुँच जाता था। यही कारण था कि शासन के आये दिन बदलते रहने पर, तथा शासकों के स्वेच्छाचारी होते हुए भी, प्रजा की सम्पन्नता तथा उसकी उन्नतिशील संस्थाओं को कोई विशेष हानि पहुँच सकती थी। इस देश में अपनी प्रजा को शिक्षित बनाने के लिए अनन्त काल से देशी नरेशों तथा श्रीमन्त ने सहस्त्रों जागीर, माफियों तथा वजीफे इस महान कार्य के लिए नियुक्त कर दिये थे। वह समस्त सम्पत्ति सदा बढ़ती ही रहती थी। यदि कोई पूर्वीय राजा इन माफियों को बढ़ाता न था तो भी इन्हें जब्त कर लेने का विचार तो किसी के भी मस्तिष्क में आना सर्वथा असम्भव था। इसीलिए अँग्रेजों के देश में आने के समय तक हिन्दोस्तान की प्राचीन शिक्षा पद्धति बराबर कायम रह सकी। और यही कारण था कि अँग्रेजों के देश में आने के समय तक भारत अपने समकालीन देशों में सबसे अधिक शिक्षित था। मिस मियो, यह केवल मेरी राय नहीं है। देखिये सर टामस मनरो ने कम्पनी के डाइरेक्टरों के एक फैसले पर टिप्पणी करते हुए क्या कहा है। डाइरेक्टरों से एक स्कूल के लिए सहायता माँगी गयी थी, और मनरो साहब के शब्दों में उन्होंने इनकार इस बिना पर किया था—

...........कमेटी ने इस बिना पर इनकार किया कि ग्राम स्कूलों में और अधिक वृद्धि करने के लिए काफी धन कमेटी के पास नहीं है, क्योंकि शिक्षा की दृष्टि से ब्रिटिश भारत के बहुत से हिस्सों में किसानों की जितनी अच्छी अवस्था है

उतनी अच्छी संसार के किसी भी दूसरे देश के किसानों की नहीं है, इसलिए हमारे पास जो थोड़ा-सा फंड कम्पनी का मंजूर किया हुआ है उसका अधिक अच्छा उपयोग यह होगा कि उच्च श्रेणी के भारतवासियों को उदार शिक्षा दी जाय।''

मिस मेयो, शायद आपको भी यह सुनकर आश्चर्य हो कि जिस फण्ड का हवाला पूर्वोक्त वाक्य में दिया गया है वह फण्ड केवल एक लाख रुपया सालाना था जो 1823 ई. में अँग्रेजी राज स्थापित होने के बाद पहली बार समस्त भारत की उच्च शिक्षा की मदद तथा प्रोत्साहन के लिए डाइरेक्टरों ने नियत किया था। ख़ैर, कुछ भी हो। इस पत्र से यह बात स्पष्ट रूप में सिद्ध हो जाती है कि 1823 ईस्वी में, जब यह पत्र लिखा गया था, भारत की ग्रामीण जनता अन्य देशों के लोगों से अधिक शिक्षित थी।

मिस्टर केर हार्डी अपनी 'इण्डिया' नामक पुस्तक में लिखते हैं–

''अंग्रेजों के बंगाल पर कब्जा करने से पहले के सरकारी कागजों और ईसाई पादरियों की एक रिपोर्ट के आधार पर मैक्समूलर लिखता है कि अँग्रेजों के आने से पहले बंगाल में 80,000 पाठशालाएँ थीं, अर्थात् हर 400 मनुष्य संख्या पीछे एक पाठशाला मौजूद थी। लाडली साहब अपनी पुस्तक 'हिस्ट्री ऑफ ब्रिटिश इण्डिया' में लिखते हैं कि, 'मुझे विश्वास है कि प्रत्येक ऐसे हिन्दू ग्राम में जिसका पुराना रूप अभी तक कायम है बच्चे आमतौर पर लिखना-पढ़ना और हिसाब जानते हैं, किन्तु जहाँ कहीं हमने प्राचीन ग्राम संस्थाओं का नाश कर डाला है जैसा कि बंगाल में, वहाँ पर ग्राम पाठशाला भी साथ-साथ ही लोप हो गयीं।''

मिस्टर मोन्ट स्टुअर्ट एलफिन्स्टन अपने शिक्षा सम्बन्धी सरकारी पत्र में दक्षिण भारत के बारे में सुनिये क्या कहते हैं–

''यह हालत बहुत दिनों जारी नहीं रह सकती। इस समय शिक्षित लोग बहुत अधिक मिलते हैं, इसका कारण यह है कि मराठा शासन में शिक्षितों की माँग बहुत अधिक थी। अब यह बात नहीं रही। इसका शीघ्र ही परिणाम यह होगा कि शिक्षितों की संख्या घट जाएगी। और जब तक कि हमारी सरकार इस विषय में कोई विशेष प्रयत्न न करे तब तक इसमें कोई सन्देह नहीं कि शिक्षा के सम्बन्ध में देश की जो अवस्था पेशवाओं के राज्य में थी उससे हमारे राज्य में अधिक हानि होगी।''*

---

* शिक्षा के विषय में अधिकतर वाक्य मेजर बसु की पुस्तक 'हिस्ट्री ऑफ एजकेशन इन इण्डिया अण्डर दी रूल ऑफ दी ईस्ट इण्डिया कम्पनी' से लिये गये हैं।

मिस मेयो, मैं बिलारी के कलेक्टर मिस्टर ए.डी. केम्बेल की एक शिक्षा सम्बन्धी रिपोर्ट आपको सुनाती हूँ जिससे यह मालूम होता है कि इस देश में उस समय ग्राम शिक्षा प्रबन्ध की क्या दुर्दशा हो गयी थी और इस रिपोर्ट से उस दुर्दशा के वास्तविक कारणों का भी पता चलता है। अपने ज़िले बिलारी की दशा वे इस प्रकार बयान करते हैं–

'देशी स्कूलों में जिस किफ़ायत के साथ बच्चों को लिखना सिखाया जाता है और जिस पद्धति के अनुसार अधिक ऊँचे दरजे के विद्यार्थी कम दरजे के विद्यार्थियों को शिक्षा देते हैं, और साथ-साथ अपना ज्ञान भी पक्का करते जाते हैं, वह सब पद्धति वास्तव में प्रशंसनीय है। इंगलिस्तान में इस भारतीय शिक्षा पद्धति का अनुकरण किया गया है और वास्तव में यह अनुकरण के सर्वथा योग्य है।...

''यद्यपि भारतवासियों की वर्तमान शिक्षा अपूर्ण है, तथापि कम भारतवासी ऐसे हैं जो अपने बच्चों को यह शिक्षा भी दे सकें।

''मुझे यह कहते हुए दुःख होता है कि इसका कारण यह है कि समस्त देश दिन-प्रतिदिन दरिद्र होता जा रहा है। हाल में हिन्दोस्तान के बने हुए सूती कपड़े के स्थान पर हमारे यहाँ के अँग्रेजी कपड़ों के भारत में आने का परिणाम यह हुआ है कि उद्योग धन्धों में लगे हुए अनेकों भारतवासियों की रोजी छिन गयी। हमने अपनी बहुत सी सेना अपने इलाके से हटा कर अपनी नयी मिली रियासतों को दूर-दूर की सरहदों पर भेज दी हैं इससे नाज की माँग में बहुत बड़ा अन्तर आ गया है। देश की पूँजी देशी सरकारों और उनके कर्मचारियों के हाथों से निकल कर यूरोपियनों के हाथों में आ गयी है। देश नरेश और उनके कर्मचारी इसे पूँजी की उदारता के साथ भारत ही में व्यय किया करते थे, यूरोपियनों के लिए अब यह कानून बना दिया गया है कि वे थोड़े दिनों के लिए भी इस पूँजी को भारत में खर्च नहीं कर सकते। यह पूँजी प्रतिदिन भारत से ढुलकर बाहर चली जाती है। इसके अतिरिक्त सरकार की ओर से इस समय मालगुजारी की वसूली भी अत्यन्त कड़ाई के साथ की जाती है। इन सब बातों के कारण देश की दरिद्रता बढ़ती जा रही है। बीच की और नीचे की श्रेणियों के लोगों में से अधिकांश की इस समय यह हालत है कि वे अपने बच्चों के लिए शिक्षा का खर्च बर्दाश्त नहीं कर सकते। इसके विपरीत उन्हें मजबूर होकर अपनी आवश्यकताओं को पूरा करने के लिए अपने बच्चों के नन्हें कोमल अंगों से मजदूरी करानी पड़ती है।

''सरकार को अवश्य पता होगा कि इस जिले की लगभग दस लाख आबादी

में से इस समय घटते-घटते केवल सात हजार बच्चे स्कूल जाते हैं। इससे साफ़ मालूम होता है कि हमारे शासन का परिणाम कितना बुरा हुआ है। बहुत से ग्रामों में जहाँ पहले स्कूल थे, अब कोई स्कूल नहीं है, और बहुत से ग्रामों में जहाँ बड़े-बड़े स्कूल थे अब केवल अत्यन्त धनाढ्य लोगों के थोड़े से बच्चे शिक्षा पाते हैं। दूसरे लोग इतने गरीब हो गये हैं कि स्कूल नहीं जा सकते अथवा वहाँ का खर्च नहीं बर्दाश्त कर सकते।

"...विद्या....किसी भी देश में किसी भी बिना राजा की उत्तेजना और सहायता के नहीं बढ़ी और भारत के इस भाग में विज्ञान को पहले जी सहायता और उत्तेजना मिला करती थी वह अब बन्द कर दी गयी है।

"इस ज़िले में इस समय शिक्षा के लिए 533 संस्थाएँ हैं और मुझे यह कहते हुए लज्जा आती है कि इस समय इनमें से किसी एक संस्था को भी सरकार की ओर से सहायता नहीं दी जाती...।

"इसमें कोई सन्देह नहीं कि प्राचीन समय में विशेषकर हिन्दुओं के राज्य में विद्या को उन्नति देने के लिए धन की बड़ी-बड़ी रकमें और बड़ी-बड़ी जमीनें बतौर माफी के राज्य की ओर से दी जाती थीं।

"पहले समय में राज्य की आमदनी का एक बड़ा भाग विद्या के बढ़ाने और उन्नति देने में लगाया जाता था जिससे राज्य का यश बढ़ता था, अब हमारे शासन में इतना पतन हुआ है कि इसी धन के द्वारा लोगों के अज्ञान को कायम रखा जाता है। विज्ञान को राज्य की ओर से पहले जो जबर्दस्त सहायता दी जाती थी वह अब बन्द कर दी गयी है। नतीजा यह है कि अब विज्ञान को अपने गुजारे के लिए प्रायः दानशील व्यक्तियों की आकस्मिक उदारता का अनिश्चित आश्रय लेना पड़ता है। भारत इस समय ऐसी पतित अवस्था में है, और दुर्भाग्यवंश इतना अज्ञानान्धकार देश में फैला हुआ है कि भारत को इस अवस्था से निकालने और इस अन्धकार को दूर करने के लिए देश को राज्य की जितनी सहायता की इस समय आवश्यकता है उतनी भारत के समस्त इतिहास में शायद पहले कभी किसी समय में भी न हुई थी।"

मिस मेयो, यह तो प्रारम्भिक शिक्षा का हाल हुआ। सुनिये मिस्टर वाल्टन हैमिल्टन ने सरकारी पन्नों की बिना पर 1828 में उच्च शिक्षा के सम्बन्ध में क्या कहा है–

"लोग मन से विज्ञान के पठन-पाठन को छोड़ते जाते हैं और सिवाय उन विभागों के जिनका काम धार्मिक कर्मकाण्ड आदिक में अथवा लोगों की ज्योतिष

और फलित में पड़ता है और सब विद्याओं को छोड़ते जाते हैं। विद्या के इस पतन का मुख्य कारण यह मालूम होता है कि पहले समय में देशी राजाओं के अधीन राजा लोग, सरदार लोग और श्रीमन्त लोग विद्या के फैलने को जो सहायता और उत्तेजना दिया करते थे वह अब अँग्रेज़ सरकार की ओर से नहीं दी जाती।''

मिस मेयो, मैंने यहाँ की शिक्षा के विनाश का चित्र सम्पूर्ण रूप में आपको इसीलिए दिखाया है कि आप इसके प्रत्येक पहलू को खुद देख और समझ लें। अब यदि आप में तनिक भी न्याय का अंश है, तो आप स्वयं बतलाइये कि साम्राज्यवाद ने शिक्षा के विषय में कैसा अनर्थ किया है। आप यह भी सोचिये कि जातीय शिक्षा का यह विशाल और आश्चर्यजनक प्रबन्ध जिसका इस समय हमें विश्वास होना भी कठिन है, किसने किया था। और अनन्तकाल से अनेक-अनेक विजेताओं के आते-जाते रहने पर भी यह प्रबन्ध किस प्रकार कायम रह सका।

आपकी यह अनोखी तथा द्वेषपूर्ण युक्ति कि भारत में सार्वजनिक शिक्षा इसलिए असम्भव है क्योंकि शिक्षण कार्य में देश की स्त्रियों से किसी प्रकार की सहायता नहीं मिल सकती, सर्वथा असत्य और निस्सार है। वे समस्त कुप्रथाएँ जिन्हें आपने इस सम्बन्ध में गिनाया है। आप ही के कहने के अनुसार मुगलों के समय में अँग्रेजों के समय से अधिक थी। फिर इनके रहते हुए मुगलों के समय में केवल आज से सौ वर्ष पहले बिना स्त्रियों की सहायता के समस्त देश में ऐसे विशाल पैमाने पर शिक्षा का कार्य कैसे चलता रहा?

मिय मेयो—सुनो। जो बातें तुमने मुझसे शिक्षा के सम्बन्ध में बतायीं उन्हें सुनकर मुझे दुःख हुआ। परन्तु पुरानी बातों का क्या रोना अब तो भारतीय सरकार शिक्षा का यथार्थ प्रबन्ध कर रही है।

## नवीन शिक्षा प्रणाली की वास्तविकता

प्रत्युत्तर—मिस मेयो, तीस करोड़ जनता के प्राचीनतम शिक्षण प्रबन्ध को तोड़ डालना, उन बुनियादों को ढो देना जिन पर वह प्रबन्ध कायम था, और फिर यह आशा करना कि यह समस्त जनता असानी से शिक्षित की जा सकती है, केवल एक स्वर्णमय स्वप्न है। फिर भी बहुत कुछ हो सकता था। किन्तु मिस मेयो, हमारी वर्तमान शिक्षा प्रणाली का इतिहास कम दुःखमय नहीं। जब वह विनाशक तूफान जो आपने देश में आते ही मचा लिये थे कुछ शान्त हुआ और अभागी, स्तब्ध जनता को फिर कुछ होश आया, तो उसने अपनी शिक्षा आदि का स्वयं प्रबन्ध करने के प्रयत्न आरम्भ किये। थोड़े ही समय में यह आन्दोलन

इतना फैला कि शासक मण्डल को इसको रोकना कठिन दिखायी देने लगा। देखिये, सर चार्ल्स मेटकाफ़ ने 1835 में जब वे गवर्नर जनरल हो गये थे, अपने एक सरकारी पत्र में लिखा था–

"किन्तु लार्ड बैण्टंक को शिक्षा के फैलने और समाचार-पत्रों की कार्रवाइयों में राज्य के लिए और अधिक खतरा दिखायी देता है?.....मैं दावे के साथ यह नहीं कह सकता कि शिक्षा के फैलने से खतरा नहीं है, किन्तु यदि शिक्षा के फैलने से नये खतरे की सम्भावना है तो भी यह एक ऐसा खतरा है जिससे हम सर्वथा बच नहीं सकते। परिणाम चाहे कुछ भी हो, शिक्षा फैलाना हमारा फ़र्ज़ है, और यदि हम शिक्षा को रोकने का भी प्रयत्न करें तो भी शिक्षा फैले बिना नहीं रह सकती। यह एक अत्यन्त संदिग्ध बात है कि समाचार-पत्रों के रोकने से हमारा राज्य अधिक सुरक्षित रहेगा। किन्तु यदि यह सच भी हो तो भी समाचार-पत्रों को सफलतापूर्वक रोक सकना अब हमारे काबू से बाहर है। हमारे लिये इस तरह के खतरनाक प्रयत्नों में पड़ना भी बुद्धिमत्ता नहीं है। इसलिए यदि वास्तव में शिक्षा के बढ़ने से हमें अधिक खतरा है तो हमें हँसी-खुशी से इस ख़तरे का सामना करना चाहिए। हमें उसे रोकना नहीं चाहिए और यदि हम रोकने के प्रयत्न करेंगे भी तो सफल न हो सकेंगे।"–(मेजर बसु की पुस्तक 'एजूकेशन इन इंडिया अण्डर ईस्ट इण्डिया कम्पनी' पृष्ठ 64)

मिस मेयो, यह देख कर कि अब शिक्षा के प्रचार को रोकना कठिन है, आपके राजनीतिज्ञों ने, अपूर्व योग्यता से काम लिया। उन्होंने समस्त स्कूलों में देशी जवानों के स्थान पर अंग्रेजी को शिक्षा का माध्यम बना दिया और इन्हीं स्कूलों में पढ़े हुए लोगों के लिये सरकारी नौकरियां मिलना निश्चित हो गया। अन्य प्राइवेट स्कूल जिन्हें स्वयं देश निवासियों ने खोला उनको भी अनेक शर्तों द्वारा अपना आश्रित तथा अधीन बनाते रहे। इस नीति से एक तो हमारी समस्त देशी जवानों की उन्नति का अन्त हो गया। साथ ही साथ देश के शिक्षित लोग अंग्रेजी में शिक्षा पाने के कारण इस प्रकार के बन गए कि उन में और देश के अन्य लोगों में स्वभाव, विचार तथा रीति नीति आदि में कोई विशेष सम्बन्ध बाकी नहीं रहा। हमारी शिक्षित श्रेणी रहन सहन तथा जीवन के प्रत्येक विषय में अपने देशवासियों से पृथक हो कर अंग्रेजों की आश्रित हो गयी। देखिये सुविख्यात प्रोफेसर राशे क्या कहते हैं–

हम जानते हैं कि भारत में अंग्रेजों ने पाश्चात्य शिक्षा किन उच्च उद्देश्यों से देनी शुरू की थी तथापि यदि कोई मैक्याविली (कूटनीति का अनुयायी) भारतीय

शिक्षा प्रणाली की रचना करता तो वह भारतीयों की स्वाभाविक नेतृत्व शक्ति को बन्ध्या कर देने के लिए इससे अधिक चतुर उपाय दूसरा कोई नहीं निकाल सकता था कि उनकी समस्त मानसिक उन्नति को विदेशी और किताबी बना डाले।

''इन्टेलेक्चुअल एण्ड पॉलिटिकल करन्टस इन दी फार इस्ट'' पृष्ठ 70।

साम्राज्यवाद की इस कूटनीति का यही मुख्य उद्देश्य था और यह कूटनीति अपनी इस उद्देश्य सिद्धि में ऐसी सफल हुई कि हम देख कर दंग रह जाते हैं। सुनिये, मैं आपको सर चार्ल्स ट्रबीलीयन के एक निबन्ध से जो उन्होंने पार्लियामेण्टरी कमेटी के सामने सन् 1853 में पेश किया था, कुछ वाक्य सुनाती हूँ।* यह निबन्ध कुल पढ़ने योग्य है। किन्तु मैं आपको केवल इसके कुछ अंश सुनाती हूँ। देश में फारसी और संस्कृत की शिक्षा क़ायम रहने देने में अँग्रेजी सरकार के लिए जो भयंकर ख़तरे थे उन्हें बताने के पश्चात् वे कहते हैं–

....हमारे बड़े-से-बड़े शत्रु भी इससे अधिक और कुछ नहीं चाह सकते कि हम इन प्राचीन भारतीय शिक्षा प्रणालियों को पुनरुज्जीवित करें जिनसे मानव स्वभाव के प्रबल से प्रबल भाव हमारे विरुद्ध भड़क उठें।

''इसके विपरीत अँग्रेजी शिक्षा का प्रभाव अँग्रेजी राज्य के लिए हितकर हुए बिना नहीं रह सकता। जो भारतीय युवक अँग्रेज़ी साहित्य द्वारा हमसे सुपरिचित हो जावेंगे वे हमें फिर विदेशी न समझेंगे। वे इंगलिस्तान के महापुरुषों का उसी उत्साह के साथ नाम लेवेंगे जिस उत्साह के साथ कि हम लेते हैं।

हमारी तरह शिक्षा पाकर, हमारी सी प्रवृत्तियाँ अपने में पैदा करके और हमारे जैसा रहन-सहन रख कर उनमें हिन्दूपन कम रह जायेगा और अंग्रेजियत अधिक आ जायेगी, ठीक उसी प्रकार जिस प्रकार कि रोमन्स के अधीन विविध देशों के लोग देशी नहीं रह जाते थे बल्कि रोमन हो जाते थे। (अंग्रेजी शिक्षा पाकर) वे लोग बजाय हमारे घातक, विद्रोही अथवा उदासीन हो जाने के उत्साह और समझ के साथ हमारे सहयोगी बन जायेगा...। फिर वे विद्रोह द्वारा हमें बाहर निकालने का विचार न करेंगे।

''जब तक हम भारतवासियों को इस बात का मौका देंगे कि वे अपनी पिछली स्वाधीनता की सोचते रहें, तब तक उन्हें अपनी दशा सुधारने का एकमात्र उपाय यह दिखायी देगा कि तुरन्त अँग्रेजों को देश से सर्वथा बाहर निकाल दें। पुराने तरीके के भारतीय देशभक्त के सामने और कोई विचार आ ही नहीं सकता।

---

* दी पॉलोटिकल टेन्डेन्सी ऑफ़ दी डिफरेन्ट सिस्टम्स् ऑफ़ एजूकेशन इन इण्डिया।

उन लोगों में यूरोपियन विचार उत्पन्न करके ही हम उनके राष्ट्रीय विचारों को दूसरी और मोड़ सकते हैं। जो नौजवान हमारे विद्यालयों में शिक्षा पाते हैं वे उस असभ्य स्वेच्छा शासन की और घृणा के साथ देखते हैं जिसमें उनके पूर्वज रहते थे और अपनी राष्ट्रीय संस्थाओं को अँग्रेजी तल पर उन्नति देने की आशा करते हैं। बजाय इसके कि वे अँग्रेजों को समुद्र में ढकेल देने का विचार करें उन्हें सिवाय अँग्रेजों के साथ मिल कर काम करने के और कोई उन्नति का उपाय सूझ ही नहीं सकता। वे अँग्रेजी रक्षा और अँग्रेजी शिक्षा पर आश्रित हैं।....

''क्रान्ति को रोकने और धीरे-धीरे शान्त उन्नति कराने का एकमात्र उपाय हमारे पास यह है कि भारतवासियों के सामने यूरोपियन ढंग की उन्नति का मार्ग खोल दें, भारतवासी इस समय भी इस ओर काफी झुक रहे हैं। यदि हम ऐसा कर दें तो फिर वे न प्राचीन स्वाधीनता की इच्छा करेंगे और न उसे अपना लक्ष्य बनावेंगे। क्रान्ति ऐसी सूरत में असम्भव होगी और हमें बहुत दिनों तक भारत पर राज्य करते रहने का विश्वास हो जावेगा...भारतवासी हमारे विरुद्ध विद्रोह न करेंगे...उनका सारा राष्ट्रीय कार्य यूरोपियन शिक्षा प्राप्त करने और अपने यहाँ यूरोपियन संस्थाएँ क़ायम करने तक ही परिमित रहेगा, जिससे हमें कोई हानि न होगी। शिक्षित श्रेणी के लोग स्वभावतः हमसे चिपटे रहेंगे।...हमारी प्रजा में कोई और लोग ऐसे नहीं हैं जो हमें अपने लिये इतना अधिक आवश्यक समझते हों जितना वे जिनके विचार हमने अँग्रेजी साँचे में ढाल दिये हैं, शुद्ध स्वदेशी राज्य के वे योग्य ही नहीं रहें। यदि जल्दी से स्वराज कायम हो गया तो उन्हें हर तरह का डर है, उनकी शिक्षा ही तब उनके ऊपर आपत्तियाँ आने का मूल कारण बन जावेंगी।

''इस मामले में यदि हम यह करें (अर्थात् अँग्रेज़ी तालीम देकर भारतवासियों को अपना आश्रित बना लें) तो यह कोई नया तजरबा न होगा। रोमन्स ने भी (अपने साम्राज्य के लिए) ऐसा ही किया था। टैसीटस लिखता है कि (जब इंगलिस्तान रोमन्स के आधीन था तब) रोमन शासक जूलियस की नीति यही थी कि मुख्य-मुख्य अँग्रेजों के लड़कों को रोम का साहित्य और रोम का विज्ञान पढ़ाया जावे और उनमें रोमन सभ्यता की नफासतों का शौक पैदा कर दिया जाए। हम सब जानते हैं कि यह नीति कितनी सफल हुई। बजाय रोमन्स के बराबर कट्टर शत्रु बनते रहने के ब्रिटेन लोग शीघ्र ही उनके आज्ञाकारी और विश्वस्त मित्र बन गये और उन अँग्रेजों के पूर्वजों ने रोमन्स की सत्ता को जमने से रोकने के लिए जितने प्रयत्न किये थे उससे अधिक प्रयत्न उन अँग्रेजों ने रोमन्स का

अपने देश में कायम रखने के लिए किये।

"ये बातें मैंने तजरबे से सीखी हैं। भारत के कुछ हिस्सों में मैं वर्षों रहा हूँ जहाँ हमारा राज्य नया था, जहाँ हमने देशवासियों के भावों को मोड़ने का प्रयत्न नहीं किया था। वहाँ छोटे और बड़े, धनी और दरिद्र सबका केवल एक ही विचार था और वह था अपनी राजनैतिक दशा सुधारने का। इसके बाद मैं कुछ वर्ष बंगाल में रहा। वहाँ मैंने पढ़े-लिखे बंगालियों में दूसरी ही तरह के विचार देखे। बजाय अँग्रेजों के गले काटने की चिन्ता के वे लोग अँग्रेजी शासन के अधीन मजिस्ट्रेट बनने अथवा जूरी में नाम लिखाने की आकांक्षा करते हैं।

जिस दूरदर्शिता से यह विनाशक नीति निश्चय की गयी थी उसे वैसी ही गम्भीर तथ विनाशक सफलता भी प्राप्त हुई। जो जाल आज से सौ वर्ष पहले हमारे लिये फैलाया गया था उसका कोई भी फंदा आज तक कमज़ोर नहीं हुआ। हम उसी में फँसे हैं। अब तो दशा यह हो गयी है कि इस जाल की डोरियों का सुनहरा रंग देख-देख कर हमें एक विचित्र आनन्द प्राप्त होता है। हम अलौकिक मधुर स्वरों में सिखाये हुए गाने गाते हैं, सिखाई हुई सीटियाँ बजाते हैं और अपने अशिक्षित देश भाइयों से स्वयं उत्तम तथा श्रेष्ठ होने के अभिमान द्वारा अपूर्व प्रसन्नता प्राप्त करते हैं। यह विचार कि हम क़ैदी हैं, हमें कभी नहीं आता। हम यह भी भूल गये कि जिस बाग पर यह स्वर्णमय जाल पड़ा है वह कभी हमारा ही था। पक्षी अपने जाल के फंदे टूट जाने पर कभी उसके भीतर नहीं रुकता। परन्तु हम मनुष्य हैं। दूरदर्शी हैं! इसलिए जाल के तार टूट जाने के विचार ही से हमारा दिल धड़कने लगता है! मालिक के क्रोध का भय, अन्य स्वतन्त्र पक्षियों का डर हमें सहमा देता है। और यदि हमें यह शंका भी हो जावे कि इस जाल की डोरियाँ टूट रही हैं तो हम इनकी मज़बूती का स्वयं प्रबन्ध करते हैं और स्पष्ट वेदनापूर्ण स्वरों द्वारा अपने मालिक का ध्यान इस भयंकर अवस्था की और आकर्षित करते हैं।

मिस मेयो, आपने यह योग्य कपट प्रबन्ध करके अर्थात् हमारे समस्त शिक्षित विभाग को अँग्रेजी साचे में ढाल कर, साथ-ही-साथ अँग्रेजी शिक्षा को हमारी जीविका कमाने का एकमात्र साधन बना कर हमारे नवयुवकों को, जिन पर इस देश की समस्त भावी कामनाओं का दारोमदार था, हमने छीन लिया। जिस प्रकार मेनचेस्टर की मशीन इस देश के लिए वस्त्र बनाती हैं उसी प्रकार आपकी पाठशाला इस देश में सरकारी चाकर ढालती है। फिर यदि यह अभागे लड़के आपके पीछे नौकरी दो या मौत कहते न फिरें तो क्या करें? इनकी यह वेदनापूर्ण आवाज सुन कर

आप हँसती हैं? ये स्वाभाविक है। आपको इनसे नफरत आना इससे भी अधिक स्वाभाविक है। परन्तु, मिस मेयो, यह आवाज हमारे कलेजे के पार हो जाती है। हमारे यह अभागे नवयुवक आपकी कूट नीति को नहीं समझ सकते। यह क्या जानें कि अपने देश में साम्राज्यवाद की कालचक्र रूपी मशीन के वास्तविक चलाने वाले वे ही हैं। वह यह भी नहीं जानते कि आपने इन्हें एक विचित्र पश्चिमी कठपुलती इसलिए बना दिया है कि शासन-कार्य संचालन के साथ-साथ वे आपके देश के बने हुए माल के ग्राहक बनें और अपने देश में, आपकी बनाई हुयी वस्तुओं के प्रचार के लिए, जीवित विज्ञापनों का काम करें। न इन्हें यह खबर है कि आपके समान बनने की कोशिश करके वे आपके तो कदापि नहीं बन सकते, परन्तु अपने देश से अवश्य टूट जाते हैं।

मिस मेयो, यह असम्भव है कि इस कूटनीति के सारे पहलुओं को आप जानती न हों, किन्तु यह सब ज्ञात होते हुए भी जानबूझ कर, इन्हें इस प्रकार की शिक्षा देने के बाद, इन अभागों को अपने ग्रामीण देशबन्धुओं की सेवा का व्यंगपूर्ण उपदेश देते हुए आपका दिल न दुखा। ख़ैर, यह सब सुनने के बाद यह बताइये कि जो व्यंग्य आपने अपनी पुस्तक में हमारी शिक्षित श्रेणियों की वर्तमान स्थिति पर किये हैं उनका वास्तविक उत्तरदायित्व किस पर है।

मिस मेयो : इसमें सन्देह नहीं कि जो बातें तुम सुनाती हो और जिन लोगों के वाक्य प्रमाण में उपस्थित करती हो, यह सब देख कर मुझे कुछ आश्चर्य अवश्य होता है। परन्तु प्रश्न यह है कि यदि इस देश में आज से सौ वर्ष पहले शिक्षा का प्रबन्ध वैसा ही होता जैसा तुम साबित करना चाहती हो तो यह देश कदापि विज्ञान, कला-कौशल, उद्योग इत्यादि में अन्य देशों के पीछे नहीं रह सकता था। जब यह अपनी सांसारिक आवश्यकताओं को ही पूरा न कर सका तो मैं कैसे मान लूँ कि यहाँ वैज्ञानिक उन्नति अन्य देशों से अधिक थी।

## हमारी तिजारत आज से सौ वर्ष पूर्व

प्रत्युत्तर–मिस मेयो, कला-कौशल, उद्योग-धन्धों में यह देश अन्य देशों से पीछे न था। मैं आपको इस सम्बन्ध में भी कुछ प्रसिद्ध अँग्रेजों की गवाही सुनाती हूँ जो उन्होंने सन् 1813 में पार्लियामेन्ट की लाड्र्स कमेटी के सामने दी थीं। प्रश्न यह था कि भारत में विलायती माल की खपत किस प्रकार की जाये। गवाही केवल उन अनुभवी अँग्रेजों की ली गयी थी जो भारत में वर्षों वर्ष रह चुके थे। बयान लिए जाने के पहले इन गवाहों को सच बोलने की शपथ दी जाती थी।

लीजिये सर जान मालकम की गवाही सुनिये–

सवाल–क्या आपकी सम्मति में हिन्दुस्तान आमतौर पर एक ऐसा देश है जहाँ कला-कौशल तथा उद्योग धन्धे बहुत बढ़े हुए हैं।

जवाब–मैं समझता हूँ कि हिन्दुस्तानी अत्यन्त मेहनती लोग हैं, और उनमें समस्त ऐसे कला-कौशल तथा उद्योग धन्धों को सीख लेने की विशेष योग्यता है, जो उन्हें सिखाये जाएँ।''

मिस्टर स्टीफन रेमगोल्ड वाशिंगटन ने यह जवाब दिये थे–

सवाल–यह बताइये कि आपकी राय में हिन्दुस्तानी वैसे ही मेहनती, वैसे ही जहीन और कला-कौशल तथा उद्योग धन्धों में होशियार और निपुण हैं या नहीं जैसे उन सब अन्य देशों के लोग जिन देशों से आप स्वयं परिचित हैं?

जवाब–कोई भी जीवित मनुष्य हिन्दुओं से अधिक परिश्रमी, अधिक धैर्यशील तथा सन्तोषपूर्ण नहीं हो सकता। यह लोग अपने पूर्वजों से कला-कौशल तथा उद्योग धन्धों की शिक्षा ग्रहण कर लेते हैं और अपना तमाम ध्यान अपने धन्धे की ओर लगा देने में संसार की कोई जाति इनका मुक़ाबला नहीं कर सकती।

**मिस्टर विलियन फैरली ने जो तीस वर्ष तक बंगाल में एक व्यापारी की हैसियत से रह चुके थे, यह गवाही दी थीः–**

सवाल–क्या आपकी राय में वर्तमान स्थिति में हिन्दुस्तान में विलायती सामान और तिजारत का माल खपाने की गुंजाइश बिल्कुल नहीं है।

जवाब–हाँ, मेरे ख्याल में इस वक्त वहाँ बिल्कुल गुंजाइश नहीं है। क्योंकि कुछ साल पहले जब मैं हिन्दुस्तान से लौटा हूँ तो यहाँ का माल वहाँ कुछ नुक़सान से बेचा जा रहा था और मेरे ख्याल में यहाँ का माल वहाँ अब भी नुक़सान पर बेचा जा रहा है।

सवाल–क्या आप कमेटी को बतायेंगे कि वह क्या-क्या वस्तु हैं कि जिनकी माँग हिन्दुस्तान के लोगों में है।

जवाब–ख़ास-ख़ास चीज़ें लोहा, सीसा, ताम्बा, ऊनी चीज़ें और कुछ अन्य प्रकार की वस्तु, जैसे ऐनक, और दरवाज़ों के क़ब्ज़े आदि, तथा अन्य कुछ इसी प्रकार की छोटी-छोटी चीज़ें। किन्तु हिन्दुस्तानी प्रत्येक ऐसी वस्तु को स्वयं तैयार कर सकते हैं जिनकी उनको आवश्यकता होती है।

सर टामस मुनरो जो उस समय अट्ठाईस वर्ष तक हिन्दोस्तान रह चुके थे और जो बाद को मद्रास प्रान्त के गवर्नर नियुक्त किये गये थे, इस सम्बन्ध

में जो कुछ कहते हैं वह आपके सुनने योग्य है, सुनिये—

मैंने हिन्दुस्तानियों में यहाँ के माल के लिए कभी कोई विशेष रुचि के चिह्न नहीं देखे। मैंने अपने वहाँ जाकर रहने और वापस आने के कुछ समय में, जो लगभग अट्ठाइस वर्ष है, हिन्दुस्तानियों में इस रुचि के विषय में कोई तबदीली नहीं पायी। मेरे ख्याल में इसकी वजह यह नहीं है कि यहाँ की चीजों की कीमत ज्यादा होती है बल्कि इस परिस्थिति के वास्तविक कारण चीजों के माल के प्रश्न से अधिक गम्भीर, अटल तथा चिरस्थायी है।

सवाल—क्या मैं यह समझूँ कि आप की राय में हिन्दुस्तान के लोग चूँकि कला-कौशल उद्योग धन्धों आदि में निपुण हैं और योग्य व्यापारी हैं, इसलिए ये हर ऐसी वस्तु के बनाने की सामर्थ्य रखते हैं जिनकी माँग हिन्दोस्तान में उत्पन्न हो सके।

जवाब—हाँ, मेरे ख्याल में वे लोग हर ऐसी वस्तु को तैयार कर लेने की योग्यता रखते हैं जिसकी माँग यहाँ हो सके, और हम अपना तिजारती माल वहाँ बेच कर नफा उठाने के सम्बन्ध में सबसे बड़ी कठिनाई यह है कि हम लोग कला-कौशल तथा उद्योग धन्धों के लिहाज से (as a manufacturing Nation) हिन्दोस्तान से कहीं पीछे है।

मिस मेयो, जितनी गवाहियाँ इस कमेटी के सामने हुई थीं और जिनकी तादाद लगभग सौ के क़रीब थी उन सब ने एक आवाज़ में यही विचार दोहराये थे। अब बताइये कि यह सब सुन कर आपको कुछ आश्चर्य होता है या नहीं?

यह पौराणिक युग की कथा नहीं, मिस मेयो, यह सन् 1813 की भारतीय अवस्था का चित्र है। उस समय तक अंगेजी राज को इस देश में क़ायम हुए लगभग पचास वर्ष हो चुके थे। अब यदि आप यह भी देखना चाहती हैं कि सन् 1813 तक, हिन्दुस्तान के व्यापार को सफलता प्राप्त किये हुए कितने युग हो चुके थे और किस अविश्वसनीय रूप में इसने संसार की समस्त मंडियों को अपना लिया था, तो सुनिये डॉक्टर राबर्टसन इस विषय में क्या कहते हैं। उनका कहना है कि "हज़रत ईसा के जन्म के समय से लेकर 'उन्नीसवीं सदी के शुरू तक' भारत के साथ अन्य देशों का व्यापार बराबर इस ढंग का रहा"

हर ज़माने में सोना और चांदी और ख़ास कर चाँदी दूसरे मुल्कों से हिन्दोस्तान को भेजी जाती रही है। जिससे हिन्दोस्तान को बहुत बड़ा फ़ायदा रहा है। पृथिवी का और कोई हिस्सा ऐसा नहीं है जहाँ के लोग अपने जीवन की आवश्यकताएँ अथवा अपने ऐश की चीज़ों के लिए दूसरे देशों पर इतना कम निर्भर करते हों।

ईश्वर की दी हुई निहायत अच्छी आबहवा, उपजाऊ जमीन और इनके ऊपर वहाँ के लोगों की दक्षता यह सब चीजें मिल कर हिन्दुस्तानियों की समस्त इच्छाओं को पूरा कर देती हैं। नतीजा यह है कि उनके साथ सदा एक ही ढंग से तिजारत होती रही है, और इनके यहाँ को विचित्र कुदरती तथा हाथ की बनी हुई चीजों के बदले सोना चाँदी इन्हें दी जाती रही है।

(—ऐ हिस्टोरिकल डिस्पजीशन कन्सर्निंग इण्डिया, पेज-10)

यदि आप यह सुनना चाहती है कि यह सोना-चांदी किन-किन देशों से आता था तो देखिये मिस्टर मोर्लेण्ड साहब* ने इसका निम्नलिखित ब्योरा दिया है।

अनेक स्थानों से भारत में खजाना आता था। ऊपर कहा जा चुका है कि पोर्तगाल से सरकारी तौर पर जो कुछ माल भारत आता था यह सब केवल चाँदी होती थी, यह चाँदी भारत का बना हुआ माल खरीदने में खर्च की जाती थी और यह माल भारत से जहाजों में लाद कर पूर्व की ओर तथा पश्चिम की ओर, दोनों ओर भेजा जाता था।.... समुद्र के ऊपर भारतीय माल की जो तिजारत होती थी उससे बड़ी-बड़ी रकमें भारत आती थीं। मोशा में भारत का बना हुआ जो माल बेचा जाता था उसमें से अधिकांश के बदले में यहाँ नकदी वापस आती थी। ईरान के साथ जो भारत का व्यापार था उसके कारण ईरान से भी यहाँ चाँदी आती थी, सोफाला और मुज़म्बीक में पोर्तुगालियों की जो बस्तियाँ थीं उनका मुख्य उद्देश्य पूर्वी अफ्रीका का सोना था, और यह सोना भी भारत आता था। पूर्व से और पश्चिम से, पेरू से, स्याम से, टापुओं से और जापान से अर्थात् सिवाय चीन के लगभग समस्त देशों से भारत में खज़ाना आता था, केवल चीन से ख़जाने को बाहर भेजा जाना क़ानूनन मना था। मालूम होता है कि इसी तरह का नियम भारत में भी था।

मिस मेयो, प्लिनी के ज़माने से लेकर अट्ठारहवीं शताब्दी के अन्त तक यूरोप तथा अन्य देशों के राजनीतिज्ञ भारत की सफलता सम्पन्नता को देख कर हाथ मलते थे। टेलर लिखता है कि जब हिन्दुस्तान का माल 'हिन्दुस्तानी जहाज़ों में लदा हुआ' टेम्स नदी में पहुँचता था तो इंगलिस्तान में ऐसा तहलका मच जाता था कि 'जैसे किसी शत्रु के जहाज़ी बेड़े ने देश पर आक्रमण किया हो।'

मिस मेयो—यह हिन्दोस्तानी जहाज़ विलायत में कैसे? यह आपके टेलर साहब ने ख़्वाब तो नहीं देखा था।

---

* इण्डिया एट दी डेथ आफ अकबर, पेज 283

## हिन्दुस्तानी जहाज़ उद्यम का अन्त

प्रत्युत्तर—मिस मेयो, तुम तो क्या हम खुद ही भूल गये हैं कि आज से सौ वर्ष पूर्व हम क्या थे। नहीं मिस मेयो, टेलर साहब ने स्वप्न नहीं देखा था। आज से सौ वर्ष पूर्व हम सहस्रों जहाज़ बनाते थे और इंगलिस्तान से सस्ते और अच्छे बनाते थे। सुनो, सन् 1800 ईसवीं में हिन्दोस्तान के गवर्नर जनरल लार्ड वेलेस्ली ने यहाँ के जहाज़ो के सम्बन्ध में अपने मालिक ईस्ट इण्डिया कम्पनी के डाइरेक्टरों को क्या लिखा था—

''बंगाल में, प्रिन्स ऑफ वेल्स टापू में और अन्य समुद्री स्थानों में, बढिया जहाज बन सकते हैं।

एक अन्य स्थान पर बंगाल के सम्बन्ध में लिखा है—कलकत्ते के बन्दरगाह में लोगों के निजी जहाज जितने इस समय मिल सकते है उसे देख कर, और यह देख कर कि जहाज बनाने की विद्या में बंगाल में इस समय तक कितना जबर्दस्त कमाल हासिल किया है (और आइन्दा इससे अधिक वेग के साथ उन्नति की आशा है और लकड़ी भी यहाँ काफी और दिन-प्रतिदिन अधिकाधिक मिल सकती है) यह सब देखकर इसमें कोई सन्देह नहीं रह जाता कि बंगाल के वैयक्तिक अँग्रेज सौदागरों की तिजारत का लन्दन के बन्दरगाह तक पहुँचाने के लिए, जितने जहाजों की भी जरूरत होगी उतने इस बन्दरगाह में सदैव मिल सकेंगे।

## बम्बई के सम्बन्ध में

अकेले बम्बई में अँग्रेजों के जहाजी बेड़े के लिए हर डेढ़ साल में दो बड़े युद्ध के जहाज या एक बड़ा और एक छोटा युद्ध का जहाज बन सकता है। बम्बई के डाक्स (जहाजों के बनने और खड़े होने की जगह) में जो जगह है, उसमें बड़े से बड़े जहाज आ सकते हैं।

बम्बई मलाबार के जंगलों और गुजरात के जंगलों के बीच में है, इसलिए वहाँ पर हवा के हर झोंके के साथ लकड़ी के लट्ठे आते रहते हैं। हमारे भारतीय इलाकों में अच्छी क़िस्म का सन भी पैदा होता है। यह अन्दाज़ा लगाया जा चुका है कि इंगलिस्तान के जहाज़ी बेड़े का प्रत्येक जहाज हर बारह साल में नए सिरे से बनाया जाता है। यह बात सुप्रसिद्ध है कि साखू की लकड़ी के बने हुए जहाज़ पचास साल तक और कभी-कभी उससे अधिक चलते हैं। बम्बई के बने हुए कई जहाज़ 14 या 15 साल तक चलने के बाद इंगलिस्तान के युद्ध के बेड़े के

लिए खरीद लिये गये और यह देखा गया कि वे इतने ही मज़बूत थे जितना कोई भी नया जहाज हो सकता था। 'सर ऐडबर्ड ह्यूजीज़' नामक जहाज़ मैं समझता हूँ आठ बार भारत से यूरोप आया गया और उसके बाद हमारे नेवी (युद्ध के बेड़े) ने उसे खरीद लिया। कोई यूरोप का बना हुआ तिजारती जहाज़ इस योग्य नहीं होता कि छः बार से अधिक भारत और यूरोप के बीच सुरक्षित यात्रा कर सके। बम्बई में जो जहाज़ बनाये जाते हैं उनकी क़ीमत उन जहाज़ों के मुकबले जो इंगलिस्तान के डाक्स में बनाये जाते हैं, एक चौथाई कम पड़ती है।...अंग्रेजी बने हुए जहाज़ों को चूँकि हर बारहवें साल नए सिरे से बनाना पड़ता है इसलिए कीमत का फ़र्क (हर पचास वर्ष में) चौगुना हो जाएगा''।

लार्ड वेलस्ली ने बहुत चाहा की यहाँ की जहाज़ बनाने की तिजारत का विनाश न किया जाये परन्तु डाइरेक्टरों ने न माना। जो वजह इन कारखानों के बन्द कर देने की दी थी उनमें से दो सुनने के योग्य हैं–

''भारतीय मल्लाह अधिकतर मुसलमान होते हैं। ये लोग जब अपने जहाजों में इंगलिस्तान आते हैं तो यहाँ पहुँचते ही उन्हें इस प्रकार के दृश्य देखने को मिलते हैं कि जिनके कारण वह आदर और सम्मान जो उन्होंने भारत में रहते हुए यूरोपियन चरित्र के विषय में अपने दिल के अन्दर कायम कर रखा था वह एकदम जाता रहता है। इससे हमारे राष्ट्रीय चरित्र का बड़ा अपमान होता है। इन भारतीय मल्लाहों की जो कुछ थोड़ी बहुत पूँजी होती है वह यहाँ लूट ली जाती है, यहाँ तक कि वे विवश होकर हमारी गलियों में फटे कपड़े और दरिद्र अवस्था में घूमने लगते हैं।

अभी तक पूर्व में हमारे प्रभुत्व के कायम रहने का कारण यह है कि हमारी एशियाई प्रजा हमारे चरित्र के लिए बड़ा आदर अनुभव करती है। इस आदर का बहुत दरजे तक यह कारण है कि वे दूर बैठे हुए भारत में बहुत थोड़े से और वह भी अधिकतर उच्चतर वर्गों के अँग्रेजों को देखते हैं। भारतीय मल्लाह जो घृणित बातें हमारे राष्ट्रीय चरित्र के विषय में फैलायेंगे उसका परिणाम यह होगा कि भारतवासी हमारा और आदर प्रकट करने के बजाय धीरे-धीरे हमारे विषय में अत्यन्त नीच विचार कायम कर लेंगे। उन्हें यह देख कर क्रोध होगा कि अभी तक ये हमारी ओर अनुचित आदर दिखलाते रहे अथवा हमें बहुत समझते रहे। यदि ये विचार एक बार उनमें फैल गया तो उसके परिणाम हमारे लिये अत्यन्त हानिकर हो सकते हैं।

## दूसरी वजह सुनिये

निस्सन्देह शान्ति क़ायम हो जाने के बाद हमें हिन्दोस्तानी मल्लाहों की जगह अँग्रेज़ मल्लाह नियुक्त करने पड़ेंगे। इनमें से बहुत से अँग्रेज़ मल्लाहों को सौदागरों की नौकरियाँ करनी पड़ेंगी। किसी अँग्रेज़ का दिल इस बात को गवारा नहीं कर सकता कि जिन बहादुर अँग्रेज़ों ने अपने देश की इतनी सेवा की है उन्हें रोटी खाने को न मिले और हिन्दोस्तान के मल्लाह अँग्रेज़ों के जहाज़ अँग्रेज़ी बन्दरगाहों मैं लेकर आवें।

आपने ये कारण सुने। मिस मेयो, इस समय यह अन्दाज़ कर सकना कि आज से सौ वर्ष पूर्व किस संख्या में ये जहाज़ यहाँ बनते थे, असम्भव है। लेकिन आप कुछ अन्दाज़ा इससे लगा सकती हैं कि सन् 1857 में 34,286 जहाज़ भारत के बने हुए इंगलिस्तान की बन्दरगाहों में गये थे। मिस्टर विलियम डिग्वी ने पार्लिमेंटरी कागज़ात से उद्धृत करके यह ब्यौरा दिया है*—

| सन् 1857 | जहाज़ | वजन (टन में) |
|---|---|---|
| हिन्दुस्तानी (आये और गये) | 34286 | 1,219958 |
| विलायती और हिन्दोस्तानी विलायती | 51441 | 2475472 |

मिस मेयो—लेकिन सुनो तो। सम्भव है कि धार्मिक प्रपंचों में फँसे होने के कारण, तुम्हारा देश, वैज्ञानिक उन्नति के युग में यूरोप के साथ न चल सका हो फिर जब तक तुम्हारे पास कोई विशेष सुबूत इस बात का न हो कि साम्राज्यवाद ने तुम्हारे व्यापार को हानि पहुँचाई मैं उस पर जिम्मेदारी कैसे रख सकती हूँ।

## अन्य उद्योगों का विनाश

प्रत्युत्तर—मिस मेयो, में इस बात का सुबूत आपको दो तरह से दे सकती हूँ। एक तो यह दिखा कर कि इंगलिस्तान ने इस देश, के व्यापार के साथ स्वयं इंगलिस्तान में क्या किया, दूसरे यह दिखा कर कि इसी देश में क्या किया। पहले इंगलिस्तान को लीजिये, देखिये, सुविख्यात लेकी इसके विषय में क्या कहता है—

भारत के बने हुए कपड़े उन दिनों इतने सुन्दर सस्ते और मजबूत होते थे कि 18वीं शताब्दी के शुरू ही में इंगलिस्तान के कपड़ा बुनने वालों को हिन्दुस्तान के कपड़ों के मुकाबले में अपने रोजगार के नष्ट हो जाने का डर हो गया। उसी समय से इंगलिस्तान की पार्लियामेंट ने कई तरह के भारतीय कपड़ों का इंगलिस्तान

---

* 'प्रोस्परस ब्रिटिश इण्डिया' पेज 86, 87, 88

में आना कानूनन बन्द कर दिया और दूसरी तरह के कपड़ों पर अँग्रेजी कारीगरों की रक्षा के उद्देश्य से भारी महसूल लगा दिये।*

इतना ही नहीं सन् 1766 में लैकी के बयान के अनुसार इंगलिस्तान के अन्दर यदि कोई अग्रेज़ स्त्री हिन्दोस्तानी कपड़े की पोशाक पहनती थी तो उसे राजदण्ड दिया जाता था। जनता में यहाँ का माल ख़रीदने के विरुद्ध इतना और प्रोपेगैन्डा किया गया कि इंगलिस्तान में स्त्रियों का भारत में बने हुए कपड़े पहन कर बाहर निकलना कठिन हो गया। एक ही नहीं अनेक बार अँग्रेज व्यापारियों को स्त्रियों के कपड़े सड़कों पर फाड़ डालने के अपराध में जुरमाने और सजाएँ भोगनी पड़ीं। परन्तु यह सब जाने दीजिए।

मिस मेयो—जनता के भावों की ज़िम्मेदारी राज पर नहीं डाली जा सकती—

अच्छा मिस मेयो, मैं आपको उन महसूलों आदि का ब्यौरा सुनाना चाहती हूँ जिनका लैकी ने हवाला दिया है। देखिए राबर्ट ब्राउन नामक एक अँग्रेज व्यापारी ने पार्लियामेन्टरी कमेटी (1830-1832) के सामने इस सम्बन्ध में जो गवाही दी थी उसका सारांश सुनिये—

उन दिनों हिन्दोस्तान से जाने वाले कपड़ों पर इंगलिस्तान में दो तरह का महसूल लिया जाता था। एक, माल के अँग्रेज़ी बन्दरगाहों में उतरते ही और दूसरे इंगलिस्तान निवासियों के उपयोग के लिए इंगलिस्तान की मंडियों में माल के पहुँचने के समय। इसके अतिरिक्त तमाम हिन्दोस्तानी माल को तीन श्रेणियों में बाँट दिया गया था। पहली श्रेणी में मलमल इत्यादि थी, जिन पर बन्दरगाह में उतरते समय 10 फीसदी और इंगलिस्तान की मण्डियों में जाते समय 27.1/3 फीसदी महसूल लिया जाता था। दूसरी श्रेणी में केलिको (कालीकट का एक खास कपड़ा) इत्यादि थे जिन पर बन्दरगाहों में उतरते समय 3 1/2 फीसदी और मण्डियों में जाते समय 28 1/2 फीसदी महसूल लिया जाता था। तीसरी श्रेणी में वे कपड़े थे जिनका बेचना व पहनना इंगलिस्तान के अन्दर जुर्म समझा जाता था। इस तरह के माल पर बन्दरगाहों में उतरते समय 3 1/3 फीसदी महसूल लिया जाता था और व्यापारियों के लिए आवश्यक था कि उस माल को फौरन दूसरे मुल्कों को भेज दें। बावजूद इतने भारी महसूल के दूसरी श्रेणी के कपड़े उस तरह के अँग्रेजी कपड़ों के मुकाबले में इंगलिस्तान के बाजारों में 60 फीसदी तक कम दाम से मिलते थे।

---

* अ हिस्ट्री ऑफ इंग्लैण्ड इन दी ऐट्टीन्थ सेंचुरी वाल्यूम 7 पेज 257-266, 320

1/13 से 1/32 तक हिन्दोस्तान से जाने वाले कपड़ों और अन्य तरह-तरह के माल पर जिनमें हाथ की चूडियाँ, बर्तन, चटाइयाँ, शकर, साबुन, और कागज जैसी चीजें भी शामिल थीं। इंगलिस्तान की आवश्यकतानुसार महसूल बराबर घटता-बढ़ता रहा। कई तरह के कपड़ों—खास कर रेशमी रुमालों और रेशम की बनी हुई चीजों का बिकना इंगलिस्तान में सन् 1821 तक बिल्कुल बन्द रहा। बहुत सी चीजों पर 100 फीसदी से भी ज्यादा महसूल लिया जाता था, कई पर 600 फीसदी तक और रिकार्ड नामक एक अँग्रेज ने सन् 1832 की पार्लियामेंटरी कमेटी के सामने बयान किया कि किसी एक चीज पर 3000 फीसदी तक टैक्स लिया जाता था, अर्थात् एक रुपये की चीज़ पर तीस रुपये टैक्स लिया जाता था।

मिस मेयो, जिस जिस प्रकार का माल हिन्दोस्तान से इंगलिस्तान जाता था और जो-जो चुंगी उस पर देनी पड़ती थी उसका अन्दाज़ा आपको निम्नलिखित फंहरिस्त से हो जावेगा।

| माल की किस्त | | | चुंगी |
|---|---|---|---|
| ऐलुआ | — | — | 280 फी.सद. (पौंड) |
| हींग | — | — | 622 ” ” |
| इलायची | — | — | 266 ” ” |
| काफ़ी | — | — | 373 ” ” |
| काली मिर्च | — | — | 400 ” ” |
| चीनी | — | — | 353 ” ” |
| चाय | — | — | 100 ” ” |
| अरारोट | — | — | 68 ” ” |
| हाथ में लेने की रंगीन, सोना-चाँदी मंढ़ी हुई कामदार छड़ियाँ | | | 81 ” ” |
| चीनी और पीरसलेन के बर्तन | | | 129 ” ” |
| रस्सी | — | — | 81 ” ” |
| सूती कपड़े, मलमल मार्कीन, कैलिको इत्यादि | | | 81” |
| ऊन | — | — | 81 फी. सदी. (पौंड) |
| वारर्निश का सामान | — | 81 फी. सी. | |
| चटाइयाँ | — | — | 81 ” ” |

| | | | |
|---|---|---|---|
| रेशम के कपड़े सन् 1820 तक बन्द | | | |
| उसके बाद | – | – | 30 " " |
| साबुन | – | – | 81 " " |
| शराब | – | – | 1 शि. फी सदी. |

मिस मेयो–इसमें क्या हुआ अपने व्यापार को बचाने का प्रत्येक देश को अधिकार होता है।

प्रत्युत्तर–परन्तु मिस मेयो यह आप भूलती हैं कि उस समय भारत और इंगलिस्तान दोनों एक ही साम्राज्य के अंग हो चुके थे। खैर यह जाने दीजिये। अब में आपको यह सुनाती हूँ कि स्वयं भारत में इस विषय में क्या-क्या किया गया। शायद इसे सुन कर आपके दिल पर असर पड़े। जरा यहाँ के चुंगी के प्रबन्ध को देखिये। फ्रडेरिक शोर नामक उस समय के एक अँग्रेज विद्वान ने कहा कि चुंगी के सम्बन्ध में जो कुछ लिखा है आपके देखने योग्य है। सारांश सुनिये–

चुंगी वसूल करने का पुराना हिन्दुस्तानी तरीका अर्थात् मुगलो या नवाबों के वक्त का तरीका यह था कि हर चालीस, पचास अथवा साठ मील के ऊपर चुंगी घर बने हुए थे। हर चुंगी घर को पार करते समय व्यापारी को अपने माल पर चुंगी देनी पड़ती थी जो एक लदे हुए बैल पर, एक ख़ास रक़म, टट्टू पर उससे कुछ ज़्यादा, ऊंट पर और कुछ ज़्यादा, बैलगाड़ी पर उससे कुछ अधिक इत्यादि–इस हिसाब से मुकर्रर थी। माल की कीमत या किस्म से चुंगी का कोई सम्बन्ध न था। इसके अतिरिक्त चुंगी इतनी हल्की होती थी कि कोई उससे बचने की कोशिश न करता था। न किसी को माल खोल कर देखने की आवश्यकता होती थी, न किसी 'पास' या रबन्नों की ज़रूरत और न किसी और खटराग की। जो व्यापारी अपना माल अधिक दूर ले जाता था उसे हर 50 या 60 मील के बाद वही बंधी हुई रक़म दे देनी होती थी। इसके स्थान पर जो नया तरीक़ा अँग्रेजों ने जारी किया वह यह था–

पुराने चुंगी घरों के अलावा देश भर में अनेक 'चौकियाँ' बना दी गयी थीं जिनमें तमाम माल को खोलकर देखा जाता था। चुंगी घर में व्यापारी से एक बार चुंगी ले ली जाती थी और उसे एक पास या रवन्ना दे दिया जाता था ताकि उस व्यापारी को दोबारा कहीं चुंगी न देनी पड़े। चुंगी की रक़म माल की क़ीमत और क़िस्म के अनुसार नियुक्त थी। चाहे व्यापारी को अत्यन्त दूर जाना पड़े चाहे निकट, किन्तु रक़म वह मुकर्रर की गयी थी जो इससे पहले दूर से दूर जाने वाले व्यापारी को रास्ते भर के चुंगी घरों पर मिला कर भी न देनी पड़ती थी। इस

प्रकार पहली बात तो यह हुई कि देश के आन्तरिक व्यापार पर चुंगी पहले की अपेक्षा कई गुनी बढ़ गयी।

दूसरी खास बात इस नए तरीके में रखता था। एक व्यापारी के किसी एक स्थान से चलते समय उसके तमाम माल पर एक खन्ना दिया जाता था। यदि कहीं पर व्यापारी अपना आधा माल बेच देते, तो शेष अथवा बचे हुए माल के लिए उसे पास के चुंगी घर पर जाकर पिछला रवन्ना दिखला कर माल का रवन्ने के साथ मुकाबला करवा कर और आठ आने सैकड़ा नया महसूल देकर आवश्यकनुसार एक या अधिक नये रवन्ने ले लेने होते थे। यदि माल में से कोई हिस्सा न भी बिका हो तो भी बारह महीने के बाद हर रवन्ना रद्दी हो जाता था। व्यापारी के लिए जरूरी था कि बारह महीने खत्म होने से पहले किसी पास के चुंगी घर पर जाकर पिछले रवन्ने से अपने माल का मुकाबला करवा कर और आठ आने सैकड़ा नया महसूल देकर नया महसूल हासिल कर ले, अन्यथा, बारह महीने समाप्त होने के बाद उसे अपने तमाम माल पर फिर नए सिरे से चुंगी देनी पड़ती थी।

तीसरी और सब से कष्टकर चीज इस नये तरीके में तलाशी की चौकियाँ थीं। ये चौकियाँ देश भर में जगह-जगह बना दी गयी थीं। चौकियों के छोटे से छोटे मुलाजिमों को किसी भी माल को रोक लेने, उसे खोल कर देखने और रवन्ने से मुकाबला करने आदि का अधिकार था। यदि माल रवन्ने के मुताबिक न होता था अथवा व्यापारी के पास रवन्ना न होता था तो इन चौकियों पर सारा माल, क़ानूनन जब्त कर लिया जा सकता था। इस पर तारीफ़ यह कि यदि कोई व्यापारी किसी ऐसे स्थान से माल लेकर चलता था कि जहाँ से थाने के चुंगी घर तक पहुँचने से पहले उसे किसी तलाशी को चौकी पर से जाना पड़े तो उससे यह आशा की जाती थी कि वह अपने घर से माल लेकर निकलने से पहले ही किसी पास के चुंगी घर से अपने माल के लिये रवन्ना हासिल करले। इस विचित्र और असम्भव नियम का परिणाम यह था कि जो साधारण व्यापारी अपने घर से दूर, ख़ास मेलों या बाज़ारों से माल ख़रीद कर दूसरे स्थानों पर जाकर बेचते थे, उन्हें प्रायः अपने घर के पास के चुंगी घर वालों को पहले से ही यह बता देना होता था कि वे क्या, कितना और किस क़ीमत का माल ख़रीदेंगे और पहले ही से उसके लिए रवन्ना ले लेना होता था। जिस व्यापारी को यह पता न हो सकता था कि उसे कौन सा माल और कितना परते पर मिल सकेगा उसके व्यापार और रोज़गार के लिए यह नियम सर्वथा घातक था।

चुंगी के बेहद बढ़ा दिये जाने के अतिरिक्त इन चौकियों पर प्रायः इतना समय नष्ट होता था। माल के मुक़ाबला करवाने में इतनी कठिनाइयाँ होती थीं, चौकी के छोटे मुलाज़िमों के लिए माल की पहचान सकना, उसकी क़ीमत का अन्दाजा लगा सकना, अथवा व्यापारी के लिए यह साबित कर सकना कि माल ठीक नहीं है —इतना कठिन होता था और चोकियों और चुंगी घरों के मुलाजिमों के अधिकार इतने विस्तृत होते थे कि इस तमाम नयी पद्धति के कारण देश के व्यापारियों और कारीगरों की कठिनाइयाँ बेहद बढ़ गयीं। उनके हौसले टूट गये और असंख्य देशी कारीगरियों तथा देश के आन्तरिक व्यापार का सत्यानाश हो गया।

"हम इस बात की बड़ी-बड़ी शिकायतें सुनते हैं कि देश के लोग गरीब होते जा रहे हैं, देश का आन्तरिक व्यापार नष्ट होता जा रहा है और देश के कारीगरिये बजाय उन्नति करने के गिरती जा रही है। इसमें आश्चर्य ही क्या है? हमारी इस चुंगी की प्रणाली के कारण समस्त सौदागरों को जिन असह्य क्लेशों का सामना करना पड़ता है उनसे क्या किसी और नतीजे की आशा की जा सकती थी?"*

मिस मेयो, यह अप्रिय चुंगी वूसल करने का ढंग ही यहाँ के व्यापार के मिटाने के लिए काफी नहीं समझा गया। स्वयं कारीगरों के साथ जो बर्ताव किया गया वह भी मैं तुम्हें दिखाती हूँ। रिचर्ड्स साहब ने सूरत की अँग्रेजी कम्पनी की कोठी के रजनामचा से उदधृत कर के सन् 1853 का हाल इस प्रकार बनाया है—

जो कपड़ा सूरत से विलायत भेजा जाता था। वह अत्यन्त कड़े और निष्ठुर अत्याचारों द्वारा वसूल किया जाता था। जुलाहों को उनकी इच्छा के विरुद्ध और उनके हित के विरुद्ध, कम्पनी से ठेका लेने और कम्पनी के लिए काम करने को मजबूर किया जाता था। कभी-कभी जुलाहे इस प्रकार जबरन काम करने के निस्वत भारी जुर्माना दे देना अधिक पसन्द करते थे। कम्पनी के मुक़ाबले में नमूने के अनुसार अथवा बढ़िया माल के लिए डच, पुर्तगाली, फ्रांसीसी और अरब सौदागरों से ज्यादा दाम मिल सकते थे।....कम्पनी का व्यापारी रेज़ीडेन्ट साफ़ कहता था कि कम्पनी का उद्देश्य कम अथवा निश्चित दाम पर थान खरीद कर समस्त कपड़े के व्यापार का अनन्य अधिकार अपने हाथों में रखना है। इसको पूरा करने के लिए ज़बरदस्ती और सज़ाओं से इतना अधिक काम लिया जाता था कि अनेक जुलाहों ने मजबूर होकर अपना पेशा तक छोड़ दिया। इस बात को रोकने के लिए यह नियम कर दिया गया कि किसी जुलाहे को फ़ौज में भरती

---

* नोट्स आन इंडियन अफेयर्स, फ्रेडरिक शोर

न किया जावे। एक मरतबा तो यह भी हुक्म दे दिया गया कि कोई जुलाहा बिना अँग्रेज़ अफ़सर की इज़ाज़त के शहर के दरवाज़ों से बाहर न निकल सके। जब यह जुलाहे सूरत के नवाब की प्रजा थे, उन्हें दण्ड देने और उन पर दबाव डालने के लिए नवाब को बार-बार अर्ज़ियाँ दी जाती थीं...नवाब अँग्रेज़ सरकार के हाथों में केवल एक कठपुतली था...। आस-पास के देशी नरेशों पर भी ज़ोर दिया जाता था कि वे अपने इलाकों में इस बात का हुक्म दे दें कि कपड़ों के थान केवल कम्पनी के सौदागरों और दलालों के हाथ ही बेचे जायें और किसी सूरत में भी दूसरों के हाथ न बेचे जावें। सूरत के अँग्रेजी अमरदारी में मिल जाने के बाद इसी तरह के अन्यायों और अत्याचारों को जारी रखने के लिए बार-बार अँग्रेजी अदालतों का उपयोग किया जाता था। जब तक कम्पनी सूरत में कपड़े का व्यापार करती रही कम्पनी के मुलाजिमों का काम करने का ढंग बिल्कुल इस तरह का रहा। ठीक यही नमूना दूसरी कोठियों के व्यापार के ढंग का था।''[1]

**सूरत की मंडी से भी बंगाल की मंडी बड़ी थी। वहाँ का वृत्तान्त वोल्टू साहब के मुख से सुनिये–**[2]

''यदि हिन्दोस्तानी जुलाहे उतना काम पूरा नहीं कर सकते, जितना कि कम्पनी के गुमाश्तों ने जबर्दस्ती उन पर मढ़ दिया है, तो कभी पूरा करने के लिए उनका माल असवाब लेकर उसी जगह नीलाम कर दिया जाता है, और कच्ची रेशम के लपटने वालों के साथ भी इतना अधिक अन्याय किया गया है कि इस तरह की मिसालें देखी गयी है जिनमें इन्हीं ने अपने अँगूठे काट डाले ताकि कोई उन्हें रेशम लपेटने के लिए मजबूर कर ही न सके।''

एक और स्थान पर यही लेखक लिखता है–

रैयत को एक और कम्पनी के व्यापारी गुमश्ते माल के लिए इस प्रकार दिक करते थे जिससे वे अपनी भूमि को ठीक रखने और सरकारी लगान तक देने के नाक़ाबिल हो जाते थे, दूसरी और लगान वसूल करने वाले अफ़सर उन्हें लगान के लिए सताते थे, ''और अनेक ही बार ऐसा हुआ है कि इन निर्दय लुटेरों से लगान अदा करने को उन्हें अपने बच्चे तक बेच डालने अथवा देश छोड़ कर भाग जाने पर मज़बूर कर दिया हैं।''

---

1. इस विषय में अधिकतर उद्धरण मेजर वी. डी. वसु की पुस्तक 'दी रूइन ऑफ इन्डियन ट्रेड एन्ड इन्डस्ट्रीज'' से लिये गए हैं।
2. कन्सीडरेशन आन इण्डियन अफेयरर्स वाई वोल्ट्स।

पूर्व इसके कि मैं इस विषय को समाप्त करूँ मैं आपके प्रोफ़ेसर बिल्सन ने इस घटनाओं को सामने रखकर जो आलोचना की है सुनाना चाहती हूँ। सुनिये–

''स्वतन्त्र व्यापार के पक्षपाती यह चाहते हैं कि बाहर के माल पर भारी महसूल लगाकर देश के बने हुए महँगे माल की रक्षा करने की बजाय बाहर के सस्ते माल को वे रोक-टोक देश में आने देना चाहिए, किन्तु भारत के साथ हमारे सूती कपडे के व्यापार का इतिहास इस बात की एक अपूर्व मिसाल है कि स्वतन्त्र व्यापार का यह असूल हर समय में और हर परिस्थिति में उपयोगी साबित नहीं हो सकता। हमारे सूती कपड़े के व्यापार का यह इतिहास इस बात को भी एक शोकप्रद मिसाल है कि हिन्दुस्तान जिस देश के आधीन हो गया था उसने हिन्दुस्तान के साथ किस तरह अन्याय किया। गवाहियों में यह बयान किया गया था कि सन् 1813 तक हिन्दुस्तान के सूती और रेशमी कपड़े इंगलिस्तान के बाज़ारों में इंगलिस्तान के बने हुए कपड़ों के मुक़ाबले में फ़ायदे के साथ 50 फीसदी से 60 फीसदी तक दाम कम पर बिक सकते थे। इसलिए यह भाव आवश्यक हो गया कि हिन्दुस्तान के माल पर 70 और 80 फीसदी महसूल लगाकर अथवा उसका इंगलिस्तान में आना साफ बन्द करके इंगलिस्तान के व्यापार की रक्षा की जावे। यदि ऐसा न होता, यदि इस तरह की आज्ञाएँ न दी गयी होतीं और इस तरह के भारी निषेधक महसूल न लगाये गये होते तो पेसली और मेनचेस्टर ने पुतलीघर खुलते ही बन्द हो गये होते और फिर सभी दोबारा भाप के ताकत से भी न चलाये जा सकते। इन पुतलीघरों का निर्माण भारतीय कारीगर के बलिदान पर किया गया था। यदि भारत स्वाधीन होता तो वह इसका बदला लेता, इंगलिस्तान के बने हुए माल पर निषेधकारी महसूल लगाता और इस प्रकार अपने यहाँ की कारीगरी को सर्वनाश से बचा लेता। किन्तु उसे इस प्रकार की आत्मरक्षा की इजाजत न थी। वह विदेशियों के चुंगल में था। इंगलिस्तान का माल बिना किसी तरह का महसूल दिये जबर्दस्ती उसके सिर मढ़ दिया गया और विदेशीय कारीगरों ने एक ऐसे प्रतिस्पर्धा को दबाकर रखने और अन्त में उसका गला घोंट देने के लिए, जिसके साथ बराबरी की शर्तों पर मुकाबला न कर सकते थे, राजनैतिक अन्याय के हथियार का उपयोग दिया।''*

मिस मेयो। यदि आप का कुछ और शहादत चाहिए तो लीजिये देखिये कि स्वयं इस्ट इण्डिया कम्पनी के डाइरेक्टरों ने यहाँ के शासक मण्डल तथा अँग्रेज व्यापारियों की नीति के सम्बन्ध में क्या कहा है।

---

* मिल्स, हिस्ट्री ऑफ इण्डिया, पेज 38

"कल्पना कीजिये कि उन लोगों के कारनामें कितने सियाह रहे होंगे जब कि कम्पनी के डाइरेक्टरों तक ने इस बात को स्वीकार किया है कि–'भारत के आन्तरिक व्यापार में जो असंख्य धन कमाया गया है वह सब इस तरह के और अन्यायों और अत्याचारों द्वारा प्राप्त किया गया है कि जिनसे बढ़ कर अन्याय और अत्याचार कभी किसी देश अथवा किसी ज़माने में भी सुनने में न आये होंगे'।"*

मिस मेयो, जो नीतियाँ तथा विनाशक प्रबन्ध आज से सौ वर्ष पूर्व रचे गये थे वे मौलिक रूप में आज तक क़ायम हैं। यदि आपने इस बहस को केवल शिक्षा तथा व्यापार ही तक परिमित न कर दिया होता तो मैं इसी प्रकार के अकाट्य प्रमाण देकर आपको दिखला देती कि हमारे काश्तकारों पर, हमारे दस्तकारों तथा व्यापारियों से कहीं अधिक अत्याचार हुए।

खैर, यह सब जाने दीजिये। अब आप यह बताइये कि जब औरंगज़ेब के समय तक जिसके बाद ही आपको राज मिला, यह देश जातीय जीवन के मुख्य विभागों में अर्थात् शिक्षा वैज्ञानिक उन्नति तथा व्यापारिक उद्भव में संसार में अपना उच्च स्थान क़ायम रख सका तो आप जो 'धर्म स्वरूप' थे 'जो राज्यकार्य में निपुण थे' जो 'प्रजातान्त्रिक राज्य के जन्मदाता थे' इस देश को शिक्षा, व्यापार आदि में संसार के अन्य उन्नतिशील देशों के साथ-साथ क्यों न रख सके? क्या मिस मेयो, क्या हमारे धार्मिक प्रपंचों और सामाजिक कुरीतियों की वजह से आपको बाधा पड़ी? तो क्या ओरंगजेब के समय तक इस देश का वायुमंडल कोई दूसरा था? यदि नहीं था, तो आपके आने के बाद कौन-कौन सी नयी बुराइयाँ हममें पैदा हुईं? और यह भी बताइये कि आपके रहते हुए यह नयी बुराईयाँ कैसे उत्पन्न हो सकीं? आप कहती हैं कि आपके आने से पूर्व इस देश में अराजकता-अन्याय-अत्याचार-लूटमार के अतिरिक्त और कुछ न था। क्या यह दशा होते हुए भी यह देश शिक्षा-विज्ञान, व्यापार-कला-कौशल आदि में अन्य देशों के आगे रह सका? परन्तु अन्तिम सौ वर्ष में न कोई बाहरी आक्रामक यहाँ आये, न किसी अन्य देश से हमने कोई युद्ध किया। फिर इस अपूर्व शान्ति के होते हुए क्या कारण है कि वह देश जो दो हजार वर्ष से उन्नतिशील संसार के साथ चल रहा था एकबारगी ऐसा असमर्थ हो गया? क्यों मिस मेयो! क्या वैज्ञानिक उन्नति तथा व्यापारिक विकास, अराजकता, अत्याचार, लूटमार आदि में अधिक फलते-फूलते हैं? यदि यह नहीं, तो क्या अट्ठारहवीं सदी वाली वैज्ञानिक उन्नति किसी ऐसे

* "सोशल स्टेटिक्स" –हरबर्ट स्पेन्सर, फर्स्ट एडीशन पृष्ठ 367

विशेष प्रकार की थी जिसे पूर्वीय सभ्यता न अपना सकती हो? नहीं, यह भी सत्य नहीं। जापान जो पूर्वीय देशों की अन्तिम सीमा पर है और जो सौ वर्ष पहले बना और 'मार्टन' तो हर जगह फिरते ही थे, किन्तु प्रायः जंगली साँड भी काफ़ी मिलते थे।''

## सड़कों की हालत

किसी भी देश की सामाजिक अवस्था का पता वहाँ के आने-जाने के मार्ग, उनकी दशा, तथा इसके लिए वहाँ जो सहूलियतें हों, उनसे बखूबी चल जाता है उन दिनों बरसात में इंगलिस्तान की सड़कें एकदम बेकाम हो जाती थीं। और उन पर चलना ग़ैर मुमकिन हो उठता था। रास्ते और सड़कें आधी कीचड़ से भरी रहती थीं। प्रायः बैल ही उनमें गाड़ियाँ खेंचते थे। कभी-कभी घोड़े भी इस काम में लाये जाते थे। शहर में तो कभी-कभी छः-छः घोड़े केवल दिखावे के तौर पर लोग निकालते थे। किन्तु देहातों में कहीं बिना घोड़े जोते गाड़ी खींचना असम्भव था। मैदानों में तो रास्ते को भूल कर भटक जाना बहुत मामूली बात थी। बहुत लोगों को मार्ग से भटक कर रात भर खुले मैदान में कष्ट उठाना पड़ता था। बड़े-बड़े नगरों के बीच में आने-जाने के मार्गों से लोग इतने कम परिचित रहते थे और गाड़ियों की दिक्कतें इतनी थीं, कि बहुधा लोग लद्दू घोड़ों से काम चलाते थे और इन्हीं लद्दू घोड़ों के दोनों तरफ़ खुर्जी (थैलों) में सामान सहित बैठ कर यात्रा करते थे। फिर अगर इन विचारों को यह शिकायत थी कि सर्दी में जाड़ा और गर्मी में गरमी बहुत मालूम होती है तो इसमें क्या ताज्जुब था। फ़ी मील एक टन बोझ के लिए 15 पेन्स के हिसाब से किराया देना पड़ता था। शताब्दी के अन्तिम वर्षों में कुछ तेज गाड़ियाँ चलने लगीं, ये गाड़ियाँ दिन में 30 से 50 मील तक मार्ग तय करती थीं और इसीलिए इन्हें लोग 'उड़न गाड़ी' कहते थे। लेकिन लोग इस सवारी को बहुत खौफनाक और उनसे डरते थे तथा उन्हें 'काल सवारी' बताते थे। डाका घोड़ों पर मील की घंटे की गति से आती-जाती थी। एक पैसे वाले कार्ड बन गये थे और नगरों में उनका उपयोग होने लगा था किन्तु इससे भी लोग घबराते थे। बहुतों का ख्याल था कि लोगों को फाँसने के लिए पोप की ही यह भी एक चालाकी या जाल है।

## समाज की दशा

सार्वजनिक जीवन के समान ही गृहस्थ जीवन भी पतित था। देहात में लोग फूस

के झोपड़ों में रहते थे, और यदि सप्ताह में एक बार भी उन्हें ताजा गोश्त भोजन के लिए मिल जाता था तो वे खुशहाल गृहस्थ समझे जाते थे, क्योंकि इंगलिस्तान में मुश्किल से 50 फीसदी कुटुम्बों की इतनी अच्छी हालत थी। बहुधा लोग अपने बच्चों को 6 वर्ष की उमर में मजदूरी करने के लिए निकाल देते थे। बड़े-बड़े जमींदार भी अपना समय गंवार देहातियों की तरह व्यतीत करते थे और खोमचे वाला तथा गडरियों की सोहबत में समय बिताता था। और सुअरों को बाँधना तथा घोड़ों के नाल लगाना जानते थे। और उनकी पत्नियाँ और बेटियाँ भी सीना, पिरोना कातना, कपड़ों की मरम्मत करना, शराब उतारना और भोजन पकाना, तरकारियाँ सुखाना इत्यादि काम किया करती थीं।

अतिथि सत्कार का सदुपयोग यह था कि बे हिसाब खाया जावे और बे हिसाब शराब पी जाये। तथा जब तक मेहमान शराब में तर न हो जाये तब तक इसे छुट्टी न मिलती थी। उसके पहले हाथ खींचना एक बेहूदा बात समझी जाती थी। भोजन गृह में दरी आदि न बिछी होती थी, जमीन खुली छोड़ दी जाती थी। हाँ, धुएँ से कमरा काला अवश्य हो जाता था और शराब की बदबू बसी रहती थी। कुर्सियों में बैठने की जगह वृक्षों की डालियाँ लगी रहती थीं।

लन्दन में मकानात लकड़ी और गारे के बने होते थे और गलियाँ इतनी गन्दी रहती थीं कि बयान नहीं किया जा सकता। रात को बाहर निकलना खतरे से खाली न था, क्योंकि लोग अपनी खिड़कियाँ खोल कर बेखटके गन्दा पानी नीचे डाल देते थे। सड़कों पर न लैम्प जलते थे और न रोशनी रहती थी, जब तक कि मास्टर हैमिंग के सरकारी लेम्पों का अविष्कार न हुआ था। फलतः रात को चोर, बदमाश और गिरहकट बड़ी सफ़ाई और सहूलियत से अपना काम करते थे।

## शिक्षा की अवस्था

अठारहवीं सदी के प्रारम्भ में 34 काउंटियाँ (जिले) ऐसी थीं जिनमें एक भी छापेखाना न था। इंगलिस्तान में, ट्रेट की उत्तर और पार्क में केवल एक प्रेस था।

निजी पुस्तकालय तो शायद उल्लेखनीय एक भी उस समय न था। कोई भी ईसर, यदि उसके यहाँ दो-चार साधारण पुस्तकें भी निकल आयीं तो बड़ा विद्वान समझा जाता था। ऐसी दशा में यह मानी हुई बात है कि जब पुरुष ही पढ़े लिखे न रहते थे तब स्त्रियाँ तो अनपढ़ होंगी ही। पादरियों के लिए भी धर्म ग्रन्थों का मूल भाषा में पढ़ सकना आवश्यक न रह गया था।

## न्याय

न्याय का कार्य बड़ी सख़्ती से किया जाता था और चाहे अपराध राजनैतिक हो या धार्मिक, दण्ड अविश्वसनीय क्रूरता के साथ दिया जाता था। लन्दन में टेम्स नदी के प्राचीन पुल के ऊपर अपराधियों के भयंकर नरमुण्ड लटके रहते थे इसलिए कि लोग इस भयानक दृश्य को देखकर सबक लें और कानून की मर्यादा का उल्लंघन न करें। लोगों की धार्मिक उदारता का अंदाजा उस कानून से लगाया जा सकता है कि जिसे मई 1680 ई. में स्काटिश पार्लियामेण्ट ने पास किया था। इसके मुताबिक उस समय की प्रचलित ईसाई सम्प्रदाय के विरुद्ध उपदेश देना या ऐसे उपदेश सुनना तक गुनाह था और जो मनुष्य इस तरह के उपदेश देता या सुनता था उसे मृत्युदण्ड दिया जाता था। और उसकी तमाम जायदाद जब्त कर ली जाती थी। इसी के अनुसार कार्य भी होता था और इस बात के यथेष्ट प्रमाण हैं कि लोगों को इस तरह के दण्ड दिये जाते थे। इस समय की हवा ही इतनी घृणित थी। एक बार किसी मजदूर का विश्वास प्रचलित सम्प्रदाय से उठ गया कुछ सिपाहियों ने उसे जा पकड़ा, उसकी जाँच हुई। झटपट उसे धर्मच्युत कह कर मृत्यु दण्ड की सज़ा दे दी गयी। सज़ा के समय किसान की स्त्री भी मौजूद थी। उसके एक बालक था और साफ़ दिखायी देता था कि वह गर्भवती है। पत्नी के सामने ही पति को गोली से उड़ा दिया गया। वह दुःखी कातर चिल्लाती रह गयी कि 'महाशयो, तुम्हारी भी सज़ा का दिन आनेवाला है, और तुम्हारा भी न्याय होगा'। स्काटलैण्ड में अविश्वासियों को पीड़ाएँ दे-देकर बूटों के अन्दर उनके पैर के गट्टे तोड़ दिये जाते थे। उन स्त्रियों को जो गिरजा में जाने से इनकार करती थीं तख़्तों से बाँध कर समुद्र के किनारे छोड़ देते थे और बढ़ती हुई लहरें उन्हें बहा ले जाती थीं। कभी-कभी उनके गाल दाग दिये जाते थे और फिर वे अमरीका जाने वाले जहाज़ों पर बैठा दी जाती थीं। धर्मच्युत बहादुर सिपाही घायल होने पर फाँसी पर लटका दिये जाते थे, इसीलिए कि यदि उन्हें इंग्लिस्तान तक लाया जावे तो वे कहीं मार्ग ही में न मर जावें। मनमथ के बलवे के समय सिर्फ एक काउंटी समरसेटशायर में 233 आदमी फाँसी पर लटका दिये गये थे। जिन लोगों को फ़ौजी सिपाहियों ने फाँसी पर लटका दिया उनकी तो बात ही अलग है; क्योंकि सिपाहियों की इस प्रकार की हत्या में आनन्द आता था और शराब के प्याले के साथ-साथ वे हर घूँट में एक मानव मस्तक को छिन्न कर देना बढ़े गौरव की बात समझते थे। और ज्योंही लाश तड़पने लगती त्योंही उसकी तड़पन को नाच मान कर उसके साथ बाजे बजाते थे। इस प्रकार की वर्बरता के अधिक

उदाहरण देना व्यर्थ है। जैसे कि करनल कर्क के सिपाहियों के अत्याचार जिनके झण्डों पर 'मेमने' की तस्वीर होती थी, अथवा टाम योएल सन का किस्सा जिसे इस बात के लिए विवश किया गया था कि वह अपने दण्डित अपराधी मित्रों की लाशों को खोदते हुए तारकोल में डाल कर उबाले।

ढारसेट में स्त्रियों को इस तरह की व्यर्थ बातें कहने के अपराध में जिस तरह की सब स्त्रियाँ कहती रहती हैं गाड़ियों के पीछे बाँध कर बाजारों में कीड़े लगाये जाने थे। टूचिंग नाम के एक बालक को यह सजा दी गयी कि सात साल तक लगातार हर पद्रहवें दिन उसके कोड़े लगाये जावें। 841 मनुष्यों को एक बार देश निर्वासन की सजा दी गयीं और उन्हें अमरीकन टापुओं को भेजने के लिए जहाज पर सवार कराया गया। मार्ग में उन्हें हर दर्जे की तकलीफें दी गयीं और उनके साथ अमानुषिक बर्ताव हुआ। एक तो ये जहाज के डेक पर भी न जाने दिये गये। वे नीचे बन्द रखे गये, जहाँ पूरा अन्धकार था दुर्गन्ध और हर तरह की तकलीफ थी। कुछ बीमार पड़े। कुछ दाहड़ें मार-मारकर रोते थे। और किसी ने मृत्यु की गोद में शरण ली। उनमें से पाचवाँ भाग तो मार्ग ही में समुद्र में फेंक दिये गये और मछलियों ने उन्हें खा लिया। बाकी अध मरे जमैका पहुँचे। किन्तु उन्हें बुरी हालत में वहाँ के अँग्रेज पाण्टरों के हाथ गुलामों की तरह बेचने से खिला पिला कर मोटा करना पड़ा क्योंकि हड्डी के पिंजड़ों को कौन खरीदता? दरबारी औरतें और इंगलिस्तान की महारानी तक स्त्रियोचित दया भाव और साधारण मनुष्यता से इस प्रकार शून्य थी कि वे भी बिना हिचक के इन गुलामों की तिजारत में भाग लेती थीं। महारानी ने यह प्रार्थना की कि एक सौ इस प्रकार के क़ैदी मुझे दे दिये जावें "इनमें से जो लोग भूख व ज्वर से गर्मी में मर गये उन्हें छोड़ कर इस व्यापार से महारानी को कम-से-कम एक हज़ार गिन्नी का लाभ हुआ।"

मिस मेयो, मानव जगत की उत्पत्ति के समय से लेकर आज से दो सौ वर्ष पूर्व तक इंगलिस्तान तथा यूरोप अपने मानसिक तथा भौतिक विकास से इस उच्च स्थान तक पहुँच पाया था। इस समस्त काल में कैसी-कैसी स्वर्गीय सभ्यताओं के सूर्य तथा चन्द्रमा उदय हो-होकर अस्त हो गये परन्तु संसार के इस उजाड़ कोने में उनका प्रकाश किंचित मात्र भी न पहुँच सका। परन्तु सुनो मिस मेयो...

मिस मेयो—जरा ठहरो मैं बहुत सुन चुकी अब तुम मेरे एक सवाल का जवाब दो। तुम कहती हो कि इंग्लिस्तान बिल्कुल असभ्य था। तुम अपनी सभ्यता

की बड़ी महिमाएँ गाती हो। परन्तु यह तो बताओ कि तुम्हारी सभ्यता किस प्रकार की थी जिसे एक मुट्ठी भर आदमियों ने टूटे हुए खण्डहर के समान गिरा दिया। यह सभ्यता श्री या कोई मिश्र की ममी जो एक झोंके के आते ही मुट्ठी भर धूल की तरह उड़ गयी। दूसरे में एक बात और पूछती हूँ। यह तो बताओ कि जब तुम यह दुखड़ा रोती हो कि यों शिक्षा का विनाश किया, यो व्यापार मिटाये, यह अत्याचार किये, तो कभी तुम्हारा ध्यान उन असंख्य व्यक्तियों की ओर भी जाता है, जिन्होंने मुट्ठी भर लोगों के इन अत्याचारों को सन्तोष पूर्वक सहन किया। और यदि जाता है तो क्या तुम इतिहास में ऐसे भयंकर दासत्य भाव की कोई और मिसाल दे सकती हो?

## पूरब और पश्चिम

प्रत्युत्तर—मिस मेयो, मानव संसार अद्भुत वेग के साथ बढ़ रहा है। जो लोग केवल वर्तमान ही को देखते हैं वे एतिहासिक घटनाओं की वास्तविकता को नहीं समझ सकते। संसार में प्रत्येक देश की जनता ने अविश्वनीय दुःख सन्तोष पूर्वक सहन किया है। मिस मेयो, या तो आप बनती है या आपको अपने यूरोपीय इतिहास का कुछ ज्ञान नहीं। क्या आप यह नहीं जानतीं कि जो चुंगी के ढंग, जो अनन्य अधिकार जो कारीगरों पर अत्याचार, और जो व्यक्तिगत दुराचार अँग्रेजों ने हिन्दोस्तान पर किये बिल्कुल यही बर्ताव उन्होंने आयरलैण्ड के साथ किया था। और उस देश पर भी उसका सर्वथा वही असर पड़ा था जो इस देश पर पड़ा। क्या आप यह भी नहीं जानतीं कि मध्यकालीन यूरोप में जो समाज संगठन था उसमें किसानों और दस्तकारों का अपनी ज़मीन अपनी धन-सम्पत्ति की तो कौन कहे स्वयं अपने शरीरों तथा अपनी स्त्री पुत्र-पुत्रियों तक के शरीरों पर अपने लार्ड (स्वामी) के मुक़ाबले में कोई अधिकार न था। और जो अत्याचार इन अभागों पर इनके यह स्वामी प्रति दिन किया करते थे उनका उपमा अन्य देशों में मिलना कठिन है। परन्तु तिस पर भी समस्त यूरोप की जनता ने एक सदी नहीं अनेक सदियों तक यह सारे अत्याचार बर्दाश्त किये। इसलिए जनता का अत्याचारों को सन्तोष पूर्वक सह लेना कोई पूर्वीय जनता की विशेषता नहीं।

## राष्ट्रीयता का आदर्श

मिस मेयो, मध्यकालीन यूरोप की आन्तरिक अवस्था को देखने से यह निश्चित हो जाता है कि यूरोप में प्रजातान्त्रिक शासन पद्धति की उत्पत्ति का वास्तविक कारण यह है कि एक तो उस देश में जनता की दुर्दशा असहनीय हो गयी थी

और दूसरे वहाँ की जनता और उच्च श्रेणियों में उच्च धार्मिकता, अथवा नैतिक भावों का आश्चर्य जनक अभाव था। यूरोप में छोटे-छोटे देश थोड़ी-थोड़ी जनसंख्या और एक ही मज़हब होने की वजह से राष्ट्रीयता का भाव उत्पन्न होने में बड़ी मदद मिली।

इंगलिस्तान की जनता ने इस सम्बन्ध में पहल की थी। अपने राजा जान पर सन् 1215 ई. में दबाव डाल कर उन्होंने जो अधिकार (Magna Charta) ले लिया था, उसने स्वयं इनके और समस्त यूरोप के राजनैतिक जीवन पर बड़ा असर डाला। इस नवीन आन्दोलन की उत्पत्ति से पहले यूरोप की जो दशा थी आपको निम्न उद्धरणों से मालूम हो जायेगी। देखिए स्टब्स साहब मध्यकालीन यूरोपीय समाज संगठन के विषय में क्या कहते हैं[1]—

जनता इतनी बलहीन थी कि उसमें किसी प्रकार की आकांक्षाओं का उत्पन्न होना असम्भव था।

फ्यूडल सिस्टम (जागीरदारी शासन) जमीन के मिलकियत की बिना पर आधारित था। शासन का ढंग श्रेणीबद्ध व्यवस्था के रूप में था जिसमें प्रत्येक जागीरदार अपने से नीचे की श्रेणी पर अनुशासन करता था, कर लगाता था। और मुकदमों का फैसला करता था। (इस व्यवस्था में) निम्नतम श्रेणियों के लिए अधम गुलामी थी और अदम्य अत्याचार ऊँची श्रेणी के लोगों का अधिकार था। इसमें व्यक्तिगत युद्ध, व्यक्तिगत टकसालें और व्यक्तिगत कैदखाने सामाजिक संस्थाओं की जगह में कायम हो गये थे।

## देखिए ह्यूम साहब क्या कहते हैं[2]—

अगर हम यूरोप की प्राचीन दवा पर विचार करें तो हमें पता चलेगा कि समाज का अधिकांश भाग अपनी व्यक्तिगत स्वतन्त्रता से वंचित था और उसे अपने स्वामियों की इच्छा का अनुवर्ती होकर रहना पड़ता था। प्रत्येक व्यक्ति जो रईस नहीं था वह दास था...

## यूरोप में स्त्रियों की हालत देखिये—

हिन्दुओं की स्मृतियों के अनुसार स्त्रियों को दाय भाग का केवल संकुचित अधिकार प्राप्त था और गवाही के लिए सर्वथा अयोग्य समझी जाती थीं। रोमन व्यवस्था

---

1. स्टब्स कान्स्टीट्यूशनल हिस्ट्री ऑफ इंग्लैंड
2. हिस्ट्री ऑफ इंग्लैंड

के अनुसार ऐतिहासिक काल में भी स्त्रियाँ पूरी तौर से पराश्रित थीं...

...पत्नी अपने पति की ख़रीदी हुई सम्पत्ति थी और दास की भाँति केवल पति के लभार्थ प्राप्त की जाती थी।....कोई भी स्त्री कोई सिविल और पब्लिक सार्वजनिक पद नहीं प्राप्त कर सकती थी....

## ईसाई धर्म के फैलने पर उसके अधिकार और भी परिमित हुए–

पिछले रोमन कानून के अनुसार स्त्रियों को जो कुछ स्वाधीनता प्राप्त भी थी उसे पौरोहित धर्मशास्त्र की व्यवस्था अवज्ञा की दृष्टि से देखती थी और उसका झुकाव प्रतिकूल दिशा की था। धार्मिक विधानों का आदेश यह था कि प्रत्येक वस्तु से पत्नी-पति की इच्छाओं की अनुगत और आज्ञाकारिणी बनी रहे....

... न तो उनकी गिरजों में बेदी के पास तक जाने की इजाजत दी और न धार्मिक क्षेत्र में किसी पद पर नियुक्त की जा सकती थीं। वे सूद पर ऋण भी नहीं दे सकती थीं।[1]

राष्ट्रीयता के नए आदर्श की उत्पत्ति के वास्तविक कारण का पता आपको इस उद्धहरण से चलेगा। राजस साहब इंगलिस्तान के उपरोक्त, अधिकार पत्र बाल आन्दोलन के सम्बन्ध में कहते हैं।

सन् 1212 की घटनाओं की समानता किसी भी यूरोपीय जाति के इतिहास में नहीं मिलती।

लेकिन सच पूछिये तो उस समय जब जनता राजकीय विशेषाधिकार के अत्याचारों का सामना कर रही थी अर्थात् तेरहवीं, चौदहवीं, पन्द्रहवीं सदी के पूर्वार्द्ध में, तो उस समय से ही उन आदर्शों की उत्पत्ति हुई जिनसे इस जनता के सत्रहवीं सदी वाले पार्लियामेंटरी विरोध को अत्यन्त लाभ पहुँचा।[2]

मिस मेयो, इस नए आदर्श के एक बार उत्पन्न हो जाने के बाद अपने असहनीय अत्याचार के इलाज के लिए समस्त जनता की शक्ति इसी आदर्श की ओर फिर गयी। यही एक उपाय था जिससे यूरोप के देशों की जनता का अपनी उच्च श्रेणियों के लोग के अत्याचारों से रक्षा मिल सकती थी। तब तक प्रजातान्त्रिक शासन पद्धतियाँ यूरोप में स्थापित न हो पायी अर्थात् आज से लगभग सौ वर्ष पूर्व तक तब तक समस्त यूरोप अविश्वसनीय दरिद्रता, निरंतर अकाल और भयंकर महामारियों की प्रदर्शनी बना रहा।

---

1. इनसाइक्लोपीडिया ब्रिटेनिका, जिल्द 24, पृष्ठ 638, 630
2. इन्साइक्लोपीडिया ब्रिटेनिका, जिल्द 5, पृष्ठ 179।

परन्तु मिस मेयो, जो रक्षा यूरोप की जनता की प्रजातान्त्रिक राज्य से मिली वह भारत में उच्च धार्मिक भावों और नैतिक विकास के द्वारा मिल रही थी। भारत ने अपनी सभ्यता का आधार सर्वप्रियता और परोपकार पर रखी थी। इसने 'अधिकार' को नहीं 'कर्तव्य पालन' को अपनी समाज में मुख्य स्थान दिया था। और जीवन के प्रत्येक क्षेत्र में समाज को प्रधान चीज मानकर व्यक्ति को समाज के अन्दर लीन कर दिया था। इस सबसे उच्चतर विजय जो यहाँ की सभ्यता ने मानव विकास में प्राप्त की थी, वह यह थी कि इसने सांसारिक सुख भोगने की अदम्य मनोवृत्ति को नियमित करके इसके स्थान पर आदर्श पूजन का आनन्द मय साम्राज्य स्थापित किया था। और इससे भी अद्‌भुत घटना यह थी कि इस अलौकिक साम्राज्य के प्रभाव क्षेत्र को इसने इतना विशाल कर दिया था कि समाज की निम्न श्रेणियाँ तक इसके असर में आ गयी थीं। इसलिए मिस मेयो, यहाँ की जनता का अपने राजा, स्वामी, गुरु, पति आदि की ओर वह भक्ति रखना जिसे आप दासत्व भाव कहती हैं, दासत्व भाव नहीं, मानव विकास की अन्तिम सीमाएँ थीं। इसमें सन्देह नहीं कि सहस्रों व्यक्ति अर्थात् गुरु, स्वामी, राजा, पति आदि इस आदर्श पूजन से अनुचित लाभ उठाते थे। परन्तु समाज इन अपराधियों का उच्च आदर्शों में जकड़ लेने का प्रयत्न कर रही थी। इसमें सन्देह नहीं कि हम अभी अपने वास्तविक ध्येय से बहुत दूर थे। परन्तु इसमें भी सन्देह नहीं कि हमारी समाज अपने पुराने अन्ध-विश्वासों से मुक्त होने का, अपनी त्रुटियों को सुधारने का, यथा योग्य प्रयत्न कर रही थी। और न हमें इसमें कोई सन्देह है कि हमारा लक्ष्य और हमारे उस लक्ष्य की ओर जाने के साधन उचित और उपोगी थे। नहीं मिस मेयो, हमारी सभ्यता मिश्र की ममी नहीं थी। किसी अन्य देश की जनता आय के अधिकार में पूर्ण रीति से आ जाने के बाद अपना अस्तित्व कायम न रख सकी। हम अभी तक जीवित हैं।

मिस मेयो—हे महिला! क्या मैं यह समझूँ कि तुम पूर्वीय विजेताओं को ही साम्राज्यवादी शासन से अच्छा नहीं कहती बल्कि प्रजातान्त्रिक राज्य को ही बुरा समझती हो।

प्रत्युत्तर—मिस मेयो, यूरोप की शासन पद्धतियाँ प्रजातान्त्रिक राज्य नहीं, व्यापारिक मण्डलियाँ हैं। ये मंडलियाँ स्वयं अपने देश की जनता को अपना अन्य देशों की जनता को इतना लाभ नहीं पहुँचातीं जितना उन पूँजीपतियों को जो उनके वास्तविक संचालक हैं। इस शासन पद्धतियों को प्रजातान्त्रिक कहना मूर्खता है। अभी इन्हें संसार में आये दो सौ वर्ष भी नहीं हुए परन्तु आप देखिये इतने

कम समय में उन्होंने संसार को कितनी जातियों का सर्वथा विध्वंस कर डाला। यूरोप से निकाल कर यह अमेरिका, अफ्रीका, आस्ट्रेलिया, जहाँ कहीं पहुँची वहाँ के आदि निवासियों का फैसला हो गया। पूरब की जातियाँ भी संसार में फैलीं परन्तु वे जहाँ जाती थीं उस देश को वो तो स्वयं सुसभ्य बनाती थीं अगर वह अधिक सभ्य हुआ तो उसकी सभ्यता से स्वयं लाभ उठाती थीं। मगर पूर्वीय जातियों ने ऐतिहासिक युग में किसी जाति पर अधिकार पा लेने के बाद उसे नहीं मिटाया।

इसके अतिरिक्त आप इनके अन्तरजातीय जीवन की ओर देखिये। यह नहीं कि पूरब में राजनीति न थी। यह भी नहीं कि पूरब में एक राजा दूसरे से लड़ता न था। मगर मिस मेयो, वह पैशाचिक छल विद्या जिसे आप राजनीति कहती हैं सर्वथा हीन और अमानुषिक है। दूसरे वह विचित्र विनाशक संघर्ष जो इन नीतियों द्वारा अन्तरजातीय जीवन में उत्पन्न हो गया है, वह केवल राजा राजा की लड़ाई नहीं, जो एक के विजय पाने पर खत्म हो सके। यह लड़ाई व्यापारिक होने के कारण इस प्रकार की है कि विजय प्राप्त कर लेने के बाद भी यह बड़े भयंकर रूप में जारी रहती है। इस विचित्र लड़ाई का वास्तविक अन्त उस समय तक नहीं हो सकता है कि जब तक देश के राजा का पतन ही नहीं, बल्कि पराजित जनता का विध्वंस न हो जावे। जो हुकूमतें इस प्रकार की राजनीति पर कायम हो वे कभी संसार में स्थायी नहीं हो सकती। इसलिए या तो आप शीघ्र ही बदलेंगे या एक दूसरे को मिटा दीजियेगा।

आपकी भयंकर राजनीति ने आपके सामाजिक जीवन की भी अजब दुर्दशा बना दी है। विवाह की संस्था जिस पर समाज की स्वास्थ्य और संवृद्धि का दारोमदार है आज पश्चिम में व्यक्तिगत भोग विलास का साधन है। व्यापार जो समाज के सुख-चैन बढ़ाने का जरिया होता है, उसे आपने एक विचित्र युद्ध के रूप और लूट में परिवर्तन कर दिया है। यह सदाचार जिसे पूरब व बड़े परिश्रम से आर्दश बनाकर समाज के सामने रखा था, आपने धार्मिक अन्ध विश्वासों का अंग समझ कर, इसे छोड़ दिया। यह आपके प्रजातान्त्रिक हुकूमत के कारनामे हैं।

इसमें सन्देह नहीं कि इस प्रकार का अलौकिक प्रजातांत्रिक राज कभी भारत में स्थापित नहीं हुआ। परन्तु यदि आप इसका वास्तविक कारण समझना चाहती है तो मैं आपको आज से सौ वर्ष पूर्व की हिन्दोस्तान की ग्रामीण जनता का जीवन था उसे दिखाती हूँ। फिर इसे देख कर आप बताइयेगा कि प्रजातान्त्रिक शासन यहाँ था या आज यूरोप में है।

देखिए टारन्स यहाँ के जीवन की बावत क्या कहते हैं।

यद्यपि नाममात्र के लिए प्रधान राजशक्तियों की सत्ता अनियन्त्रित होती थी तथापि अनेक ऐसी प्रबल संस्थाएँ मौजूद थीं जिनके कारण राजा अपनी अनियन्त्रित सत्ता का दुरुपयोग न कर सकता थाः ये संस्थाएँ, सामन्त सरकारें, पुरोहितों के अधिकार, न्यायालय, उस सयम की म्युनिसिपैल्टियाँ और इन सबसे बढ़ कर यह नियम था कि प्रत्येक किसान अपनी भूमि का स्वामी समझा जाता था।

समाज के सबसे प्राचीन और आदरणीय रिवाजों में से एक यह था कि प्रत्येक किसान जिस भूमि को जोतता था, उसका स्वामी समझा जाता था। फ़ौजी शासन चाहे किसी का भी क्यों न हो उससे रय्यत के अधिकार पर कोई असर न पड़ता था। लड़ाई में कभी किसी को जबर्दस्ती फौज में भरती न किया जाता था। यह रिवाज था ही नहीं। सेनाएँ भरती करने के लिए केवल व्यक्तिगत प्रभाव अथवा तनख्वाह के वादे से काम लिया जाता था। भूमि किसान की सम्पत्ति गिनी जाती थी, रईस या जमींदार की नहीं, और किसान के इस अधिकार पर कभी कोई एतराज न करता था।

इन लोगों के विषय में उनका एक आक्रामक जो उन्हें अच्छी तरह जानता था, लिखता है कि मैंने उन्हें ''सीधे निरुपद्रवी, ईमानदार और इतना सच्चा पाया जितने कि संसार में कोई भी दूसरे लोग हो सकते है।'' (मनरो, भाग 1, पृष्ठ 280)

हिन्दोस्तान के अधिकांश हिस्सों में प्रत्येक गाँव राष्ट्र के सामाजिक, औद्योगिक और राजनैतिक जीवन शृंखला की एक कड़ी होता था अर्थात् समस्त शृंखला इन्हीं की बनी होती थी। बहुत जगह अभी तक यही हालत है।

अत्यन्त प्राचीनतम काल से प्रत्येक ग्राम का समस्त प्रबन्ध और शासन ग्राम ही के गुरुजनों की एक सभा किया करती थी। जिसके सदस्य शुरू में पाँच होते थे किन्तु अब प्रायः पाँच से अधिक होते हैं। ये लोग सदा ग्राम के सब लोगों के अपने प्रतिनिधि होते थे। जब कभी कोई झगड़ा होता था यही लोग रिवाज के अनुसार उसका निर्णय करते थे और जब कभी कोई नयी या अपनी बात खड़ी हो जाती थी तो नया रिवाज कायम कर लेते थे।

सर जान मेलकम लिखता है कि भारत के 'छोटे-बड़े तगाग लोगों ने मिल कर अपने यहाँ की म्युनिसिपल और ग्राम संस्थाओं को अपने-अपने दायरे के अन्दर शान्ति और सुशासन कायम रखने का अधिकार दे रखा था, और यह संस्था इस काम को करने के सर्वथा सक्षम थीं। मध्य भारत में जालिम राजा भी इन म्युनिसिपल

और ग्राम संस्थाओं के सामान्य तथा विशेष अधिकारों पर कभी हमला न करते थे और न्याय प्रेमी नरेश के सुयश का मुख्य आधार इसी बात पर होता था कि वे इन सस्थाओं की और विशेष ध्यान देते थे। इसी पर प्रजा में उनकी सर्वप्रियता निर्भर होती थी।' सर टामस मूनरो जो दूसरे जिलों के साथ अच्छी तरह परिचित था लिखता है कि, 'भारत के समस्त ग्रामों में एक बाजाप्ता और व्यवस्थित म्युनिसिपलटी होती थी, वही म्युनिसिपलटी ग्राम के माल तथा पुलिस सम्बन्धी तमाम मामलों का प्रबन्ध करती थी, और बहुत बड़े दरजे तक न्यायाधीश तथा मैजिस्ट्रेट का काम करती थी'।...

भारत की संस्थाओं में सबसे विचित्र उनकी पंचायत अर्थात् 'जूरी' है जिसे सब मानते हैं। जिस तरह का कोई मुकदमा होता था उसी की अनुसार पंचायत के सदस्य चुने जाते थे। किन्तु हर सूरत में इन पंचों को जनता खुद चुनती थी। इस प्राचीन पंचायतों के जो मुखिया होते थे वे सदा वे लोग होते थे जिन्हें जनता के कुशासन से अपने रक्षक समझ कर इस उच्च पदवी तक पहुँचाया हो, ये लोग अपनी सेवा का पारितोषिक इसी बात को समझते थे कि लोगों पर उनका प्रभाव और उनका यश बढ़े।...

दीवानी और फ़ौजदारी दोनों तरह के मुक़दमे इन्हीं पंचायतों द्वारा फ़ैसले होते थे। जनता के नैतिक और सामाजिक जीवन पर इनके प्रभाव का महत्व स्पष्ट था। ये पंचायतें ही देश की न्याय-प्रणाली थीं, इन्हीं पर सुशासन, जान-माल की रक्षा, सामाजिक व्यवस्था, मान-मर्यादा, सब निर्भर थीं। इस तरह की प्रणाली को अंग-भंग करने या स्तब्ध कर देने का नाश कर प्रभाव समस्त सामाजिक शरीर पर पड़ना स्वाभाविक था। यह विषैला प्रभाव धीरे-धीरे बेरोक समाज के अंग-अंग में प्रवेश कर गया। इन संस्थाओं का नाश कर देना एक ऐसी नीति था जिसका विचार तक सिवाय उन लोगों के जिनके मस्तकों की विजय के घमण्ड ने फेर दिया हो और किसी के चित्त में उत्पन्न न हो सकता था। और सिवाय अन्धे उत्तरदायित्व शून्य शासकों के कोई ऐसी नीति को जारी रखने पर आग्रह न कर सकता था। हमसे पहले जितने भी राजकुल बदलते रहे, मुसलमान अथवा मराठे ये सब निस्सन्देह इन म्युनिसिपल संस्थाओं का पूरा आदर करते थे और उन्हें कायम रखते थे, किन्तु अब इन संस्थाओं की अवहेलना की गयी और विदेशी शासन की नयी पद्धति ने इनमें से बहुत सी संस्थाओं की जड़ों को निर्दयता के साथ उखाड़ कर फेंक दिया।

## अराजकता

मिस मेयो! गवर्नर जनरल वारेन हैस्टिंज ने इस सम्बन्ध में बड़ी स्पष्टवादिता से काम लिया है। उन्होंने साफ कहा है कि न्याय का काम जनता से हमने 'विवस्था विद्धरु और जबरन' (usurpation) छीन लिया न्याय का अपने आधीन बनाना आवश्यक था इसलिए 'ईमानदारी से या बेईमानी से (by hook or by crook) हमने उसे अपने आधीन बना लिया।'[1]

देश के रक्षण प्रबन्ध को तोड़कर उसके स्थान पर जो प्रबन्ध किया गया वह भी देखने योग्य है। इसे देखकर आपको इस देश की उस 'अराजकता' का वास्तविक रहस्य मालूम हो जाएगा जिस 'अराजकता' के इस देश से मिटा डालने जाया करते थे। परन्तु इस सबको जाने दीजिये।[2]

मिस मेयो, बहुत सभ्यताएँ आयीं और गयीं परन्तु यह भारतीय प्रजातान्त्रिक प्रबन्ध सदा एक समान कायम रहा। इसी प्रबन्ध ने हमारी समाज में आदर्शप्रियता को सम्भव बनाया। इसी ने हमारी सम्पन्नता को राजनीतिक क्रान्तियों से सदा सुरक्षित रखा। परन्तु आपके इस देश में आने के समय जो यहाँ की समाज की शक्ति थी वही इसकी दुर्बलता साबित हुई। आप राजा का रूप धारण करके आये। यहाँ की आदर्श-प्रिय जनता ने आपको अपना लिया। आपके स्वभाव में वह उच्च धार्मिकता और नैतिक भाव न था जो यहाँ की व्यवस्थाओं को समझ सकता और उनकी रक्षा कर सकता। आपने रक्षा के नाम पर इस जनता के व्यापार, इसकी शिक्षा, इसकी सम्पन्नता सभी को मिटा दिया। अराजकता फैलाई और साथ-ही-साथ जनता को निःशस्त्र कर दिया। पूर्व इसके कि जनता अपनी इस नवीन आपत्ति की भयंकर वास्तविकता को समझ सके और उसके प्रतिरोध के साधन उत्पन्न कर सके वह स्तब्ध और विवश हो गयी।

मिस मेयो—हे महिला। हम अमरीकन लोग बड़े 'स्थूल बुद्धि' के होते हैं। यह सब उच्च दर्शन तुम्हीं को मुबारक रहे। हम लोगों के जीवन का मौलिक सिद्धान्त यह है कि जो जाति स्वयं अपनी रक्षा नहीं कर सकती उसे संसार में जीवित रहने का कोई अधिकार नहीं। फिर तुम जानती हो कि तुम्हारी यह दुःख गाथा सुन कर किसी पश्चिमीय के दिल में कितनी घृणा उत्पन्न होती है।

---

1. टौरिंग्स, इम्पायर इन एसिया (1757-1858) पेज 98 से 103 तक।
2. जेम्स मिल और लार्ड मिंटो के ये उद्धरण तथा अन्य कई बातें हमें श्रीयुत सुन्दरलाल कृत पुस्तक भारत में अंग्रेजी राज्य से ली हैं जो चांद कार्यालय से प्रकाशित होने वाली है। हम श्री सुन्दरलाल जी के अनुग्रहीत हैं।

प्रत्युत्तर—हाँ, मिस मेयो, में यह जानती हूँ। मगर आप नहीं जानतीं कि आपके इस पाश्विक सिद्धांत को सुनकर एक पूर्वीय हृदय में कितनी घृणा उत्पन्न होती है। निस्सन्देह पूर्वीय सभ्यता इस पशाविक सिद्धान्त पर अवलम्बित न थीं। संसार के आरम्भ से हम सहस्रों जातियों को अपनाते रहे। उनकी सभ्यता से स्वयं लाभ उठाये और उन्हें अपनी सभ्यता से लाभ पहुँचाते रहे। परन्तु हमारे किसी मेहमान ने, हमारे घर पर प्रभुत्व पाकर, हमसे यह नहीं कहा कि जो जातियाँ स्वयं अपनी रक्षा नहीं कर सकतीं उन्हें जीवित रहने का कोई अधिकार नहीं। नहीं, मिस मेयो, नहीं। पूरब का यह चलन न था। पूरब के किसी राजा ने अपनी प्रजा पर एक बार प्रभुत्व जमा लेने के बाद उसकी जीवन शक्ति की परीक्षा इस पश्चिमीय सिद्धान्त के अनुसार नहीं की। हमारा पूर्वीय हृदय आज भी इस सिद्धान्त की अमानुषिक क्रूरता को देख कर और यह कल्पना करके कि इसके अनुसरण के नतीजे व्यक्तिगत और सामाजिक जीवन के लिए कैसे घातक होंगे, काँप उठता है।

मिस मेयो, मैं जानती हूँ कि पश्चिम के गृह वैज्ञानिकों ने बड़े परिश्रम से मानव विकास का वह मौलिक सिद्धान्त ढूँढ निकाला है। और आज पश्चिम अपनी समाज की बुनियादें इसी सिद्धान्त पर रख रहा है। परन्तु पश्चिम का 'सरवाईवल ऑफ दी फिट्टेस्ट' के सिद्धान्त को मानुषिक जीवन का आदर्श बनाना उसकी सबसे बड़ी भूल है। इस आदर्श का प्रभाव मानव जीवन पर केवल एक ही पड़ सकता है। वह यह कि भिन्न-भिन्न व्यक्तियों और समाजों में आपस में एक पैशाचिक सर्वव्यापी, अनन्त संघर्ष उत्पन्न हो जावें। सम्भव है कि यह अनन्त संघर्ष प्रकृति का एक अटल नियम हो। सम्भव है कि प्राकृतिक जीवन सर्वथा इसी नियम के आधीन हो। परन्तु मिस मेयो, मानव जीवन का वास्तविक संग्राम मनुष्य मनुष्य में नहीं, प्रकृति और मनुष्य में है। इसलिए यह जरूरी है कि हम अपनी सम्मिलित शक्ति और समय आपस के संघर्ष में नष्ट न करके प्रकृति को अपने आधीन बनाने में लगा दें। एक-दूसरे को मिटा कर नहीं बल्कि सम्मिलित प्रयत्न द्वारा प्रकृति को मानव जीवन के सुखों को बढ़ाने का साधन बना कर ही हम संसार में वास्तविक उन्नति कर सकते हैं। परन्तु यूरोप के गूढ़ विज्ञानी यह सब सुनने को तैयार नहीं। वे कहते हैं कि प्रकृति का समस्त जीवों के साथ यही व्यवहार है। वे कहते हैं कि पशुओं का पशुओं के साथ भी वही व्यवहार है। फिर भला मानव जन जो पशुओं ही की एक श्रेणी हैं इस सिद्धान्त के चक्र से कैसे बाहर आ सकते हैं। मिस मेयो, संसार की किसी अन्य सभ्यता ने मानुषिक जीवन को इस प्रकार पाश्विक जीवन में परिवर्तित नहीं किया था।

आज वैज्ञानिक यूरोप के नेतृत्व में इस पाशिवक युग का प्रारम्भ है। राजनीति की छत्रछाया में, अपने व्यापारिक अजगर को साथ लिये रेलों, जहाजों, विमानों पर उड़ती हुई यूरोपीय जातियाँ अपनी विकराल तोपों की गरजों में पूर्वीय जातियों का उनकी मृत्यु-घोषणा सुना रही हैं।

''सुन लो! जो जाति अपनी रक्षा नहीं कर सकती उसे संसार में जीवित रहने का कोई अधिकार नहीं।''

मिस मेयो, इस वैताल नाद का असर पूरब पर भयंकर रूप में पड़ रहा है। यदि आज हम अपने नवयुवकों को इस भयंकर सिद्धान्त की क्रूरता दर्शाने का यज्ञ करते हैं तो वे हमें धर्मान्ध समझते हैं। हमें वैज्ञानिकता से दूर और उन्नतिशील संसार से परे बतलाते हैं। आज इस सिद्धान्त को सुन-सुन कर कि जो जाति अपनी रक्षा नहीं कर सकती उसे जीवित रहने का कोई अधिकार नहीं; उनके हृदय व्याकुल, उनके शरीरों में रक्त का संचार होने लगता है। सम्भव है कि आज वे इस ध्वनि को सुन कर अपनी आत्मरक्षा की ओर अकर्षित हों। परन्तु मिस मेयो, एक बार कोमल हृदयों पर अपना पूर्ण प्रभाव डाल चुकने के बाद यह सिद्धान्त केवल आत्मरक्षा तक परिमित नहीं रहते। आप स्वयं अपने व्यवहार को पूर्वीय जातियों के साथ देख लीजिए। फिर मिस मेयो? क्या आप वह नहीं देखती कि आप इस प्रकार संसार में कैसी अनन्त अन्ध घृणा और विध्वंस के तूफ़ानों के बीज वो रही हैं। आपके गूढ़ वैज्ञानिक ऐसे नेत्रविहीन क्यों हैं? मिस मेयो! स्मरण रहे कि पूरब को आपके डंक ने दुःख बहुत पहुँचाया है, परन्तु वह अभी जीवित है। और यदि इन आपके पाशिवक सिद्धान्तों ने उसकी प्राचीन सभ्यता को मिटा कर आपके अन्य सिद्धान्तों के साँचे में ढाल दिया तो आपको अपने इस विज्ञान के बड़े भयंकर परिणाम उठाने पड़ेंगे। मिस मेयो! संसार गलत और निर्दयी सिद्धान्तों के अनुसरण को व्यक्ति, समाज अथवा जातियों को बड़ी निर्दय क्रूरता के साथ ताड़ना देता है।

मिस मेयो—बस चुप रहो, मैं यह सब बातें न जानती हूँ न जानना चाहती हूँ। मैं तो सिर्फ एक बात जानती हूँ और वह यह है कि आज मुट्ठी भर आदमी तीस करोड़ को अपने पाँव तले दबाये हैं। और इनके पास फीके उच्च सिद्धान्तों के सिवा और कुछ नहीं।

सुनो प्रश्न यह नहीं है कि इंगलिस्तान आज से सौ वर्ष पूर्व क्या था या तुम स्वयं सौ वर्ष पूर्व क्या थे, प्रश्न यह है कि इंगलिस्तान आज क्या है, और तुम आज क्या हो।

प्रत्युत्तर—मिस मेयो, तुम्हारी यह स्पष्टवादिता मुझे पसन्द है। तुम स्वीकार करती हो कि इस देश का राज रोग तुम हो, और यदि यह देश इस रोग का सम्पूर्ण इलाज करके अपने आपको सुरक्षित न कर सके, तो इसकी मौत की जिम्मेदारी तुम पर नहीं बल्कि स्वयं इसी को दुर्बलता और हीनता पर होगी।

परन्तु मिस मेयो, वह तैंतीस करोड़ मनुष्य जिनका तुम मुझे ताना देती हो तुम्हारे इस वेदवाक्य को नहीं सुन पाते। मैं तुमसे कह चुकी हूँ कि मित्र का रूप धर कर तुमने इन्हें विवश किया और आज भी असत्य साधना द्वारा तुम इन्हें इसी भ्रम में डाले हुए हो। फिर मिस मेयो, तैतीस करोड़ व्यक्तियों का नाम क्या लेती हो। यह लड़ाई शारीरिक युद्ध तो नहीं कि हमारी बड़ी संख्या तुम्हें पददलित कर डाले। जब इस प्रकार का युद्ध आरम्भ हो और उसके बाद भी तुम यहाँ ठहर जाओ तो अवश्य तुम्हें तीस करोड़ जनता के नाम लेने का अधिकार हो जायेगा। अभी तक तो, धोखे, दगा, फरेब की लड़ाई है। और इसमें सन्देह नहीं कि तुम इस लड़ाई में हमसे ही नहीं सभी से श्रेष्ठ हो।

मिस मेयो, मैं एक और बात कहूँ। अभी कल की बात है कि इस देश में एक असहयोग आन्दोलन चला था। इसके चलाने वाली एक मुट्ठी भर निःशस्त्र जाग्रत आत्माएँ थीं। इसका नेता एक वस्त्रविहीन...आदर्शविलीन—हड्डियों का पिंजर—संसार से विरक्त...अस्त्र-शस्त्र का द्रोही—परोपकारी—आत्मसंयमी—फ़क़ीर था। तुम्हारी और दो लाख श्वेतांग राजेश्वर, असंख्य शूरवीर सैनिक, कुबेर का भण्डार और चाणक्य की कूट बुद्धि थी। परन्तु मिस मेयो, हमें आपकी उस समय की दशा याद है। आपका यह चेहरा, आपकी वह बदहवासी, हम कभी भूल नहीं सकते। आपके दिल के धड़कनों की आवाज दूर-दूर सुनाई देती थी। और गोकि देश के नरम दल वाले नेता आपके दिल पर हाथ धर-धर कर आपको साहस दिलाते थे परन्तु फिर भी वह धड़कन कम न होती थी। वही शक्तिशाली साम्राज्य जिस पर आपको इतना घमण्ड है, थर थर काँप रहा था।

क्यों, मिस मेयो! क्या यह सब असत्य है? इस देश को छोड़ कर स्वयं इंगलिस्तान की हालत देखने योग्य नहीं। इस आन्दोलन के भय से आपके देश के वीर, साहसी, नवयुवकों ने यहाँ के फौजी तथा सिविल ओहदों पर आना बंद कर दिया था और क्या-क्या प्रबन्ध—क्या-क्या इनाम, क्या उत्साह दिलाने के बाद भी अभी तक ये इधर का रुख करते डरते हैं। फिर मिस मेयो, तुम हमारी तीस करोड़ जनता का नाम क्या लेती हो। वह तो अभी तक तुम्हारी शत्रु नहीं हुई।

परन्तु मान भी लो कि अब वह तुम्हारी शत्रु है। क्यों मिस मेयो, गत महायुद्ध

में बैलजियम को परास्त करके कितने जर्मन फौजी दस्ते वर्षों तक उस समस्त देश को अपने आधीन बनाये रहे। वह तो तुम्हारा स्वतन्त्र और पश्चिमी देश था। नहीं यह बताइये कि यूरोप का विकराल योद्धा जर्मनी आज निःशस्त्र हो जाने के बाद किस दशा में है। इसके सबसे अधिक सम्पन्न रूर प्रान्त पर कब्जा क्या फ्रान्सीसी  दस्ता ने किया था? और उस समय वह असंख्य जर्मन जनता क्या हो गयी थी जिसका नाम सुन कर समस्त यूरोप भयभीत हो जाता था? क्या कारण है कि वह जनता उस समय अपनी रक्षा स्वयं नहीं कर सकती थी। और बाईकाट और असहयोग के अतिरिक्त उसे और कोई उपाय याद न पड़ा। मिस मेयो, जनता की संख्या का ताना सर्वथा निर्मूल है। इस वैज्ञानिक युद्ध के युग में इस प्रकार के संघर्ष में, जो इस समय भारत को करना पड़ रहा है, जनता का असंख्य होना कठिनाइयों को सरल करने के स्थान पर और भी बढ़ा देता है। हमारी प्रारम्भिक कठिनाइयों को दूर हो जाने दो फिर मिस मेयो, तुम नहीं हम स्वयं जनता की संख्या का प्रश्न तुम्हारे सामने उपस्थित करेंगे।

मिस मेयो–जरा सुनो तो! इतनी खफ़ा क्यों हो गयी? मेरा यह मतलब नहीं था जो तुम समझ बैठीं। सुनो मैं तो ख़ुद चाहती हूँ कि तुम्हें स्वराज्य मिल जाये। पहले जो कुछ भी किया हो परन्तु अब तो स्वयं अँग्रेज भी इसके ख़िलाफ़ नहीं हैं। फिर गयी बातों को भूल कर तुम इस अपूर्व शान्ति से फ़ायदा क्यों नहीं उठातीं जो इनके योग्य सैनिक प्रबन्ध ने देश में उत्पन्न कर दी है। अपनी शिक्षा बढ़ाओ, व्यापार बढ़ाओ, समाज सुधार करो, तुम्हें हर बात का मौक़ा है। और कुछ भी हो परन्तु एक रक्षक की स्थिति में तो तुम यह नहीं कह सकतीं कि ब्रिटिश साम्राज्य अपूर्व तथा आदरणीय नहीं है।

प्रत्युत्तर–मिस मेयो! इस देश की शान्ति की वास्तविकता मैं महात्मा गांधी के शब्दों में तुम्हें सुनाती हूँ। सुनो, वे कहते हैं–

मुझे खुद तो उस 'इण्डिपेण्डेण्स' की कोई लालसा नहीं जिसे मैं समझ ही नहीं सकता मगर मैं अँग्रेजों के जुए से छूटना अवश्य चाहता हूँ। इसके लिए मैं सब कुछ कर सकता हूँ। इसके बदले में मुझे अराजकता भी मंजूर है। क्योंकि अँग्रेजी शान्ति तो श्मशान की शान्ति है। एक सारे राष्ट्र की इस जीवित मृत्यु से तो कोई भी और बात अच्छी होगी। इस शैतानी सल्तनत ने इस सुन्दर देश को आर्थिक, नैतिक और आध्यात्मिक, सभी दशाओं में प्रायः सत्यानाश ही कर दिया है। मैं राज देखता हूँ कि इसकी कचहरियाँ न्याय के बदले अन्याय करतीं, सत्य के गले पर छुरी फेरती हैं। मैं भयाकुल उड़ीसा को अभी देखे आ रहा हूँ।

यह सरकार मेरे अपने ही स्वदेश बन्धुओं से अपने पापी निर्वाह के लिए मदद ले रही है। मेरे पास कई हल्फ नामे अभी रखे हुए है कि खुर्दा जिले में प्राय तलवार की नोक के बल पर लोगों से लगान-बढ़ती की स्वीकृति के कागजों पर दस्तखत कराये जा रहे है। इस सरकार की लासानी फजूल खर्चों ने हमारे राजों-महाराजों का सिर फेर दिया है जो इसको बन्दर के समान नकल उतारने में नतीजों की और से लापरवाह होकर अपनी प्रजा को धूल में मिला रहे हैं। अपना अनैतिक व्यापार कायम रखने के लिए यह सरकार नीच से नीच काम करने से बाज आने वाली नहीं है। 30 करोड़ आदमियों को एक लाख आदमियों से पैरों तले दबाये रखने के लिए यह सरकार देश पर इतना बड़ा सैनिक खर्च का भार लादे हुए है जो आज करोड़ों आदमियों को आधे पेट रखता है, और शराब से हजारों के मुँह गीले करता है।

मिस मयो, तुमने उन तलवारों का वास्तविक उपयोग देखा जिनकी छाया में रह कर तुम हमें अपने व्यापारिक तथा सामाजिक विकाश का उपदेश दे रही हो।

मिस मेयो—मैं यह सब सुनना नहीं चाहती। परन्तु क्या तुम यह इनकार करती हो कि ब्रिटिश साम्राज्य तुम्हारी रक्षा नहीं कर रहा है। क्या इसने तुम्हें, बाहरी हुकूमतें तो एक और रहीं, स्वयं काबुल और उत्तरीय प्रदेश के मुसलमानों से सुरक्षित नहीं किया है। फिर इस प्रकार की निर्मूल आलोचनाओं से क्या लाभ है?

## देश-रक्षा का प्रश्न

प्रत्युत्तरः—मिस मेयो! मैंने सुना है कि औरंगज़ेब के समय में काबुल का गवर्नर एक हिन्दू था जो भारत के इस समस्त उत्तरी प्रदेश को शान्त तथा नियन्त्रित रख सकता था। फिर यह क्या बात है कि जब मुसलमानी राज्य में स्वयं काबुल से युद्ध प्रेमी और इस्लामी देश की रक्षा औरंगजेब ने एक हिन्दू के सुपुर्द कर रखी थी तो आज आप हमारी रक्षा काबुल से करने का प्रश्न उठा रही हैं? अभी मुश्किल से सौ वर्ष बीते कि रणजीत सिंह के समय में हरी सिंह नलवा ने काबुल को विजय किया था। कहा जाता है कि उसके बहुत दिनों बाद तक अफ़गानिस्तान की माताएँ 'नलवा भी आमद' (नलवा आता है) कह कर अपने शरीर बच्चों को चुप किया करती थी। फिर क्या कारण है कि वही काबुल आज हमारे लिये हौवा बन गया? उत्तरी प्रदेश के लोगों की बन्दूक लिये हुए तस्वीरें हमारे डराने के लिए आपने अपनी पुस्तक में लगाई है। क्यों मिस मेयो। यदि आपकी अद्वितीय रक्षा का यह प्रताप है कि जिस पर हम शासन करते थे ये ही आज हमारे लिए हौवा

बन गये हैं, तो क्या यह उचित नहीं कि जितनी जल्द हो सके हम इस भीरुताजनक 'रक्षा' का अन्त कर डालें।

इसके अतिरिक्त मिस मेयो, जातीय जीवन में रक्षा तीन चीजों की जाती है—शिक्षा, व्यापार तथा आत्मगौरव। शिक्षा व्यापार का हाल आप सुन चुकीं। आप की 'रक्षा' का जिस प्रकार घनिष्ठ सम्बन्ध हमारे जातीय जीवन के इन दोनों विभागों से है उसे आपने खूब देख लिया। रहा आत्मगौरव, सो अन्य देशों की कौन कहे, जो दशा हमारी आपके साम्राज्य के अन्य विभागों में है, नहीं स्वयं इंगलिस्तान ही में हो रही है, उसे देख लीजिये। इस सब पर आपकी इस 'मदर इण्डिया' का सौन्दर्यपूर्ण टीका हमारे मस्तक पर लगाया गया है। फिर यह विदित है या नहीं कि हमारे देश का यह 'अद्वितीय' सैनिक प्रबन्ध दूसरों से हमारी रक्षा के लिए नहीं, बल्कि स्वयं हमसे अपनी रक्षा के लिए आपने रचा है।

मिस मेयो, यदि इस प्रकार के रक्षण प्रबन्ध संसार में उपयोगी सिद्ध हो सकते हैं तो स्वयं आपका देश अमरीका इस लाभकारी प्रबन्ध से क्यों विलग हो गया। इंगलिस्तान एक समय आपका भी तो रक्षक था। हाल ही में केनेडा, आस्ट्रेलिया, दक्षिण अफ्रीका जो सब, आपके साम्राज्य ही के नहीं बल्कि आपके शरीर के अंग थे, क्यों आपकी अपूर्व रक्षा से मुक्त हो गये? क्यों मिस मेयो, जब यह रक्षा अपनों के लिए इतनी भयंकर सिद्ध हो तो क्या ग़ैरों को इससे किसी प्रकार का लाभ पहुँच सकता है?

मिस मेयो! आप हमें न बनाइये, हम जानते हैं कि यह रक्षा हमारे देश के लिए वैसी ही है जैसे एक विशाल वृक्ष की छाया उन पौधों के लिए होती है जो उसके नीचे उत्पन्न होते हैं। इसके रहते हुए हमारा अपनी जातीय उन्नति के किसी कार्य में अपनी शक्ति और समय गँवाना रेती पर महल उठाने के समान है। इस दिन भर में जितना कर पायेंगे वह रात्रि के अन्धकार में नष्ट हो जावेगा। इसलिए हमारा एकमात्र उद्देश्य दत्तचित्त होकर इस रक्षा के समस्त प्रबन्ध को अपने देश से निर्मूल कर देना है। जब तक हम यह न कर पायेंगे किसी अन्य विषय की ओर ध्यान देना अपनी शक्ति और समय का दुरुपयोग करना है।

मिस मेयो—इससे अधिक मूर्खता की बातें मैंने आज तक इस मूर्ख देश में नहीं सुनी। तुम लोग अन्य देशों का हाल सुनते हो। परन्तु तुममें इतना ज्ञान नहीं होता कि तुम उनकी वास्तविक अवस्था को समझ सको। इसलिए अन्य देशों की घटनाएँ तुम्हारी बुद्धि को और भी भ्रष्ट कर देती हैं। हे महिला, क्षण भर के लिए यह तो सोचो कि यदि आज अँग्रेज इस देश से तुम्हें तुम्हारा राज सौंप

कर चले जायें तो तुम इसकी रक्षा का भार कैसे उठा सकोगे। तुम्हारे पास देशी फौजी अफसर कहाँ हैं? तुम्हारे पास लड़ाई का समान कहाँ है, फिर तुम अपने आपको अन्य जातियों से कैसे बचा सकोगी?

प्रत्युत्तर—क्यों मिस मयो, देश का प्रबन्ध पाते ही क्या हम फौजी अफसर जितने चाहें अन्य देशों से नहीं बुला सकते? और क्या हमें न अफसरों पर आज से कम ही खर्च नहीं करना पड़ेगा? यह बताओ कि जापान न प्रारम्भ में अपनी समस्त सेना को फ्रांसीसी अफसरों द्वारा तैयार करवाया था या नहीं? रूस के पीटर दी ग्रेट ने रूसी फौज में समस्त जर्मन अफसर नियत किये थे या नहीं? तुर्कों की सेनाओं को जर्मन अफसरों ने तैयार किया है या नहीं? आज सहस्रों जर्मन फौजी अफसर रूस की साम्यवादी सेनाओं को तैयार कर रहे हैं या नहीं? आज सहस्रों रूसी अफसर चीन की सेनाएँ तैयार करने में सहहायता दे रहे हैं या नहीं? और दूर क्यों जाओ काबुल को सेनाओं को इटली और फ्रान्स के फौजी अफसरों ने तैयार किया है या नहीं? और आज रूसी फौजी अफसर उनकी हर प्रकार की तैयारी में सहायता दे रहे हैं या नहीं? क्यों मिस मेयो! क्या फ़ौजी अफसर भी कोई ऐसी दुर्लभ वस्तु हैं कि हमें संसार में कहीं न मिल सकेगी। इसके अतिरिक्त क्या चार ही पाँच वर्ष के अन्दर हम स्वयं अपने सहस्रों नवयुवकों को जापान, रूस, जर्मनी, टर्की भेज कर अपनी आवश्यकता अनुसार स्वयं अपने अफसर तैयार नहीं कर सकते।

रहा लड़ाई का सामान सो यह तो शायद आपने भी सुना होगा कि पश्चिमी महायुद्ध के समय फ्रांसीसी और अँग्रेजी कारखानों तक से लड़ाई का माल जर्मनी पहुँच जाया करता था। फिर शान्ति के समय में क्या यह माल जमा कर लेने में हमें बड़ी कठिनाई पड़ेगी? और क्या चन्द ही वर्षों में हम यह सारी चीज़ें स्वयं अपने ही यहाँ तैयार नहीं कर सकते।

किन्तु यह नहीं हो सकता कि मिस मेयो, आप यह सब खुद न जानती हों। परन्तु अफ़ग़ानों के आक्रमण के हौवे के समान आपने हमारे लिये यह भी एक हौवा बना रखा है। इस प्रकार के हौवों से हमें डराते रहना, हमारे हृदयों पर इनके भय को अंकित कर देना आपकी राजनीति का एक मुख्य अंग है। आपकी सेनाएँ नहीं, बल्कि इस प्रकार के झूठे खतरा को हमारा असली समझने लगना ही, इस देश पर आपके प्रभुत्व क़ायम रहने का वास्तविक रहस्य है। इसीलिए राम नाम की तरह इन खतरों का जप आप हमारे सामने करती रहती हैं। परन्तु हम आपके इस प्रबल जादू का प्रतिरोध कर रहे हैं और सम्भव है कि कुछ ही

समय में आपका यह सारा तिलिम्म टूट जाए।

मिस मेयो—तुम भी अजब आदमी हो। में पूछती हूँ कि अँग्रेजों की रक्षा यदि तुम्हारे देश से हट जाये तो क्या अन्य जातियाँ तुम्हारी बोटियाँ न नोच ले जायेंगी।

प्रत्युत्तर—क्यों मिस मेयो! दक्षिण अफ्रीका, आस्ट्रेलिया, केनडा जो आपकी रक्षा से स्वतन्त्र हो गये क्या आज उनकी बोटियाँ नुच रही हैं? मैं यह पूछती हूँ कि एक नहीं अनेक सदियों तक टर्की का कुस्तुनतुनिया पर अपना प्रभुत्व कायम रख सकने का क्या रहस्य है? क्या यूरोपीय जातियाँ यदि चाहतीं तो उसको नहीं मिटा सकती थीं। ईरान को आपके प्रभुत्व से किसने बचाया? स्वयं ईरान ने या यूरोप की अन्तरजातीय स्थिति ने। आपके पास चीन से उखड़ जाने का वास्तविक कारण अमरीका, जापान और रूस हैं या कोई और बात है? मिस मेयो, यूरोपीय शक्तिशाली जातियों का पारम्परिक वैमनस्य ही हमारा अदम्य रक्षक हो जायेगा। यदि कल आप यहाँ से चले जाने पर विवश हो जायें तो आपका पहला काम यह होगा कि आप यह प्रयत्न करें कि अमरीका, जापान, फ्रांस, रूस आदि कोई यहाँ अपना विशेष अधिकार न जमा सकें। इसलिए यहाँ रह कर नहीं, यहाँ से निकल कर ही आप हमारे वास्तविक रक्षक बनेंगे और उस समय हमें आपकी इस सेवा का कुछ विशेष पुरस्कार भी न देना पड़ेगा।

मिस मेयो—हे महिला गो तुम्हारी बातों में किंचित् मात्र भी तत्व नहीं, फिर भी वे बड़ी मनमोहक हैं। सुनो, यदि यह मैं मान भी लूँ कि अन्तरजातीय वैमनस्य से तुम लाभ उठा सकोगे फिर भी काबुल तो तुम्हारे इतना क़रीब है कि जब तक अन्य जातियों को कुछ दख़ल देने का मौक़ा मिले वह तुम्हारे देश पर क़ब्ज़ा जमा लेगा। इंगलिस्तान जब तक पहुँचे-पहुँचे तुम्हारा ख़ात्मा हो जाएगा।

प्रत्युत्तर—मिस मेयो, मुझे बड़ा शौक है कि ऐसे संकट के समय आप हमारी सहायता न कर सकेंगे। परन्तु रूस तो काबुल से बहुत दूर नहीं है, क्या यह सम्भव है कि जब रूस ने आपके साम्राज्यवाद की जड़ें चीन से उखाड़ दीं। जब ईरान को उसने आपके नाजायज़ दबाव और प्रभुत्व से आज़ाद कर दिया। जब टर्की उसकी सहायता और सहानुभूति से ही अपने आपको आपके छिपे और खुले हमलों से बचा सका, तो क्या वही रूस, काबुल को आपके यहाँ से चले जाने के बाद आसानी से अपना साम्राज्य इस देश पर जमा लेने देगा। और क्या एक तरफ़ रूस और दूसरी और हिन्दुस्तान इन दोनों पाटों के बीच में पड़ कर, यदि काबुल विचारे के दिल में कुछ खोट भी हो तो वह पिस न जायेगा।

मिस मेयो, इस समय संसार में एक नवीन तथा विकराल विप्लव उपस्थित है। इस विप्लच का केन्द्र रूस है। इस केन्द्र से चल कर इस विप्लव की विशाल तरंगें एक ओर हिमालय से टकरा रही है, दूसरी ओर समस्त चीन को पार करती हुई ये उस देश के पूर्वीय समुद्री किनारों तक पहुँच गयी हैं। इस विचित्र बढ़ते हुए तूफान ने संसार की साम्राज्यवादी हुकूमतों को चकित, भयभीत और अत्यन्त व्याकुल कर दिया है। इस तूफान के प्रतिरोध के अनेकानेक प्रबन्ध हो रहे हैं। स्वयं हिन्दोस्तान में एक ओर कराची और उत्तरी प्रदेशों में हवाई जहाजों और फौजों के लिए जो विशाल तैयारियाँ हो रही हैं उन्हें देख कर जर्मन महायुद्ध के दिनों का चित्र खिंच जाता है। दूसरी ओर बर्मा की उत्तरी सरहद पर काबुल की सरहद के समान एक नया फौजी प्रदेश बनाया जा रहा है। मिस मेयो! यह सच क्यों है? यह सब उस विकराल तूफान को रोकने की तदवीरें हैं जो दिनों दिन समीप आता दिखाई पड़ रहा है। ऐसी अवस्था में जब स्वयं आपकी साम्राज्यवादी हुकूमत की जान खतरे में है तो हमें यह डराना कि आपके जाने के बाद कोई अन्य साम्राज्य यहाँ आ जायेगा सर्वथा छल है।

दूसरे आप निश्चिन्त रहें। कोई अन्य जाति अब इस देश में आसानी से पाँव नहीं जमा सकती। जिस युग में आपने इस देश में क़दम जमा लिया वह युग और था। उस समय राष्ट्रीयता और जातीयता के भाव और आदर्श संसार पर अपना साम्राज्य नहीं जमा पाये थे। उस समय लड़ाई राजा राजा की होती थी। आज लड़ाई राजा प्रजा की है। और आप संसार के इतिहास को देखिये कि राजा-प्रजा की लड़ाई में कहीं भी ऐसा हुआ है कि प्रजा को सम्पूर्ण विजय न मिली हो? असल बात यह है कि अब संसार में प्राचीन से प्राचीन निरंकुश हुकूमतों का अन्त हो चुका है। यदि कहीं यह हुकूमतें बाकी हैं तो उन्हीं देशों में जो या तो साम्राज्यवादी पश्चिमी हुकूमतों के आधीन हैं या जहाँ पश्चिमी हुकूमतें अपने प्रभाव से जनता का अधिकार देश पर क़ायम नहीं होने देतीं। ऐसी स्थिति में यदि हमने आपको अपने अधिकार देने पर विवश कर लिया तो कोई और शक्ति ऐसी नहीं जो यहाँ प्रजातान्त्रिक शासन के क़ायम होने को रोक सके।

परन्तु मिस मेयो, अब मुझे क्षमा कीजिये। मैंने आपका बहुत समय लिया।

## हमारी महामारियाँ

मिस मेयो—नहीं सुनो इन सब बातों को जाने दो तुमसे मैं सिर्फ एक प्रश्न और करना चाहती हूँ। देखो तुम स्वराज माँगती हो। परन्तु तुमने कभी अपने सामाजिक

अन्धविश्वासों और कुरीतियों की ओर भी ध्यान दिया है? कभी तुमने यह भी सोचा कि इन कुरीतियों ने तुम्हारी जनता को क्या दुर्दशा बना दी है? साम्राज्यवाद ने तो सम्भव है कि तुम्हें कुछ धन की हानि पहुँचाई हो। परन्तु यह अन्ध विश्वास और तो तुम्हारी जान ले रही हैं। हैजा, इनफ्लुऐन्जा आदि से जानती हो कि कितने लोग मरते हैं। गत महायुद्ध में पाँच वर्ष के भीतर कुल लगभग 53 लाख आदमी मरे और जख्मी हुए थे। परन्तु इस युद्ध के बाद साल भर के भीतर ही इस देश में साठ लाख आदमी केवल एक इनफ्लुऐन्जा से मरे—कुछ। यह सुनकर तुम्हें दुःख होता है? यदि तुम कुल संख्या उन लोगों की जमा करो जो आखिर पच्चीस वर्ष में महामारियों की भेंट हुए तो उनकी संख्या करोड़ों तक पहुँच जाएगी। यह वह बलिदान है जो तुम्हारा देश तुम्हारी कुरीतियों और तुम्हारे धार्मिक अन्ध विश्वास की वेदी पर चढ़ा रहा है। परन्तु यह सब देख कर तुम्हारा जी नहीं दुखता। इस सबके होते हुए तुम्हारा राजनीति की बातें करना यह दिखाता है, कि तुम कैसी निर्दय और स्वार्थी हो और वास्तव में तुम्हें जनता से कोई सहानुभूति नहीं है।

प्रत्युत्तर—मिस मेयो, मुझे क्षमा करो परन्तु मैं यह कहे बिना नहीं रह सकती कि जो दिमाग हमें धोखा देने के लिए ऐसी-ऐसी पूर्व युक्तियाँ निकालते हैं, जैसे आप और आपके सहजाति वह दिमाग मानुषिक नहीं पैशाचिक हैं। आदि काल से लेकर आज से सौ वर्ष पूर्व तक यह देश व्यापार आदि में सर्वश्रेष्ठ रहा। परन्तु आज हमसे कहा जाता है कि हमारे अन्धविश्वासों और उव्च दर्शन ने हमें अपनी भौतिक उन्नति की ओर ध्यान न देने दिया। आपके आने के समय तक हमारी जनता अन्य देशों की जनता से अधिक शिक्षित थी। आज हमें बताया जाता है कि स्त्रियों की इस देश में पतित अवस्था होने के कारण इसकी असंख्य जनता को शिक्षा देना किसी भी हुकूमत के लिए असम्भव है। परन्तु इससे भी अधिक दूर और निर्लज्ज युक्ति यह है कि इस देश में महामारियों की उत्पत्ति का वास्तविक कारण हमारी सामाजिक कुरीतियाँ और हमारे धार्मिक अन्धविश्वास हैं।

मिस मेयो! मैं आपको बताती हूँ कि ऐतिहासिक युग के आरम्भ से लेकर उन्नीसवीं शताब्दी के आरम्भ हो जाने के बहुत बाद तक कभी इस देश में महामारियाँ नहीं फैली थीं। संसार इस अविश्वसनीय घटना को देखकर चकित था, क्योंकि हिन्दुस्तान के अतिरिक्त कोई अन्य देश ऐसा न था कि जहाँ महामारियाँ विकराल रूप में न फैली हों। उन्नीसवीं शताब्दी तक संसार में यह मसल मशूहर थी कि महामाारियाँ सिंधु नदी को पार नहीं कर सकतीं। अब यह दशा है कि आप क्या स्वयं मेरे देश निवासी इस बात को सुन कर मुश्किल से विश्वास करेंगे। आपकी

दी हुई अपूर्व शिक्षा और आपके व्यापक और विनाशक प्रोपेगण्डे ने हमारी शिक्षित अशिक्षित सभी श्रेणियों को नेत्रविहीन कर दिया है। परन्तु देखिये, इनसाइक्लोपीडिया ब्रिटेनिका में यूरोप और हिन्दुस्तान में महामारियों के सम्बन्ध में जो कुछ लिखा है उसमें से मैं आपको कुछ अंश सुनाती हूँ। देखिये, चौदहवीं शताब्दी से लेकर अठारवीं शताब्दी तक इस विषय में यूरोप का क्या हाल था।

"किन्तु चौदहवीं सदी की महामारियों के उस विशाल चक्र को नजरअंदाज करना असम्भव है जिसे 'ब्लैक डेथ' अर्थात् काली मौत कहा करते थे यह बात सब अच्छी तरह जानते हैं कि इस काली मौत से मरने वालों की संख्या भयंकर थी, हैकर ने हिसाब लगाया है कि इन तमाम महामारियों से यूरोप की एक चौथाई आबादी, अर्थात् ढाई करोड मनुष्य इन तमाम महामारियों का शिकार हुए।

"पन्द्रहवीं सदी में यूरोप के लगभग समस्त भागों में प्लेग बार-बार होती रहती थी। मालूम होता है कि इंगलिस्तान प्लेग से कभी भी सर्वथा मुक्त न हुआ था। सन् 1466 में चालीस हजार आदमी पेरिस नगर के अन्दर प्लेग से मरे।

"सोलहवीं सदी में प्लेग पन्द्रहवीं सदी से कम न था। सन् 1563-64 में लन्दन और इंगलिस्तान के अन्दर यह महामारी बहुत ज़ोरों पर थी। लन्दन के अन्दर प्रति सप्ताह एक हजार मनुष्य इससे मरते थे। इसी समय के निकट पेरिस में प्लेग एक रोज़मर्रा की चीज़ थी। कोई-कोई लोग प्लेग से इतना भी न डरते थे, जितना सिर के दर्द से (बोरेजेक्सी)–

"सत्रहवीं सदी के पूर्वार्ध में भी प्लेग यूरोप में फैली हुई थी। यद्यपि उस समय मध्यकाल की अपेक्षा बहुत कम हो गयी थी। उस समय तथा उसके बाद के वर्षों में ये बीमारी इंगलिस्तान में चारों ओर फैली हुई थी...मई सन् 1665 के लगभग यह बीमारी फिर दिखायी दी और फैलने लगी किन्तु कुछ धीरे-धीरे. ..उस वर्ष सरकारी रजिस्टरों के अनुसार लगभग 4,60,000 की जनसंख्या में से 68,594 प्लेग से मरे, इस कुल आबादी में से कहा जाता है कि दो तिहाई बीमारी से बचने के लिए नगर छोड़कर भाग गये थे।...

"इस समय के प्रारम्भ में कुस्तुन्तुनिया में और डैन्सयूब नदी के बराबर-बराबर प्लेग खूब फैली हुई थी...प्रूसिया और लिथूनिया में 2,83,000 मनुष्य इससे मरे।"*

क्यों मिस मेया, आपने चौदहवीं सदी से लेकर अट्ठारहवीं सदी तक यूरोप की हालत देखी। यूरोप में तो बाल विवाह, वैधव्य, अछूत आदि की विनाशक्

* इन साइक्लोपीडिया ब्रिटैनिका भाग 19, पृ. 160, 164, 134

समस्याएँ न थी जो आपके कहने के अनुसार महामारियों का वास्तविक कारण हैं। फिर यूरोप में यह महामारियाँ कैसे उत्पन्न हुईं। दरिद्रता, गन्दगी, स्वास्थ्यमय सिद्धान्तों की अनुभिज्ञता तो केवल पूर्वीय और विशेषकर भारतीय समाज के अवगुण थे। फिर यह महामारियाँ पश्चिम में कैसे उत्पन्न हुईं।

## अब जरा इस विषय में हिन्दुस्तान का हाल सुनिये

प्लेग के फैलने के लिए दरमियान दरजे की गरम आब हवा की जरूरत होती है। ट्रपिक्स अर्थात् अमन मण्डल के अन्तर्गत देशों में प्लेग का कोई नाम भी नहीं जानता। जिस समय यह बीमारी मिश्र में फैली हुई थी तब कहा जाता है कि असुआन से दक्षिण में कभी नहीं गयी। ऐतिहासिक समय के अन्दर यह रोग भारत के मैदानों तक कभी नहीं पहुँचा।

मिस मेयो! आपने देखा समस्त ऐतिहासिक युग में कभी इस देश में महामारियाँ उत्पन्न न हो सकीं। महामारियाँ उसी देश में उत्पन्न होती हैं जहाँ कृषि और व्यापार इतनी हीन अवस्था में हो कि उनसे जनता का गुजारा न चल सके। इसलिए आप देखेंगी कि प्रत्येक ऐसे देश में जिसकी सम्पन्नता मिट जाती है यह बीमारियाँ उत्पन्न हो जाती हैं और जिस देश से दरिद्रता दूर हो जाती है उस देश से यह बीमारियाँ भी सदा के लिए लोप हो जाती हैं। समस्त ऐतिहासिक युग में हिन्दुस्तान कभी इतना दरिद्र नहीं हुआ कि इसमें महामारियाँ उत्पन्न हो सकतीं। इसके विशाल व्यापार के कारण यहाँ देश-देश के लोग आते थे। और कभी-कभी ऐसा हुआ कि परिमित रूप में किसी अन्य देश की महामारी क्षण भर के लिए यहाँ आ गयी। परन्तु यहाँ आते ही देश का विनाश करने के बजाय स्वयं उसी का नाश हो जाता था। यदि आप यह जानना चाहती हैं कि महामारियाँ इस देश में कब से आईं तो देखिये वही लेखक इस सम्बन्ध में क्या कहते हैं।

"यह बात निर्विवाद (maxim) मानी गयी है कि प्लेग सिंधु नदी के पूर्व की और कभी दिखायी न देती थी, तथापि इस सदी में भारत के एक से अधिक स्थानों में प्लेग दिखायी पड़ी है। आज से पूर्व सन् 1815 में तीन वर्ष के भयंकर दुष्काल के पश्चात् गुजरात, काठियावाड़ और कच्छ में यह बीमारी दिखायी दी।"

मिस मेयो, देखा यह किसका ज़माना और कौन-सा समय था। यह तो वक़्त है कि जब आपको यहाँ आये पचास वर्ष हो चुके थे, और यह वही समय था कि जब आप गुजरात का व्यापार जबरन मिटा रहे थे। जैसे-जैसे इस देश की आत्मरक्षण शक्ति को आप मिटाते गये वैसे-वैसे ही इस देश में महामारियों

का प्रभाव क्षेत्र बढ़ता गया। यहाँ तक कि अब उन्होंने इस देश में अपना वर्तमान विकराल रूप धारण कर लिया है। मिस मेयो, जिन लोगों ने आपको इस देश के सम्बन्ध में अपनी पुस्तक 'मदर इण्डिया' लिखने के लिए सामग्री दी थी वे यह सब खूब जानते हैं और इन भयकर घटनाओं पर परदा डालने के लिए ही 'मदर इण्डिया' के समान पुस्तकें इस सम्बन्ध में लिखी जाती हैं। इतिहास आपके हाथ में है। हमारे देश के इतिहास लेखक भी आप ही के हाथ में हैं। फिर जो चाहिए लिखिये और लिखवाइये।

## हमारे दुष्काल

मिस मेयो—सुनो सुनो, मुझे यह सुन कर बहुत आश्चर्य हुआ। परन्तु मुझसे लोगों ने कहा था कि कुरीतियों आदि के अतिरिक्त दुष्कालों के कारण भी महामारियाँ देशों में उत्पन्न हो जाती हैं। और यह तो तुम स्वयं जानती हो कि इस देश में ठीक समय वर्षा न होने के कारण आये दिन अकाल पड़ते रहते हैं।

प्रत्युत्तर—मिस मेयो, आपके सहजाति कूट नीति की मूर्ति हैं। यह नहीं कि आप इन घटनाओं की असलियत को नहीं जानतीं, बल्कि जैसा मैंने कहा है आपका एकमात्र उद्देश्य साम्राज्यवादी शासनों के उन भयंकर परिणामों पर परदा डालना है जो इनके आधीन देशों का विनाश कर देते हैं। मिस मेयो, इस देश में अकालों का वास्तविक कारण वर्षा की कमीं नहीं वरन् यहाँ की गरीबी है। आपके ही देशबन्धु सुविख्यात रवेरेण्ड सण्डरलैण्ड साहब ने कहा है।*

...सर विलियम हन्टर ने जो भारत का एक अत्यन्त योग्य इतिहास लेखक है, जो अत्यन्त निष्पक्ष है और जो कई वर्ष तक डाइरेक्टर जनरल ऑफ इण्डियन स्टैटिसटिक्स रह चुका है, लिखा है कि भारत में चार करोड़ मनुष्य ऐसे हैं जो प्रायः कभी भी पूरी तरह अपना पेट नहीं भर सकते। भारत के गवर्नर जनरल लार्ड लारेंस ने सन् 1894 में कहा था कि, "अधिकांश जनता इतनी अधिक दरिद्र है कि उनके पास अपने पेट भरने का भी सामान नहीं" यह ज़िक्र उन दिनों का है जब कि अकाल पड़ा हुआ न हो। मि.ऐ.ओ. ह्यूम ने जो भारत सरकार के कृषि विभाग के सेक्रेटरी थे सन् 1880 में लिखा था कि—"सिवाय उन वर्षों के जब कि पैदावार बहुत ही अधिक हो अगणित मनुष्य ऐसे हैं जो साल में कई महीने अपने और अपने कुटुम्ब के लिए काफ़ी भोजन नहीं पा सकते।"

---

* रवेरेण्ड जे. टी. सण्टरलैण्ड एम. ए. डी. टी. इण्डियन रिव्यू दिसम्बर नवम्बर सन् 1908 पृ. 927

**उन्हीं की जवानी यहाँ के महसूलों का हाल सुनिये—**

"भारत की दरिद्रत्ता का एक महत्वपूर्ण कारण वहाँ के भारी कर है। कोई-कोई लोग इस बात से इनकार करते हैं कि भारतवासियों से कर अधिक लिये जाते हैं। किन्तु इसकी आसानी से परीक्षा की जा सकती है। इंगलिस्तान और स्कॉटलैण्ड को लीजिये। इंगिलस्तान और स्कॉटलैण्ड के रहनेवाले इस बात की शिकायत करते हैं कि इन पर टैक्स भारी है। किन्तु आमदनी के औसत के हिसाब से जितना टैक्स इंगलिस्तान के लोगों से लिया जाता है उससे तिगुना और जितना स्कॉट लैण्ड के लोगों से लिया जाता है उसका चौगुना भारतवासियों से लिया जाता है। इसका मतलब यह नहीं कि जितनी सख़्ती इंगलिस्तान और स्कॉटलैंड के लोगों पर की जाती है उससे केवल तिगुनी या चौगुनी सख़्ती ही भारत वासियों पर की जाती है। भारतवासियों के टैक्स उनके लिए उससे कहीं अधिक कष्टकर है, क्योंकि भारतवासियों की असली आमदनी ही अँग्रेजों के मुकाबले में इतनी अधिक कम और नाकाफी होती है। केवल एक चीज का टैक्स ले लीजिये, अर्थात् नमक का टैक्स। नमक निर्धन से निर्धन मनुष्य के जीवन के लिए आवश्यक है। यदि लोगों को नमक न मिले तो उनके शरीरों के लिए परिणाम अत्यन्त गहरे होंगे। हमें देखना है कि नमक पर वर्षों से क्या टैक्स लिया जाता है? नमक की कीमत पर दो हजार प्रतिशत टैक्स लिया जाता है अर्थात् जो कोई दरिद्र भारतीय मजदूर एक पैसे का नमक खाता है वह उस नमक को खाने की इजाजत प्राप्त करने के लिए बीस पैसे सरकार की भेंट करता हैं। निस्सन्देह इस टैक्स ने करोड़ों मनुष्यों के लिए काफी नमक खाना लगभग असम्भव कर दिया है।"

मिस मेयो यदि आप इस सबसे सन्तुष्ट नहीं तो भी आपका एक और आपके विख्यात अमरीकन की जबानी इस देश के दुष्कालों की वास्तविकता दर्शाती हूँ, देखिये वह क्या कहते हैं—

"जो अकाल इस समय (1906) जारी है उसे मिलाकर भारत के अन्दर डेढ़ सौ वर्ष के अँग्रेजी शासन में 23 बड़े-बड़े अकाल पड़े हैं। सन् 1833 के मद्रास के अकाल में गलियों के अन्दर लोगों के समूहों पर एक साथ मरते थे ग्रामों की सड़कें लाशों से लदी हुई एक विशाल अपूर्व युद्ध क्षेत्र के समान दिखायी देती थी। गुण्टूर की पाँच लाख आबादी में से दो लाख भूख से मर गये। सन् 1837 के उत्तरीय भारत के अकाल में दस लाख आदमी मरे, उसी प्रदेश में सन् 1860 में भूख से मरने वालों की संख्या दो लाख थी। सन् 1866 में उड़ीसा की एक तिहाई आबादी अथवा लगभग दस लाख आदमी मर गये। सन् 1877 के मद्रास

के अकाल में पचास लाख से ऊपर आदमी मरे। सन् 1878 के उत्तरीय भारत के दुष्काल में साढ़े बारह लाख आदमी मरे। सन् 1897 के उत्तरीय भारत के दुष्काल में बारह लाख आदमी मरे। सन् 1877 बड़े आकाल में, जिससे अधिक बुरा केवल, एक को छोड़ कर और कोई अकाल भारत में कभी न पड़ा था, एक समय में तीस लाख आदमियों को सरकारी सहायता दी जा रही थी जिसके बिना उनका जीना असम्भव था।

इतिहास के अन्दर हमें इससे अधिक विचित्र और लज्जाजनक घटना नहीं मिलती कि बीसवीं सदी में, सभ्यता के बीच में, एक दयालु सुसभ्य और ईसाई शासन के नीचे एक साल के अन्दर अस्सी लाख मनुष्य भोजन न मिल सकने के कारण मर जावें।

कई सदियों के अन्दर संसार के समस्त युद्ध क्षेत्रों में जितने आदमी मरे उससे अधिक एक साल के अन्दर भारत में अन्न के अभाव से मरे। सौ साल से हम फ्रांसीसी क्रान्ति और 'रेन ऑफ टेरर' के अत्याचारों पर चिल्लाते आये हैं। किन्तु जितने आदमी भारत में एक साल के अन्दर अन्न के अभाव में मरे उतने यदि साढ़े तीन हजार बार 'रेन ऑफ टेरर' हो तो इस में मर सकते हैं।

सरकार की ओर से कहा जाता है कि सरकार के पास इतना धन नहीं है कि अधिक विस्तार और अधिक शीघ्रता के साथ आबपाशी का प्रबन्ध किया जा सके। मेरी समझ में यह आना जरा मुश्किल है।

मैं देखता हूँ कि सन् 1877 के बाद से भारत में फौज का वार्षिक व्यय चार करोड डालर (लगभग 14 करोड़ रुपये) से बढ़ाकर साढ़े आठ करोड़ डालर (लगभग 30 करोड़ रुपये) कर दिया गया है। मामूली इंसान को लोगों की जानें लेने की अपेक्षा जानों की रक्षा करना अधिक महत्व का कार्य मालूम होता है।

मैं देखता हूँ कि इस समय तक हिन्दुस्तान की सरकार ने उन रेलों के ऊपर जो सरकार की मिल्कियत हैं तमाम आमदनी, मुनाफों और मुआवजों के अतिरिक्त बीस करोड़ डालर (अर्थात् लगभग सत्तर करोड़ रुपया) खर्च किया है, और इस विशाल धन का एक बहुत बड़ा हिस्सा ऐसी ऐसी जगह रेलें जारी करने में नष्ट किया गया जहाँ पर कि उनकी जरूरत न थी, और जहाँ की रेलों से आमदनी नहीं हो सकती। ये रेलें केवल बलवान पूँजीपतियों अथवा, धनवान, प्रभावशाली या उपाधिधारी अँग्रेजों को खुश करने के लिए जारी की गयी है। मामूली आदमी की दृष्टि में अकाल को रोकना अधिक अच्छा काम मालूम होता है बजाय इसके दुनिया भर के लोगों और निर्दय पूँजीपतियों की इच्छा पूरी की जावे।

मैं देखता हूँ कि सरकार परोपकार दृष्टि से नहरें नहीं खुदवाती, बल्कि उसमें अपने लाभ पर साफ़ नज़र रखती है। सरकार किसान को जो पानी देती है उसके लिए उससे पूरी तरह धन वूसल कर लेती है। महसूल के अन्दर सरकार को अपनी तमाम आवपाशी की नहरों पर सब खर्च देकर औसतन 6.35 प्रतिशत प्रतिवर्ष मुनाफ़ा होता है। मद्रास में 7.14 प्रतिशत, और कभी-कभी 15 प्रतिशत तक मुनाफ़ा होता है। उन जिलों में भी जहाँ के कमिश्नरों ने इस बात की रिपोर्ट की है कि किसान 10 रु. फी एकड़ पानी के देने के नाक़ाबिल है, उनसे 10 रु. फी एकड़ वसूल कर लिये गये हैं।....

अकालो का तात्कालिक कारण वर्षा की कमी होती है। किन्तु प्रारम्भिक और मूल कारण लगान तथा भूमि के कर की पद्धति है।

भारतीय किसान फ़जूल खर्च नहीं होते वे मूर्ख नहीं होते। यदि उन्हें कुछ भी मौक़ा मिले तो वे उन वर्षों में जबकि फ़सल अच्छी होती है अकाल के वर्षों के लिए अन्न बचा कर रख लें और मरने से बच जावें। किन्तु लगान और कर इतना अधिक है कि किसान कभी थोड़ा सा अन्न भी बचा कर नहीं रख सकता। उसके खेतों में चाहे कितनी भी पैदावार क्यों न हो, और वह चाहे कितनी भी किफ़ायत क्यों न करे, अधिक से अधिक वह अपनी एक दिन की कमाई से उस दिन के लिए अपना पेट भर सकता है।

संसार में कोई भी मनुष्य करों के भार के इतना अधिक दबा हुआ नहीं है जितना कि भारतीय किसान। उसे अक्षरशः इतना अधिक कर देना पड़ता है जिसका परिणाम सिवाय अकाल के और कुछ हो ही नहीं सकता। किसान अपनी आमदनी में से 50 प्रतिशत कर के रूप में दे देता है। शहर के सौदागर, व्यापारी और आरामदेह बंगलों के मालिक इससे कम कर अदा करते हैं इस पर भी लोग आश्चर्य प्रगट करते हैं कि अकाल क्यों होते हैं।

''इंगलिस्तान के एक पादरी ने अपने गोलपेट के ऊपर हाथ रख कर संजीदगी के साथ कहा था कि भारत के अकाल परमात्मा का कोप है। जब हम ऊपर की तमाम विचित्र बातों को याद करते हैं और उसके साथ-साथ यह भी याद करते हैं कि जो लगान इस प्रकार भारत के निर्धन से निर्धन लोगों से जबर्दस्ती वसूल किया जाता है उसका एक तिहाई से लेकर आधा भाग तक प्रतिवर्ष देश से बाहर भेज दिया जाता है, तब आसानी से समझ में आ जाता है कि अँग्रेज पादरी का कथन कहाँ तक उचित और न्यायपूर्ण था।

''पैंतालीस फीसदी भारत की जनता अर्थात् तेरह करोड़ व्यक्ति सदा भूखे

रह कर अपना दम तोड़ते रहते हैं। इन्हें अपनी तमाम उम्र में किसी इत्तफाक से भी कभी पेट भर कर खाना नहीं मिलता।

''परन्तु यह कहा जा सकता है कि वे क्या इन पैशाचिक करों को बर्दाश्त करते हैं। वे उस मालगुजारी को क्यों अदा करते हैं जो इस प्रकार से देश की समस्त शक्ति को चूसे ले रही है। वे फौज पर खर्चा, सरकारी रेलों पर खर्चा क्यों और कैसे होने देते हैं।

''इन्हें यह सब इस वास्ते सहना पड़ता है कि इन्हें अपनी हुकूमत के सम्बन्ध में स्वयं मुँह खोलने का अधिकार नहीं। उनका देश-शासन में कोई भाग नहीं और न वे इस पर किसी प्रकार का कोई प्रभाव डाल सकते हैं।

''सरकार अपने लगान वसूल करने के तरीक़ों की इस बर्बरता का इसलिए अन्त नहीं करती क्योंकि सरकार पर इसके लिए कोई ऊपरी दबाव नहीं है। भारत की सरकार किसी तरह पर भी किसान पर निर्भर नहीं है। किसी अंश में भी भारत की सरकार लोगों की बनायी हुई नहीं है। भारत सरकार का इस संसार में और कुछ काम ही नहीं सिवाय इसके कि वह इंगलिस्तान के शासकों को यह दिखला दे कि इतना धन करों के रूप में वूसल किया गया और इतना धन साम्राज्य की रक्षा के लिए खर्च किया गया।

''भारत सरकार किसी के सामने उत्तरदायी नहीं। उसमें प्रजातन्त्र का नाम नहीं। संसार के चक्र में स्वेच्छाशासन की उससे अधिक शुद्ध मिसाल नहीं मिल सकती और न स्वेच्छाशासन के परिणामों का इससे अधिक विकराल और स्मरणीय उदाहरण मिल सकता है।'' (चार्ल्स इडवर्ड रसेल, इण्डियन रिव्यू)।

क्यों मिस मेयो, आपने हमारे अकालों की वास्तविकता को देख लिया? एडमंड वर्क ने कहा था कि ''तातारियों के हमले हानिकर थे परन्तु हमारा संरक्षण हिन्दुस्तान का सर्वथा विनाश कर रहा है।'' वर्क बेचारा भी उस समय यह न जानता होगा कि हमारा विनाश सौ वर्ष में ही ऐसा भयंकर रूप धारण करेगा। इतने थोड़े समय में इतने अकाल ऐसी महामारियाँ संसार के किसी देश ने नहीं देखीं। सारे ऐतिहासिक युग में जितनी जनता यूरोप में अकाल और महामारियों से मिटी होगी, उतनी इस देश में अन्तिम सौ वर्ष में मिट गयी।

मिस मेयो, दोनों ये जातीय आपत्तियाँ साम्राज्यवाद के रथ के दो चक्र हैं। जिस प्रकार प्राचीन काल में जगन्नाथ का रथ अपने भक्तों को स्वर्ग पहुँचाता

---

* दिसम्बर 1906—पृष्ठ 924-127

था। उसी प्रकार साम्राज्यवाद के रथ के यह विकराल चक्र संसार के देशों के आदिम निवासियों को पीस डालते हैं। बहुत जातियाँ इससे पिस-पिस कर मिट चुकीं। आज हमारी बारी है। और यदि हम अपनी जीवन-शक्ति की इस भयंकर परीक्षा में पूरे न उतरें तो हम भी मिट जायेंगे।

सुनो! इस संकट के समय हमें यह उपदेश देना कि हम अपनी तीस करोड़ जनता को शिक्षा दे—सात करोड़ अछूतों को, और करोड़ों ब्राह्मणों का उनके प्राचीन अन्धविश्वास से मुक्त करे—विषय को रोके—बाल-विवाह को निर्मल कर दे—और तब ही स्वतन्त्रता की और बढ़े—हमें अपने विनाश का सीधा मार्ग दिखाना है। मिस मेयो, जब इंगलिस्तान ने हमें पराजित किया उस समय इंगलिस्तान सर्वथा अशिक्षित था। आज मेसोपाटमिया पर अँग्रेजों ने देखते-देखते अपना साम्राज्य जमा लिया। उस देश में अछूत, वैधव्य, बाल-विवाह कोई भी प्रश्न नहीं है। हमारे देश में स्वयं ब्रह्मा प्रान्त को देख लीजिए वहाँ प्रारम्भिक शिक्षा यूरोपीय जातियों से अधिक है। स्त्रियाँ पश्चिमीय स्त्रियों से ज्यादा स्वतन्त्र हैं, और जातीय जीवन के प्रत्येक भाग में पूरा हिस्सा लेती है। छूत-अछूत का भी वहाँ भेद-भाव नहीं। परन्तु आज वह प्रान्त जातीयता की भाषा में भारत के अन्य प्रान्तों से पीछे है। फिर मिस मेयो, हमें अपनी सामाजिक कुरीतियों को मिटाने से राजनीतिक क्षेत्र में क्या विशेष लाभ पहुँचेगा। राजनीतिक लाभ केवल अपनी जनता के राजनीतिक जीवन को प्रबल बनाने, उनमें राजनीतिक भाव और जोश उत्पन्न करने से ही हासिल हो सकता है। देश की प्रधान आवश्यकता यह है कि हम अपनी समस्त शक्ति, इस रथ के काल रूपी चक्रों के रोकने में लगा दें। आप यह ख़ूब जानती हैं कि यदि हमने इन्हें शीघ्र ही न रोका और समाज सुधार के काम में लगे रहे तो वह सब जनता जिसका हम सुधार करना चाहते हैं पिस कर चूर-चूर हो चुकी होगी। इसीलिए आप हमारा ध्यान अपने जीवन की इस प्रधान आवश्यकता से हटाती हैं। असंख्य तरकीबें कर-कर के इस पर परदा डालने का प्रयत्न करती हैं।

परन्तु मिस मेयो, अब आप सफल नहीं हो सकतीं। इसमें सन्देह नहीं कि हम संकट में हैं। हमारे नवयुवकों पर आपका जादू चल गया है। हमारा शिक्षित विभाग भी आपके अधीन है। साधारण जनता दरिद्रता की आपत्तियों में फँसकर अशक्त हो रही है। परन्तु फिर भी हम अभी मरे नहीं, जीवित हैं। और, मिस मेयो, दूर नहीं कुछ ही समय में हमारा और आपका फिर मुक़ाबला होगा। उस वक्त आप देखेंगी कि भाइयों-भाइयों को लड़वा कर, एक दूसरे से ज़ख़्मी करवा कर भी, आप कहाँ तक हमारी वास्तविक जीवन-शक्ति को हानि पहुँचा सकी हैं।

## मुक्ति के साधन

आपके आक्रमण के प्रतिरोध के लिए हमने साधन ढूँढ निकाले हैं। दिन-प्रति दिन यह विचार कि हम स्वयं अपने मिटाने में आपको सहायता दे रहे हैं हमारे हृदय पर अंकित होता जा रहा है। और जिस दिन हमने आपके हाथ से अपना हाथ हटा लिया उसी दिन उसका चलना बंद हो जायेगा। हमारा हाथ रोक लेना अविश्वनीय नहीं। अविश्वसनीय यह है कि इसे हम स्वयं अपने हाथ से चला रहे हैं।

दूसरे मिस मेयो, आपके व्यापारिक अजगर से अपने शरीर को मुक्त कर लेने का साधन भी हमारे हाथ आ गया है। इस अजगर का विनाश के विष खद्दर पर असर नहीं करता। इस अजगर के भयंकर शरीर के लिए खद्दर एक आग के लूके के समान है कि जिसकी आँच पहुँचते ही यह अपने शरीर की घातक गुण्डलियों को ढीला करने पर विवश हो जाता है। ना, 'मिस मेयो, आपकी शिक्षा ने, आपके राजनीतिक प्रभाव ने हमारी समाज के हृदय को पश्चिमी चीजों के मोह के जाल में फाँस दिया है, मगर फिर भी यदि हमें जीवित रहना है तो हम इस जाल से निकल जायेंगे। देखो, यह जाल टूट रहा है। धीरे-धीरे परन्तु अटल असंदिग्ध रूप में हम अपने उद्देश्य की ओर जा रहे हैं। हमारा आन्दोलन समुद्र के समान विशाल और समुद्र की भाँति शान्त है। निस्सन्देह हम इस समय कृष्ण पक्ष में हैं। परन्तु मिस मेयो! देखिये! देखिये। वह दूर को देखिये। आपको कुछ प्रभा सी दिखायी देती है। यह सौन्दर्य-पूर्ण आकार हमारे दुखमय अन्धकार के अन्त हो जाने का चिह्न है।

# बिपता

(जान मेज़फील्ड के अंग्रेज़ी नाटक
*ट्रेजिडी ऑफ नैन* का अनुवाद) 1929

# भूमिका

मेज़फ़ील्ड की 'ट्रैजिटी ऑफ़ नैन', जिसका अनुवाद 'बिपता' है अपने तर्ज़ का एक बिल्कुल ही अनोखा ड्रामा है। बोलचाल देहाती, जगह एक किसान का घर, लोग देहाती मर्द-औरतें, मौक़ा एक छोटी-सी दावत। चार-पाँच बजे शाम से कहानी शुरू होकर दस-ग्यारह बजे रात तक खत्म हो जाती है। इतने थोड़े समय में और इन छोटी-मोटी सीधी-सादी रोज़मर्रा की बातों में मेज़फ़ील्ड ने 'नैन' ही की नहीं बल्कि इंसान की जिन्दगी की सबसे गहरी और दुखभरी ट्रैजिडी (बिपता) की तस्वीर खींच ली है। इसीलिए मैंने इस किताब का नाम 'बिपता' रखा है।

इस पुस्तक को पढ़ कर हैरान रह जाते हैं कि इंग्लिस्तान के मशहूर कवि शेक्सपीयर के ज़माने से लेकर, मेज़फ़ील्ड के समय तक अंग्रेज़ी ज़बान और विचार कहाँ से कहाँ जा पहुँचे। शेक्सपीयर की शायरी की बहारें, ऊँचे ख़्यालों के जमघट आकाश पर बहती हुई गंगा के समान हैं। मेज़फ़ील्ड ने देहाती टूटी-फूटी ज़बान में अधकच्चे ख़्यालों में और ग़रीब किसानों की रोज़मर्रा की बातों में इसी आकाश गंगा को ज़मीन पर बहाकर दिखा दिया है। मैं तो इस किताब को पढ़ कर दंग रह गयी। आज से कुछ ही समय पहले तक हमारी नज़रें ऊपर ही को उठी रहती थीं। राजाओं, रानियों, रईसों और अमीरों की मुसीबतों में ही हमें इंसान के जीवन की असली ट्रैजिडी दिखायी दिया करती थी। और छोटे-बड़े सब इन्हीं के दुःखों और सुखों के राग अलापा करते थे। पर अब वह पुराने सब्ज़बाग़ मुरझा गये और मुरझा रहे हैं। आसमान की तरफ़ से अब हमारी निगाहें कुछ ज़मीन की तरफ़ को फिर रही हैं। और यह दिखलाई देना शुरू हो गया है कि दुनिया की सबसे बड़ी बिपता ग़रीबों का जीवन है। और उन्हीं के सुख-दुःख की और ध्यान देना, उनकी तस्वीरें दिखा कर सोनों की जगाना शायरी और साहित्य का असली और पवित्र कर्तव्य है। 'ट्रैजिडी ऑफ़ नैन' जैसी पुस्तकों की सबमें बड़ी ख़ूबी

यह है कि वे हमारे ख़्याल को अमीरों और रईसों के जीवन से हटा कर ग़रीबों के दुःखों की ओर ले जाती हैं। ऐसे घर बहुत कम होंगे जिनमें 'मिसेज़ पारजिटर' और 'नैन' न हों। उन घरों की हालत को सुधारना, गिरे हुओं को उभारना ज़िन्दगी की सबसे बड़ी आवश्यकता है। 'ट्रैजिडी ऑफ़ नैन' इस आवश्यकता की जीती जागती तस्वीर खींच कर हमारे सामने रख देती है। इसीलिए मैंने इसका अनुवाद किया।

अनुवाद करने में जो कठिनाइयाँ हुईं वह बयान नहीं की जा सकतीं। इनका कुछ अन्दाज़ उसी को हो सकता है जो मेज़फ़ील्ड की किसी पुस्तक के दो-एक सफ़ों का तर्जुमा करके खुद देखे। मुझे एक कठिनाई और भी थी। मैंने सोच लिया था कि किताब भर में ऐसा एक लफ़्ज़ भी न आने पाये जो अनपढ़ मुसलमान या हिन्दू औरत या मर्द न समझ सकें। यह बात मैं कहाँ तक निवाह सकी, पढ़ने वाले खुद ही देख सकेंगे। नाटक के एक्टरों के नाम इसलिए नहीं बदले कि यूरोप के और हमारे रहन-सहन में बड़ा फ़र्क़ है। नाम बदलने से यह फ़र्क़ बहुत खटकता।

ज़बान ऐसी रखी गयी है कि जो मामूली ईसाई घरानों में बोली जाती है। महावरे मिले-जुले इस्तेमाल किए गए हैं जो मैंने ख़ुद हिन्दू और मुसमलान घरानों में बोले जाते सुने हैं।

इलाहाबाद
08.01.1929

**–उमा नेहरू**

## ड्रामा के एक्टर और उनके पार्ट

| | | |
|---|---|---|
| विलियम पारजिटर | : | एक मामूली हैसियत का किसान |
| मिसेज़ पारजिटर | : | विलियम पारजिटर की बीबी |
| जेनी पारजिटर | : | मिस्टर और मिसेज़ पारजिटर की लड़की |
| नैन हार्डविक | : | बिन माँ बाप की लड़की मिस्टर पारजिटर की भांजी |
| डिक गर्विल | : | गाँव के एक खुशहाल किसान का शौकीन मिजाज बेटा |
| जैफ़र पियर्स | : | बाजा बजाने वाला। अस्सी वर्षकी उम्र। बहुत गरीब। कुछ पागल-सा। |
| आरटी पियर्स | : | जैफ़र पियर्स का रिश्तेदार |
| टौमी आर्कर | : | गांव का एक लड़का |
| एलिन | : | लड़की |
| सूज़न | : | लड़की |
| मिस्टर ड्रू | : | गांव के पादरी |
| केप्टन डिकसन | : | सरकारी पुलिस अफ़सर |
| हार्टन | : | पुलिस का सिपाही |

## एक्ट-1

(सीन—सेवर्न नदी के किनारे ब्राख-ओक में एक छोटे किसान के मान की रसोई। सन् 1810 ई.।)

[ मिसेज़ पारजिटर सेब काट रही है और जैनी आटा गूँथ रही है। जैनी आले से आटे की मटकी उतारती है। ]

**जेनी :** अम्मा, नौकरी से लौट के मुझे यह जगह बड़े अमन-चैन की-सी मालूम होती है।

**मिसेज़ पारजिटर :** हाँ, बच्ची! तेरे आ जाने से शायद अब मुझे भी कुछ चैन मिले।

**जेनी :** अम्मा! तमाशा तो देखो, हमारी मालकिन बिछौने पर पड़े ही पड़े सवेरे चाय पी लिया करती थी।

**मिसेज़ पारजिटर :** बच्ची, अब तू आ गयी है तो शायद मुझे भी चाय-वाय नसीब हो जाया करे। इतना कुछ झेल चुकी, तो अब कहीं वह दिन आया कि मेरे भी कुछ अंग लगे।

**जेनी :** ऐसा क्यों कहती हो, अम्मा?

**मिसेज़ पारजिटर :** इस लौंडिया की वजह से, और क्यों? फिरती है कमबख़्त बिजार बैल के से दीदे किये!

**जेनी :** कौन? बहन नैन को कहती हो, अम्मा?

**मिसेज़ पारजिटर :** चल, काम कर अपना। ...क्या कहूँ अभी मुआ सौदा भी नहीं आ चुका!

**जेनी :** अम्मा, मुझे तो सब चीज़ें बनती दिख़ाई नहीं देती। सूरज डूबते ही तो लोग आ जायेंगे।

**मिसेज़ पारजिटर :** चीज़ें तो बननी ही हैं। बकती क्यों है?

**जेनी :** अम्मा, डिक गर्विल के सिवा और कौन-कौन आ रहा है?

**मिसेज़ पारजिटर :** छोटा आर्टी पियर्स, बूढ़ा जैफर पियर्स, रौबर्ट वालों की लड़कियाँ और टौमी आर्कर।

**जेनी :** अच्छा! तो फिर तो अच्छी-ख़ासी दावत हो गयी, अम्मा?

**मिसेज़ पारजिटर :** मेरे लिये तो न दावत न वावत, जब तक यह नैन मूसल सी सामने है। कमबख़्त बिल्कुल ही अपने बाप की-सी है!

**जेनी :** यह क्यों, अम्मा?

**मिसेज़ पारजिटर :** सदा बनी-ठनी, चिकनी-चुपड़ी बनी फिरती है! बड़ी शऊर वाली बिचारी। भला जैसे कहीं कोई उसकी भी बराबरी कर सकता है!

**जेनी :** अरे!

**मिसेज़ पारजिटर :** सदा लोगों की सुगड़ भलाई में लगी रहती है—जैसे वह इसके चहीते हों।

**जेनी :** सुगड़ भलाई कैसी, अम्मा?

**मिसेज़ पारजिटर :** उनके बच्चों को नहला-धुला के बिचारी उनके होते सोतों का हाथ बटाती है। कौन जाने यह दलिद्दर मोरी के कीड़े कहाँ-कहाँ लोटते फिरते होंगे। इनके चीथड़े बैठे-बैठे गूँथती है! कोई पूछे भला यह काल को न्योता देना नहीं तो और क्या है? कमबख़्त कहीं हम सब को भी न समेट बैठे—लगा दे रोग कहीं से लाके!

(कुर्सी लाने जाती है) क्यों री! यह मैं तुझसे कै हज़ार दफ़ा कहूँ तू यह अपनी चीज़ें इधर-उधर न फेंकती फिरा कर? देख तो, इस कुर्सी पर यह क्या पड़ा है?

**जेनी :** क्या है, अम्मा?

**मिसेज़ पारजिटर :** है क्या? यह देख, तेरा कोट है! यह फट गया तो रोज़ तुझे कौन नये-नये कोट बना देगा? सुन रखो! यहाँ यह लापरवाई नहीं चलेगी। सवेरे से शाम तक मुझे तेरे कमबख़्त कपड़े ही सँभालते जाता है। अपाहज, फूहड़ कहीं की!

**जेनी :** यह कोट मेरा नहीं है, अम्मा! बहन नैन का है।

**मिसेज़ पारजिटर :** तो अब तक मुँह क्यों किल गया था?...अच्छा!—हाँ! तो यह उनका है! लाओ ज़रा देखूँ तो इनके खीसों में क्या

है। (जेब टटोलती है) यह क्या? बन्नो की गोरी-गोरी गर्दन के फ़ीते!...और यह क्या? (एक काग़ज़ निकालती है) अरे! अच्छा, यह बातें!

**जेनी :** अम्मा, यह क्या है? ख़त है क्या?

**मिसेज़ पारजिटर :** यह चरित्तर! अच्छा!

(काग़ज़ को देखती है)

**जेनी :** (पीछे से झाँक कर) अम्मा! यह तो डिक गर्विल के हाथ का मालूम होता है।

**मिसेज़ पारजिटर :** तू जा अपना काम देख! (काग़ज़ को जेब में रख लेती है) मैं उसे दे दूँगी।..दूर यहाँ से, कमबख़्त! मैं तेरे गुदड़े सहेज चुकी।

(कोट को दूर तक कोने में फेंक देती है।)

**जेनी :** अरे अम्मा! वह गन्दी नाँद में चला गया!

**मिसेज़ पारजिटर :** जाये! मेरी बला से!

**जेनी :** बिल्कुल नास हो गया! इसे अब वह क्या पहनेगी!

**मिसेज़ पारजिटर :** ऐंठे मुई जाड़े में! सीखेगी तो! चीज़ें इधर-उधर फिकनी तो बन्द होंगी!...यह उधर कहाँ चली?

**जेनी :** निचोड़ के टाँग दूँ, अम्मा!

**मिसेज़ पारजिटर :** ख़बरदार जो तूने हाथ लगाया! लौट चल, इधर—काम कर अपना। यह मूँडी काटी जाने, उसका काम जाने!

**जेनी :** मूँडी काटी!—यह क्या कहती हो, अम्मा?

**मिसेज़ पारजिटर :** मैं यही कहती हूँ। वह है मूँडीकाटी!

**जेनी :** बहन नैन?—यह क्यों?

**मिसेज़ पारजिटर :** अरे! तो शायद तेरे दादू ने तुझे अभी नहीं बताया।

**जेनी :** नहीं तो! बात क्या है, अम्मा?

**मिसेज़ पारजिटर :** दौड़! दौड़! देख तो, शायद डिक सामान लेकर आ गया।

**जेनी :** (खिड़की के पास जाकर) कोई भी नहीं है, अम्मा!

**मिसेज़ पारजिटर :** भाड़ में जाये!...अच्छा तो सुन। पर देख, पेट में रखना! बात कहते फिरने की नहीं है। सुना? इसके बाबू ने—इसी तेरी बहन नैन की बाबू ने—तेरे बाबू की बहन को ब्याहा था—

**जेनी :** यह तो मैं जानती हूँ, अम्मा!

**मिसेज़ पारजिटर :** बात न काट! बड़ों की बात नहीं काटते! सुन! इनहीं बीवी बन्नो के बाबू को जो आज दिमाग़ के मारे पाँव ज़मीन पे नहीं धरती—फाँसी हुई थी।

**जेनी :** फाँसी हुई थी?

**मिसेज़ पारजिटर :** हाँ! ग्लस्टर जेल में।

**जेनी :** क्या किया था, अम्मा?

**मिसेज़ पारजिटर :** भेड़ी चुराई थी। यह किया था!

**जेनी :** अच्छा! इसी से उन्हें फाँसी हुई?

**मिसेज़ पारजिटर :** भला ऐसा कहीं भले मानसों में भी सुना है?

**जेनी :** इसीलिए नैन यहाँ आई है?

**मिसेज़ पारजिटर :** और नहीं तो क्या? सब तेरे बाप के करतूत हैं।

**जेनी :** अम्मा! तो मैंने अच्छी नौकरी छोड़ी! क्या जानती थी यहाँ चोर-उचक्कों में आन फँसूँगी।

**मिसेज़ पारजिटर :** बच्ची, तेरे बाबू की मत मारी गयी है! इन पर ख़ुदा की मार है! कौन जाने क्यों इस कमबख्त को गले का हार बनाये हुए हैं!

**जेनी :** इसे देख के मामी याद पड़ती होंगी।

**मिसेज़ पारजिटर :** पहले जिसका हाथ पकड़ा है उसका तो पूरा करें। मामियों, चाचियों की याद तो पीछे रही। मैं ही जानती हूँ, जब से नैन इस घर में आयी है, मुझ पे क्या बीत रही है! मैं तो हाड़-मांस की हूँ। लोहा मुआ भी तो अब तक गल के रह गया होता!

**जेनी :** यह लो बाबू आ गये।

**मिसेज़ पारजिटर :** सवेरे का खाना इन्हें अब नसीब होगा। चूल्हे पर से इनकी दारू का प्याला तो उतार ला।

**जेनी :** अम्मा, यहाँ तो न रोटी है न मक्खन, प्याले को चूल्हे पर से उठानी है। (बेख़याली से इधर-उधर देखती है। प्याला छूट कर चूल्हे पर गिर पड़ता है और टूट जाता है।)

**मिसेज़ पारजिटर :** हाय कमबख़्त! यह क्या किया?

**जेनी :** छूट पड़ा। हाय! हाय! अब क्या करूँ?

**मिसेज़ पारजिटर :** हाथ में सत ही नहीं! बेढंगी कहीं की!

**जेनी :** बाबू का यह बहुत प्यारा था। अब वह क्या कहेंगे?

**मिसेज़ पारजिटर :** भाग, ऊपर चढ़ जा! भाग—दूसरे कमरे में!

**जेनी :** अब वह क्या कहेंगे? जो कुछ न कर बैठें वह थोड़ा है। (रोती है)

**मिसेज़ पारजिटर :** मैं उन्हें समझा लूँगी। रोती क्यों है? होनहार बात थी। भाग! उनके आने से पहले भाग जा!

**जेनी :** वह न जाने क्या कर बैठें! हाय रे! अब क्या करूँ? (आती है)

**मिसेज़ पारजिटर :** (ख़त निकाल कर) अच्छा! बात यहाँ तक बढ़ गयी! (ज़ोर से पढ़ती है)

डिक गरबिल को प्यार करनेवाली प्यारी के नाम—

जाता था एक दिन मैं सड़क पर,<br>
मिली परी एक न्यारी,<br>
फिसल गया दिल देखते ही वह<br>
चांद सी सूरत प्यारी।<br>
गाल गुलाबी मुखड़ा प्यासा<br>
होठों पे मुस्कराहट<br>
निकल गया दिल सीने से<br>
ज्यों इंजन भागे सरपट!

—अच्छा! अच्छा! डिक भईया! अब मुझे भी तुम्हें देखना है! (मिस्टर पारजिटर अन्दर आते है। हाथ में लाठी है। अच्छे आदमी, क़द छोटा, बदन गठा हुआ। अभी तक खूब टांठे है)

**पारजिटर :** (मिसेज़ पारज़िटर की तरफ़ बढ़कर झुक के सलाम करके) जेनी की अम्मा! अब क्या हुकुम है?

**मिसेज़ पारजिटर :** हो आये बाजेवाले के घर?

**पारजिटर :** हो आया।

**मिसेज़ पारजिटर :** आयेगा आज रात को?

**पारजिटर :** आयेगा—उफ़्फ़ो! यहाँ तो बड़ी तैयारियाँ हैं। आज रात को क्या ग़ज़ब होने वाला है। यह क़ीमे के समोसे तले जा

रहे हैं क्या?

**मिसेज़ पारजिटर :** तुम इन कीमे के समौसों-वमौसों को मत खा लेना! जानते तो हो भेड़ी किस बीमारी से मरी थी। उसे बाघी थी (कुछ रूक कर) रहा सेब का मुरब्बा! वह कहाँ की अजूबा चीज़ है?

**पारजिटर :** गाना है, बजाना है, सेब के मुरब्बे हैं! अब और अजूबा क्या होगा?

**मिसेज़ पारजिटर :** मुझे तो, अजूबा यही होगा कि सब वक्त से तैयार हो जाये। जानते तो हो घर के काम में मुझे कितनी मदद मिलती है...

**पारजिटर :** हैं! फिर वही दुखड़ा ले बैठीं!

**मिसेज़ पारजिटर :** हाँ, ले बैठी! दुखड़ा कहते हो तो दुखड़ा ही सही!

**पारजिटर :** अरे! हैं! यह क्या शुरू हो गया?

**मिसेज़ पारजिटर :** इस नैन का भरना आखिर अब मैं कब तक भरती रहूँगी?

**पारजिटर :** सुन लो जी! मेरी भांजी नैन उस वक्त तक इस घर में रहेगी जब तक मैं मर न जाऊँ या जब तक उसकी शादी न हो जाये। (कुछ ठहर कर) समझ में आ गया ना? मालूम हुआ—मेरी क्या मरज़ी है। अच्छी-खासी लौंडिया है। मगर जब तुम अपनी दाँता किल-किल से उसे चैन भी लेने दो—

**मिसेज़ पारजिटर :** दांता किलकिल कैसी?

**पारजिटर :** जब किसी लड़की के साथ दिन भर झिक-झिक होती रहेगी तो फिर वह कैसे भली रह सकती है?

**मिसेज़ पारजिटर :** मैंने कब उससे झिक-झिक की? जरा मालूम भी तो हो।

**पारजिटर :** कब झिक-झिक की? यह तो बताओ जिस दिन से उसने इस घर में पाँव धरा है एक दिन भी तुम उससे सीधी तरह बोलीं?

**मिसेज़ पारजिटर :** जैसा मैंने किया मेरा ख़ुदा ही जानता है। पर जिसे बिधना बिगाड़े उसे कौन सँवारे? ऐसे नाठे निगोड़ों से तो दूर ही रहना अच्छा!

**पारजिटर :** न जाने ऐसी बातों पर भी ख़ुदा तुम्हें कैसे चैन से रहने देता है?

**मिसेज़ पारजिटर :** यह अपने-परायों का ख़ूब जानता है। समझे? जेनी के अब्बा—मेरी बात गाँठ में बाँध लो।

**पारजिटर :** मैंने तो बांध ली। अब तुम भी ज़रा कान खोल के सुन लो। आज से तुम इस घर में मेरी भाँजी नैन और जेनी में तिल बराबर फ़र्क नहीं कर सकतीं।

**मिसेज़ पारजिटर :** हमारी जेनी बिचारी भले आदमियों की बेटी है और यह निगोड़-मारी तो छोकरी है...

**पारजिटर :** मेरी बहन की! सुन लिया—किसकी छोकरी है?

**मिसेज़ पारजिटर :** हाँ!—और एक चोट्टे की जो मुआ फाँसी पे टाँग दिया गया! मैंने सदा फूँक-फूँक के पाव रखा—अपनी बच्ची को बुरी संगत से बचाया! अब चाहे कुछ भी हो, मैं मुए कमीनों से नाता जोड़ने से रही!

**पारजिटर :** सुन लो जी! तुम्हें नैन को यहीं रखना पड़ेगा—खैरियत इसी में है कि अब तुम यह अपनी जली-कटी बातें बिल्कुल बन्द कर दो।

**मिसेज पारजिटर :** जली-कटी? मैं जलूँगी किससे?

**पारजिटर :** हाँ, जली कटी! तुम बेशक उससे जलती हो।...तुमने उसकी जान इसलिए ग़ज़ब में डाल रखी है कि यह मेरी बहन की सी है। याद है इसके बाप पर तुम खुद कैसी लहा-लोट थीं? इसीलिए तुम इसकी माँ से जलती थीं। और अब इसीलिए इसकी भी जान तुमने ग़ज़ब में डाल रखी है!

**मिसेज़ पारजिटर :** अहा! वाह वा! क्या बात कहीं! कोई सुने ज़रा—

**पारजिटर :** क्या झूठ है? मैं तुम्हें ख़ूब जानता हूँ। इस बीस बरस में तुम्हारी नस-नस पहचान गया हूँ।

**मिसेज़ पारजिटर :** सुनो, ज़रा धीरज से मेरी बात सुनो! देखो, अगर तुम्हारी लौंडिया को कोई बेइज़्ज़त करे, कोई नुकसान पहुँचाये, तो तुम बैठे टुकुर-टुकुर देखा करोगे?

**पारजिटर :** भला इसका यहाँ क्या ज़िक्र है?

**मिसेज़ पारजिटर :** बताती हूँ, सुनो। जब शुरू में यह उजड़ी हमारे यहाँ आई...

**पारजिटर :** नैन कहो, नैन!...मेरी नाक के सामने यह काग़ज़ क्यों नचा रही हो?

**मिसेज़ पारजिटर :** सुनो! हम समझते थे ना कि जहाँ जेनी नौकरी से लौटी उसका ब्याह डिक गरविल से हो जायेगा?

**पारजिटर :** यह तो डिक के दिल की बात थी, जेनी के बस की तो थी नहीं!

**मिसेज़ पारजिटर :** उफ़, तोबा! जैसे डिक का मिलना भी कोई ऐसा पहाड़ था! नौकरी पे जाने से पहले जेनी और वह एक-दूसरे के पीछे लगे फिरते थे कि नहीं? और डिक उस पर लट्टू था कि नहीं?

**पारजिटर :** उसी पर क्या? डिक तो बीसियों पर लट्टू रहता है।

**मिसेज़ पारजिटर :** कहीं भी नहीं! बस जब से यह निगोड़मारी आवारा यहाँ आयी है, डिक इसी पर दिवाना है। यह देखो!...भला इस ग़ज़ब का क्या ठिकाना! (खत दिखाती है)

**पारजिटर :** मैं ख़त-वत नहीं देखूँगा। जहाँ से निकाला है, वहीं रख दो। मेरी समझ में तो इससे अच्छी बात डिक ने आज तक नहीं की। बिचारा समझदार लड़की चाहता है।

**मिसेज़ पारजिटर :** तो तुम इसे उससे शादी कर लेने दोगे?...क्यों? सगाई जेनी से, बधाई नैन से!—है ना? और चाहे इसमें जेनी का दिल मसल के रह जाये तो रह जाये!

**पारजिटर :** जेनी के दिल भी है कहीं!

**मिसेज़ पारजिटर :** कुछ भी हो, जेनी तो अपना सुहाग सेहरा डिक सरविल के बाँध चुकी। तुम्हारा दिल कैसे ठुकता है कि अपनी ही लौंडिया को कलंक लगा के बैठ जाओ!

**पारजिटर :** उसे कलंक क्या लगाऊँगा? वह तो कूड़ा है—कूड़ा—जिसमें न मेहर न मोहब्बत! एक नैन हमारी, इसकी सी-सौ जेनियों से अच्छी है!

**मिसेज़ पारजिटर :** और तुम चाहते हो मैं भी तुम्हारी तरह टुकुर-टुकुर देखती रहूँ? और यह गोल दीदों वाली, कलमुँही चुड़ैल मेरी लौंडिया का बर ब्याह ले?

**पारजिटर :** वह तुम्हारी लौंडिया का घर नहीं है। डिक, तो हर किसी की लौंडिया पे फ़िदा रहता है! अगर उसमें इतनी समझ आ जाये कि वह हमारी नैन को ब्याह ले, तो हमेशा के

लिए आदमी बन जाये।...चलो—खाना तो लाओ मेरा!

**मिसेज़ पारजिटर :** अरे तोबा! मैं भूल ही गयी। तुम्हारी बातों ने मुझे आपे से बाहर कर दिया। नहीं मालूम झुँझलाहट में क्या-क्या कह गयी!

(नरमी से) क्या कहूँ जो मुँह में आता है बक देती हूँ।

**पारजिटर :** बस, बस रहने भी दो! लाओ—खाना तो लाओ। (रोटी मक्खन लाकर सामने रखती है। पारजिटर प्याला उठाने चूल्हे की तरफ़ जाता है।)

**पारजिटर :** बड़ी मेहरबानी (देखता है कि प्याला टूटा पड़ा है। ) अरे-रे-रे—बीबी! तुमने मेरा टोबी तो नहीं तोड़ डाला?

**मिसेज़ पारजिटर :** देखो, देखो, बिगड़ो मत! होनहार बात थी।

**पारजिटर :** मैं पूछता हूँ मेरा टोबी तो नहीं टूटा?

**मिसेज़ पारजिटर :** कहती तो हूँ, होनहार थी—बिल्कुल इत्तिफ़ाक़ था। (उसके टुकड़े उठाती है)

**पारजिटर :** यह आख़िर तोड़ा किसने? और मुझे अब तक बताया क्यों नहीं?

**मिसेज़ पारजिटर :** कहती तो थी कि तुम्हें आप बता देगी!

**पारजिटर :** कौन? नैन तो नहीं? उससे तो नहीं टूटा?

**मिसेज़ पारजिटर :** कहती तो थी तुम्हें फौरन बता देगी। होनहार बात थी! बिल्कुल इत्तिफ़ाक़ था!

**पारजिटर :** इत्तिफ़ाक़ से तो मेरा टोबी नहीं टूट सकता था।

**मिसेज़ पारजिटर :** देखो! फिर वही—बात क्या है? हम इससे अच्छा नया प्याला मोल ले लेंगे।

**पारजिटर :** पर मैं तो पचास बरस से अपनी दारू इसी में पीता था!—मेरे दादा के वक्तों की चीज़ थी!—फिर मुझे इसका कुछ दर्द हो कि नहीं?

**मिसेज़ पारजिटर :** वह आप सब बतायेगी। बिल्कुल इत्तिफ़ाक़ था! क्या करे? बिचारी घबराहट में थी। शाम के लिए ठीक ठौर कर रही थी। बिल्कुल इत्तिफ़ाक़ था।

**पारजिटर :** इत्तिफ़ाक़ कैसा? कहाँ का इत्तिफाक़?

**मिसेज़ पारजिटर :** हाथ गीले थे। जानने तो हो, उसे हाथ धोने की कैसी लत है।

**पारजिटर :** वे ढंगी—बेशऊर कहीं की!

**मिसेज़ पारजिटर :** हाथ साबुन के मारे चिकने हो रहे थे—बिल्कुल इत्तिफाक़ था!

**पारजिटर :** अच्छा! तो यों गिराया क्यों?

**मिसेज़ पारजिटर :** नहीं, देख न सकी कि कहाँ जा रही है। सूरज सामने था। आँखें चौंधियाँ गयीं। कुछ ऐसा ही हुआ। यह तुम्हें आप ही सब बतायेगी।

**पारजिटर :** हाय! मेरी दादा के वक्तों का टोबी। मेरा पुराना टोबी! इससे तो मुझको ही मार डालती तो अच्छा था! (रोटी मक्खन अलग सरका देता है) अब मैं रोटी क्या खाऊँ!—खाक खाऊँ! बदतमीज़—बेढंगी कहीं की!

(नैन आती है। बूढ़ा पारजिटर इस सीन में बराबर उसकी तरफ़ सख़्ती से घूरता रहता है।)

**नैन :** मामू। आप बड़ी जल्दी लौट आये?

**मिसेज़ पारजिटर :** फिर तू कह?

**नैन :** क्या, मामी?

**मिसेज़ पारजिटर :** 'क्या मामी'! कहो, जी भर के शीशा देख चुकी?

**नैन :** कौन-सा शीशा?

**मिसेज़ पारजिटर :** कोठे वाला—और कौन-सा शीशा?

**नैन :** मैं बिछौने-विछौने सब बिछा आयीं। शायद इसी पर आप बिगड़ रही हैं?

**मिसेज़ पारजिटर :** मामू के सामने ऐसे ही बोलते होंगे? क्यों?

**नैन :** मामी, मैं भी सेब कटवा लूँ।

**मिसेज़ पारजिटर :** नहीं, मुझे तुझसे कटवाने की ज़रूरत नहीं। चल, अपना काम देख।

**नैन :** मैं अपना सब काम कर चुकी, मामी!

**मिसेज पारजिटर :** (झिड़क कर) ख़बरदार जो मुझसे ज़वान लड़ाई।

**नैन :** मैं सचमुच कर चुकी!

**मिसेज़ पारजिटर :** मैं जानती हूँ जैसा कर चुकी होगी। मैं तेरे काम करने के ढंग ख़ूब जाानती हूँ। सब फिर से दोहरवाऊँगी—मैंने सोच लिया है। सब फिर से न दोहरवाऊँ तो सही!

**नैन :** यह आटा गुजियों के लिए गूँथा है?

**मिसेज़ पारजिटर :** तुझसे मतलब? (नैन बेलन उठाती है) रख बेलन! रख—फौरन। सुना, कि नहीं?

**नैन :** लाओ मामी! मैं भी हाथ बटवा लूँ। शाम होते ही तो लोग आ जायेंगे।

**मिसेज़ पारजिटर :** आ जायेंगे तो आ जायें—तुझे क्या?
मैं जानती हूँ आ जायेंगे। तू मुझे सबक न पढ़ा। (नैन चकले की तरफ़ दबे पाँव जाती है) यह क्या? यह चोरों की तरह दबे पाँव, किधर चली? चोट्टी कमबख़्त! जैसा इसका बाप चोट्टा था!

**नैन :** (नर्मी से) जिसमें जूते की खटपट तुम्हें बुरी न लगे, मामी!

**मिसेज़ पारजिटर :** बुरी न लगे!—अब भी बुरा लगना बाक़ी है!—तो उठा क्यों रखा है? वह भी अरमान निकाल ले, बच्ची!

**नैन :** क़सूर हुआ, मामी! अब जाने दो!

**मिसेज़ पारजिटर :** चल, बन मत। ये दीदे की सफ़ाई कोई देखे!

**नैन :** अब माफ़ कर दो, मामी!

**मिसेज़ पारजिटर :** देख! तेरी इन्हीं बातों से मुझे जूड़ी चढ़ आती है।

**नैन :** माामी, सर के दर्द का पुराना दौरा तो नहीं उठ रहा है?

**मिसेज़ पारजिटर :** तू ही मेरे सर का पुराना दर्द है। आदमी कभी तो किसी का कुछ गुन माने!

**नैन :** जब जब गुन माना तुमने कहा बनती है!

**मिसेज़ पारजिटर :** ओहो! वह किस दिन तूने गुन माना? मैं भी तो ज़रा सुनूँ।

**नैन :** जब मैं यहाँ आयी थी, मुझसे जो कुछ हो सकता था मैंने किया—जी तोड़ के किया! समझती थी जो जान मार के काम करूँगी—तुम्हारी सेवा करूँगी, तो तुम मुझे चाहोगी।

**मिसेज़ पारजिटर :** हाँ! तो तू यह समझती थी—अच्छा!

**नैन :** सवेरे तुम्हारे उठने से पहले ही मैं तुम्हारे लिये चाय बना दिया करती थी। खाने के झूठे बरतन माँज दिया करती थी, जिसमें तुम दोपहर को ज़रा आँख झपका लिया करो। जब से आयी घर का एक कपड़ा भी तुम्हें धोने नहीं दिया।

**मिसेज़ पारजिटर :** तो कौन सा तीर मारा? आख़िर हमने भी तो तेरे लिये कुछ किया होगा?

**नैन :** मेरे लिए किया होगा! तुमने कभी भी मेरे लिये कुछ किया?

**मिसेज़ पारजिटर :** रहने को घर किसने दिया?

**नैन :** यह भी घर है?

**मिसेज़ पारजिटर :** कौन से तेरे ऐसे सगे थे जो तेरा बाप चढ़ता फाँसी पे और तुझे बिठाते छाती पे? मैं ही ऐसी थी जिसने तेरे मामूँ से कहा–

**नैन :** मैं जानती हूँ जो तुमने मामूँ से कहा था। 'पादरी साहब इस लौंडिया को घर में रख लेने को कहते हैं।' यही तुमने मामूँ से कहा था? न कहती तो करती क्या? जानती थी पादरी साहब का बीच है, न माना तो बात फैल जायेगी। दुनिया जहान पर तुम्हारा मरम खुल जायेगा–सब जान जायेंगे असल में तुम हो कैसी? यही तुम्हें डर था–इसीलिए तुमने मुझे अपनी चौखट पे चढ़ने दिया। (दबी आवाज से) मामी! तुम समझती हो मैं जानती नहीं! मैं ख़ूब जानती हूँ। (कुछ रुक कर) बाजार में जिसे देखो कहता है (तेरी मामी ने अपने नाते की लाज रखी।) 'मिसेज़ पारजिटर ने तुझसे खूब ही अपनाहत निबाही!' गिरजे में मिसेज़ डू हैं। उन्हें भी यही रट लगी रहती है। 'अपनी मामी का तू जितना गुन माने थोड़ा है।' बस यही कहती रहती हैं। और तुम मुस्कुराती हो। यह सब सुन-सुनकर फूलों नहीं समाती। अपनी बड़ाइयों को बड़े चाव से, मज़े ले ले के, गटगट पी लेती हो। या लोगों को दिखाती हो कि आन पड़े की बात है। जैसे तुम पर बड़ी बिपद पड़ गयी है! क्या करो बिघना धरे बन्दा भरे।–जैसे तुम ही हो जो मुझ जैसी का भरना भर रही हो!....तुम समझती हो मैंने सुना नहीं! मैं इन्हीं कानों से तुम्हें कहते हुए सुन चुकी हूँ। 'मुझे अपने किये का ख़ूब बदला मिल रहा है!' तुम यही कहती फिरती हो। एक से नहीं–सबसे।

लोग तुम्हारे गुन गाते हैं कि तुम मुझ जैसी के साथ कैसी नेकी कर रही हो। नेकी करोगी–और तुम! तुम जिसने मेरा जीना हराम कर दिया! जो एक तरफ़ मेरा कलेजा

खाती है और दूसरी तरफ़ अपनी नेकी की तारीफ़ें सुन-सुन कर राल टपकाती है—और झूठ बोलती है—मुझ पर झूठे तूफ़ान लगाती है। ज़लील नहीं तो! बनती हैं धर्मात्मा और बोलती फिरती हैं झूठ!

**पारजिटर :** (गुस्से से) हैं! नैन! ख़बरदार, जो ऐसी बातें कीं! हो चुका बस! जाओ यहाँ से फ़ौरन।

**मिसेज़ पारजिटर :** नहीं, यह जायेगी कैसे? मैं इसे पहले तमीज़ सिखाऊँगी। (नैन से) सुनरी! यह तुझे याद रहे! यह टुकड़े जो तू यहाँ रोज़ बड़े चाब से तोड़ती है—ये मेरे और इन मायूँ के ही तुफ़ैल में तुझे मिलते हैं।

**नैन :** टुकड़े मिलते हैं?

**मिसेज़ पारजिटर :** मुकर जा! खाने से भी इनकार कर दे! खुदा झूठ न बुलाये तो ठूँसती थाली भर-भर के है!

**नैन :** ठूँसती नहीं! ज़हरमार करती हूँ—जहरमार! तुम हर निवाले को अंगारा बना देती हो, जिससे गले से लेकर मेरा कलेजा तक भुन जाता है।

**मिसेज़ पारजिटर :** जिस घर में बलबला रही हो यह भी हमारा है। जो तुझ जैसियों को कहीं नसीब भी नहीं हो सकता था।

**नैन :** घर! कैदी की काल-कोठरी भी तो उसका घर होता है।

**मिसेज़ पारजिटर :** हाँ! सच कहती है—होता है। जब तक फाँसी पे टँग न जाये, बेशक होता है। और यह तो बताओ, यह तुम्हारे कपड़े कहाँ से आये? यही—जिनमें तुम सजी खड़ी हो! हाँ! अच्छा याद पड़ा! देख, उठा वह अपना दलिद्दर कोट उस नाँद में से। यह उसमें क्यों डाल रखा था? क्या अब सुअरों को भी ज़हर देकर मारेगी?

**नैन :** (सुअरों की नाँद की तरफ़ मुड़ती है) हाय! हाय! यह किसने इसमें डाल दिया? (रुआसूओं होकर) एक बिचारी ग़रीब के कोट का नाश करके तुम्हारा जी बड़ा खुश हुआ होगा। बिल्कुल नास हो गया। हाय! इसे मैंने कैसे जुगो-जुगो के रखा था! (जेब से फीते निकालती है) यह भी नास हो गये! अब यह सब कहाँ मिलेंगे! तुम्हीं ने इसे नाँद में डाला है।

तुम्हारा दिल जानता है।

**मिसेज़ पारजिटर :** मैं तेरे दलिद्दर चीथड़ों को नाँद में डालूँगी? अब की मेरा नाम लिया, तो देखना तुझी को नाँद में न झोंक दूँ! सुन ले! मेरे मुँह न लगना नहीं तो एक दिन कोड़े ही से हलाल करूँगी और तभी तू ठीक भी होगी!

**नैन :** (आँसू छिपाने को मुँह फेर लेती है) तुम इंजील पढ़ती हो, गिर्जा जाती हो। तिस पर यह करनी! एक ग़रीब दुखियारी का कोट नाँद में डाल कर ऊपर से मुस्कुराती हो!

**पारजिटर :** बस, चुप! चुप! चुप रात का भी कुछ ध्यान है या नहीं? यह कुत्ते-बिल्ली की-सी म्याऊँ-म्याऊँ ख़तम भी होगी या नहीं?

**मिसेज़ पारजिटर :** (टोकने पर झुँझलाकर) तुम्हारा क्या बीच है? तुम दख़ल न दो। (नैन से) सुन! तुझसे कहती हूँ—तुझसे। काली, कटखनी, निर्मोही कुतिया!—निगोड़मारी कहीं की! न जाने यह तवे सा काले दिल लेकर अपने ख़ुदा को मरे पीछे कैसे मुँह दिखायेगी!

**नैन :** (नफ़रत से) उफ़्फ़ो री खुदावाली! (अपने भीगे कोट को निचोड़ती है)

**मिसेज़ पारजिटर :** देख! तुझे इस 'उफ्फ़ो' का मज़ा चखाती हूँ।—क्यों? यह सुअरों का गदला पानी घर भर में टपकायेगी? डाल कोट को नीचे! इधर ला, मुझे दे! छोड़ जल्दी! (कोट को ज़ोर से पकड़ लेती है और मरोड़ कर नैन के हाथों से छीन लेने की कोशिश करती है)

**नैन :** खबरदार, जो तुमने इसे छुआ। छोड़ दो इसे।

**मिसेज़ पारजिटर :** मुझसे जिद? छोड़ इसे!

**नैन :** नहीं छोड़ूँगी! देखो, मत छोड़ो—मत छोड़ो! देखो! फटा! फटा तो मार ही डालूँगी।

**मिसेज़ पारजिटर :** क्या करेगी?

**नैन :** जान ले लूँगी—जान!

**मिसेज़ पारजिटर :** (दोनों हाथों से कोट पकड़ कर और ज़ोर से मरोड़ कर छीन लेती है। फिर नैन के मुँह पर उसे ज़ोर से दे मारती है) अब मैं तुझे दिखाती हूँ कि घर का मालिक कौन है!

मेरी बन्नो, ले! ले! (कोट का गला फाड़ती है और उसे पैरों से रौंदती है। नैन मेज़ पकड़ लेती है। अपनी मामी को ख़ूनी आँखों से घूरती है। फिर गोश्त काटने की छुरी उठाती है।)

**नैन :** (दबी आवाज़ से) मेरे बाबू ने यह कोट मुझे दिया था। (रुक कर) मेरे बाबू ने!

**मिसेज़ पारजिटर :** चल! होशियार रहना। देखना इसके हाथ में छुरी है।

**पारजिटर :** (पास जाकर) ला बावली! छुरी मुझे दे। ख़बरदार जो कभी गुस्सा किया। मुझे एक शिकायत तो पहले ही से थी, यह आज तुझे हो क्या गया है?

**मिसेज़ पारजिटर :** भुतना चढ़ा है—भुतना! कमबख़्त ने मेरा हाथ ही नोच लिया होता।

**नैन :** (दबी आवाज़ से) अब बच के रहना।

**मिसेज़ पारजिटर :** ठहर जा! मैंने भी तुझे सीधा न कर दिया तो तब ही सही।

**नैन :** कहे देती हूँ। अब सँभल के रहना!

**पारजिटर :** नैन, अपने कमरे में जाओ। (नैन गुस्से में अपने फटे कोट को उठाती है और फूट-फूट कर रोने लगती है।)

**नैन :** अब्बा ने यह कोट मुझे दिया था... मुझे बड़ा प्यारा था! (फटे और सिमटे हुए कोट को सँभालने की कोशिश करती है) अब यह चिथड़े-चिथड़े हो गया! (मिस्टर और मिसेज़ पारजिटर दोनों उसे सख़्त नफरत भरी निगाहों से देखते हैं) अब इसे पहनना मुझे नसीब न होगा। हाय, मेरे अब्बा! मैं मर क्यों न गयी? मैं मर क्यों नहीं जाती!

**पारजिटर :** देखो! फिर वही! ख़बरदार! जो यह बुरे शगुन मुँह से निकाले होंगे। यह मैं बिलकुल बरदाश्त नहीं कर सकता।

**नैन :** मामूँ जान! मैं अपने भरसक सबर कर चुकी—जी भर के कर चुकी।

**पारजिटर :** मामूँ-मामूँ मत करो भइया! ख़ुदा-ख़ुदा करो कि भूत सर से उतरे। और याद रखो, तुमने अब तक साफ़-साफ़ मुझसे नहीं कहा है! अगर कुछ भी कह दिया होता तो मैं दरगुज़र करता—गो कि जो कुछ मुझ पर गुज़रा मेरा दिल ही जानता

है (ठैर कर फिर बिगड़ कर) देख! सुन! अब भी साफ़-साफ़ कह दे। साफ दिली अच्छी होती है। (नैन सिसकियाँ भरती है) कुछ सुना? (नैन हिचकियाँ लेती है)

**पारजिटर :** (खड़े होकर) अरी! तुझे मुझसे कुछ कहना है या नहीं?

**नैन :** नहीं मामूँ, नहीं

**पारजिटर :** (सख़्ती से) मैं समझता था कि कुछ कहना है।

**नैन :** नहीं मामूँ। तुमसे क्या कहूँ?

**पारजिटर :** (जाते हुए) मुझे तुझसे यह उम्मीद न थी।

**नैन :** मामूँ!

**पारजिटर :** मुझे यह कभी उम्मीद न थी! (चला जाता है)

**मिसेज पारजिटर :** (उसके पास जाकर) मैं तेरा कलेजा निकाल के छोड़ूँगी!

**नैन :** तुम?—चलो! (मुँह फेर लेती है) हाय अब्बा! तुम मुझे अपने पास बुला लो। बुला लो अब्बा।

**मिसेज पारजिटर :** (जल कर) ऐसे डहारोगी तो कहीं रात के लिए तुम्हारा सिंगार न बिगड़ जाये! फिर गाँव के लौंडे क्यों पीछे फिरने लगे। ...कुत्ते कहीं के!

(नैन सेब उठा लेती है और काटने लगती है और रोती जाती है।)

**मिसेज़ पारजिटर :** अब मुझे भी लौंडों के साथ तेरे उछाल छक्के देखने हैं। यहाँ किसे फुरसत है जो मैं इनकी माँओं से रोज़ गिल्ले-शिकवे सुनती फिरूँ।

**नैन :** (धीमी आवाज़ से) ख़ुदा न करे जो मुझ पर बीत रही है वह कभी तुम पर बीते!

(जेनी आती है)

**जेनी :** अम्मा!

**मिसेज़ पारजिटर :** अरी! गला क्यों फाड़ती है?

**जेनी :** डिक सौदा लाद लाया।

**मिसेज़ पारजिटर :** वक्त से आया। देख री! (नैन से) जा उससे सामान ले ले।

**नैन :** मैं?

**मिसेज़ पारजिटर :** हाँ, हाँ, तू! तू नहीं तो और कौन? इतना डकोसती है तो कभी भी कुछ किया कर।

(नैन जाती है)

**जेनी :** अम्मा! बाबू कुछ बोले?

**मिसेज़ पारजिटर :** बस। दम बन्द। मैंने सब ठीक कर दिया।

**जेनी :** अरी अमा! मैं तो समझी थी मेरी कमबख़्ती आ गयी।

**मिसेज़ पारजिटर :** इसका रोना छोड़ो। मुझे तुमसे एक और बात कहनी है। देखा यह लौंडिया नैन–

**जेनी :** क्या हुआ, अम्मा?

**मिसेज़ पारजिटर :** (बड़ी जल्दी-जल्दी बोलती है) ज़रा दीदे खुले रखना। ऐसा न हो, जैसा उसने मुझे आफ़त में डाला है तुम्हें भी कहीं का न रहने दे।

**जेनी :** यह क्या कह रही हो, अम्मा?

**मिसेज़ पारजिटर :** मेरा मतलब डिक सरविल से है–और क्या कह रही हूँ?

**जेनी :** अरे!

**मिसेज़ पारजिटर :** हाँ, हाँ, डिक गरविल से है। इस लौंडिया ने उसे उल्लू बना लिया है।

**जेनी :** अरे!

**मिसेज पारजिटर :** (मुँह चिड़ा कर) 'अरे!' 'अरे!' यही हुआ है। डिक उस पर रीझ गया है।

**जेनी :** तो रीझे! मैं क्या करूँ, अम्मा?

**मिसेज़ पारजिटर :** तुम नहीं करोगी तो मैं करूँगी। यह बिलल्लापन छोड़ो।

**जेनी :** डिक चाहे सो करे। मुझसे मतलब?

**मिसेज़ पारजिटर :** नहीं वह जो चाहे सो नहीं कर सकता। जो मुँह में आया बक दिया! यह हाथ से निकल गया तो दूसरा है कौन? यह भी तो सोचो। आदमी मौक़े का मिलता हो तो कभी हाथ से न जाने दे। इनकी इफरात नहीं होती। ज़रा कान खोल के सुन रख।

**जेनी :** इफ़रात हो न हो, मेरी बला से! मुझे उनकी ज़रूरत नहीं।

**मिसेज़ पारजिटर :** फिर बकती जाती है! जरूरत कैसे नहीं? तुझे अच्छा लगे न लगे मैं यह नहीं सहूँगी कि गाँव भर में तुम्हारा नाम उछलता फिरे

**जेनी :** अरे! इसमें यह भी आफ़त है। मुझे ध्यान भी न था!

**मिसेज़ पारजिटर :** हाँ! हाँ! तुझे क्यों ध्यान होने लगा?

**जेनी :** सच कहती हूँ, अम्मा।

**मिसेज़ पारजिटर :** था तो बर इन बीवी का, रीझ गया एक चोट्ठी पर!

**जेन :** यह चर्चा होगी, अम्मा?

**मिसेज़ पारजिटर :** भला इसकी सी लौंडिया और गरविल को अपना ले! अगर तुझमें ज़रा सी भी आन होती तो कहीं यह हो सकता था?

**जेनी :** क्या सचमुच उसके डिक पे दाँत है?

**मिसेज़ पारजिटर :** हैं या नहीं, आप ही पता लगाओ ना।

**जेनी :** अब तो देखूँगी। ज़रा मैं भी देखूँगी।

**मिसेज पारजिटर :** (नैन को आते देख कर) हाँ ज़रूर। मैं अब और कामों में लगती हूँ। जब तक मैं आऊँ, देखो यहाँ सब ठीक कर रखना। (नैन से) तू अपने को बड़ी चीज़ समझती है। मैं भी तुझे सीधा न कर दूँ तो सही। सुन रख! यहाँ यह तेरे चरित्र नहीं चल सकते। न ये अपनी मइया के से करतूत (कुछ रुक कर) ये लौंडों में गुलछर्रे। कान खोल कर सुन लिया—नकटी—कमबख़्त कहीं की।

(बाहर जाती है। नैन मेज़ के पास कुरसी खींचती है जहाँ जेनी पहले से बैठी है और सेब काटने लगती है। रोती जाती है। फटे कोट को बहुत सँभाल के सीधा करती है।)

**जेनी :** नैन! अम्मा की बातों का बुरा न माना करो। यह कुछ बुरे दिल से थोड़े ही कहती है।

**नैन :** मैं कहाँ बुरा मानती हूँ?

**जेनी :** शाम की दावत के मारे बौखलाई हुई हैं।

**नैन :** यह बात नहीं है। यह बात हरगिज़ नहीं है!...ये मेरे बाबू बिचारे पे ही दया कर दिया करती तो मैं मर पाती।

**जेनी :** फिर वही बातें! अब बस भी करो। मैं चूल्हे पर से गरम पानी ला दूँ। आँखें तो देखो कैसी लाल-लाल हुई जाती हैं।

**नैन :** हुई जाती हैं तो हो जायें। मुझे परवा नहीं।

**जेनी :** बस अब जाने दो। मैं आ गयी। हम आपस में प्यार से रहेंगे—बड़े प्यार से। है कि नहीं? अम्मा बड़े कड़े मिज़ाज की हैं। पर तबियत की बुरी नहीं हैं।

**नैन :** उनकी बातें है कि ज़हर। सब मुझी को बुरा कहते हैं।

सारा जहान मुझसे फिर गया है।

**जेनी :** (पानी का लोटा और एक तौलिया लाकर) ले ज़रा आँखें तो धो डाल। नहीं तो ला मैं धुला दूँ।

**नैन :** तुमने बड़ी तकलीफ़ की। यह भी मेरा दिवानापन है। इस रोने-धोने में क्या धरा है?

**जेनी :** देखो, आँखें कैसी लाल हुई जाती हैं। चुप भी रहो। देखो कैसे-कैसे लोग अभी आते होंगे ख़ूबसूरत, ख़ूबसूरत। जवान, जवान। मैं तो जानूँ यह सब के सब तुम पर रीझ जायेंगे। तअज्जुब क्या जो तुम भी किसी पे रीझ जाओ। आज नहीं तो दो दिन बाद सही!

**नैन :** मैं रीझूँगी! भिखारन बिचारी!

**जेनी :** जाने भी दो। क्या दिल पे लेती हो। हम-तुम तो आपस में बहन-बहन बन कर रहेंगे। क्यों? है कि नहीं?

**नैन :** तुम्हारी मेहरबानी है जो मुझसे प्यार से बोलती हो।

**जेनी :** सुनो! एतबार को घूमने चला करेंगे। भई, मैं सच कहती हूँ तेरा दुःख देख कर मेरा दिल दुखता है।

**नैन :** क्यों बहन जेनी, तुम मुहब्बत निभाओगी भी?

**जेनी :** ज़रा कोई देखे! कैसी प्यारी आँखें हैं! बाल भी मेरे बालों से घने हैं। तुम इन्हें रखती भी ख़ूब हो। बहन, बात तो जब है कि ऐसा दिल से दिल मिल जाये कि कोई आपस में भेद न रहे—क्यों है न?

**नैन :** पर दोस्ती निभाओगी भी? यह तो बताओ जेनी! बहन, सुन लो। बहन बन कर बैरन न बन जाना। मैं बहुत भुगत चुकी हूँ। जो कहा तुम भी पलटी तो मेरा दिल बिलकुल टूट जायेगा। जब से यहाँ आयी हूँ कई दफ़ा तो ऐसा हुआ है कि बस अपनी जान लेते-लेते रह गयी—तुम्हारी अम्मा ने मुझे ऐसा कुछ सताया है!

**जेनी :** भई, अब ये बातें न करो।

**नैन :** जेनी! सुन, मैंने क्यों अपनी जान नहीं दी।

**जेनी :** मैं नहीं सुनूँगी। भई, यह बात खतम भी करो।

**नैन :** जेनी, ज़रा चुप कर। बस इतना सुन ले कि मैंने अपनी

जान क्यों नहीं दे दी। सुन। मैंने सोचा...बड़ी बेतुकी सी बात है।..अच्छा सुन जेनी, एक बात बता—तूने मरदों का कभी कुछ सोचा है। इनसे मोहब्बत करने का—इनसे शादी-वादी का?

**जेनी :** सोचूँ क्या? यही सोचती हूँ कि मेरा अपना भी एक घर हो। यहीं की रोटियों पर सदा पड़े रहना थोड़ी चाहती हूँ।

**नैन :** अरी यह नहीं—यह कि किसी मर्द की मदद-वदद करूँ?

**जेनी :** मर्द की मदद! मर्द की क्या कोई मदद करेगा? मर्द औरत की मदद करे, कि औरत मर्द की?

**नैन :** जेनी! मैं तो एक मर्द की मदद कर सकती हूँ!

**जेनी :** भई, तुम्हारी भी अजब बातें हैं।

**नैन :** जब किसी लड़की का दिल टूटने लगता है जेनी, तो उसे अजब-अजब बातें सूझती हैं।

**जेनी :** अच्छा!

**नैन :** सचमुच, जेनी!

**जेनी :** यह कहती क्या हो?

**नैन :** मैंने आज तक किसी औरत से ऐसा जी खोल कर बातें नहीं कीं। ...ऐसा मालूम होता था कि जी का बुख़ार न निकला तो दम घुट ही कर रह जायेगा।

**जेनी :** यह तो होता है—मैं मानती हूँ।

**नैन :** तेरी सूरत, तेरा प्यार देख के मुझे यह हुआ कि तुझसे अपने जी का हाल खोल दूँ।

**जेनी :** मेरी सूरत! क्या मेरी सूरत अच्छी है, नैन?

**नैन :** बड़ी प्यारी!

**जेनी :** जहाँ मैं नौकर थी सब कहते थे कि जेनी की सूरत अच्छी है—सिवाय बाबरचन कमबख़्त के।

**नैन :** ख़ूबसूरत तो तू है, जेनी!

**जेनी :** बावरचन ढड्ढो बड़ी बद दिमाग थी। काग़ज़ की धज्जियाँ लपेट-लपेट के बालों में घूंगर बनाती थी। भली औरतें काग़ज़ लपेट के कभी घूंगर नहीं बनाती। इसकी सूरत सवेरे के वक्त तो बिल्कुल चुड़ैल की-सी मालूम होती थी।...

.उफ़्फ़ो! उस घर में इतनी चीज़ें नास होती हैं कि कुछ कहने की बात नहीं। जब देखो पकवान चढ़े हैं। सुबह ग्यारह बजे और मालकिन दूध-बिस्कुट ले बैठी।

**नैन :** यह तो सब सुना, पर अब ज़रा अपने भेद की बातें तो बताओ।

**जेनी :** मैं तो बताऊँगी ही—पर तुम भी बताओगी कि नहीं?

**नैन :** पूछोगी तो क्यों नहीं बताऊँगी?

**जेनी :** और जब कोई पसन्द आ जायेगा तब भी मुझे बता दोगी।

**नैन :** अच्छा! पसन्द आ जाने की बातें? पहले तुम तो अपना भेद बताओ।

**जेनी :** भई, मैंने तो अभी तक किसी को पसन्द नहीं किया है।

**नैन :** बड़ी झूठी हो, जेनी!

**जेनी :** सच कहती हूँ। कोई ख़ास नहीं है।

**नैन :** तो फिर अब जल्दी से हो जायेगा। जेनी प्यारी! मैं चाहती हूँ तुम सुख ही सुख भोगो।

**जैनी :** मोहब्बत भी ख़ूब चीज़ है। आदमी से क्या-क्या नहीं करवा डालती। नैन, तू किसी मर्द से मोहब्बत कर सकती है?

**नैन :** क्यों नहीं?

**जेनी :** भई, मुझे तो वो बड़े भद्दे गँवार से मालूम होते हैं।

**नैन :** सब थोड़ी।

**जेनी :** नैन, तुझे कोई ज़रूर पसन्द आ गया है?
कौन है? बता दे, मेरी अच्छी प्यारी बहन! सच कहती हूँ जो किसी से भी कहूँ। बता दे नैन!—देखो, तुमने वादा किया था कि मुझसे कोई बात न छिपाओगी।

**नैन :** आहा!

**जेनी :** अच्छा यह बता दे कि मैं उसे जानती हूँ कि नहीं (नैन उसके पास जाती है। अपनी बाहें उसके गले में डाल कर मुँह चूमती है)

**नैन :** हाँ, जानती हो।

**जेनी :** आरटी पियर्स है। है ना?

**नैन :** नहीं।

**जैनी :** फिर आख़िर है कौन? बताती क्यों नहीं? बड़ी शरम की बात है!

**नैन :** हाँ! सचमुच?

**जेनी :** मेरी प्यारी नैन! मुझे बता दे। ले, कान में बता दे!

**नैन :** जेनी! उसका नाम डिक गरविल है।

**जेनी :** डिक गरविल!

**नैन :** मुझे वह पसन्द है—बहुत पसन्द है।

**जेनी :** कितना? आखिर थाह है कि अथाह?

**नैन :** बस इतना कि उसके नाम से मेरा दिल खिल जाता है।

**जेनी :** क्यों नहीं—ज़रूर खिलता होगा! (कुछ रुक कर) बहन नैन! तुम ख़ूब ही सुख भोगो। तुम भी और मिस्टर गरविल भी।

**नैन :** जेनी, तेरे मुँह में घी-शक्कर।

**जेनी :** नैन बहन, तेरी आँख को क्या कहूँ! यह तूने डिक को क्या पसन्द किया? पर हाँ, तू जिसे चाहे उसके बड़े भाग!

**नैन :** आ जेनी, मुझे प्यार कर ले। तूने कभी मुझे प्यार नहीं किया।

**जेनी :** यह ले...बस अब ज़रा आँखें धो डाल नैन। नहीं तो लाली नहीं जायेगी। लाल-लाल दीदे देख कर डिक क्या कहेगा!

**नैन :** अभी रोने से जी नहीं भरा! रोना चला आता है! (हल्के-हल्के बाहर चली जाती है)

**जेनी :** अम्मा! अम्माा!!

**मिसेज़ पारजिटर :** (अन्दर से) अरी यह गला क्या फाड़ती है।

**जेनी :** जरा यहाँ आना।

**मिसेज़ पारजिटर :** (हाथ पोंछती आती है) आख़िर है क्या?

**जेनी :** नैन की...

**मिसेज़ पारजिटर :** नैन की क्या?

**जेनी :** (खिलखिला कर) वह डिक पे सचमुच रीझी हुई है। मुझे ख़ुद ही बता दिया।

**मिसेज़ पारजिटर :** ओ हो!

**जेनी :** (खिलखिला कर) फिर अब तो जरा इन्हें देखना है, अम्मा!

**मिसेज़ पारजिटर :** मैं सब समझ लूँगी।

[ परदा ]

## एक्ट-2

(सीन—रसोई। नैन चीज़ें सँभाल रही है—थाली, गिलास, बोतल अन्दरवाली कोठरी में रखती है।)

**नैन :** (गाती है)

*यह नसीम ठंडी ठंडी, ये हवा के सर्द झोंके*
*तुझे दे रहे हैं लोरी, दिले बेक़रार सो जा।*
*तेरा पहला साबिक़ा है, शवे ग़म बुरी बला है,*
*कहीं मर मिटे न ज़ालिम, मेरे ग़मगुसार सो जा।*

**डिक :** (अन्दर आकर) मिस नैन!

**नैन :** अरे!—मिस्टर गरविल? मैं तो डर गयी! बड़ी जल्दी आ गये आप?

**डिक :** हैं! तो और सब आख़िर कब आयेंगे?

**नैन :** अभी कैसे? अभी तो वक़्त भी नहीं हुआ।

**डिक :** और घरवाले—मिसेज़ पारजिटर—नीचे कब आवेंगी?

**नैन :** अभी दस मिनट तो आती नहीं। सब कपड़े पहन रहे हैं।

**डिक :** और बाजेवाला भी नहीं आया?

**नैन :** अभी कहाँ!

**डिक :** तो फिर मैं भी ज़रा और घूम-फिर आऊँ तो अच्छा है।

**नैन :** नहीं, नहीं मिस्टर डिक। आओ—बैठो भी। सब आते ही होंगे। मैं भी खाली हुई जाती हूँ। दुनिया की कुछ ख़बर बताओ—क्या हालचाल है?

**डिक :** ख़बर यह है कि एक क़ैदी निकल भागा है—ग्लोस्टर जेल से।

**नैन :** सचमुच?

**डिक :** और लोगों का ख़याल है कि यहीं कहीं आके छुपा है।

**नैन :** यह क्यों समझते हैं?

**डिक :** क्या जाने! वो स्ट्रीट से एक सरकारी प्यादा आया है। एक अफ़सर भी साथ है। पादरी साहब का घर पूछ रहे थे। ढिंडोरा पिटवाना होगा। ख़ूब हो जो कमबख़्त को पकड़ें और टाँग दें। मैं तो ऐसों को कुत्तों से चिथड़वा डालूँ।

**नैन :** मिस्टर डिक! वह बिचारे भी तो आदमी हैं—हम तुम जैसे।

**डिक :** (गुलुबन्द खोलता जाता है) नहीं—हरगिज़ नहीं। वह हम लोगों जैसे नहीं होते। बस इन्हीं बातों में तुम औरतें ग़लती करती हो। नरम दिल होती हो ना—इसीलिए। मुजरिमों को तो फाँसी होनी ही चाहिए—तभी तो कहीं हम भले मानसों के भी दिन फिर सकते हैं। (गुलुबन्द खोल कर अलग रख देता है।)

**नैन :** अच्छा सुनो। इतना चल के आ रहे हो कुछ खाओ पिओगे?

**डिक :** है क्या-क्या?

**नैन :** दो एक केक खा लो। दो बूँद सेब की दारू पी लो। इसी कोठरी में अभी ताज़ी बना के रखी है।

**डिक :** तो लाओ—पर तुम्हें तकलीफ़ तो न होगी? (नैन गिलास और प्लेट लाती है, डिक एक केक उठाता है) मुझे चाहिए कि मैं तुम्हारी ख़ातिर करूँ न कि उलटी तुम मेरी—पर क्या करूँ—यहाँ मेरे पास मोहनभोग भी तो नहीं। मिस नैन, तुम-सी मोहनी को सिवाय मोहनभोग के और कोई क्या खिलाये!

**नैन :** रहने दो बस। न जाने कितनी लौंडियों से यही बकवास कर चुके होंगे।

**डिक :** कभी नहीं—एक से भी नहीं।

**नैन :** अच्छा। यह तो बताओ, ये केक कुछ पसन्द भी आये।

**डिक :** क्या कहना है! मेवेदार केक को काट के मक्खन लगा दो—फिर ज़रा आग दिखा दो—बस इतनी कि मक्खन पिघल जाये—तेज़ न करो, बस जरा एक आग दिखा दो।—फिर

उस पे हल्की-हल्की शक्कर बुरका दो कि ज़रा चाशनी आ जाये—मगर मीठा न होने पाये। फिर तो ये केक मुँह में ऐसे घुल जाते हैं जैसे गुलकन्द—या जैसे अपनी प्यारी के चूम्मे—बसन्त में—जब पूनो की चाँदनी छिटकी हुई हो!

**नैन :** अगर इन केकों में तुम्हें ऐसी करामातें दिखायी देती हैं तो लो, एक और खाओ। और देखो इस घड़ी को समझ लो कि यह पूनो का चाँद चमक रहा है। (केक लाती है)

**डिक :** एक तो केक खाना!—फिर तुम्हारे हाथ से—अजब मज़ा है। (केक खाता है) अरे! इससे शक्कर तो है ही नहीं। मिस नैन, ज़रा अपने प्यारे-प्यारे हाथ इस केक में छुआ दो—यह मीठी हो जाये!

**नैन :** मैं ऐसी बेतुकी बात करने से रही...लो यह दूसरा खा के देखो—इस पे शक्कर लगी हुई है।

**डिक :** (आधा काट के) अगर यह आधा तुम खालो तो मैं फूले न समाऊँ। मैं यह समझूँ—कि तुम—कुछ तो—

**नैन :** नहीं, मैं नहीं खाऊँगी। लो! यह दो घूँट और पी लो।

**डिक :** (चलकर) मिस नैन, यह दारू तो बड़ी तेज है। तेज़ होती तो अच्छी है—मगर जब ताव ठीक-ठीक दिया गया हो—खोए की तरह। मगर यह तो बहुत ही तेज़ है। मैं बताऊँ—इसमें क्या कमी रह गयी। कुछ अध पक्के सेव। एक अध पक्की टिकिया और कुछ थोड़े जायफल ख़ूब महीन पीस के डालने थे। दर दरे नहीं—महीन—समझी?—फिर देखती जो इसमें नाम को भी कड़वाहट रह जाती। ऐसी लगती जैसे एतवार का हलवा।

**नैन :** तुमको तो, मिस्टर डिक, कहीं का बाबरची होना चाहिए था।

**डिक :** अब्बा मुझसे कहा करते थे कि बच्चा, खाना पकाना सीख रखो। अम्मा के मरने पे मैं ही तो सब पकाता था। खाने के बड़े शौक़ीन थे अब्बा।

**नैन :** धन्य भाग उसके जिसे अपने बाप की सेवा करने को मिले। सोचो तो—कीड़े से जब से हम होते हैं तब से वह हमें

पालता है। दुनिया में हमें हरा-भरा देखने के लिए न जाने अपने किन-किन सुखों को मिटा देता है।

**डिक :** मेरे बाप ने अपने सुख-दुःख नहीं त्यागे। कहते थे कि एक दफ़ा कुछ कोशिश की थी—कुछ यों ही सी। पर इन्हें रास नहीं आयी।

**नैन :** लोग कहते हैं मर्द अपनी औलाद के लिए भी अपना सुख चैन नहीं छोड़ता। पर औरत को तो तजना पड़ता ही है। तुम जानो क्या? तुम्हें गरज़ क्या जो सोचो भी कि वह क्या-क्या तज देती है! अपना रंग-रूप खो बैठती है। कल से बेकल हो जाती है। दुनिया के सुखों—दुनिया के मज़ों से हाथ धो बैठती है। और क्यों? औलाद की ममता में। चाहे वह उसके बुढ़ापे में उसे दो रोटी से भी न पूछे।

**डिक :** भई, मैं तो कभी नहीं समझ पाता कि औरत औलाद पर क्यों जान देती हैं। जब तक औलाद नहीं होती यह कैसी गुजरिया सी होती हैं। गाल देखो तो लाल-लाल, चिकने, मुलायम जैसे मखमल। प्यारे-प्यारे होंठ—जैसे मूँगा—जैसे गुलाब! आँखें रसीली—तारों सो चमती हुई! और उफ़ वह गोरे-गोरे गालों से हाथ!—जिन्हें छुआ नहीं कि बदन भर में बिजलियाँ सी कौंदने लगीं—अजब तरह की—बयान से बाहर!

**नैन :** वह रंग-रूप जो मर्दों का मन हर ले बड़े भागों से मिलता होगा।

**डिक :** और बाद को मैंने इन्हीं लडकियों को देखा है।—कपड़े धोते-धोते हाथ जैसे झामा, भद्दे, सख़्त—सोते-सोते उँगलियाँ कटी छिदी!—मुँह पे हवाइयाँ। गाल पिचके और ऐसे बदरंग जैसे मेढ़क के पेट की खाल—आँखें देखो तो धसी हुई, भारी, बुझी-बुझी जैसे किसी बीमार भेड़ की हो जाती हैं, जब उसका वक्त आन पहुँचता है। होठ देखो तो कटे-फटे—बेरस। जोड़-जोड़ में दर्द, इधर-उधर कराहती फिरती है। देख के तरस आता है। चिथड़े लपेटे पुराने, गन्दे। बच्चे मैं-मैं कर रहे हैं—क्या हुआ भाई? नन्हें डिक

की नाक में से ख़ून बह रहा है—गिर पड़ा कटहरे पर। नन्हीं सायरा बिचारी फिसल पड़ी आँगन में—फूट गया सर उसका। उफ़, उफ़ भई मेरा तो दिल दुखता है।

**नैन :** माँ की ममता मिस्टर डिक, कुछ इतने ही तक थोड़ी है। रंग-रूप मिटना—सुख-चैन जाना—हँसते-खेलते दिल का बुझ के रह जाना, भला किसे सुहाता है पर औलाद की ममता भी तो अजब चीज़ है। बच्चा होना। एक नन्हीं-सी जीती-जागती मूरत का महीनों तुम्हारी छाती पे लोटते रहना। फिर उसे पालना-पोसना। और उसका बेबसी से माँ का मुँह तकना—अजब चीज़ है।

**डिक :** असल में ये नन्हें-नन्हें बच्चे होते तो बड़े प्यारे हैं। पर जब इन्हें कोई ज़रा साफ़-सुथरा रखे। इनका भजन-गाना मुझे बड़ा अच्छा लगता है। इन्हें नदी में तैरते देखो तो बड़ा मज़ा आता है।—ऐसे चिट्टे चिट्टे—ऐसे फुरतीले!—कभी बदन मलते हैं—कभी छीटें उड़ाते हैं—झल-झल चमकते हैं—जैसे हीरे।...मिस नैन हम लोगों के सिवा आज रात को और कौन-कौन आ रहे हैं?

**नैन :** बाजा बजाने जैफ़र पियर्स आ रहा है।

**डिक :** यह तो पागलखाने भेज दिया जाये तो अच्छा है। बुड़भस लगी है कमबख़्त को। लोग तो सच ही कहते है कि सठिया गया है। पर—

**नैन :** बाजा तो ऐसा बजाता है कि कुछ कहने की बात नहीं।

**डिक :** बड़े ग़ज़ब का! इसमें तो बूढ़ा ग़ज़ब ही करता है।

**नैन :** और भी सितम तो वह जब करता है जब उसकी पुरानी हूक जाग उठती है और उसे अपनी प्यारी का ध्यान बँध जाता है। वह उसे अब तक लौंडिया ही कहता है। और उसे मरे पचास बरस हो चुके होंगे—पचास से भी ऊपर—

**डिक :** बड़ी ख़ूबसूरत थी। लोग उसे पच्छिम का सितारा कहते थे। चेहरा जैसे चमेली का फूल। अब्बा उसकी चर्चा करते हैं।

**नैन :** जैफर ने उसपे बहुत से गीत बनाये हैं। उन्हें गाता भी

है। मैंने उसे एक दफ़ा अपना गीत आप गाते सुना है। गाने के साथ-साथ बाजा बराबर बजाता रहा। धीमे-धीमे मौत के स्वरों में—आँखों में आँसू डब-डबाये हुए। जब से वह बिचारी दुनिया से उठ गयी इसकी कल कुछ ऐसी बिगड़ी कि फिर न सँभल सका।

**डिक :** जैफ़र के सिवा और कौन-कौन आयेगा?

**नैन :** टौमी और आरटी। आरटी भी बड़ा हो के कैसा ख़ूबसूरत निकला है।

**डिक :** निकला होगा। लोग कहते तो हैं। मुझे तो कभी उसमें कुछ दिखायी-विखाई नहीं दिया।

**नैन :** बिल्कुल अपनी माँ पे गया है। काले-काले बाल, नाक-नकशा तस्वीर सा।

**डिक :** मुझे या तो बिल्कुल काले बाल अच्छे लगते हैं या बिल्कुल भूरे। या कुछ सुनहरापन लिये। बिल्कुल काले बाल भी अच्छे होते हैं। मगर इनमें कुछ चमकदार होते हैं—कुछ बिल्कुल बेचमक।—जानती हो मुझे इन दोनों में से कौन-सा रंग अच्छा लगता है? बस यही जो तुम्हारे बालों का है। खूबसूरत इसका नाम है।

**नैन :** (उठ कर) मिस्टर डिक, अगर तुम दारू पी चुके तो मैं यह गिलास हटा दूँ।... मिस्टर डिक?

**डिक :** क्यों?

**नैन :** सुनो। सात आठ दिन हुए हमारी एक भेड़ी मर गयी थी। उसे बाघी हुई थी। देखो तुम क़ीमें के समोसे मत छूना।

**डिक :** अरे! अच्छा खैर देखो तुम मुझे गोड़ियों का दोहरा हिस्सा दे देना। मैं करेली भी मज़े से खा लेता हूँ। पर नैन, क्या असल में बड़ी धूमधाम की दावत है?

**नैन :** और नहीं तो क्या। देखना, नाचते-नाचते सवेरा न कर दें तो सही। चाँद भी फीका पड़ जाये।

**डिक :** नैन! नाचने में तो तुम शहजादियों को मात कर देती होगी?

**नैन :** कहाँ मिस्टर डिक। साल भर से ऊपर हुआ यहाँ कौन नाचा-वाचा है।

डिक : अपने घर पे तो तुम ख़ूब नाचती होगी?

नैन : वहाँ तो हमारे दरवाज़े पे ही नाच हुआ करता था। एक बुड्ढा बाजा बजाता था। हर चाँदनी रात में हम नाचते थे। जूते पहन-पहन कर। सब लड़कियाँ जूते पहन-पहन कर नाचती थीं। इनके पाँव खट-खट बोलते थे। ऐसी मीठी आवाज़! सुनो तो मालूम हो जैसे ढोलकियाँ बज रही हों।

डिक : क्या कहूँ नैन, मैं वहाँ होता तो जी भर के तुम्हारे साथ नाचता।

नैन : और बहुत-बहुत तरह के गाने गाते थे। लावनियाँ-चैतियाँ-कजरियाँ-पुराने पुराने गीत। साथ-साथ झींगरों की झनकार हवा में गूँजती थी।...कभी कोई ग्वाला आ निकलता था।—बाँसरी बजाता हुआ—ऐसी मीठी कि क्या कहूँ... वह दिन भी अजब दिन थे।

डिक : जब से तुम यहाँ आयी हो, यहाँ भी तो बड़ी चहल-पहल हो गयी है। लेकिन घर छोड़ने का रंज तो हमेशा होता ही है। पर अब तो तुम जल्दी लौट जानेवाली होगी। तुम्हारे माँ-बाप का ध्यान तुम्हीं में लगा होगा—और लगा रहने की बात ही है!

नैन : मेरे माँ-बाप कहाँ! मिस्टर डिक, वो तो कभी के मर चुके!

डिक : अरे! मर चुके हैं? मिसेज़ पारजिटर तो ऐसी बातें करती हैं जैसे तुम्हारे घरवाले सब मौजूद हैं।

नैन : मिसेज पारजिटर ना!—हाँ वो तो चाहती हैं कि लोग यही समझें!

डिक : क्यों? यह क्यों?

नैन : बताऊँगी। किसी दिन यह भी तुम्हें बता दूँगी। पर लाओ अपना कोट-टोपी दे दो, अन्दर रख आऊँ। (कोट टोपी बग़ैरा ले जाकर कोठरी में रख देती है। फिर लौट आती है)

डिक : मिस नैन, आज तो तुम ग़ज़ब ही ढा रही हो।

नैन : हाँ, लोग कहते तो हैं कि पानी साबुन से बड़ी करामता हैं।

**डिक :** जरा कोई देखे! गुलाब के फूलों जैसी—कमल की पंखड़ियों जैसी हो रही हो!

**नैन :** मिस्टर डिक, आज तो तुम बड़ी मीठी-मीठी बातें कर रहे हो—बिलकुल दरबारियों जैसी!

**डिक :** हाय! (एक गुलाब का फूल निकाल कर) मिस नैन?

**नैन :** कहो।

**डिक :** मैं एक फूल लाया था?

**नैन :** जेनी के लिए मिस्टर डिक!

**डिक :** नहीं तेरे लिये। नैन, तू इसे लगायेगी?

**नैन :** दोगे तो क्यों नहीं लगाऊँगी?

**डिक :** तो ले—अब शुकरिया भी तो अदा कर।

**नैन :** बड़ी मेहरबानी, मिस्टर डिक! कितना प्यारा फूल है!

**डिक :** लाखों में एक। लाल-लाल जैसे प्रेम। प्रेम भी तो लाल होता है। खून जैसा—जैसे लाल गुलाब।

**नैन :** ओहो!

**डिक :** यह गुलाब मेरी आँखों के सामने बढ़ा-खिला, मिस नैन। और मैं—मैं यही सोचता था कि यह कैसा खिले अगर—अगर तुम कही इसे पहन लो।

**नैन :** तो फिर अब कुछ खिला कि नहीं?

**डिक :** खिलना कैसा, मिस नैन, तुमने इसे शर्मा दिया।...मिस नैन?

**नैन :** क्यों?

**डिक :** एक बात कहूँ, मानोगी?

**नैन :** पहले बात बताओ।

**डिक :** इस गुलाब को अपने बालों से सजा लो।

**नैन :** बालों में? यह क्यों मिस्टर डिक?

**डिक :** मैंने तुम्हें एक दिन सपने में बालों में गुलाब सजाये देखा था।

**नैन :** (फूल बालों में लगाकर) पुराने वक्तों की औरतें फूल बालों ही में सजाती थीं। नाचती भी थीं फूल बालों में सजाकर। इनकी पंखड़ियाँ टूट-टूट कर उन पर गिरती थीं—और इधर-उधर बिखर जाती थीं। यह सब अम्मा मुझे सुनाया

करती थीं।

**डिक :** ऐसा मालूम होता है जैसे यह गुलाब तुम्हारे बालों ही में फूला हो।

**नैन :** अब लैम्प जला देना चाहिए।

**डिक :** नहीं। अभी नहीं। रहने भी दो।

**नैन :** (दियासलाई जला कर) अलग वक्तों की औरतें भी बड़े ग़ज़ब की खूबसूरत होती होंगी। उन पे कैसे-कैसे गीत बने हैं। रंग-रूप भी, मिस्टर डिक, एक अजब चीज है।

**डिक :** बड़े ही ग़ज़ब की—खास कर औरत में।

**नैन :** औरत तो, मिस्टर डिक, पुजती है इसी से।

**डिक :** तुम भी ग़ज़ब की ख़ूबसूरत हो नैन! ग़ज़ब की।

**नैन :** आह! मिस्टर डिक।

**डिक :** तुम हो, ख़ूबसूरत—परी की-सी! जैसे गुलाब—जैसे मैंने तुम्हें सपने में देखा था!

**नैन :** हाय! मेरा हाथ छोड़ दो। मेरा हाथ तो छोड़ो।

**डिक :** तुम हो ख़ूबसूरत। ये आँखें तुम्हारी—ये मुखड़ा तुम्हारा—जैसे चम्पा! यह लम्बे काले बाल। उनमें यह फूल। ओ नैन तू है, ख़ूबसूरत। तू ग़ज़ब की ख़ूबसूरत है।

**नैन :** हाय। यह न करो! यह न करो!

**डिक :** मेरे दिल! मेरी जान!

**नैन :** हाय!

**डिक :** नैन, मैं तुझ पर मरता हूँ। मैं तुझ पर जान देता हूँ।

**नैन :** अब मुझे छोड़ दो। भई, अब मुझे छोड़ तो दो।

**डिक :** नैन, तुझे भी मेरा प्यार है? तू भी मुझे चाहती है?

**नैन :** तुम क्या जानो। तुम नहीं जानते हो। तुम मेरे जी का हाल क्या जानो?

**डिक :** नैन, मैं तुझ पे जान देता हूँ।

**नैन :** हाय! नहीं-नहीं—यह मत करना! मुझसे मोहब्बत मत करना।

**डिक :** दुनिया भर में तुझ सी ख़ूबसूरत ढूँढे नहीं मिल सकती। तू औरतों की ताज है।

**नैन :** हाय, मुझे छोड़ दो।

**डिक :** मेरी प्यारी! मेरी जान!

**नैन :** हाय, डिक!

**डिक :** नैन! मेरी नैन, बता दे—तू मुझे चाहती है?

**नैन :** हाय।

**डिक :** मेरी प्यारी। शादी करेगी मुझसे? मुझे चाहती है ना?

**नैन :** डिक, मैं तुम पर जान देती हूँ।

**डिक :** मेरा दिल! मेरी जान!

**नैन :** मेरे प्यारे। मेरे मोहन।

**डिक :** मेरे चाँद के टुकड़े—मैं तुझ पर गीत बनाऊँगा। मेरी मोहनी—

**नैन :** तुम मुझे चाहते हो—इससे सुहावना गीत और क्या होगा?

**डिक :** नैन प्यारी! मुझे अपने बाल खोल देने दे। मैं इन्हें बिखरे देखूँ....हाय! यह बाल...अरी नैन! तू है ग़ज़ब की ख़ूबसूरत।

**नैन :** हाय! मैं कहीं ख़ूबसूरत होती।

**डिक :** मेरी नैन! तू है ख़ूबसूरत।

**नैन :** तो और ज्यादा होती—जिससें तुम्हें और भी सुख मिलता।

**डिक :** मुझे प्यार कर ले। ज़ोर से प्यार कर ले...

**नैन :** देखो डिक, इन्हीं बालों को कहते थे—यह कौन से ऐसे हैं।

**डिक :** (बालों को चूमके) हाय! ग़ज़ब के हैं—मेरी प्यारी, बड़े ग़ज़ब के हैं।

**नैन :** मेरे प्यारे, अब मैं तेरी हूँ।

**डिक :** बता हमारी शादी कब होगी। तू बिल्कुल मेरी कब हो जायेगी।

**नैन :** हाय मेरे प्यारे! अब बस करो—बस करो।

**डिक :** पर शादी कब होगी?

**नैन :** मुझे प्यार कर लो।

**डिक :** बसन्त ठीक है?

**नैन :** ज़ोर से और ज़ोर से।

**डिक :** मेरी चाँद। मेरी रानी।

**नैन :** प्यारे! लो बस अब मुझे छोड़ दो (अलग हो जाते हैं) मैंने जी भर के सुख भोग लिया। बस अब मुझे कुछ नहीं चाहिए।

**डिक :** यह क्या? नैन यह क्या?

**नैन :** डिक, मैं तुमसे शादी नहीं कर सकती। अब जाओ—अब यहाँ से चले जाओ। (वह उसकी तरफ़ को बढ़ता है।) देखो, यह मत करो। हमारी शादी कभी नहीं हो सकती। तुम नहीं जानते। जानोगे तो मुझसे घिन करने लगोगे। मैं अपने मुँह से नहीं बता सकती। मेरे प्यारे, आज रात को नहीं। सब आते ही होंगे।...डिक जो मैं तुमसे शादी कर लूँ—पर, हाय! नहीं कर सकती, हरगिज़ नहीं कर सकती—अगर कर लूँ—तुम्हारे साथ रहूँ—तो मेरे लिये तुम बदनाम हो जाओगे। लोग तुम्हें नाम धरेंगे—इनसे छिप नहीं सकता—जान जायेंगे—ज़रूर जान जायेंगे।

**डिक :** मेरी मोहनी। मेरी नैन! अपने डिक को बता दे।

**नैन :** हाय! नहीं, नहीं, अलग रहो। मुझे मत छुओ। तुम अभी जानते नहीं। मैं अभागिनी हूँ। तुमसे शादी के लायक़ नहीं। डिक, मेरे बाबू—मेरे बिचारे बाबू (रोने लगती है) हाय डिक! हाय डिक! तुम क्या जानो—मुझपे क्या-क्या बीत चुका है। मालूम होता है कि जैसे मेरा कलेजा फट जायेगा।

**डिक :** यह क्या? यह क्या, नैन? अपने डिक को बता दे। मेरी भोली बिचारी—मेरी लाडली! अब तो तू मेरी हो ही चुकी, नैन।

**नैन :** जो तुम मुझे सचमुच चाहते हो डिक : हाय मेरे प्यारे! अरे हम-तुम एक हो जायें, तो फिर दुनिया कुछ नहीं कर सकती। लोग थका करें! हम देस छोड़ दें—परदेस चले जावें। वहाँ ख़ुश रहेंगे। हाय डिक! मुझे यहाँ से निकाल ले चलो। हमारे पास है क्या, डिक : बस दो जानें हैं। आपस में प्यार है तो फिर और हमें चाहिए ही क्या—और प्यार की हमें कमी पड़ नहीं सकती। डिक, मेरे प्यारे डिक! मुझे इस सबसे बचा ले।

**डिक :** मेरी प्यारी, मैं तुझे अपनाऊँगा। अभी, अभी आज ही रात को—इन सबसे कह दूँगा।

**नैन :** चाहे कुछ भी हो जाये? चाहे मैं तुम्हें बता भी दूँ—जो मुझे

तुमसे कहना है?

**डिक** : वह कुछ भी हो–अब तो बस आज ही रात को। आज ही। बाजे वाले के आते ही।

**नैन** : हाय मेरे प्यारे!

**डिक** : मैं सबके सामने तुम्हें अपनाऊँगा। एक-एक के सामने।

**नैन** : मुझे अपना लोगे।

**डिक** : मुझे फिर से प्यार कर ले, मेरी प्यारी।

**नैन** : ज़ल्दी से, लोग आते होंगे।

(दरवाज़े के बाहर कुछ पैरों की आहट और कुछ हल्के-हल्के हँसने की आवाज़ आती है।)

**आवाज** : अन्दर है यह लोग, यह आवाज आ रही है।

**आवाज़** : ...कहीं भी नहीं।

**आवाज़** : आ रही है...आरटी खबरदार–(सब मिलकर जल्दी से)

**आवाज़** : चुप...हिश।

**आवाज़** : सब मिल कर।

**आवाज़** : नहीं, एक के बाद एक।

**डिक** : आ गये सब।

**नैन** : मेरा दिल! मेरी जान!

**आवाज़ें** : (गाना)

*महाराजा किवड़िया खोलो*
*रस की बूँदें पड़ें।*
*मोरे राजा दर्वजबा खोलो*
*रस की बूँदें पड़ें।*

(चुप हो जाते हैं और हँसने की आवाज़ें आती हैं)

**आवाज़** : नहीं हैं अन्दर।

(एक इसी गाने की लय में गुनगुनाता है)

**डिक** : आज ही रात को...इन सब के सामने। बाजा शुरू होते ही...मेरी बीबी

**नैन** : मेरे स्वामी!

**आवाज़ें** : (गाना)

*गाटे सैयां मिलन की आस*

*दर्वजवा ठाड़ी रही।*
*धाऐं धाऐं धाऐं*

(दरवाज़ा पीटते हैं। डिक और नैन अलग हो जाते हैं। मिसेज़ पारजिटर और जेनी जल्दी-जल्दी नीचे आते हैं। वैसे ही नैन दरवाज़ा खोलती है। बूढ़ा जैफ़र पियर्स—आरटी पियर्स—टौमी आरकर और दो लड़कियाँ अन्दर आती हैं।)

**मिसेज़ पारजिटर :** आओ। मेरा दिल तो तुम सबको देख के निहाल हो जाता है।
(लड़कियों को प्यार करती है और नैन की तरफ़ घूरती है।)

**जेनी :** (डिक से) क्यों मिस्टर गरबिल, गुलाब का फूल लाये? कुछ याद है, क्या वादा किया था?

**डिक :** तुम गुलाब-वुलाब क्या करोगी?

**जेनी :** ठीक है। इन्सानियत इसी को कहते हैं, मिस्टर डिक!

**डिक :** ज़रा अपने गाल तो देखो। यह किन गुलाबों से कम हैं?

**मिसेज़ पारजिटर :** जैफ़र अच्छे तो रहे?
(सब एक दूसरे को सलाम बन्दिगी करते हैं)

**आरटी :** दादा ऐसे नहीं सुनते जब तक इनके कानों में न चीखो। (कान में चीख़ता है) दादा अच्छे तो हो?

**जैफ़र :** (नैन की तरफ़ देख कर) दो बार इसे देखा है—दो बार!. ..रास्ता चलते—कहीं जा रही थी। बाल खुले। उनमें फूल सजा हुआ। आँखें तारों सी चमकती हुई।...दो बार अपरेल में।

**आरटी :** दादा आओ! इधर को—यहाँ बैठ जाओ हमारे दादा बाजा तो ख़ूब बजा लेते हैं। पर बातचीत नहीं कर सकते—ख़ास कर नये लोगों में।

**एक लड़की :** आज गाँव में दो-तीन नयी सूरतें दिखायी दीं—मिसेज पारजिटर सुना तुमने?

**मिसेज़ पारजिटर :** सचमुच बच्ची?

**टोमी :** और तुम्हारा ही घर पूछ रहे थे। पादरी साहब भी उनके साथ थे।

**आरटी :** मिसेज़ पारजिटर ख़ैर तो है? कहीं डाका-वाका तो नहीं

डाल आयीं?

**मिसेज़ पारजिटर :** डाका! नहीं भइया। भला बिना चुराये ही चोर-उचक्कों से छुटकारा मिल जाये तो मैं जानूँ भर पाया।

**आरटी :** यह सब तुम जानो—पर इनमें एक सरकारी सिपाही ज़रूर है।

**डिक :** है तो बेशक। मुझे भी मिले थे।

**मिसेज़ पारजिटर :** हैं! तो डिक भइया तुम इन सब के साथ-साथ नहीं आये थे क्या?

**डिक :** नहीं। पर वह मिले मुझे भी थे।

**सब :** क्या जानें क्यों आये हैं।

**मिसेज़ पारजिटर :** घबराहट क्या है? यहाँ आते हैं तो आप ही हाल खुल जायेगा। पर यह है—गाँव के चोर गाँव वाले आप नहीं पकड़ सकते क्या?

(बूढ़ा पारजिटर नीचे उतर के वास्कट के बटन लगाता अन्दर आता है)

**पारजिटर :** आहा! आहा!

**सब :** मिस्टर पारजिटर! अच्छे तो हैं आप?

**पारजिटर :** (सलाम करके) लड़कियो, आज तो तुम बड़ी अच्छी लग रही हो!...अरे डिक! तुम तो बिल्कुल दूल्हा बने हुए हो!.. ..क्यों जैफ़र, तुम भी यार बड़े पुराने पापी हो—कहो बाजा-वाजा भी लाये हो?

**जैफ़र :** (अब तक नैन की तरफ़ घूर रहा है) यह है कौन? सड़कों पर, यह चमकती मूरत मैंने देखी है। फूल बरसाती जाती थी—फूल!

**जेनी :** (जैफर पर नज़र डालकर) तो डिक, तुम यहाँ पहले ही से आये हुए थे...अरे! नैन! कुछ होश भी है। बाल बाँधना भी भूल गयीं। अम्मा ज़रा नैन के बाल तो देख!

**मिसेज़ पारजिटर :** बच्ची—खुदा तुझे समझे—यह फूल बालों में क्यों सजाया है। और यह बाल बिखेरे यहाँ क्यों आन खड़ी हुई?

**नैन :** दरवाज़ा खोलने आयी थी। और दिया भी तो जलाना था।

**जैफ़र :** एक प्याला लाल-लाल शराब का मुझे दे दो। और एक

प्याला सफ़ेद शराब का—और थोड़ा शहद (नैन के पास आकर) और एक सेब...और एक...मैं ख़ुशी का राग अब बजाऊँगा। मैं इस दुल्हन का सुहाग अब गाऊँगा!

**आरटी :** तुम्हारा क्या कहना है! न जाने क्या-क्या कमाल करोगे। बैठ भी जाओ बूढ़े मियाँ—यहाँ कोई दुल्हन-वुल्हन नहीं है।

**पारजिटर :** (लड़कियों से) कौन कहता है नहीं है। यहाँ तो हम सब के लिए दुल्हनें मौजूद है। जहाँ तुम-सी प्यारी, प्यारी लौंडियाँ हो वहाँ दुल्हनों की क्या कमी। पर सुनो, अब तुम यह अपने कोट-वोट उतारोगी कि नहीं?

**आरटी :** हम बिचारों को भूल ही गये क्या?

**पारजिटर :** भूला नहीं। मर्द, मर्द—औरतें, औरतें। बारी-बारी से—जैसे भेड़ियाँ खाई में से निकलती हैं—एक के पीछे एक। लड़कियो, तुम तो नैन और जेनी के साथ ऊपर चली जाओ।

**नैन :** एलेन, आओ।

**जेनी :** लाओ तुम अपना कोट मुझे दे दो।
(लड़कियाँ ऊपर जाती हैं)

**पारजिटर :** लड़को! आओ तुम मेरे साथ इस दूसरे कमरे में आओ।
(इन सबको दूसरे कमरे में ले जाता है।)

**मिसेज पारजिटर :** (डिक को साथ जाते देख के) डिक भइया। ज़रा सुनो।)

**डिक :** क्यों मिसेज़ पारजिटर : क्या है?

**मिसेज़ पारजिटर :** तुम तो अपनी चीज़ें पहले ही उतार चुके हो। आओ ज़रा मेरी मदद तो कर दो—कैसा अच्छा बच्चा है।

**डिक :** ज़रूर मिसेज पारजिटर : बोलो, क्या करना है?

**मिसेज़ पारजिटर :** इस कमरे को नाचने के लिए ठीक करना है। लाओ पहले इन लैम्पों की बत्तियाँ ठीक कर दें...ऐसे...अब लाओ मेज इधर को रख दें...ऐसे...आज तो तुम यहाँ जरा जल्दी आ गये थे—क्यों?

**डिक :** बस दो-एक मिनट...हाँ, तो अब यह कुरसियाँ किधर को रखी जायेंगी?

**मिसेज़ पारजिटर :** यह सब ठीक है—क्यों तो तुम्हें नैन ने अन्दर बुला लिया होगा?

**डिक :** हाँ, उन्हीं ने बुला लिया था।

**मिसेज़ पारजिटर :** सुनो! तुम दोनों ने जो खेल खेले, मुझे सब ख़बर है।

**डिक :** यह ख़ूब—

**मिसेज़ पारजिटर :** मुकरते क्यों हो? उसने तुम्हें प्यार नहीं किया, क्यों?

**डिक :** (बिगड़ कर) तो आपको क्या?

**मिसेज़ पारजिटर :** यह तो ठीक है। मुझे क्या—पर मैंने धूप में बाल सफ़ेद नहीं किये। मेरे भी आँखें हैं!

**डिक :** होंगी—तो मैं क्या करूँ? पर इनसे आपको फ़ायदा तो कुछ है नहीं।

**मिसेज़ पारजिटर :** लौंडे, मुझे क्या चलाता है? जब किसी लौंडिया का मुँह तमतमाया हुआ—बाल कमर तक बिखरे—उनमें गुलाब सजा हुआ हो—और साथ में हो एक लौंडा—मस्त—आँखें चढ़ी हुई—जैसे तेरी हैं—तो क्या मैं समझ नहीं सकती कि—

**डिक :** क्या समझ सकती हो?

**मिसेज़ पारजिटर :** यह समझ सकती हूँ कि ऐसी सूरतें आपसे आप नहीं बन जाती।

**डिक :** (बिगड़ कर) तो समझे जाओ!

**मिसेज़ पारजिटर :** बुरा क्यों मानता है। मैं तुझे कुछ ऐब थोड़ी लगा रही हूँ।

**डिक :** इसमें क्या शक-नाम को नहीं!

**मिसेज़ पारजिटर :** जवानी दीवानी तो होती ही है।—मैं जानती नहीं हूँ क्या? पर फिर भी...

**डिक :** फिर भी क्या?

**मिसेज़ पारजिटर :** कुछ नहीं। जाने दो—हुआ!

**डिक :** मालूम तो हो क्या कहना चाहती थी?

**मिसेज़ पारजिटर :** नहीं, कुछ नहीं।

**डिक :** कुछ जरूर कह रही थीं।

**मिसेज़ पारजिटर :** नहीं, कहती क्या? पर मेरा माथा ज़रूर ठनकता है। जानते तो हो—तुम्हारे अब्बा अपनी लकीर के कैसे फ़कीर हैं!

**डिक :** हैं, तो फिर क्या हुआ?

**मिसेज़ पारजिटर :** तुम्हारे अब्बा ने तुम्हें अपने कारबार में ले लिया या नहीं?

**डिक :** अभी नहीं।

**मिसेज़ पारजिटर :** यह तो मैं जानती हूँ। एक बात और जानती हूँ—बता दूँ तो अभी भौंचक्का से रह जाओ।

**डिक :** वह क्या बात है?

**मिसेज़ पारजिटर :** कुछ मुझसे उन्होंने ज़िक्र किया था। पर भइया मैं लगाई-बुझाई से दूर भागती हूँ।

**डिक :** मेरे कारबार में लेने की बात थी क्या?

**मिसेज़ पारजिटर :** उन्होंने कहा तो था मुझसे चुपके से। पर मुझमें तुझमें क्या चुपका?—या कुछ है?

**डिक :** बिल्कुल नहीं। मैं तो—

**मिसेज़ पारजिटर :** सुन, सुन, तेरे अब्बा मुझसे बोले, कहने लगे मिसेज़ पारजिटर अब मैं कब्र में पाँव लटकाये बैठा हूँ। मैं चाहता हूँ मेरे लड़के का कहीं ठीक ठौर हो जाये। बस इसने शादी की और मैंने इसे अपने कारबार में ले लिया। और घर-वर ठीक करने के लिए दो-ढाई सौ रुपये इसे दे दूँगा।

**डिक :** क्या समझ की बात कही! क्यों न हो!—पुराने चावल हैं ना! मसल है—अंधा क्या माँगे दो आँखें।

**मिसेज़ पारजिटर :** मैंने उनसे कहा, यह ठीक है। कोई भी माँ अपनी लड़की के लिए और क्या चाहेगी? (आवाज़ बदल कर) यह लौंडिया तो, डिक, तेरे पीछे दीवानी है। जब से यहाँ से अलग हुई—छुईमुई सी मुर्झा के रह गयी। तू क्या जाने कि इसका कैसा बुरा हाल है। मैं तो रोज़ देखती रहती हूँ। तू जो कहीं देख पाता तो बस ब्याहते ही बन आती—या तो फिर उसे घुला-घुला के मार ही डालता। क्यों—कभी तूने इससे साफ़-साफ़ बात की है?

**डिक :** हाँ। आज ही की है। अभी-अभी। एक मिनट हुआ होगा।

**मिसेज़ पारजिटर :** जब यहाँ दरवाजे पर खड़ी थी?

**डिक :** नहीं, जब मैं भीतर आया था।

**मिसेज़ पारजिटर :** तो उसने जाने क्या जवाब दिया होगा? तू मुझे काहे को बताने लगा—क्यों?

**डिक :** मैं तो समझा आप सब देख चुकी हैं? आपकी बातों से तो यही मालूम होता था।

**मिसेज़ पारजिटर :** कहीं भी नहीं। मैंने कहाँ देखा।

**डिक :** 'बाल खुले हुए।' 'गुलाब सजा हुआ' डिक जाने क्या-क्या कुछ तो आप कह रही थीं?

**मिसेज़ पारजिटर :** बाल खुले हुए? उसके बाल तो खुले नहीं थे। मैंने तो खुद ही पारे थे।

**डिक :** खुले तो थे। अभी-अभी तो आप खुद ही कह रही थीं।

**मिसेज़ पारजिटर :** जेनी के बाल?

**डिक :** नहीं, नैन के।

**मिसेज़ पारजिटर :** नैन! नैन का इसमें क्या बीच है?

**डिक :** मैंने, मिसेज पारजिटर, अभी उससे पूछा था कि वह मुझसे शादी करेगी। वह राजी हो गयी। (कुछ रूक कर) अब कारबार भी मिल जायेगा। बड़ा मजा रहेगा—क्या है ना? कभी शाम को जरा गाड़ी-वाड़ी भी मिल जाया करेगी... रुपया तो मिलेगा उससे।

**मिसेज़ पारजिटर :** (नाक-भौं चढ़ा कर) तुम्हें कारबार मिलेगा...ख़ाक थोड़ी। जो जेनी को ब्याहो, तो कारबार पाओ—यह तुम्हारे अब्बा तै कर चुके हैं। यही उन्होंने दिल में ठानी हुई है।

**डिक :** अब्बा तै कर चुके हैं?

**मिसेज़ पारजिटर :** कहते थे कि शादी उसे मेरी पसन्द से करनी पड़ेगी—इतना वह समझ रखे। और जो वह अपना भला-बुरा आप नहीं समझ सकता तो चलता-फिरता नज़र आवे माँगे भीख दर दर!

**डिक :** भीख माँगे दर दर!

**मिसेज़ पारजिटर :** 'एक छदाम तो मुझसे पायेगा नहीं'। यह इन्हीं के लफ्ज़ हैं—अब बोलो?

**डिक :** अब बोलूं!
(मिसेज़ पारजीटर उसका रंग देखती है)

**मिसेज़ पारजिटर :** तो तू क्या समझता था कि जेनी को दुनिया जहान में बदनाम भी करेगा—और फिर ऐसे निकाल फेंकेगा जैसे दूध में से मक्खी!—जैसे वह कोई निगोड़ी नाठी हो।

**डिक :** किसी लौंडिया को दो-एक दफ़ा प्यार-व्यार कर लेना एक बात है—शादी करना दूसरी बात होती है।

(पारजीटर अन्दर आता है। डिक को गौर से देखता है। वो बिल्कुल पीला पड़ा हुआ है। चूल्हे की तरफ से जाता है। और यहाँ से पेचकश उठा कर हल्के-हल्के डिक को घूरता हुआ बाहर चला जाता है—बोलता कुछ नहीं)

**मिसेज़ पारजिटर :** अब बोलो?

**डिक :** (जबान होंठो पर फेर के) बोलूँ क्या—अब्बा मेरी कुछ सुनेंगे नहीं क्या!

**मिसेज़ पारजिटर :** क्या कहोगे उनसे?

**डिक :** साफ़ कह दूँगा कि जेनी तो, तेरे लिये ऐसी है जैसे मिट्टी—जैसे गोबर...कह दूँगा मैं नैन को दिल से चाहता हूँ। उससे शादी करने को तैयार हूँ।

**मिसेज़ पारजिटर :** हल्के-हल्के और गुस्से से तुम उनसे यह भी तो कहोगे ना—अपने अब्बा को यह भी बताओगे ना कि तुम उस लौंडिया से शादी करना चाहते हो जिसके बाप को अभी गलोस्टर जेल में फाँसी हुई है—इसलिए कि वह चोट्टा था। बहुत दिन नहीं हुए—अभी इसी बड़े दिन के पहले की बात है।

**डिक :** क्या! नैन के बाप का?

**मिसेज़ पारजिटर :** (सर हिलाती है) और इसकी अम्मा को रोज़ मर्दुए घेरे रहते थे। (ठैर कर) ... क्यों यह सब भी अपने अब्बा से कहोगे कि नहीं?

**डिक :** तोबा! तोबा! ऐसा की लड़की है?

**मिसेज़ पारजिटर :** दोनों एक से एक बढ़के!

**डिक :** ख़ुदा की पनाह?

**मिसेज़ पारजिटर :** 'निकल गया दिल सीने से ज्यों एनजिन भागे सरपट'!

**डिक :** हाँ—यह बात है—तो इसी से शादी करूँगा और कुछ नहीं तो तुम्हें जलाने को ही सही।

**मिसेज़ पारजिटर :** शादी किस बिरते पे करोगे भइया? न टका तुम्हारे पास—न भिन्जी कौड़ी उन बीवी के पास (कुछ रुक के) ताज्जुब है उसने अपने बाप की फाँसी का हाल तुमसे छुपाया! जानता सारा जहान है। ढिंडोरा पिटा था। जेल के सामने

भीड़-की-भीड़ गाँव वाले इकट्ठे किए गए थे। बड़ा तहल्का मचा था—पर इन्होंने तुमसे कुछ भी नहीं कहा?

**डिक :** कहा तो नहीं पर चाहती थी कि बता दे। ग़ज़ब रे ग़ज़ब! ...हाय ग़ज़ब!

**मिसेज़ पारजिटर :** सोचती होगी कि पहले ख़ूब फाँस लूँ तो बताऊँ।...यह देखो—यह अन्दर क्या ऊधम मच रहा है।

(अन्दर से हँसने की आवाज आती है। और कोई मुर्ग़े की बोली बोलता है)

ग़ज़ब की चलती पुरज़ा है...जितनी ज़मीन के ऊपर है कमबख़्त उतनी ही नीचे है।

**डिक :** चुप शैतान की ख़ाला—ढड्डो, खूसट कहीं की! मार तो डाला—अब चाहती क्या है?

**मिसेज़ पारजिटर :** सुनो-सुनो। आदमी बनो।

**डिक :** मिसेज पारजिटर : मैं कहता हूँ...मेरा मिसेज़ पारजिटर...

**मिसेज़ पारजिटर :** कहा—कहो—कहना क्या चाहते थे।

**डिक :** कहूँ क्या—कुछ समझ में ही नहीं आता।

**मिसेज़ पारजिटर :** तुम्हारे अब्बा की समझ में तो आवेगा?

**डिक :** कौन जाने आवेगा या नहीं। पर मेरे पास अगर कुछ भी सहारा होता—

**मिसेज़ पारजिटर :** तो इसमें क्या है। भूखा मरना चाहते हो तो मरो! उठाओ बधना बोरिया—फिरो टुकड़गों की तरह ठोकरें खाते।

**डिक :** अरे!—ठोकरे खाऊँ!—टुकड़गदों की तरह! ग़ज़ब रे ग़ज़ब!!

**मिसेज़ पारजिटर :** टुकड़गदों का भी कोई काल है। जिधर देखो झक मारते फिरते हैं—गन्दे—दिलद्दर—सलीथड़े लथेड़ते—आधा पैर भीतर आधा बाहर! कही बैठे मोहरीयो में से गिरे पड़े टुकड़े बटोर रहे हैं। कहीं बैठे खाई को झाड़ियों में से सड़ी गली झड़बेरियाँ चुन रहे हैं। कहीं देखो तो झाड़ियों के नीचे पड़े ऐंठ रहे हैं रात को पाला मार गया—पड़े हैं ठिठरे!...हज़ारों हैं हज़ारों! उनमें तुम भी एक सही।

**डिक :** उफ़! उफ़! मैं बाज़ आया—चुप रहो बस!

(खामोशी)

**मिसेज़ पारजिटर :** भइया डिक तो फिर अब सोच क्या है? जैनी मंजूर है?

**डिक :** जाये ऐसी की तैसी में! सही—वही सही। जेनी ही सही। है तो कमबख़्त ऐसी जैसे ठण्डी-ठण्डी पुलटिस हो! पर करूँ तो क्या करूँ। सही—जेनी ही सही। अब तो ठण्डक पड़ी।

**मिसेज़ पारजिटर :** (मुँह चूम कर) शाबाश बेटा शाबाश! मैं तो जानती थी। भले मानसों की भली ही बातें होती हैं। मैं तुझे तुझसे ज़्यादा जानती हूँ। (दरवाज़ा खुलता है। मर्द अन्दर आते हैं। गाते, गुल मचाते। आर्टी पियर्स मुरगे की बोली बोलता आता है। लड़कियाँ गुल सुनकर नीचे उतर आती है)

**मिसेज़ पारजिटर :** तुम लोगों ने भी जुगों लगा दिये।

**पारजिटर :** और तुम यहाँ क्या करती रहीं?

**आरटी :** इश्क़बाज़ी और ख़ुदा राज़ी।

(गाता है)

*नजारा मैं तो मार आईं रे।*
*जहाँ नजारा, वहाँ गुजारा*
*इसमें किसका इजारा*
*नजारा मैं तो मार आईं रे।।*

जहाँ बस एक बूँद पी फिर क्या—जैसे बारुद में चिंगारी लगा दे कोई। (मुँह पोंछता है)

**मिसेज़ पारजिटर :** (पारजिटर से) घबराओ मत। तुम्हें भी मालूम हो जायेगा कि मैं क्या कर रही थी—वक्त आने दो। जेनी! यहाँ आना! ज़रा यह कुर्सियाँ तो ठीक करवा ले... सुन—मैंने सब सँभाल लिया—समझी? तेरा और डिक का—सब तै हो गया।

**जेनी :** (कुली उठा कर) लाओ अम्मा वह भी मुझे दे दो...आज तो...खूब....खूब तमाशे होंगे—क्यों अम्मा है ना?

**पारजिटर :** सुनो, सुनो—आओ पहले एक नाच हो जाये।

**एक लड़की :** आप भी नाचेंगे मिस्टर पारजिटर?

**पारजिटर :** मैं नहीं नाचूँगा तो क्या तू नाचेगी?...ज़ैफर! इधर आओ। सँभालो अपना एकतारा-बिकतारा।

**लड़की :** मुझे तो एकतारा बड़ा अच्छा लगता है।

**जेनी :** सारंगी और भी अच्छी होती है।

**पारजिटर :** जैफ़र, शुरू करो!...देखो—अब नाक भौं न चढ़े किसी की। रंग में भंग ठीक नहीं—क्यों, है कि नहीं?

**नैन :** जैफ़र दादा ज़रा ठैरो। ऐसे नहीं—कुर्सी ठीक कर दूँ तो बैठना।

**जैफ़र :** (जैसे कोई सवाल करता हो) रास्तों में सड़कों पे, मैंने तुम्हें देखा है! और कब—आँधियों में—तूफ़ानों में!

**नैन :** लो बैठ जाओ...बस अब ठीक है। लेओ यह तकिया लगा लो।

**आरटी :** देखो कहीं दादा आग में न गिर पड़ें। ध्यान न रखा तो धम से जा रहेंगे।

**जैफ़र :** (पुराने तरीके से बहुत झुक-झुक कर सलाम करता है) रंग-रूप औरतों में घमंड के बीज बोता है।...रंग रूप लाखों में ऐसा ग़रीब स्वभाव—यह दया कहाँ, जो एक बूढ़े की सुध रखें?...हाय! हाड़-मांस जब रह गया फिर क्या सुख क्या चैन! फिर तो बस आदमी बच्ची, जवानों, सब का खिलौना बनकर रह जाता है।...मैं बूढ़ा हूँ—हाय, मैं बहुत बूढ़ा हूँ।

**नैन :** जैफ़र दादा यह क्यों कहते हो? बूढ़ों में सूझ-बूझ होती है। बूढ़े दुनिया का ऊँच-नीच देख चुके होते हैं—उनमें शान्ति होती है।

**मिसेज़ पारजिटर :** तेरा सर होता है! (सब हँसते हैं)

**जैफ़र :** शान्ति! तेरा यह रंग-रूप देख के शान्त कौन रह सकता है? हाय! यह रंग-रूप लिये जहाँ जायेगी—देखने वालों में आग लग जायेगी!

**लड़कियाँ :** भई! इस सब तैयार खड़े हैं—अब देर किस बात की है?

**पारजिटर :** अपने-अपने साथी—

**जैफ़र :** (नैन से) दुल्हन! दुल्हन! मैं कौन-सा राग बजाऊँ...मौत का राग सुनेगी जो गिरजे के घंटों में बजता है—जब बिन ब्याही लड़कियाँ लाश पे फूल बरसाती होती हैं?...मैंने खुद यही राग सुना था...मेरी प्यारी ने भी यही राग सुना था। (कुछ ठहर कर) मेरा भी एक फूल था...मैंने अपने ही हाथों उसे

गिरजे पहुँचा दिया (कुछ रुक कर) लोगों ने मेरे इस फूल को कफ़न में छिपा के ताबूत में रख दिया था (कुछ रुक कर) ताबूत के गोद में उतरने का धमाका मैंने सुना था! (बातें करता जाता है और बाजा मिलाता जाता है) वह मेरा सफ़ेद फूल अब भला किसे याद होगा! (कुछ रुक कर) यह कहानी साठ बरस पुरानी है!

**नैन :** तुम फिर मिल जाओगे उससे जैफ़र। अब भी शायद वह कहीं तुम्हारे आस-पास ही हो।

**जैफ़र :** (ज़रा ऊँची आवाज़ में—और कुर्सी से कुछ उठ कर) अरे! अरे! तू आ गयी! आख़िर आ गयी मेरी सुन्दरी—

**मिसेज पारजिटर :** (जैफ़र का हाथ हिलाकर) देखो, इधर सुनो! बजाना शुरू करो! सुना? बाजा बजाओ! (नैन से) सूझता नहीं कि तुझे देख के उसका जी लौटा जाता है? हट उसके सामने से! कोई देखे तो कहे कमबख़्त कैसी निर्दयी है।

**पारजिटर :** अपने-अपने साथी चुन लो। चुन चुके?...सब अपने-अपने साथी चुन चुके?

**सब :** अभी नहीं।...आरटी! यह बेतुकी बातें बन्द करो! अब ज़रा निचले हो जाओ! भला ऐसे में कहीं नाच-वाच हो सकता है? वग़ैरा वग़ैरा तुम इधर आओ। मेरे पास आ जाओ। (नैन डिक को देखती है। और उसके इंतिजार में ज़रा अलग को खड़ी रहती है)

**मिसेज़ पारजिटर :** सुनो! सुनो! इस वक्त हम सब इकट्ठे हैं। ज़रा चुपचाप रहो। अभी एक छोटी सी बात हुई है। वह सुन लो तो नाच शुरू करना।

**आरटी :** सुनो भाई सुनो!

**पारजिटर :** (आरटी से) मुँह बन्द! (आरटी का मुँह चिड़ा के उसे और भी उकसाता है)

**मिसेज़ पारजिटर :** तुम्हें होगा तो बड़ा ताज्जुब। मैं आप धक से रह गयी—बिल्कुल भौंचक्की-सी!—मैं तुम्हारे खेल-कूद में विघ्न डालना नहीं चाहती। बस यह छोटी-सी ख़बर सुन लो।—ही ही ही ही! क्या बताऊँ—

**आरटी :** आँखें मीचे कौन कहे! आँखें मीचे कौन कहे!

**एक लड़की :** भई आरटी! तुम चुप करो—

**मिसेज़ पारजिटर :** सुनो! जेनी और डिक ने एक दूसरे को पसन्द कर लिया। आज इनकी मँगनी हो गयी। मैं समझती हूँ कि तुम सब इस जुगल जोड़ी को मुबारकबाद दोगे। डिक!...जेनी!—लाओ अपने हाथ लाओ।...यह लो (हाथ मिला देती है) दुनिया के सब सुख भोगो। दूधों नहाओ—पूतों फलो।...डिक। (उसका मुँह चूमकर) अब तो तू भी मेरा ही बच्चा है—है ना?

**आरटी :** डिक की अम्मा, बिचारे को क्यों झिपाती हो—अब माफ़ कर दो—

**सब :** भई यह भी ख़ूब हुआ।...भला यह कौन समझ सकता था!..मुबारक! मुबारक!...सदा हरे-भरे रहो।...ख़ूब फलो-फूलो।..ऐसी चट-पट।—मुझे तो धक सा हो गया!...जैनी इधर तो आ—मैं तुझे प्यार तो कर लूँ...

क्यों भई डिक अब तुम्हें तो कोई प्यार-व्यार कर नहीं सकता।...ख़बरदार इनसे न बोलना—अब यह ब्याहे-थ्याहे हैं।...सूरत ही से टपकने लगा—अभी से—ज़रा सूरत देखना!

**नैन :** डिक, डिक, अरे डिक! हाय डिक! यह क्या किया? क्या मुझसे यह सब तुम्हारा खेल ही था?

**डिक :** मुझसे डिक-डिक मत कर! चल हट यहाँ से!

**मिसेज़ पारजिटर :** अरी यह तू डिक के पीछे क्यों पड़ गयी?

**नैन :** मैं समझती थी कि शायद उसे मुझसे कुछ कहना हो—

**डिक :** तुम समझती थीं कि यह काठ का उल्लू अच्छा मिला! क्यों यही समझती थीं ना?

**नैन :** (उसकी तरफ़ देखती हुई हल्के-हल्के एक कुर्सी की तरफ यह कहती हुई जाती है) डिक, मैं समझती थी कि मेरे दिन फिरने वाले हैं—

**पारजिटर :** नैन!—नैन! यह तू तमाशा क्या कर रही है? आ—इधर आजा—अब नाचेगी कि नहीं?

**मिसेज़ पारजिटर :** शायद यह नैन भी बिल्कुल अपने बाप की-सी है—

**जेनी :** (थिरक थिरक कर) यह कैसे—यह कैसे अम्मा?

**मिसेज़ पारजिटर :** यह भी शायद हवा में टंग कर ही नाच सकती हो—

**नैन :** (उसके पास जा के) हाँ हाँ!—मैं हूँ अपने बाप की-सी!—कमीनी—तू मुझे सुनाती क्या है?

**पारजिटर :** अरे यह आज तुझे हो क्या गया है? इतने लोगों के बीच में!

**मिसेज़ पारजिटर :** तुम अपनी टाँग न अड़ाओ—मैं इससे समझ लूँगी। (लोगों से) बात यह हुई है कि यह बन्नो समझती थी कि ज़रा अपने केस लटका के—गले के दो एक बटन खुले रख के—डिक बिचारे को रिझालेंगी—

**टोमी :** अरे यार डिक, हमारे जल्दी आने से कुछ ख़लल तो नहीं पड़ा।

**जेनी :** इसमें क्या है? बहिन नैन हमारी प्रेम के बदले में अपना तन-मन सब दे देना ठीक समझती हैं—जो चाहे ले ले!

**मिसेज़ पारजिटर :** इस घर पे तो दया करें! यहाँ तो अब इनका लेना-देना हो चुका! कहे कौन! अभी इसी बड़े दिन की बात है कि इन बीवी बन्नों के अब्बा को चोरी के लिए फाँसी हुई है।

**पारजिटर :** जेनी की अम्मा! यह क्या बहियात है? मगर नहीं—यह उसकी सज़ा है। मुझे भी तो उसने बात साफ़-साफ़ नहीं बताई—

**सब :** अरे!!

**नैन :** हाँ-हाँ—लोगों तुम भी कान खोल के सुन लो!...मेरे अब्बा को फाँसी हुई है—ग्लोस्टर में।...मुझे चाहिए था मैं तुम्हें बता देती—तब फिर तुमसे मिलती-जुलती ... डिक, डिक मैंने बहुत चाहा था कि तुम्हें बता दूँ!...डिक, मैं अपना सब कुछ तुम्हें दे चुकी!..जैसा तुमने आज मुझे बरता, वैसा आज तक किसी ने नहीं बरता था...अब बस मेरी एक ही खुशी है कि तुम दुनिया के ख़ूब-ख़ूब सुख भोगो!

**डिक :** बस हो चुका! देखो यह जैफ़र बैठा है—जाओ उसी को अपनी यह राग-माला सुनाओ। उसे और कुछ करना भी नहीं है। मैं तुमसे बाज़ आया...जेनी यहाँ आओ। आज तुम मेरे साथ नाचोगी।

**जेनी :** (खिलखिला के) इसमें तो मैं भी डिक गरविल की मदद कर सकती हूँ।

**डिक :** तो सोचती क्या हो—करो ना?

**जेनी :** क्या कहूँ! मेरा दिल फूल की तरह खिला जाता है?? यह बहिन नैन का कहना है—और जब यह कहती हैं तो इसमें कुछ न कुछ बात तो होवे ही गी।

**नैन :** हाय मैं मर चुकी होती—हाय मैं मिट चुकी होती!

**टिक :** अरी सुन—अब हमें नाचने-वाँचने देगी कि नहीं? (नैन एक कोने में चली जाती है)

**जैफ़र :** दुलहन! दुलहन! आँसू पोंछ डाल। यह झड़ी भला कब तक लगी रह सकती है?
पर प्रेम एक फूल है। सुन्दर—सुहावना—अनमोल!...यह फूल बहुत बड़ा और ख़ून की तरह लाल-लाल है। यह कुम्हलाना नहीं जानता—सदा बहार है—सदा बहार है। (नाच की गत बजाता है) मेरे दिल के दर्द की तरह....मेरी प्यारी की याद की तरह...सदा बहार है!...सदा बहार है! (सब नाचते हैं)

[ परदा ]

# एक्ट-3

(सीन–जो पहले था। नैन पीछे को एक मेज़ के पास बैठी है। अन्दर से बोलने-चालने की आवाज़ आती है। जैफ़र अपनी कुर्सी पर बैठा है)

**नैन :** ज़िन्दगी कैसी कड़वी, कैसी दुःख भरी है–हाय जैफ़र! ज़िन्दगी बड़ी कड़वी बड़ी दुःख भरी है!

**जैफ़र :** लड़की! तेरे दूध के दाँत भी नहीं टूटे तू जीने की कड़वाहट क्या जाने?

**नैन :** कुछ दिन बरसों के बीतने से ही हम बूढ़े थोड़ी हो जाते हैं।

**जैफ़र :** हममें से कितनों को तो चलबसने की आस ही रह जाती है–होश आने के दिन से ही!

**नैन :** मुझे भी यही आस है! हाय जैफ़र दादा–मैं कहीं चलबसती–मैं कहीं मर चुकती!

**जैफ़र :** मरना तो सब ही को है...आगे-पीछे।...आगे-पीछे–

**नैन :** हाय मैं तो आज ही मर जाती–आाज ही गड़ जाती।

**जैफ़र :** मैं भी यही चाहा किया–जब से मेरा फूल मुरझाया–पर क्या?...साल पे साल बीतते गये...अनगिनती...पहाड़ से, ....तन सूख के पिंजर हो गया–यह हाड़, यह मास रह गये!...कभी रोज़ी लग जाती थी...कभी काम नहीं मिलता था...गुज़र गयी।...पर अब हाथ-पाँव काम नहीं देते... शिकस्त हो गया हूँ–बिल्कुल शिकस्त हो गया हूँ।

**नैन :** जैफ़र फिर तो शायद तुम उससे जल्दी ही मिल जाओगे।

**जैफ़र :** नहीं नहीं, अभी जुगो नहीं!...मेरा पास उसकी नन्हीं सी गोर है। मुझे इसकी देखभाल करनी है—फूलों से—और सब तरह से।

जो मेरे पास कहीं सोना होता—बड़ी-बड़ी थेलियाँ भर-भर के, जैसी राजा बाबुओं के पास होती हैं—तो मैं उसकी नन्हीं सी गोर को पक्का करवाता—इसपे फूल बूटे खुदवाता—गुलदस्ते बनवाता...और ऊपर वाले पत्थर पे उसका प्यारा मुखड़ा उतरवाता...मेरे फूल की मूरत संगमरमर में गढ़ी जाती—चाँदी से सफ़ेद—जिसे सफ़ेद बादशाहों को भी न मिलता...पर लाचार रहा...दाम कहाँ जो पत्थर लेता... इसीलिए अभी नहीं मर सकता—नहीं, अभी हरगिज़ नहीं मर सकता।

**नैन :** जैफ़र!...क्यों जैफ़र?...जब प्रेम ही मर मिटा तो फिर रह क्या जाता है?

**जैफ़र :** गोर...गोर रह जाती है।...

लाचारों, दुःखियारों का सहारा—बस एक गोर रह जाती है!...मेरे पास अपने फूल की गोर है!...आठ बिन ब्याही लड़कियाँ ताबूत की चादर थामे थीं...कपड़े सफ़ेद मेरे फूल के बराबर की!...सफ़ेद फूलों के ढेर में मेरा फूल छिपा हुआ था ...आठ थीं—बिन ब्याही—सफ़ेद कपड़ों में—जैसी तू है। गिरजे के घण्टे में मौत के बोल बज रहे थे...हाय, वह मेरे सफ़ेद फूल को मिट्टी में दबाये जाना!

**नैन :** हाय, जैफ़र। वह बहुत छोटी थी... भला बिचारी के मरने के क्या दिन थे!

**जैफ़र :** जब उसे उठाया है आठ बिन ब्याही लड़कियाँ साथ थी—सफ़ेद कपड़े पहने...फिर यह बड़ी हुईं—पूरी औरतें—मोहिनी सी—बड़ी ख़ूबसूरत... फिर बूढ़ी हो गयीं...फिर एक के बाद एक-एक के बाद एक चल बसी...इसके घर-द्वार सब सूने हो गये...खण्डर खिड़कियाँ टूटी हुई—जिधर देखो घास ही घास, घास ही घास!...अब यह सब दुनिया से उठ चुकी...जब मैं भी उठ जाऊँगा तो मेरे फूल के रंग-रूप की चर्चा

करनेवाला कोई नहीं रह जायेगा...कोई इतना भी नहीं रहेगा जो यह जानता हो कि वह पड़ी कहाँ है।...मैंने इसकी नन्हीं सी गोर को सीपियों से सजाया है... इसमें से सदा फूल निकलते रहते हैं—जो उसके सन्देसे—उसके नन्हे-नन्हे चमकीले शब्द हैं।...उनसल साल से यह नन्हे-नन्हे फूल फूलते हैं, कुम्हलाते हैं—यह सन्देसे बराबर मेरे पास आते हैं।

**नैन** : हाय जैफ़र! एक गोर अब मेरे पास भी है—और अभी उनसठ साल बिताने हैं!

**जैफर** : मेरी चाँद सी सुन्दरी, इन गोर में तूने किसे दफ़नाया है?

**नैन** : अपने इस दिल को जैफ़र : अपने इस दिल को!...पर इस गोर में से फूल कभी न निकलेंगे...मुझे भी जैफ़र शायद यहाँ उनसठ साल बिताने हों—जैसे तुमने बिताये...उनूसठ साल...उनसठ का बारा गुना..फिर चौगुना...इतने महीने—इतने हफ़्ते...और एक साल में तीन सौ पैंसठ दिन होते हैं... रोज़ उठना। कामकाज करना! फिर पड़ रहना—न कोई जीने का मज़ा, न मरने का रंज! जैसे—मुर्दा—मुर्दा—मुर्दा—हर घड़ी मुर्दा!...नहीं, नहीं—यह कौन सह सकता है!...क्यों जैफ़र, मुझे यह तो बताओ तुम्हारा फूल कुम्हलाया कैसे?

**जैफ़र** : लड़की उस दिन शाम को एक सवार दिखायी दिया था—सुनहरा—सुनहरा—सर से पाँव तक सुनहरा!

**नैन** : और तुम जैफ़र अपने फूल के पास बैठे थे?

**जैफ़र** : उसने खिड़की में से बाहर को देखा—इसी मेरे सफ़ेद फूल ने देखा फिर चिल्लाई—'आता है—आता है—दरिया चढ़ा आता है।'

फिर एक बिगुल बजा—उसी सुनहरे सवार ने एक बिगुल बजाया...यह उठ खड़ी हुई—यही मेरा सफ़ेद फूल उठ बैठा!. ..फिर खिलखिला के हँसी—हँसी—हँसते-हँसते लोट-पोट गयी...फिर पीछे को गिर पड़ी—यही मेरा सफ़ेद फूल कुम्हला के गिर पड़ा!

उसके सुनहरे बाल तकिये पे बिखर गये। और फिर—ख़ून! हाय ख़ून पे ख़ून! मेरी प्यारी का ख़ून! मेरे सफ़ेद फूल

का ख़ून!—

**नैन :** जैफ़र : जैफ़र! थी तो वह तुम्हारी गोद ही में ना?

**जैफ़र :** मेरे कलेजे से लगी हुई—मेरा सफ़ेद फूल मेरे दिल से टेक लगाये था...और बूड़ा आ रहा था—बढ़ता आ रहा था—दरिया तूफ़ान की तरह उमड़ता आ रहा था!

**नैन :** जैफ़र, जैफ़र, हाय जैफ़र! इसने भी क्या मौत पायी—अपने सच्चे प्रेमी की गोद में! जैफ़र तुमने तो जी भर के अपनी प्यारी के प्रेम का रस लूट लिया पर अब उनको बताओ जिन्हें सदा प्रेम का हलाहल ही मिला हो—जिन्होंने प्रेम का कभी कोई सुख न भोगा हो। हाय जैफ़र, यह बूड़ा कहीं मुझे ले जाता—हाय मैं कहीं इसमें डूब मरती!

**जैफ़र :** लड़की! आज चौदहवीं है—आज पूनो का चाँद है!

**नैन :** पूनों का चाँद है! आज यह बड़ा धुँधला-धुँधला निकल रहा है—और कैसा लाल-लाल है।

**जैफ़र :** अब उसके तकिये पे इसकी चाँदनी पड़ रही थी यह उस दिन भी ऐसा ही लाल-लाल था!

**नैन :** बसन्त की पूनों है आज?

**जैफ़र :** आज रात को दरिया ख़ूब चढ़ेगा।

**नैन :** ख़ूब चढ़ेगा?

**जैफ़र :** हममें से किसी-न-किसी के लिए!

**नैन :** हममें से किसी-न-किसी के लिए—यह क्यों जैफ़र?

**जैफ़र :** देख, देख चढ़ रहा है। हममें से किसी-न-किसी के लिए—हममें से किसी-न-किसी के लिए!

**नैन :** तुम्हारे लिये तो नही जैफ़र?

**जैफ़र :** मेरा वक्त, अभी नहीं आया—पर यह दरिया चढ़ रहा है, हममें से किसी-न-किसी के लिए जब चढ़ता है किसी-न-किसी को ले जाता है...हाय! इसी ने मेरे फूल को भी ले लिया था...कोई ऐसा नहीं जो इस बेरहम को सूली पे चढ़ा दे!. ..पहले कीचड़ ही कीचड़ हो जाती है...फिर रेती के कगारे बनते हैं...फिर कीचड़ की तहों पे तहें लग जाती हैं...बगलों के झुंड के झुंड मछलियाँ पकड़ने लगते हैं...बूढ़ा आने से

पहले रेत ही रेत—फिर कीचड़ ही कीचड़...कछार में गोरू पानी पीने आते हैं। रेत पे चलते हैं—लाल-लाल गायें। पर बूढ़े के डर से सहम के रह जाती हैं!

**नैन :** इन्हें न कोई दुःख न दर्द—जानवर जीने के जंजालों से परे हैं। उन्हें बस एक ही काम है। चरना! धूप में, साये में—बस चरना-चरना...

**जैफ़र :** बूड़े से यह भी थर्राते हैं...क्योंकि पहले ही से एक अजब हुंकार सी होने लगती है...दूर से, कोसों दूर से, समन्दर के बीच में से इस हुंकार की गूँज हवा के साथ फैलती है...जहाज़ों के खिवैये इसे सुन कर अपनी जान की ख़ैर माँगने लगते हैं। और यह बढ़ती चल आती है, पास आती जाती है—भन-भन, जन-जन करती!...फिर इसमें एक गर्राटा-सा पैदा हो जाता है—शर-शर? ग़र-ग़र—हश-अश—हश-अश। और इस ग़र्राटे के साथ, मौजें उमड़-उमड़ कर चट्टानों से टकराती हैं।...फिर फेन ही फेन। दूध के से सफ़ेद फेन, चारों तरफ उड़-उड़ कर फैल जाते हैं। जैसे चिड़ियाँ हों—जैसे हंस तालों में उड़ते तैरते फिरते हों।

**नैन :** बाढ़ आती है—उमड़ती—बादल की तरह उमड़ती हुई! बिजली की तरह चमकती हुई।

**जैफ़र :** और ज़ूं-ज़ूं-ज़ूं-ज़ूं करती समन्दर की तरह उबलती-उफनती है फिर फैल जाती है और फ़ौज की तरह आगे बढ़ती है—क़तारों की क़तारें—लम्बी-लम्बी!....कभी घूमती है, चक्कर ख़ाती है—बगूले की तरह नाचती हुई, धुएँ की तरह बल खाती— उलटती-पुलटती—बढ़ती आती है—चढ़ती आती है।

**नैन :** ज़न-ज़न—ज़न-ज़न...एक काली लकीर सी—सफ़ेद फेनों से ढकी हुई।

**जैफ़र :** जैसे एक नाग हो!—एक समन्दर का अजगर, अपना फन उठाये बढ़ता फुँफकारता चला आता हो...

**नैन :** चमकीला मुकट लगाये!...लागू!...भूका!—

**जैफ़र :** झपट कर, गरज कर, वह तुम्हें झँझोड़ डालता है। अपने

बालों में तुम्हें दबोच लेता है।

**नैन :** अपने बालों में यह पानी का नाग अपने वालों में—मुझे—दबोच लेता है!

**जैफ़र :** फिर सीटियाँ बजाता हुआ, गीत से गाता हुआ—समन्दर का शोर और ग़र्राटा इसके पीछे-पीछे हाय!—यह इन्हें ले जाता है...यह दरिया में खड़े होते हैं और यह उनके ऊपर से निकल आता है—उनके सर पर से,उनके सर के ऊपर से निकल जाता है—साँय—साँय—साँय—करता हुआ!

**नैन :** अथाह—अथाह—अथाह गहराई में को!—आँखोंा में पानी—बालों में पानी! पानी ही पानी!!...और आज ही पूनों का चाँद है...आज ही बसन्त की चौदहवीं है!

**जैफ़र :** (खुआव से जैसे कोई चाक उठता हो) बहुत से मछेरे आज अपने जाल खो बैठेंगे—बाढ़ इन्हें बहा ले जायेंगी।...हाय! मैंने देखा है, दूर-दूर—कोसों दूर—इन जालों को बहा ले जाती है।...बहाओं के रुख़ बहुत ऊपर जाकर यह कहीं फिर इन्हें ढूँढ पाते हैं...ग्लोस्टर के आगे...आर्टबरी से भी आगे...बड़े-बड़े सुनहरे-सुनहरे फूल के पेड़ उन पर झूमते होते हैं। ऊँचे-ऊँचे सब के दरख़्तों का उन पे साया होता है।...लाल-लाल सेब, सुनहरे-सुनहरे सोने के से सेब पानी में गिरते हैं...पानी ऐसा शान्त होता है जैसे ताल का पानी जब हवा न चल रही हो... यह सेब जालों में फँस कर रह जाते हैं।—

**नैन :** और मछलियाँ जैफ़र?

**जैफ़र :** अनोख़ी...अनोख़ी। बड़ी ही अनोखी। समन्दर के अन्दर की।

**नैन :** हाँ—बड़ी ही अनोखी, जैफ़र, बड़ी ही अनोखी! कल इन जालों में एक बड़ी ही अनोखी मछली होगी।...सुन—गुम... पुल के पत्थरों से टकराती हुई... सफ़ेद-सफ़ेद...पानी में कुछ सफेद-सफ़ेद सा मालूम होगा...यह मुझे बाहर निकालेंगे—यही मछेरे...यह मेरे बदन को टटोल-टटोल के देखेंगे।

(काँप के) हाय यह मैं नहीं सह सकती—मैं नहीं सह सकती—

(अन्दर से ज़ोर से हँसने की आवाज़ आती है। और छुरी-काँटो की। दरवाजा खुलता है। जेनी अन्दर आती है। एक गन्दी प्लेट और गन्दे छुरी काँटे लिये हुए है। जैसे ही जेनी घुसती है मिसेज़ पारजिटर की अन्दर से आवाज़ आती है)

**मिसेज़ पारजिटर :** अरी वह है वहाँ?

**जेनी :** है तो।

**मिसेज़ पारजिटर :** उसे यहाँ भेज दे।

**जेनी :** (नैन से) अम्मां तुम्हें अन्दर बुला रही हैं।

**पारजिटर :** (अन्दर से) अरी यह दरवाज़ा तो ज़रा बन्द कर दे। हवा के मारे मेरा सर उड़ा जाता है।

(जेनी लौट कर दरवाज़ा बन्द कर देती है)

**नैन :** जैनी यह हाथ में क्या लिये हो?

**जेनी :** (कुछ बेचैनी के साथ) अम्मा तुम्हें अन्दर बुला रही हैं।

**नैन :** (उठकर) अम्मा को बुलाने दो—पहले मेरी बात का जवाब दो...मेरी बहिन—मेरी प्यारी बहिन—मेरे नन्हे से रेंगते सपोले—बता यह हाथ में क्या लिये है?

**जेनी :** (सहमकर) क़ीमे के समोसे अम्मां ने जैफ़र के लिए भेजे हैं। यह बिचारा खुश हो जायेगा।

**नैन :** (देखकर) और यह पलेट किसकी झूठी उठा लाई है? यह तो बता दे—मेरी नन्हीं सी बहन।

**जेनी :** (हकलाकर) अम्मा की—

**नैन :** यह गन्दी है कि नहीं?—बोल! यह छुरी-काँटे गन्दे हैं कि नहीं?

**जेनी :** (दिल कड़ा करके) जैफ़र को तो गन्दे साफ़ का बड़ा होश है ना! इसके से बुढ़ों को जो मिल जाये वही गनीमत है... जैफर यह लो। यह कुछ थोड़ा-सा खाना है, खा लो।

**नैन :** (उसके पास जाकर) नहीं...मेरी प्यारी बहिन नहीं...मेरी दुधमुँही—मेरे आस्तीन के साँप नहीं—यह ग़नीमत नहीं है!

...यह तो बताओ तुमने भी इनमें से कोई समोसा खाया है?

**जेनी :** (ढीठाई दिखा कर) तुम खुद खाओ मैं क्यों खाती?

**नैन :** खाया कि नहीं–यह बताओ?...मरी हुई भेड़ी थी....पिछले हफ़्ते मरी थी...यह सब तो जानती हो ना?...अब बताओ तुमने इसमें से कोई समोसा खाया, कि नहीं।

**जेनी :** नहीं खाया। मैं तो जानती हूँ पर किस की बिमारी में मरी थी, मगर जैफर को क्या ख़बर है...लेओ जैफ़र : देखो यह क्या है?

**नैन :** (आग भभूका होकर) अच्छा, अब जरा बैठ तो जाओ। मेरी दिली मित्र–इधर, उधर बैठ और खा इन समोसों को मेरे सामने–खा इन्हें–खा नहीं तो जान ले लूँगी–डाएन!...न बड़ों का मान न छोटों पे दया–ले आज यह अपना कलेजा खा!–दूसरों का कलेजा तो तूने जी भरके खाया है!...खा इसे! मेरी विष भरी साँपनी–अब खा इसे!

**जेनी :** मैं जा–मैं जाके अम्मा को भेजे देती हूँ–

**नैन :** (उसे रोक कर) नहीं हरगिज़ नहीं।...
(ज़बरदस्ती एक कुर्सी पर बैठा कर) ठूँस। निगल इसे!–(जेनी डर से बदहवास होकर खाने लगती है)

**जेनी :** भई मेरा जी मतलाता है–

**नैन :** खा इसे!–
(जेनी खाती है। फिर रुक सी जाती है)

**जेनी :** (एक निवाला खाकर) यह मुझे घूरती क्यों जाती हो?

**नैन :** मैं अपनी मित्र को देख रही हूँ जेनी : अपनी दिली मित्र को!

**जेनी :** (एक और निवाला खा के) तुम्हारे घूरने से मेरा दिल धड़कता है! घूरोगी तो मैं नहीं खा सकती!

**नैन :** खा, क्यों नहीं सकती जेनी : खा क्यों नहीं सकती! यह तो तेरी शादी की केक है–शादी की!...जेनी : यह तो तेरी शादी की केक है।

**जेनी :** (चीख़ मार कर) हाय! मुझे ऐसे मत घूरो।

**नैन :** (उसके और भी पास आती है। और उसकी आँखों में आँखें डाल देती है।) नहीं क्यों देखूँ—जेनी नहीं क्यों देखूँ?—मैं तो देखूँगी!...तेरे आरपार देखूँगी!...मुझे तेरी रूह देखनी है—रूह (हल्के-हल्के और दबी आवाज़ में)

**जेनी :** हाय!...हाय मैं मरी!

**नैन :** तेरी साँपन की-सी पीली-पीली आँखें हैं जेनी : साँपन की-सी! इनमें मुझे तेरा दिल—तेरी रूह दिखायी देती है!..जानती है मुझे क्या दिखायी दे रहा है? (खामोशी) तेरा दिल दिखायी दे रहा है।...बर्फ-सा है जेनी—बर्फ़-सा! एक छोटी-सी, कमीनी, निर्दयी चीज़ जिस में छल, फ़रेब भरा हुआ है!...तू बड़े भागों वाली है जेनी —बड़े भागों वाली!..न कभी किसी को चाह सकती है—न किसी से नफ़रत कर सकती है!...एक कुत्ता तुझसे ज़्यादा प्यार—तुझसे ज़्यादा नफ़रत कर सकता है!—नहीं—कीड़े—मिट्टी के कीड़े भी!...जानती है जेनी ऐसे लोगों का क्या हाल होता है?

**जेनी :** (हाँफते-काँपते) अम्मा! अम्मा!

**नैन :** सुन जेनी सुन!—मैं बताती हूँ तेरा क्या हाल होने वाला है!...इन तेरी पीली-पीली आँखों में मुझे तेरा अगला-पिछला हाल सब साफ़ दिखायी दे रहा है। ...मैं एक बड़ा सा शहर देख रही हूँ।...इसमें लैम्प जल रहे हैं।...एक बड़े मकान के कोठे पर तू बैठी है—अपनी मुरदा गालों को लाल रँगे हुए!...तेरी यही पीली-पीली आखें नशे पीते-पीते सूज आयी हैं।...फटी पुरानी घगरी लिपेटे—बैठी खों-खों खाँस रही है! और सारा बदन थर-थर काँपता जाता है!... जेनी—जेनी—दुनिया में छोटे बेदर्द, कमीने, छली, फ़रेबी दिल वालों को यही बदला मिलता है!...सुन!...मुझे एक गन्दी कोठरी दिखायी देती है...इसमें एक गन्दी चारपाई बिछी है—और इसी पर तू मरी पड़ी है!..अपने रँगे गाल तकिये पर धरे हुए मुरदा ढोने वाले ठेले के इंतिज़ार में!..अब जा! बस जा यहाँ से!...दूर हो!....भाग कमबख़्त!! (जेनी बेदम, लड़खड़ाती दरवाज़े की तरफ़ जाती है)

**जेनी :** हाय! हाय मैं मरी! (दरवाज़े के सहारे से खड़ी हो जाती है। हाथ कुण्डी पर है। सहमी हुई, बद हवास, बेहिस सी)

**जैफ़र :** (कुछ उठकर और हाथ से आँखों की रोशनी से दबा कर ऊपर को देखता है) लड़की तू अपने सफ़र के लिए तैयार है।

**नैन :** अपने सफ़र के लिए?

**जैफ़र :** खा-पी रख मेरी मोहिनी—वह आता होगा?

**नैन :** कौन आता होगा?

**जैफ़र :** वही सुनहरा सवार मेरी सुंदरी—वही आता होगा!—सड़क पर से!

**नैन :** अच्छा—वह सुनहरा सवार!—हाँ, जैफ़र हम खा-पी रखें—सफ़र बहुत दूर का है!

(डोली खोलती है। और सेब का मुरब्बा निकालती है फिर एक बड़ी छुरी और प्लेट लाती है—फिर बरांडी की बोतल। सेब के टुकड़े करके जैफ़र को देती है)

**जैफ़र :** (लुड़खुड़ाता हुआ उठता है। हाथ उठाकर कहता है) मेरे पालने वाले यह रोज़ी तेरी भेंट है। दुनिया की भलाइयाँ—दुनिया की सब अच्छी चीज़ें हमें पहुँचाने वाले—यह तेरी भेंट है। आमीन! (खाता है)

**नैन :** आमीन। (बाहर वाले दरवाज़े को कोई खटखटाता है। पैरों की आहट होती है) जैफ़र : लेओ यह पीलो।

(एक-दो घूँट बरांडी पिलाती है)

**जैफ़र :** (नैन के लिए पीता है) सफर सुख-चैन से कटे...तेरे रास्ते में फूल बिछे हों।

जिधर जाये तुझ पर फूल बरसें,...ओ सुनहरी टापों वाले घोड़ो!—ओ सुनहरे घोड़ो—आओ! जल्दी आओ! (बाहर वाले दरवाज़े को कोई फिर खटखटाता है)

**आवाज़ :** अरे कोई अन्दर है?—खोलो दरवाज़ा!

**नैन :** लेओ जैफ़र यह पीलो—

(बाहर के दरवाज़े को कोई बड़े ज़ोर-ज़ोर से ठोंकता है। अन्दर वाले दरवाजे को लोग अन्दर से भड़भड़ाते है। जेनी

कुंडी पकड़े हुए है इसलिए वह बाहर नहीं आ सकते।)

**जेनी :** हाय!—मुझे इससे बचा लो! ...कोई इससे मुझे बचा ले! (दीवार से लग कर गिर पड़ती है, हाय मैं मरी— (मिस्टर और मिसेज़ पारजिटर और डिक बाहर आते है। बाक़ी सब दरवाज़े के पास जमा हो जाते हैं)

**डिक :** (जेनी का हाल देखता है और ख़ुश होता है कि नैन पर बिगड़ने का कोई बहाना तो मिला। गुस्से से) क्यों री, यह इसे क्या कर दिया तूने?

**मिसेज़ पारजिटर :** (नैन की तरफ़ गुस्से से बढ़ कर) अरी तुझसे यह दरवाज़ा नहीं खोला जाता?...घुग्गू की-सी आँखें निकाले खड़ी है!!

**पारजिटर :** जेनी, यह इसने कर क्या दिया तुझे?

**मिसेज़ पारजिटर :** (मुड़कर) जो कुछ भी किया हो तुम फ़िर मत करो। तुम जाओ ज़रा यह दरवाज़ा तो खोल दो!...जेनी, उठो!—अन्दर जाओ!...लो बस अब उठ खड़ी हो...देखो यह सब क्या कहेंगे!

**डिक :** अरे!...इसका तो—इसका तो...अम्मा इसे तो कोठरी में बन्द कर देना चाहिए

**मिसेज़ पारजिटर :** यह दरवाज़ा तो खोल! (जेनी लड़खड़ाती हुई अन्दर चली जाती है)

**पारजिटर :** इसका यह हाल हो कैसे गया?

**नैन :** मामूँ इसे अपने आप को देख लिया है। अपने को देख के बहुत कम लोगों का दिल ठिकाने रहता है...ज़मीन के कीड़े तक इससे घबराते हैं!

**मिसेज़ पारजिटर :** क्यों री, यह क्या तूने इन सेबों को काटा है?

**पारजिटर :** चुप भी रहो!—और लोग सुनेंगे तो क्या कहेंगे?

**मिसेज़ पारजिटर :** (बड़ी भयानक आवाज़ में) और क्यों?...यह तेरे मामूँ की बोतल है ना?—ठैर तो जा, ऐसा मज़ा चखाया हो कि तू भी याद करे। (खट खट की आवाज़)

**आवाज़ :** खोलो!...खोलते हो कि नहीं? यहाँ किसी के पास बेकार वक्त नहीं है!

**मिसेज पारजिटर :** (दरवाज़े की तरफ़ जाती है। बड़ी ही मीठी बनावटी

मुस्कुराहट चेहरे पर) क्या कहूँ—ऐसी गड़बड़ थी कि भान पड़ी आवाज़ नहीं सुनाई देती थी!...कुछ मेहमान आये हुए हैं...ये हैं! न जाने कितनी देर से यहाँ खड़े सूख रहे होंगे! (कनखियों से आने वालों को देखकर) आइये...भीतर आ जाइये...बिल, कोई आया है तो बैठने का ठिकाना दोगे कि नहीं!—ज़रा कुरसियाँ बिछवा दो! यह कौन मिस्टर ड्रू हैं?—बड़े भाग! बाहर क्यों खड़े हैं—अन्दर आ जाइये ना।

**ड्रू :** मेहरबानी—मेहरबानी।

(पादरी ड्रू कप्तान डिकसन, और एक कानिस्टबिल अन्दर आते हैं। कानिस्टबिल के हाथ में एक हैन्ड बैग है।)

**पारजिटर :** (कुरसियाँ लाता है) पादरी साहब, सलाम।

**ड्रू :** सलाम पारजिटर सलाम।

**पारजिटर :** (डिकसन से) बन्दगी अर्ज़ है।

**डिकसन :** (खुशकी से कानिस्टबिल से) बैग को मेज़ पर रख दो ना—हाथ में क्यों टाँगे हुए हो?

**ड्रू :** अरे डिक!...हैं, यह क्या एलिन है? भाई ख़ूब बढ़ रही है।. ..नैन, अच्छा-अच्छा! ...बन्दगी भाई सब को बन्दगी—सबको।

**पारजिटर :** (मिसेज़ पारजिटर के कान में खुसपुस करता है) ज़रा मेज़ तो सफ़ा करवा दो।

**डिकसन :** (उलझ कर) मेज़ की सफ़ाई-वफ़ाई रहने दो।

**मिसेज़ पारजिटर :** क्या कहूँ—सब जी में क्या कहेंगे! सारा घर बे ठिकाने हो रहा है...कुछ लोगों को बुला लिया था—इसे सब तितर-बितर है। (नैन से बड़े मीठे लहजे में) नैन ज़रा मेज़ पे से यह मुरब्बा तो उठा ले—कैसी अच्छी बिटिया है!

**नैन :** मामी, अपनी बनावटी लल्लो-चप्पो रहने दो...मैं यह ढोंग अब बहुत देख चुकी!

**मिसेज़ पारजिटर :** (ड्रू से) हमारी इस बच्ची को थियेटर करने की बड़ी लत है..और नज़र न लगे ख़ूब पार्ट करती है। ग़ज़ब का!—इतनी सी जान के लिए...

**डिकसन :** (उलझ कर) ड्रू-ड्रू—आख़िर यह है क्या?

**मिसेज़ पारजिटर :** तह अच्छा-सा तो नाम है—क्या कहते हैं उसे—यही शेक्सपीयर

का कोई पार्ट था—

**ड्रू** : हाँ-हाँ—बेशक बेशक...अच्छा तो अब आप सब साहब ज़रा चुप हो जाइये। (हाथ से चुप होने का इशारा करता है। सब चुप हो जाते हैं) मुझे अफ़सोस है कि हम लोग बड़े बे मौक़ा आये हैं लेकिन....(जो लोग अन्दर वाले दरवाज़े से झाँक रहे हैं उन्हें देख कर) अरे...यह क्या...आप लोग भी अन्दर आ जाइये।...यहाँ आ जाइये ...अच्छा, ख़ैर।..हाँ तो सुनिए।...हम एक बड़ी ख़ुश-ख़बरी सुनाने आये हैं। मुझे ऐसी ख़ुशी जैसी इस वक्त है बहुत कम नसीब होती है। (कुर्सी लेकर बैठ जाता है) अच्छा ख़ैर...आप भी बैठ जाइये मिस्टर डिकसन...

**डिकसन** : (ख़ुशकी से) कप्तान डिकसन कहिये!—हाँ—हाँ—बेशक-बेशक—कप्तान डिकसन। बेशक कप्तान डिकसन।..मुझ से ग़लती हुई कप्तान डिकसन। माफ़ कीजियेगा। मगर ख़ैर—हाँ तो सुनिये! मुझे पूरा यक़ीन है जहाँ आप लोगों को मालूम हुआ कि हम क्यों आये हैं आप बड़े ख़ुश होंगे। और अपने इस मज़े में ज़रा सा खलल पड़ जाने का कुछ ख़्याल न करेंगे।

**डिकसन** : (बिगड़ कर) मिस्टर ड्रू माफ़ कीजियेगा मगर अब हम मामले की बातें शुरू करें तो अच्छा है ना?

**ड्रू** : बेशक—मगर...

**डिकसन** : (नरमी से) नतीजा यह होगा कि मुझे डाक की गाड़ी नहीं मिलेगी—और मैं पड़ा रह जाऊँगा।

**ड्रू** : अजी नहीं—हरगिज नहीं—यह हो ही नहीं सकता...साहब अभी दस मिनट बाक़ी हैं—बल्कि ज़्यादा!...अभी बहुत वक्त है—ढेरों!...दूसरे गाड़ी आने से बहुत पहले आपको उसका बिगुल सुनाई देगा।

**मिसेज़ पारजिटर** : यह तो है। बिगुल तो बहुत दूर से सुनाई दे जाता है—अगर आप डाकगाड़ी में जाना चाह रहे हों—

**जैफ़र** : बिगुल!...बिगुल!...और सड़क पर सुनहरी टापों के कड़कड़ाते हुए आने की आवाज़!...(मेज़ की तरफ़ को बढ़ता है) यह

टापें ऐसे बोलती हैं जैसे दिल धड़कता है!...अभी, अभी दम भर में, इनकी गूँज सुनाई देगी!...

**मिसेज पारजिटर :** (गुस्से से—दबी आवाज़ में) खुदा की मार इसकी सूरत पे!. ..खूसट—कमबख़्त कहीं का!...निकालो मुए को बिल—इसकी बड़ की भी कोई ओर-छोर है।...(डिकसन से) कुछ नहीं, कुछ बात नहीं है—बिचारा सठिया गया है।

(जैफ़र दरवाज़े के तरफ़ जाता है और बाहर चाँदनी चिटकी हुई देखता है)

**जैफ़र :** (दरवाजे से) शायद—शायद—वह मुझे रास्ते ही में मिल जाये! (बाहर चला जाता है)

**ड्रू :** यह बिचारा हमारे गाँव के उन लोगों में है—आप समझे—जिनकी—(अँगुली से अपना माथा ठोकता है।)

**डिकसन :** (कड़वेपन के साथ) मैं तो समझा यह भी शायद शेकस्पीयर का कोई पार्ट था—

**पारजिटर :** क्यों नहीं! क्यों नहीं! कभी यह सचमुच अजब तरह की बातें करता है।

**ड्रू :** बेशक—बेशक! ग़रीब है—लाचार है बिचारा!

**डिकसन :** ख़ैर हुआ भी—अब यह बताइये मकान तो यही है ना?

**ड्रू :** और नहीं तो क्या—यही है साहब यही है! बेशक यही है। बेशक। बेशक।

**डिकसन :** (बैग उठा कर खोलता है।) मैं समझा था कि शायद—यह—वह—अच्छा ख़ैर—हाँ—ख़ैर तो अब यों ठीक है (एकबारगी)—तुममें से नैन हार्डविक कौन है?

**नैन :** मैं हूँ

**डिकसन :** अच्छा—तुम हो—हाँ—तो बस यह ठीक है—क्यों मिस्टर ड्रू यह ठीक है ना?

**ड्रू :** बेशक। बेशक।

**डिकसन :** तुम मेरी हाडविक की लड़की हो—और—और—एडवर्ड हार्डविक की जिसे...ऐं?

**नैन :** जिसे ग्लोस्टर में फाँसी हुई थी—

**डिकसन :** स्वासकोम के ज़िले...ख़ैर—हाँ बस तो यह ठीक है—(औरों

की तरफ़ मुड़कर) आप लोग इसकी पहचान करते हैं कि यह वही नैन हार्डविक है?

**सब :** हाँ—हाँ—है यही—यही है।

**डिकसन :** बस तो यह ठीक है।...ड्रू यह बिगुल की आवाज़ तो नहीं थी?

**ड्रू :** अजी नहीं। कहीं भी नहीं।

**डिकसन :** (बैग में से थैली और कुछ काग़ज़ निकाल कर) इस घर में कोई क़लम-दवात भी है?

**पारजिटर :** (अलमारी पर से दवात-क़लम लाकर) यह क़लम-दवात है तो।

**डिकसन :** यह ठीक है। (लिखता है) अरे यह क़लम तो—..ड्रू! तुम्हारे पास कोई कलम है? (मिसेज़ पारजिटर से) इसे पोंछने को कुछ चाहिए। (कलम को पोंछता है। और फिर उसे चाकू से बनाता है।) अच्छा। ख़ैर तो यह ठीक है। (सख़्ती से) नैन हार्डविक तुम्हारे बाप को—क्या कहते हैं उसे—फाँसी हुई थी—ऐस्टन मैगना के पास। एक भेड़ी चुराने के इलज़ाम में...नहीं जवाब मत दो—यह तो वाक़या है—अच्छा—हाँ—तो खैर—बात यह है—कि वह भेड़ मिस्टर निकल्स की थी और अब यह साबित हो गया है कि तुम्हारे बाप एडवर्ड हार्डविक को इस भेड़ी की चोरी से कोई वास्ता नहीं था।

**ड्रू :** ओ हो!—तो इतनी दूर से क्या आप मुझे यही बताने आये हैं? हज़ार सिपाही तक तो आप ही के नीचे होंगे—संडे, मुसटंडे, जैसे यह खड़ा है।...जाने कितने लाल बुझक्कड़ आज हैं—लाल-लाल झूलें पहने!...कितने लम्बे घूँगर वाले बालों की टोपियाँ लगाये वकील हैं—और हाल यह है कि एक गली का लौंडा भी—एक राह चलता बच्चा भी—मेरे अब्बा की भोली सूरत देख कर यह बता देता कि वह बेक़ुसुर थे—

**डिकसन :** यह सब हम कुछ नहीं जानते—करना है तो मतलब की बात करो! (ड्रू कुछ कान में कहता है) क्या? क्या? ... हाँ—हाँ...और नहीं तो क्या—

**ड्रू :** (नैन से) कप्तान डिकसन को अपनी बात पूरी तो कर लेने दो।

**मिसेज़ पारजिटर :** बच्ची तेरा तमीज़ शऊर सब कहाँ गया? ठहर जा—बोलना बाद को।

**डिकसन :** हाँ, तो बात यह है कि यह भेड़ी मिस्टर निकिल्स के गड़ेरिये ने चुराई थी और यही गड़ेरिया तुम्हारे बाप के ख़िलाफ़ ख़ास गवाह था।

**नैन :** भेड़ी रिचर्ड शैपलेण्ड ने चुराई थी।

**डिकसन :** (नैन की तरफ़ ग़ौर से देख के) और अब उसने इक़बाल भी कर लिया है।

**सब :** अरे!...इक़बाल कर लिया!...सोचो तो सही!...ख़्याल तो करो!...यह अंधेर!

**डिकसन :** बड़ी नाइंसाफ़ी हो गयी—अफसोस के क़ाबिल!...हाँ—तो ख़ैर। बात यह है कि जब हम सब चाहते है कि क़ानून क़ायम रहें फिर अगर इनके ग़लत बरते जाने से हमें कभी कोई नुक़सान पहुँच जाये तो उसे ख़ामोशी से बरदाश्त कर लेना चाहिए। (घड़ी को देखता है)

**ड्रू :** बहुत वक्त है—अभी बहुत वक्त है! ढेरों—

**डिकसन :** हाँ तो ख़ैर—लेकिन इस मामले में सरकार ने यह तै किया है कि तुम्हें कुछ मुआविज़ा दिया जावे—

**नैन :** जान की क़ीमत? ख़ून का मोल?...तीस चाँदी के टुकड़े...

**डिकसन :** नहीं—ज़्यादा है—पचास अशर्फियें (थैली उलट देता है) रसीद देने से पहले गिन के देख लो।

**नैन :** नहीं मैं नहीं छुऊँगी!....ये दुखियारों के लहू में—उनके आँसुओं में लिसी हैं।

**ड्रू :** इसका जी ठिकाने नहीं है—मैं गिने देता हूँ।

**पारजिटर :** (नैन के लिए बरांडी निकाल के) ले नैन, यह एक बूँद पी ले। (वह इनकार कर देती है)

**सब :** पचास अशर्फियाँ!...पचास!!...कहीं ऐसा भी सुना है—

**डिक :** (मुँह ही मुँह में) घोड़ा और गाड़ी...मकान का सामान भी...

**ड्रू :** पचास पूरी हैं। पारजिटर : जी चाहे तो तुम भी गिन के देख लो।

**पारजिटर :** नहीं-नहीं, भला अब मैं क्या गिनूँगा।

**डिकसन :** (नैन से) तुम्हें इत्मीनान हो गया? (बिगड़ कर) नैन हर्डिविक!

**नैन :** अब आप और क्या चाहते हैं?

**डिकसन :** तुम्हें इत्मीनान है कि रुपया ठीक है?

**नैन :** ओ! यह रुपये—आप तो जानते ही हैं कि ठीक हैं—फिर इस फिज़ूल छान बीन से फ़ायदा? क़लम मुझे दीजिये—यह लीजिये। रसीद पे नाम लिख दिया—मैंने—पायीं पचास अशर्फ़ियाँ नक़द—

**डिकसन :** और तारीख़? ख़ैर—तारीख़ मैं भर लूँगा (कानिस्टविल से) हार्टन इस पर गवाही कर दो (हार्टन गवाही करता है। डिकसन घड़ी की दोबारा देखता है) गाड़ी तो गयी हाथ से!

**ड्रू :** देखो, अब भी रात को ठहर जाओ—कहता हूँ, मीयाँ मान जाओ! ज्वार-भाटे का तमाशा देखे के जाना—देखने क़ाबिल चीज़ है!

**डिकसन :** नहीं-नहीं—इनायत, इनायत। मुझे माफ़ रखो (बैग सँभालता है) यह लो हार्टन (उसे बैग दे देता है) नैन, मुझे उम्मीद है इस रुपये से तुम्हें आराम मिलेगा...हाँ तो यह गाड़ी मुझे मिलेगी किस जगह पर?

**मिसेज़ पारजिटर :** ठीक गली के नुक्कड़ पर—यह क्या दो क़दम पे है। दाहिने हाथ को मुड़ कर सीधे चले जाइयेगा।...छूट नहीं सकती—अभी बहुत वक्त है। पहले ही से बिगुल सुनाई दे जायेगा।

**डिकसन और हार्टन :** बन्दगी—सब को बन्दगी।

(सब जाते हैं)

**सब :** बन्दगी जनाब—बन्दगी कप्तान साहब।

**डिक :** (पारजिटर से) इनसे कुछ पीने-वीने को तो पूछा होता—

**पारजिटर :** वाह! वह कहाँ—हम कहाँ! इनसे अपनी तरफ़ से कौन पूछता...

**डिक :** यह कोई बात नहीं—ज़रा पूछ तो देखते।

**ड्रू :** मैं ख़ूब जानता हूँ कि जो कुछ हमने सुना उससे हम सभी को बड़ी खुशी हुई होगी...नैन!...तुम्हें इससे तसल्ली होनी चाहिए या नहीं यह इस वक्त मैं नहीं कहूँगा कि कहीं तुम्हारा दिल न दुखे...पर इतना तो मैं कह सकता हूँ कि तुम्हारी नेक मामी जिन्होंने तुम्हारे लिये इतना कुछ किया है—

**मिसेज़ पारजिटर :** यह क्या मिस्टर ड्रू—जो किया भी तो अपना फ़र्ज़ उतारा—अपनों को कौन नहीं करता।

**ड्रू :** (मजे में आकर) आप शरमाती क्यों हैं? लीजिये मैं कुछ नहीं कहता...और देखिये आप लोग भी कुछ न कहियेगा. ..पर इतना तो मैं कह सकता हूँ कि आप सब साहब भी मेरी तरह से ख़ुशी...

(डिकसन का फिर आना)

**डिकसन :** भई ड्रू—माफ़ करना!—मगर ज़रा मुझे यह तो दिखा दो कि गाड़ी मिलेगी कहाँ पर? यह कमबख़्त गलियाँ तो बस...

**ड्रू :** हाँ, हाँ, क्यों नहीं—बेशक, बेशक—
(लोगों से) बन्दगी—सब साहबों को बन्दगी। मुझे अफ़सोस है कि हमने आके आपके मज़े में ख़लल डाला।

**मिसेज़ पारजिटर :** अजी यह क्या कहते हैं आप! जो खुशी हुई है वह हम ही जानते हैं—

**ड्रू :** (नैन से) नैन ज़रा बात तो सुन! अब तुझे नैन कहूँ या मिस हार्डविक? अब तो तू बड़ी जायदाद वाली हो गयी! ...सुन! मिसेज, ड्रू ने ज़रा कल तुझे घर पे बुलाया है। वह चाहती है कि अगर तू मंजूर करे तो तुझे घर का सब काम-काज सौंप दें—वहीं बनी रहना।

**डिकसन :** चलो भाई चलो!

**ड्रू :** चला कप्तान डिकसन : अभी चला!... अच्छा सुन, तो फिर इस पर कल बातें करेंगे—क्यों है ना?

**नैन :** बड़ी मेहरबानी। मिसेज ड्रू से भी मेरा सलाम कह दीजियेगा। पर मैं कल तो आपके यहाँ किसी तरह नहीं आ सकती.

..हाँ, एक तरह हो सकता है—बस एक ही तरह कि कल सारे मछेरे जो कुछ भी माल पकड़ें आपका दसवाँ हिस्सा घटवाने के लिए आपके घर ले आवे—

**ड्रू :** (घबरा कर) हैं, यह क्या!...ख़ैर—जो कुछ भी हो सोचना! सोचना—बात कान में पड़ी रहने दो।

**नैन :** ज़रूर-ज़रूर, ऐसी पड़ी रहे कि फिर कभी न निकल सके।

**ड्रू :** भई सब को बनदगी—आइये कप्तान डिकसन :

(जाता है)

(लौट आता है) मिसेज़ पारजिटर!

**मिसेज़ पारजिटर :** जी? (उसे एक कोने में ले जाता है और नैन की तरफ़ इशारा करके चुपके-चुपके कहता है)

**ड्रू :** सुला दो इसे—अभी फ़ौरन, सुला दो!

(नैन कटकर मुस्कुराती है)

**मिसेज़ पारजिटर :** अभी लो अभी—दुखिया का जी लौट गया है! और—लौट न जाये तो क्या हो—बात ही ऐसी है!

(जाता है)

**मिसेज़ पारजिटर :** शुकर है—टले तो कहीं! (औरो से) चलो भई—सब अन्दर खाना खाने चलो! ...हम भी आये। दम भर में। देखो दरवाज़ा बन्द कर लेना। हवा है कमबख़्त कि आँधी!

(सब चले जाते हैं)

**डिक :** मैं मिस नैन के लिए थोड़ा सा खाना लाता हूँ—

**मिसेज़ पारजिटर :** बड़ी मुश्किल है भइया!—अपने फटे को तो सियो,—पड़ोसी के फटे में हाथ पीछे डालना! जाओ ज़रा जेनी की तो ख़बर लेओ!

**पारजिटर :** नैन मसल मशूहर है कि बारह बरस पर घूरे के भी दिन फिरते हैं।...जानती है—मैं और तेरे अब्बा दोनों साथ के खेले हैं। चिड़ियाँ पकड़ते, अंडे निकालते घूमते फिरा करते थे! ...एक दफ़ा बड़ा तामशा हुआ—बच्चों की दौड़ हुई। आलू की—मटर की—और दोनों में उन्होंने हम सब को पीट दिया!...आज जो मालूम हुआ उसे सुनकर सचमुच मुझे तो बड़ी ख़ुशी हुई।

**नैन :** सचमुच—बड़ी ख़ुशी हुई?

**मिसेज़ पारजिटर :** मैं तो समझती हूँ कमबख़्त तेरा तवे का-सा दिल न होता तो तू भी बहुत ख़ुश होती! पर हो क्या—कुछ लोग ऐसे होते हैं जो पसीजना ही नहीं जानते—जैसे पत्थर!

**पारजिटर :** यह भी तो देखो पचास अशर्फ़ियाँ एक अच्छी-ख़ासी रक़म है!

**नैन :** क्यों नहीं!—हैं भी तो एक आदमी की जान की क़ीमत! अच्छी-ख़ासी तो होवें हीं गी!

**पारजिटर :** नैन, तू इस रुपये से दो बातें कर सकती है—बैंक में जमा कर दे और सूद लिया कर या मुझे दे मैं ख़ुशी से उधार ले लूँ और तुझे सूद देता रहूँ।

**नैन :** और जो मैं न मानूँ तो क्या होगा?

**मिसेज़ पारजिटर :** तू न माने?—अरी—तू—उफ़्फ़ाह! चढ़ गई बी बन्नो आसमान पे! यह तो हम जानते ही थे—

**पारजिटर :** (बात काट के) तुम्हारी मर्ज़ी पे है। मैं तो यह चाहता था कि रुपया घर ही में रहे।

**मिसेज़ पारजिटर :** (पारजिटर से) इसकी मरज़ी पर! अच्छा! बस लगे दुम हिलाने...शहज़ादी मेरी! मैं हूँ रइयत तेरी। इसमें मरज़ी-टरज़ी क्या बीच है!...सुन री—इधर—सुन! तू अभी बच्चा है। हम तेरे बड़े हैं। इस रुपये को हम सहेज के तेरे लिये रखेंगे।

**नैन :** क्यों नहीं! सहेजोगी क्यों नहीं! जेनी के दहेज़ के लिए भी तो कुछ होना चाहिए ना!

**पारजिटर :** (गुस्से को रोक कर) देखो, मैं अभी कुछ नहीं बोला—

**मिसेज़ पारजिटर :** तुम बोलोगे क्या! कुछ दम दूरूद हो तो बोलो! भीगो बिल्ली कमबख़्त भी तुमसे अच्छी होगी।

**पारजिटर :** (गुस्से में) मुँह बन्द रहे! ख़बरदार जो मुझसे ज़बान चलाई।

**मिसेज़ पारजिटर :** चलो हटो—मुझे पे मत गुर्राओ! मैं बहुत तुम्हारा रोब-दाब देख चुकी!...धोबी से जीते नहीं—गधे के कान उमेठे।

**नैन :** रुपया मेरा है! तुमसे क्या? मुझे इसका काम है—

**पारजिटर :** (नैन से) तो चलो बस हमारा-तुम्हारा तो ख़तम हुआ!... तुम जैसी हो वैसी ही बेशउरी की बातें करती हो!...तुम

इन्हें जो मुँह में आता है कह देती हो—सख़्त से सख़्त—जिसे अच्छा-बिच्छा आदमी सुन के पागल हो जाये!...जाओ! करो जो जी चाहे इस रुपये का—मगर तुम्हें मेरे कटोरे टोबी का बदला तो देना ही होगा!...बोली?...इसमें क्या कहती हो?

**नैन :** तुम्हारा टोबी?...कटोरा?

**पारजिटर :** बनो मत! ख़ूब जानती हो मैं क्या कह रहा हूँ—

**नैन :** अहा—मेरी छोटी-सी बहिन! मेरी नन्ही-सी बहिन! (अन्दर से चील की आवाज़ आती है) यह उस की रूह के रोने की आवाज़ है—उसकी रूह की! शायद यही कुछ—

**मिसेज़ पारजिटर :** और क्यों री मौक़ा पाके चुपके-चुपके सब मुरब्बा ऊपर से ढकोस गयी!

**पारजिटर :** ख़ैर—बस—मैं तो यह चला! अब तू जाने—तेरा दीन ईमान जाने। (जाता है।)

**मिसेज़ पारजिटर :** ज़रा छुरी तले दम लो विल! अभी दो टूक हो जाये तो अच्छा है—इधर या उधर!

**नैन :** अच्छा-अच्छा! लो अभी दो टूक हुआ जाता है! (रुपये की थैली के पास आती है और उसका फीता काट देती है) देखो—इसे देखो! (रुपये का ढेर लगा देती है) यह कंचन है—कंचन!!—छोटे-छोटे, पीले-पीले, गोल-गोल, मुर्दा घात के टुकड़े। पचास—छाटे, पीले, गोल, गोल घात के टुकड़े और यही—यही मुझे एक आदमी को जान के बदले में दिये जा रहे हैं!!...हाय! ओ छोटे, पीले, गोल, ठीकरों तुम क्या हो? वही जिससे हम बला-वत्तर ख़रीदते है! हाय—यह तुम्हारी सूरत कोई देखे! तुम्हारी आवाज़ कोई सुने! (खामोशी). ..बस चुप रहो—इस वक्त मुझे मत छेड़ो। (ख्यालों में डूबी हुई)...एक गाँव में एक तन्दुरुस्त मज़बूत आदमी रहता था—बड़ा दयालु—बड़ा मोहब्बती!...उन्नचास बरस की उसकी उमर थी। छावनी के काम में उसकी बराबरी दूर-दूर तक कोई बंधानी नहीं कर सकता था।...गाना वह ऐसा मीठा गाता था कि सुनने वालों का दिल हिल जाता था। मैंने

आप देखा है—खेतों को जाते हुए गोरू मेरे अब्बा का गाना सुन कर, ठिठक-ठिठक कर रह जाते थे...फिर क्या हुआ?—एक दिन अचानक कुछ लाल कुरती वाले आये—एक लबार ने झूठी क़सम खाई—और उस तन्दुरुस्त मज़बूत आदमी को उसी पे जान से मार डाला।—अचानक—जैसे बिजली कौंछ जाये—एक रस्सी के टुकड़े से उसकी मोहनी आवाज़ हमेशा के लिए घोट दी गयी!!...न जाने कहाँ-कहाँ से जहान भर के झूठे, लबारिये, चोर उचक्के, औरतें नशें में चूर—भले मानस—गन्दे, बदन से बू निकलती हुई, गोल के गोल आ आकर इकट्ठे हो गये थे। सारी रात जाड़े-पाले में पड़े ठिठरा किये कि उस ग़रीब के गला घुटने का तमाशा देखें! सारी रात ताश खेल-खेल के काटी कि सवेरे उस दुखियारे के गीतों का सदा के लिए बन्द हो जाना देख लें!!...हाय, यह रस्सी बस आवाज़ ही को घोट डालती है!!. ..मारने से पहले मेरे बाबू के मुँह पर एक घटाटोप चढ़ा दिया कि आख़िर वक्त में वह अपनी बिलकती बच्ची को न देख सकें!! (सन्नाटा) और इस सब के बदले में मुझे आज यह पीले-पीले गोल-गोल, ठीकरे दिये जाते हैं!! (सन्नाटा)...उसी गाँव में एक लड़की रहती थी—एक दुखिया बे-माँ-बाप की बच्ची—जिसका दिल बिपता से चूर-चर हो चुका था!...तुम्हें ख़बर है उसका क्या हाल हुआ?...तुम जानते हो—तुम ख़ूब जानते हो!...वह अपने अज़ीज़ों में आयी, जो उसका बहुत कुछ भला कर सकते थे, क्योंकि वह दुखियारी मेहर मोहब्बत के दो बोलों के बदले में इन पर अपना सभी कुछ बार दे सकती थी।..वह ऐसी घायल—ऐसी बिपता की मारी थी कि जहाँ कोई दो मीठे बोल बोला, उसका दिल भर आता था और वह बिलक बिलक के रोती थी!—

**मिसेज़ पारजिटर :** अलाप लें—जी भर के अपना राग अलाप लें! फिर मैं भी कुछ कहूँगी!—

**नैन :** चुप रहो! धमकियाँ मत दो—आज यह सब तुम्हें सुनना

होगा!!...मैं तुम्हारे बस में आन पड़ी थी। मेरा बनावो, बिगाड़ तुम्हारे हाथ में था—सो तुमने मुझमें जो अच्छी बातें थीं इन्हें गिराया—जी भर के ठुकराया—मेरे मोहब्बती मीठे स्वभाव को कड़वा ज़हर बनाया!...जो कुछ मुझमें तेज़ी, चतुराई थी उसे लीप-पोत बराबर कर दिया..मैं बेबस थी—जैसे मक्खी मकड़ी के जाले में!..तुम अपना कपट जाल मेरे चारों तरफ बिनती जाती थी। मैं इसमें उलझती जाती थी—फँसती जाती थी!...हाय, फिर यही जाल मेरा कफ़न बन गया—मैं इसमें लिपट कर रह गयी—और दुनिया की कोई ख़ुशी—दुनिया का कोई सुख-चैन, मेरे लिये न रह गया!...हाय, मेरा यह दम घुट-घुट के रह गया है!—मेरा कलेजा पक-पक के ख़ून हो गया—काला—सियाह—जैसे इस दवात की सियाही!!...और इस सबके लिए आज मुझे यह छोटे-छोटे, पीले-पीले, गोल-गोल ठीकरे दिये जाते हैं!! (कुछ रुक कर और आवाज़ बदल कर) "यह ढेर का ढेर,"—अरे यह एक हो कि हज़ार हों, अब यह मेरे किस काम के हैं! मेरे अब्बा की मौत, तुम्हारी बातों के तीर, मेरी हल्कानी—बरबादी, मेरे दिल का ख़ून, यह सब एक गलती थी—एक छोटी-सी भूल—जो बात की बात में जब तक एक भलेमानस की गाड़ी आवे-आवे—एक मुट्ठी भर सोने के ठोकरों से ठीक कर दी जा सकती थी!!...उस भलेमानस को यह सारी बिपता भावें भी नहीं आयी। उसका इधर ध्यान भी नहीं गया। और जाता कैसे—उसकी जान तो गाड़ी में अटकी हुई थी!...असल तो असल दिखावे के लिए भी दो मीठे बोल इसके पास न थे! (अन्दर से चीख़ की आवाज़) हाँ, हाँ, इसने अपने को देख लिया है! फिर चीखें, न मारे तो क्या करे! इसे मुरदा ढोने वाली गाड़ी आती दिखायी दे रही है—

(डिक दरवाजे में से सर निकालता है)

**डिक :** अम्मा! जेनी के पास आओ—दौड़ो! दौड़ो जल्दी!!

**मिसेज़ पारजिटर :** जहन्नुम में जाये जेनी! मुझे उससे ज़रूरी काम यहाँ करना है।

**डिक :** उसे दौरा-सा हो रहा है—न जाने क्या है? सब मिल के भी उसे नहीं सँभाल सकते!

**पारजिटर :** (नैन से) यह भी तेरे ही करतूत हैं! ठहर तो जा, मैं अभी आती हूँ!

**लड़की :** (दरवाजे से) दौड़ो मिसेज़ पारजिटर, दौड़ो!
(मिसेज पारजिटर बरांडी की बोतल लेकर झपटती है)

**पारजिटर :** नैन, क्या जाने क्या होने वाला है! (बाहर जाता है) (डिक आता है)

**डिक :** मिस नैन, लेओ मैं यह ज़रा-सा कुछ मुँह में डालने को ले आया।

**नैन :** तो क्या करूँ?

**डिक :** हाँ...मगर मिस नैन बैठ के दो निवाले खा न लो? यह लो—मैं कुर्सी ठीक किये देता हूँ—

**नैन :** क्यों भई यह मेरे लिये तुम क्यों लाये?

**डिक :** मैं समझा—मेरे दिल में यह आया कि शायद मैं कुछ तुम्हारा ग़म ग़लत कर सकूँ।

**नैन :** मुझे कुछ नहीं चाहिए—बिल्कुल कुछ नहीं!

**डिक :** मिस नैन, मैं एक बात कहना चाहता था। पर क्या कहूँ कुछ कहते नहीं बनता। फिर भी मुझे माफ़ कर दो।... मिस नैन, मैं तुमसे माफ़ी माँगता हूँ—हाथ जोड़ के!...मेरी मोहनी, मेरी सुंदरी—मैंने तेरा बड़ा दिल दुखाया!

**नैन :** मेरा दिल दुखाया—हाँ तो फिर?

**डिक :** मुझे न जाने क्या हो गया था—क्या बताऊँ। बस बातों में आ गया मिस नैन : बातों में आ गया।

**नैन :** सचमुच डिक : तो बस तुम बातों में आ गये—यह क्यों? कैसे?

**डिक :** यही हुआ—बातों में आ गया!...जब मैंने तुम्हारे बाप का सुना—मेरा मतलब है कि जब मैंने तुम्हारे बाप का वह सब सुना—तो न जाने क्या हुआ—ऐसा मालूम होता था कि मैं क्या बताऊँ। ...देखो, ज़बान पे काँटे से पड़ कर रह गये हैं।—आवाज़ नहीं निकलती!..मिस नैन :

**नैन :** हाँ तो कैसा मालूम होता था? बोलो?

**डिक :** ऐसा मालम होता था जैसे तुम्हारे बालों की फाँसी मेरे गले में पड़ गयी हो!—दम घुटा जाता था, जी लौटा जाता था, दिल माना ही नहीं। क्या कहूँ। किसी तरह नहीं माना—

**नैन :** बस यही एक बात थी? और तो कोई नहीं?

**डिक :** बस यही थी मिस नैन...!

**नैन :** तो फिर यह जेनी कैसे पसन्द आ गयी?...

अभी मेरे प्यार का मज़ा, मेरे चुम्मों की गर्मी तुम्हारे होंठों पर बाक़ी थी। (उसके पास जाकर) अभी तो हमारे दिल की धड़कन हमारे ख़ून की सनसनाहट भी कम न हुई थी—कि तुम मुझसे फिर गये!...क्यों यह आख़िर जेनी क्यों? पसन्द आयी? इसलिए कि उसके बाप को फाँसी नहीं हुई थी, क्यों बोलो?

(ख़ामोशी)

(डिक अपने होंठ और गला तर करने की कोशिश करता है। जैफ़र हल्के-हल्के आता है। कुछ गुलाब के फूल बाग़ से चुन लाया है। नैन के पास जाता है)

**जैफ़र :** पूनों का चाँद अपने पूरे जोबन पर है—ग़ज़ब ढा रहा है। अजब बहार है!...गायें, जुगाली बन्द किये, खेतो में बैठी हैं ...खरगोश झाड़ियों में से निकल आये हैं—मगर ठिठक कर रह गये हैं।...जंगल के फूलों ने अपने सर नीचे झुका लिए हैं। सब पर ही इसका जादू चला हुआ है!!. ..मेरी चाँद-सी सुन्दरी यह फूल हैं, गुलाब के, तेरे बालों के लिए!...ओ, मेरे चाँद के टुकड़े, तेरी बराबरी कोई दुनिया जहान में नहीं कर सकता।

(बड़े अदब से गुलाब देता है)

यह फूल अपने बालों में सजा लो, और दुलहन की तरह इन्हें खोल डालो।

(नैन बालों में फूल लगा लेती है और उन्हें खोल देती है)

**नैन :** (कुछ अशर्फ़ियाँ लेकर।) जैफ़र, वह सफ़ेद पत्थर के दाम-गोर के पत्थर के—(सख़्ती से) हाँ तो फिर डिक?

**डिक :** मेरी कमबख़्ती—कहूँ तो क्या कहूँ?...बात यह थी कि मैं तुम्हें दिखाना चाहता था कि मुझसे तुमसे अब कुछ वास्ता नहीं रहा—ग़ुस्सा आ गया था ना!

**नैन :** मैंने अपने बाप की बात जो तुम्हें नहीं बतायी थी—इसी पर—क्यों?

**डिक :** बस इसी पर—

**नैन :** दुनिया में डिक तीन मौक़े ऐसे होते हैं जब औरत से बोला नहीं जाता!—बड़ी प्यारी, बड़ी अनमोल घड़ियाँ!...एक तो, जब वह अपने प्यारे की बातें सुनती होती है—एक, जब वह अपने आप को उसकी भेंट करती है और एक, जब वह एक नन्हीं-सी जान की माँ बनती है।...जो उस वक्त डिक मैं कुछ कहना चाहती भी तो सब में पहले तुम ही मुझे रोक देते—

**डिक :** बात यह है कि मैं समझा—मैंने जाना—कि तुमने जानबूझ कर मुझसे बात छिपाई—मैंने सोचा—

**नैन :** और अब तुम जेनी से भी फिर गये—क्यों डिक, यह अब तुमने जेनी को क्यों छोड़ा?

**जैफ़र :** (रुपया गिनता है बजा बजा के)
*नौ-नौ*
*मौत के घण्टों ख़ूब बजो—ख़ूब बजो,*
*मोत के घण्टों ख़ूब बजो!*
*दस-दस*
*उस घर जाना है बस,*
*उस घर जाना है बस!*

**डिक :** इसलिए कि असल में मुझे उसका तिल भर भी ख़्याल नहीं। और अब—

**जैफ़र :** ग्यारा-ग्यारा
अब लाद चलेगा बंजारा,
अब लाद चलेगा बंजारा।

**डिक :** चुप रहो जैफ़र! बस चुप!!

**नैन :** हाँ—तो फिर अब क्या हुआ?

**डिक :** हाय! मिस नैन : मेरी जान तो तुझ पर जाती है—मगर जब तक तेरे नाम पर धब्बा था, अब्बा मुझे रोक देते! पर अब कुछ डर—

**नैन :** बस यही एक बात थी, या और कुछ भी?

जैफ़र (बीच में बोलता है)

बारा-बारा

बारा का बजा नक्क़ारा,

बारा का बजा नक्क़ारा।

अब फ़िरिशते—सुनहरे, फ़िरिशते, आसमान से उतरते है!.. ..और शैतान भी बारह के अमल में अँधेरी—अकेली—सड़कों पे मँडलाते हैं!...भूत-भूत—वह देखो क़बरों के पीछे से सर उठा के झाँक रहे हैं!—मार—मार इन्हें!! ओ, सुनहरे सवार मार—अपनी तेज़ चमकीली बर्छी से!—

**नैन :** हाँ, डिक तो बस यही एक बात थी? और असल में तुम मुझे प्यार करते हो?

**डिक :** बस यही एक बात थी। नैन मैं तुझे चाहता हूँ—मेरी तुझ पे जान जाती है!

**नैन :** और मामी इस पर क्या कहेंगी?

**डिक :** जहन्नुम में जाये वह कमबख़्त—उसी ने तो यह सारी उखाड़-पछाड़ की है!

**नैन :** डिक, मैं जानती हूँ तुम उनसे क्या कह दे सकते हो।

**डिक :** बताओ, क्या कह दूँ?

**नैन :** अभी जाओ! यह थैली उनके पास लेते जाओ। उनसे कहना कि यह आप ले लीजिये—और मुझे जेनी के बदले में नैन से शादी करने की इजाज़त दे दीजिये।

(डिक धक से रह जाता है। मगर थैली उठाकर हल्के-हल्के दरवाज़े की तरफ़ जाता है)

**डिक :** क्यों नैन, क्या यह ठीक न होगा कि हम यों ही उनसे कह दें—बिना—बिना इस—

**नैन :** मैं पहले ही जानती थी—यह तो मैं पहले ही जानती थी!

(एक बिगुल की दूर से धीमी-धीमी आवाज़ आती है)

**जैफ़र :** समन्दर में शोर मच रहा है—धीमे भयानक राग उठ रहे हैं!...जहाज़ इन रागों को सुन कर डगमग हो रहे होंगे—खिवइये रो रहे होंगे!

**नैन :** —डिक! लौटो—यहाँ आओ!!...सुनो—कुछ लोगों ने कहा मेरे अब्बा ने एक भेड़ी मार डाली है—और भेड़ी भी ऐसी कि बूढ़ी, डाँगर, बेजान—जिस बिचारी को अपने गले पर छुरी चलने तक की ख़बर मुश्किल से हुई होगी...फिर भी अब्बा को फाँसी हो गयी—सिर्फ़ इतनी बात पर कि लोगों की जान में उन्होंने इस दिलद्दर, आख़ोर को मार डाला था!—इसी पर—बस इसी पर उनका गला घोट कर जान निकाल ली गयी और आधा शहर खड़ा तमाशा देखा किया। लेकिन तुम आते हो—और एक लड़की को जी भर प्यार करके अपने दिल की हवस मिटाते हो!...तुम उसे मोहब्बत भरी प्यारी-प्यारी बातें करते हो—ऐसी मीठी, ऐसी मोहनी कि किसी लड़की का दिल इन्हें सुन कर क़ाबू में नहीं रह सकता!...और क्यों?...बस इसलिए कि एक लड़की के होंठ तुम्हें अपने होठों में लेने में बड़ा मज़ा मिलता है! और एक लड़की के मुँह से मोहब्बत भरी बातें सुन कर तुम्हारा दिल ख़ुश होता है!...फिर अचानक—एक नकचढ़ी बुढ़िया की दो बातों पर तुम इसी लड़की के इन्हीं होंठों को, जिन्हें तुम अभी चूम रहे थे, बेदर्दी से कुचल डालते हो!! दम भर में—दस मिनट के अन्दर-अन्दर उसके मोहब्बत भरे दिल को, उसके मान, जान सुख-चैन और दुनिया की सारी ख़ुशियों को मिटा देते हो...मिट्टी में मिला देते हो!...और उसके ख़ाक पे तड़पते—घायल बदन को ठुकराते हो—जी भर के पैरों से रौंदते हो!!...और फिर कुछ क़लक़ होता है तो बस इतना कि उसके ख़ून में तुम्हारे जूते क्यों लथपथ हो गये—

(बिगुल की आवाज और पास आती जाती है)

**जैफ़र :** बिगुल! बिगुल! जैसे कोई रात में बोलने वाला घुग्गू जंगल में क़हकहे लगा रहा हो!!

**नैन :** फिर तुम दूसरी लड़की की तरफ़ मुड़ते हो, उसे अपनाते हो, और दुनिया के सबसे बड़े सुख का उसे मज़ा चखाते हो!...इतने ही में तुम्हें यह पता चलता है कि वह पहली लड़की इतनी बुरी नहीं है जितना उस बुढ़िया ने बताया था। नहीं—बल्कि उसमें भी इस दूसरी का-सा रस, इसी का-सा स्वाद है!!—जिस रस, जिस स्वाद को तुम्हारा लोभी दिल, तुम्हारे लोभी होंठ सदा ढूँढते फिरते हैं!!...ऊपर से उसके पास कंचन भी है!...यही पीले-पीले, गोल-गोल, टुकड़े जिनसे दुनिया का सब आडम्बर मिल सकता है—घर, घोड़े, मरतबा! अब तुम इसके पास फिर कुत्ते की तरह कूँ-कूँ करते, दुम हिलाते आते हो कि वह तुमसे फिर राज़ी हो जाये!—और किसी-न-किसी तरह यह रुपया तुम्हारे हाथ लगे।

**डिक :** नैन, तुम जो चाहा कह लो—तुम्हें हक़ है! मगर असल में मेरी तुम पर जान जाती है—मैं तुम पर मरता हूँ!!

**नैन :** आज रात को डिक मुझे हर चीज़ शीशे की तरह साफ़ दिखायी दे रही है!...मेरी नज़र सीधी—तीर की तरह तुम्हारे दिल, तुम्हारे कलेजे के पार जा रही है!...मुझसे कुछ छिपा नहीं।...तुम चोरों की बातें करते हो, तुम ख़ूनियों की बातें करते हो, और उन लोगों की जो औरतों को बदकार बनाते है!...तुम उन्हें पापी, मुजरिम ठहराते हो!...लेकिन असली पापी, असली मुजरिम तुम हो—तुम जो लोगों के दिलों को ख़ून कर डालते हो! इन्हें पैरों से ऐसे कुचलते हो, मसलते हो, जैसे वह कोई कीड़े-मकोड़े हों—जो चलने में तुम्हारे पाँव के नीचे आ जाते हैं!!...और फिर तुम्हारे इन सब करतूतों का फल किसे भोगना पड़ता है? ...औरत को!...कोनों में छिप-छिप कर—बिलक-बिलक कर रोने वाली औरत को!—घायल, मोहताज, दर-दर ठोकरें खाने वाली औरत को!...उस औरत को जिसके पास खड़े होने का कोई हकदार नहीं—जिसे सब ठुकराते हैं—कुचलते हैं, जिस पर सब थूकते हैं—कुचलते हैं, जिस पर सब थूकते हैं, जैसे तुमने डिक, तुमने अभी मुझ पर थूका था...हाय!—नहीं—कभी

हरगिज़ नहीं!!...ओ, ख़ूबसूरत बला—अपनी जवानी को उमंगों में चूर!! अरे—औरतों के रस चूसने वाले—अन्धे, लोभी!!—मैं इन औरतों को तुझसे बचाऊँगी—तेरी ख़ुदग़रजी से—तेरी अन्धी मस्ती से बचाऊँगी—

**डिक :** (सहम जाता है। और डर के मारे ज़ोर-ज़ोर से बोलता है जिसमें अन्दर के कमरे वाले लोग सुन लें) मैंने कभी भी नहीं—अम्मा—अम्मा!

**जैफ़र :** ओ प्रेम, तू बादशाह है! तू शहंशाह है!!

**नैन :** मैं उन औरतों को बचाऊँगी—इधर—मेरे पास को आ!!

**डिक :** अरे अम्मा! अम्मा! (उलटे पाँव दरवाज़े की तरफ़ को जाता है)

**जैफ़र :** आवाज़ आ रही है!—सड़क पर से आ रही है!—सुनहरी टापों की आवाज़!—सुनहरी टापों की आवाज़!!

**नैन :** बचाऊँगी—इन्हें बचाऊँगी—जीती गोर से बचाऊँगी!—घायल दिलों के दोजख से बचाऊँगी!!—मर—ओ लोभी मर—(छुरी भोंक देती है। वह गिर पड़ता है)

**डिक :** (ज़मीन से बेहिसी में कुछ उठकर) ढोल ढनाढन बजते हैं—बजते हैं—बजते हैं—ढोल। (मरता है)

**जैफ़र :** (ताली बजाकर) ओ रंग-रूप की देवी! तुझमें मेरे सफ़ेद फूल का रंग-रूप है!!

(एक शोर और ग़र्राटे की आवाज़ आती है। जैसे समन्दर की मौजें बढ़ती आ रही हों)

**जैफ़र :** (चिल्ला कर) आ रहा है।...समन्दर के अथाह सोतों में से आ रहा है!...समन्दर के गिद्ध इसकी आवाज़ को सुन रहे हैं!—अपनी चोंचे चट्टानों पर तेज़ कर रहे हैं!!

(अन्दर से लोग घबरा कर बाहर निकल आते हैं)

**मिसेज पारजिटर :** (दौड़ के डिक के पास जाती है।) डिक! डिक! हाय यह क्या हुआ! (चीख़ मारती है) अरे यह ग़ज़ब तो देखो! यह तो ख़ून में नहाया पड़ा है—भाप-सी उठ रही है—)

**पारजिटर :** बरांडी—लेओ, यह बरांडी दे दो! जल्दी करो—जल्दी! वह चला—वह चला—ख़तम भी हो गया बिचारा!!

**नैन** : (पानी की आवाज़ का शोर बढ़ता सुनकर) दरिया बढ़ता आ रहा है।

**जैफ़र** : ख़ूब चढ़ता आ रहा है!!

**नैन** : (हँस-हँस कर) बाढ़ आ रही!—बढ़ती आ रही है!—चढ़ती आ रही है।

**मिसेज़ पारजिटर** : विल—लेओ—ज़रा यह रुपया तो सँभालो—भाड़ में डालो इस मुई बरांडी को!

**लड़की** : पुलीस! पुलीस! आरटी : पुलीस को लाना दौड़ के—

**नैन** : (दरवाज़े की तरफ़ जाती है। पानी का शोर अब और ज़्यादा है) कल जालों में एक अनोखी मछली होगी—बड़ी अनोखी!—बड़ी ही अनोखी!!

(जाती है)

**जैफ़र** : सीटियाँ बजाता हुआ—गीत से गाता हुआ गरजता—ग़ुर्राता वह आ रहा है—आ रहा है!!..सीने के ऊपर से—होंठों के ऊपर से—आँखों के ऊपर से—पानी-पानी! पानी ही पानी—पानी ही पानी!!

(बिगुल बजता है)

**मिसेज़ पारजिटर** : इधर—मुझे दो!...क्या लटोरा-सा लिये खड़े हो!! (थैली लेकर जल्दी-जल्दी रुपया को सन्दूक में बन्द करती है) चलो यह तो ठिकाने से पहुँचा!—अब कहेंगे क्या लोगों से? (गाड़ी का बिगुल बहुत ज़ोर से और साफ़-साफ़ बजता है)

**जैफ़र** : बिगुल! बिगुल!!

[ परदा ]

•••